双骄

尼罗 著

3. 时势造英雄

中国華僑出版社

SHUANG JIAO

他对这个人真是哄够了，哄不动了。可一步一步地再往前想，他又想起了这个人的好面孔来。他一度是这个人的宠儿，这个人的家，一度也是他的家。

原来他和叶春好再怎么打怎么闹，叶春好看他的眼神是有情的，恨也是一种情，怒也是一种情。但她现在无情了，现在她的眼睛里空空荡荡，看他就只是看他，仿佛他是个陌生人。

他不是她的爱人和丈夫了，他是个冰冷沉重的魔鬼。

雷一鸣把双手摁在桌面上，回忆了一番，最后想起来：叶春好是有个同父异母的弟弟，而且还是个小弟弟。

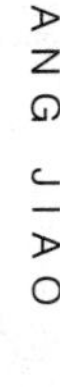
SHUANG JIAO

第一章

DI YI ZHANG

新天新地

雷一鸣是什么样的人，她早知道，所以如今虽然落到了这般境地，却也没有天塌地陷之感。她对他的爱情，原本就是末世狂欢。

她什么都知道，所以他可以郎心如铁，她也可以妾意似冰。

（一）

午夜时分，北京雷府。

雷一鸣做了个噩梦。他梦见了他的弟弟雷一飞。

他已经连着许多年没有想起过这个弟弟了，不知怎的，今夜竟会无端地和他在梦里相见。雷一飞死的时候才二十出头，大概就是张嘉田如今的这个年纪，生着一张白白净净的容长脸儿，是个眉目英秀的小伙子，见了人未语先笑，家里外头的人，都夸雷二少爷好。

雷一飞是出麻疹死的，疹子发出来的时候，他正和雷一鸣一起陷在战场中，援军迟迟不到，他便也得不到任何救治，连着发了几天的高烧，就死了。这怪得了谁呢？谁也怪不了。家里外头的人，也都承认是雷二少爷自己命不强，赖不着他哥哥。可死了的雷一飞变得不讲理起来，竟在梦里对着他哥哥围追堵截。雷一鸣走投无路了，眼看着弟弟一步步逼近自己——弟弟还保留着临死时的模样，浮肿变形的面孔遍布了密密麻麻的红疹子，口鼻之中呼呼地喷出腐臭的热气。两只大手直直地伸出来，他距离雷一鸣越来越近。

当那两只手即将钳住他的脖子时，雷一鸣猛地睁了眼睛。

眼前是个光明世界，窗帘吊起一半垂了一半，外头天已大亮，晒得屋子里热烘烘的。他大汗淋漓地坐了起来，一颗心还在腔子里怦怦直跳。这几天热极了，他夜里入睡时就只穿了一条短裤，此刻双手抱着膝盖坐住了，他直着眼睛出了会儿神，忽然扭头对着地面啐了口唾沫。

然后闭上眼睛长出了一口气，他哑着嗓子开了口：“雪峰。”

他的声音并不高，然而房门立刻就开了，白雪峰轻手轻脚地走了进来，对着他笑道：“大帅早安。”然后他看见雷督理两鬓的短发都湿漉漉地挑了汗珠子，便又说道，“这两天可真是热得够呛，夜里都没有凉风。大帅先洗个澡？”

雷一鸣一点头。

白雪峰快步走去浴室放水，在等着蓄水的空当里，又把两条浴巾、一盒香皂、一瓶美国产的浴盐也摆到了浴缸旁的架子上。雷一鸣督理是讲究个人卫生的，讲究到了一定地步，几乎有一点女性化，这当然是拜他的前妻玛丽冯所教。玛丽冯是在欧美长大的摩登女性，最恨不讲卫生的中国男人。年轻时的雷一鸣尽管英俊不凡，但她看他还是个东方式的土包子，所以费了许多的力气和口舌，想要把他调教成个西方式的绅士。雷一鸣在爱情的感召下一心向学，成绩可观，等玛丽冯发现他江山易改，本性难移时，已经是后话了。

这些零活，白雪峰已经有日子没干了，不过终究是做熟了的，如今重捡起来，也不为难。把雷一鸣搀扶进了浴缸里坐下，他挽起袖子，照例是把这位大帅连擦带洗，收拾了一番。雷一鸣微微有点喘——自打从北戴河回来之后，他就一直像要犯旧病似的，不住地咳嗽气喘，然而终究没有病倒，就这么好一阵歹一阵地坚持着。

手上加着小心，白雪峰把他从浴缸中搀出来擦干了身体，然后一边伺候他穿衣服，一边说道：“大帅今天是不是叫林子枫过来了？”

雷一鸣又一点头。

白雪峰控制着自己的眼耳鼻舌心意，用最柔和的声音陪他说闲话：“他早就来了，我让他在前头书房里坐着呢。等大帅吃完了早饭，我再让他过来见您吧！”

雷一鸣这回摇了头：“不必，让他过来，我吃我的，不耽误见他。今天有他忙的，再等下去，怕是时间就不够用了。”

白雪峰赔笑答道：“是，那我这就往前头打个电话。”

在餐厅里，雷一鸣见到了林子枫。

林子枫进门时，他捏着一只小瓷勺，正在一勺一勺地吃粥。粥是白粥，熬得稀烂，林子枫看着他，就见他一勺接一勺地舀了稀粥往嘴里送，吃得心不在焉，米汤顺着嘴角往下巴上流。林子枫知道他不是那种没吃相的人，他能把一碗粥吃得这样邋遢，必定是全部心思都放到了别处。

果然，他最后把空碗向旁一推，抄起餐巾擦了擦嘴，开了口：“让你今天赶早过来，是要交给你一项好差事。”

他把目光射向林子枫了，林子枫便避其锋芒，垂下了头：“大帅有什么好差事给我？”

白雪峰端起空碗，又盛了一碗粥送到了雷一鸣面前。雷一鸣这回不急着吃了，用小瓷勺在那雪白的稀粥里慢慢地搅：“这两年，我的钱都是由她管着的，我是甩手掌柜，家里的钱进了多少出了多少，我向来不闻不问。现在我不能再这么干了，这个家，我也不能再让她管了。原来俱乐部那边的账房是由你负责的，你干得不错，我信得过你。现在我家里没人了，你过来管一阵子吧！”

说完这话，他舀起一勺稀粥送进嘴里，随即微微一笑：“这回如你的意了吧？”

林子枫抬头和他对视了一瞬，然后把头又低了下去，对着地面答道：“多谢大帅的信任。”

雷一鸣不再说话了，开始慢条斯理地吃这第二碗粥。吃到一半，他忽然又道：“你现在就到她那里去，该办的交接，都尽早办好。雷家的钱，不许她再管，但她名下有一座金矿，是我送给她的，可以让她留着。”

林子枫答应了一声，见他没了别的吩咐，便告辞离去。餐厅内一时寂静下来，白雪峰见雷一鸣拿起餐巾又要擦嘴，而面前碗里还剩着大半碗粥，便在一旁俯身下来，轻声问道：“大帅就只吃这么一点儿？”

雷一鸣单手握着餐巾，向后仰靠在了椅子里，答非所问：“子枫现在倒是变得厚道了些，我本想他今天听了我的话，还不得冷嘲热讽我几句？”

白雪峰笑道：“他又不傻，大帅这样诚心诚意地待他好，他再怎么刻薄，也不能拿话堵您啊！”

雷一鸣向着白雪峰的方向侧了脸：“他知道我对他好吗？”

“那自然是知道的。”

雷一鸣转向了前方，用餐巾堵住嘴，咳嗽了一声：“知道就好。”

白雪峰依然保持着俯身的姿势，从他这个角度望过去，能看出雷一鸣的面颊是明显瘦削了，筋骨的线条从脖子延伸入了衬衫领口，两道锁骨都支了起来。他有心劝他在这桌上挑爱吃的东西再吃几口，可话到嘴边，怕他嫌烦，犹豫着又没有说。普天之下——白雪峰想——自己也许是最真心实意关心他的人了，因为他若是有了个三长两短，自己可给谁当副官长去呢？

紧接着，他直起了腰，心里又想：“老林这回算是美了。”

这时门外走来了一名小副官，停在门口喊了一声“报告”，随即向内进入一步，又打了个立正：“报告大帅，苏秉君连长来了。”

雷一鸣当即答道：“让他进来。”

雷一鸣这些天选拔精锐人马，除了自己的卫队之外，又组建了一支警卫团，团内有个特务连，连长名叫苏秉君，今年不过二十多岁。这位苏连长大踏步地走进餐厅，然后站在餐厅中央，昂首挺胸地先行了个军礼，然后才开了口：“大帅，卑职昨夜得到了张嘉田的消息。”

雷一鸣坐着没动：“说。”

苏秉君答道：“有人昨天在天津看见了他，他身边带了两个人，正在法租界一带活动。”

雷一鸣回头看了白雪峰一眼，随即转向前方嘀咕道：“莫桂臣那个浑蛋，张嘉田都跑到天津卫去了，他还沿着火车道发通缉令呢！”

白雪峰连忙问道：“那要不要告诉莫师长一声，让他停手？”

“不必，让他干，累死他！”

白雪峰忍着笑容低了头，同时听到雷一鸣又发了话：“他既是在天津，那你就赶紧带人到天津去，管它法界英界，照杀不误！真闹出乱子了，我去和那帮洋毛子办交涉！”

苏秉君领命而去，不出半天的工夫，他已经带着他的手下，踏上了天津卫的土地。

可惜他们来晚了一步，因为张嘉田已经结束了这两天的活动，返回了他在法租界的保险箱里。他的保险箱，便是殷凤鸣的公馆。

张嘉田已经在殷公馆住了小半个月，这小半个月的养息让他慢慢恢复了人样。对他而言，骨头没折眼睛没瞎，就不算是重伤。一顿乱棒暴打，还不至于就打废了他。

周身的皮肉伤已经收了口，青肿斑斓的面孔也有了人色，他把自己那一脑袋参差不齐的杂毛齐根剃了，剃得头皮发青，加之瘦得颧骨高耸、面颊凹陷，他忽然有了几分凶相，乍一看上去，竟有些吓人。幸而殷凤鸣是个见多识广的老江湖，并不怕他，闲来无事了，还敢和他对坐在二楼的露台上，伴着夕阳喝几碗苦茶。

殷凤鸣平日和张嘉田并不是朝夕相处，两人谈是谈得来的，但也算不得有多么深厚的情谊。可殷凤鸣总觉得他和别的朋友不同——他眼看着这青年从个糊里糊涂的半吊子小师长，一步步走上了军务帮办的高位，又眼看着他一失足成千古恨，为了个嫁了人的娘儿们，从一省帮办沦为亡命江湖的通缉犯。此刻看着木桌对面的张嘉田，他就觉得这人变了，不只是模样变了，性情也变了。

慢慢喝光了一壶茶，他思索着说道："老弟，我看你还是听我一句劝，到关外避个一年半载吧。钱的方面你放心，我来负责。大连、奉天、哈尔滨，你随便挑个地方住一阵子玩一阵子，等风头过了再回来，不是更妥当吗？"

张嘉田扭过头，目光越过街道对面那一排小洋楼的屋脊，直对着天那边的斜阳。晚霞的光芒刺得他微微眯了眼，他端起茶杯喝了一口，然后在那苦味中苦笑了一下。

"五爷，我知道你是好意。"他转向殷凤鸣，"可这个法子对别人行，对我不行。我的来历，你都清楚，我是个没根基的人，军务帮办，我没当多少天，也没混出什么惊天动地的名声。趁着现在还有人高看我，我得赶紧把旗打起来，要不然等过了这个时候，军界里头就没我的位子了，我再想号召人马干大事，也没人来认我这个字号了。"

说到这里，他停顿了一瞬："我也知道我一旦离开你五爷的地盘，很可能就是有去无回。我要是没干好，真把性命搭上了，你逢年过节的，千万想着给我烧几张纸，这两年我阔惯了，到了阴间让我受穷，我受不了。"

殷凤鸣听了这话，心里一阵难受，正要板了脸骂他，哪知他说完这话，却是把嘴一咧，嘿嘿嘿地坏笑出了声。

（二）

林子枫站在院门前，先将面前这紧闭着的两扇大门端详了一番。

这是他第一次到这处院子前来，他也知道这院子里先前住了个姨太太，还知道那姨太太跑了之后，叶春好曾把这处院子重新收拾了一番，想要给胜男居住。

然而造化弄人，这院子没能迎来胜男，迎来的却是叶春好自己。想一想，这简直就是人世间的一场讽刺剧。

林子枫想，如果自己没有全家死绝的话，那么现在面对着此情此景，就一定要笑出来了。

门旁有站岗的卫兵，都认得这位西装革履的秘书长。依着秘书长的命令，他们打开了门上的大锁。院门敞开来，林子枫向内望去，就见两边房屋的门窗都用木板钉死了，院子中间倒是还摆着一副花架子，架子上下也有几盆花，乱哄哄开得正艳。前方堂屋的房门半开着，房内房外，都是寂静无声。

迈步穿过了院子，他停在门口，抬手一敲房门。

堂屋一侧墙上的蓝布门帘一动，有人走了出来，正是叶春好。他上下打量了她，就见她瘦了，把一件蓝白花的棉布旗衫穿得飘飘荡荡，齐耳微卷的短发梳顺了夹在耳后，她未施脂粉，前额覆着几绺刘海儿，刘海儿盖着右眉上方的一道血痂。人在屋中站住了，她抬头望着林子枫，明显是惊了一下，然而那点惊色一闪而过，她随即稳住了神情，眼望着林子枫，不言也不动。

她沉默，林子枫也沉默。她知道林子枫差一点就是家破人亡，林子枫也知道她已经进了“监狱”“冷宫”。两人围着一个雷一鸣，兜兜转转、明争暗斗了许久，斗到最后，不知怎的，各自一败涂地，可是细论起来，罪魁祸首又似乎并不是对方。

至少，并不只是对方。

最后，还是林子枫先开了口，他不叫她太太，而是对她直呼其名：“叶春好。”

叶春好微微地一点头，他平静，她比他更平静。

林子枫其实曾有过一点忧虑，怕叶春好坐了这些天的“牢”，连憋带吓，会变得歇斯底里，而他向来最恨和泼妇打交道。如今见了她的态度，他轻松了一点，觉得她没有辜负自己方才那有名有姓的一声呼唤。大部分的女人在他眼中，都是一个家庭或者一个男子的附属品，都只是某小姐或者某太太。叶春好原本也只是个雷太太，但在发现她是自己的劲敌之后，林子枫不由自主地开始拿她当个人来看待了。

堂屋里摆着桌椅，他不等她请，直接走进去坐了下来，继续说道：“我来同你办一下交接。”

叶春好回头看他，而他迎着她的目光，似笑非笑：“他总是需要一个人为他管理财务，不是你，就是我。”

叶春好慢慢垂下眼帘，同时答了一声：“好。”

然后她向着林子枫一转身，说道：“这两年我为大帅做了不少投资，一笔一笔，我也不能记清，总要看看账本，才能交接个明白。”

林子枫依然望着她，仿佛出了神一般。叶春好由他看着，径自走到门旁，也在一把椅子上坐了下来。双手交叠着放到大腿上，她挺直腰背，抬头说道：“秘书长为什么这样一直看着我？是看我这样子可恨，还是看我这样子可怜？”

林子枫答道：“可怜。”

叶春好微微一笑：“这倒是句实话。其实我也有些诧异，我本以为秘书长这一趟大胜而来，总要对我冷嘲热讽几句，才能解恨的。”

林子枫放轻了声音，也是一笑：“大胜谈不上，小胜而已，还不至于让我得意忘形。”

他那受过伤的左面颊依旧是有些麻木，纵然是如愿笑了，笑容也是僵硬诡异。叶春好倒是依然平静的，甚至露出了平日那种慈眉善目的亲切模样：“难不成，秘书长非要等我也送了性命，才肯开怀一笑吗？”

林子枫向前探了探身，越发地轻声细语：“叶春好，你未免太高看你自己了。你死你活，与我何干？”

说到这里，他向后仰靠了回去：“我已经派人去账房取账本了，希望你今天诚实一点，不要和我耍花招。”

账本送来了，在桌子上堆成了高高的两摞。叶春好一五一十地向林子枫做了一番交代，最后告诉他道：“至于那些手续上的变更，法律上怎样操作，我不大懂，秘书长可以去咨询律师。若是需要我签署什么文件，我当然都可以配合。”

说完这话，她抬眼去看对面的林子枫。

林子枫和她保持了相当的距离——她纵是不施脂粉，身上也依然散发着一种脂粉的气味，这气味很淡，似有似无，但足以让林子枫对她避而远之。避而远之，也不是因为这种气味会令他心荡神驰——他从不心荡神驰。

他就只是讨厌这种气味而已，这种气味温暖香甜，像个隐形的活人，并且带有某种黏性。他觉得自己一旦沾染上它了，除非回家沐浴更衣，否则就别想把它甩脱。

手里摆弄着一支康克令牌钢笔，他不理会叶春好，自顾自地检查账目。及至翻过了面前这本账目的最后一页，他才抬起头说道："天津的那一爿房子，被你卖了十八万元整，这笔钱的下落在哪里？"

叶春好答道："一部分购买了新的房产，现在由一个名叫赵老三的人管理着，按月出租，我一个季度过去收一次账；另一部分拿去投给了金源洋行，金源洋行年初失火，烧成了一片白地，投进去的钱，自然也就有去无回了。"

"那你和金源洋行合作许久，总该有几样金钱往来的票据才对。"

叶春好答道："金源洋行已经成了白地，洋行的老板也死在了大火里，我认为这笔钱已经是打了水漂，再无回本之可能，所以把票据全部销毁了。"

林子枫和她对视了片刻，末了向下一点头："好，那么还有三十万……"

不等他把话说完，叶春好已经开了口："大帅当时说是军饷紧张，拿走了二十万，余下十万，全部用来应付俱乐部的开支了。"

"可是另外还有八万……"

他这话依旧是没问完，因为叶春好立刻给了他答案。他接二连三地逼问她，反倒逼问出了她的精气神。她侃侃而谈，哪一笔钱都有去处，实在不知去向何方的，她索性告诉他"记不清了"。

她说她记不清了，林子枫也不能给她上刑，逼她记清。于是最后合上账本，他手扶桌沿站起身来，呼吸了几口高处的清新空气，说道："你这也记不清，那也记不清，这让我如何去向大帅交差？"

叶春好端坐着没有动，答道："秘书长实话实说就是了，大帅若有不满，自会向我问罪，我想，总怪罪不到秘书长的身上。"

林子枫转身侧对了她，摘下眼镜用手帕擦了擦，然后把它重新戴上。视野一清楚，他的脑筋也跟着清楚起来。对着门外的勤务兵一招手，他让他们进来搬走了那两摞账本，然后扫了叶春好一眼，低声问道："你想见他？"

叶春好仰起脸来，反问道："我不可以想见他？"

他若有所思地俯视着她，答道："你可以想，但我不会给你这个机会。"

说完这话，他迈步走了出去。叶春好没听懂他这话的意思，但是也没有起身追问。抬头盯着林子枫的背影，她抬起一只手，摁住了自己的心口。

她的心方才一直在狂跳——她是聪明人，可林子枫也不傻，她知道自己无法天衣无缝地蒙混过关，所以在走投无路之时，干脆耍起了无赖——记不清了。

她相信林子枫不会跑到雷一鸣面前去告状，他对雷家的财政大权垂涎已久，如今终于心愿得偿，一定比自己更怕节外生枝。正好，账里的窟窿，就让他一个人去补吧。

起身踱进了院子里，她抬手挡住了眼前的阳光，远远地往天边望。雷一鸣是什么样的人，她早知道，所以如今虽然落到了这般境地，却也没有天塌地陷之感。她对他的爱情，原本就是末世狂欢。

她什么都知道，所以他可以郎心如铁，她也可以妾意似冰。

她所后悔的只有一件，便是没有早做打算，结果事到如今，身陷囹圄。雷一鸣冷酷起来可以是相当地冷酷，她是领教过的。

她又想起了张嘉田——这人现在是活着还是死了？应该还是活着的，他若是死了，雷一鸣应该会拿这个消息来刺激刺激她，方才林子枫也会露出话风来。

她并不盼望张嘉田来救自己。她和他都禁不住再这样互相救下去了，再这么互相救下去，他们之间，怕是就真要拆分不清了。

（三）

张嘉田回了文县。

殷凤鸣略施手段，把他送出了天津卫。他走的时候，身上只揣了殷凤鸣送他的一千元钱——多了不敢要，怕孤身一人带着巨款上路，会招灾惹祸。叶春好曾让他去那个赵老三家里取三万元钱，他思来想去的，也没敢去。叶春好说这话时，他还不是个通缉犯，赵老三也还是她的兵；可现在的形势已经大变，谁知道那个赵老三还靠不靠得住？

他也不知道叶春好如今怎么样了，只知道雷一鸣一定饶不了她。平白无故地还要打她骂她呢，这回她公然地把自己放走了，他还不活扒了她一层皮去？

别的，他不敢想，他只盼着叶春好能厚着脸皮、硬着头皮活下来。除非他死了，否则他迟早要找她去，只要他和她留着一口气，他俩的故事就不会完。

张嘉田不敢大摇大摆地进文县，在起程离开天津之前，他先以张文馨的姑妈的名义，给文县张家发去了一封电报。张文馨的家庭情况，他是有一点了解的，在那封电报里，他加了几句暗语进去，足以让张文馨一瞧电文，就知道这封电报话里有话。而那虚话中所藏的实话，张文馨纵是看不懂，张文馨的儿子张宝玉也一定看得懂——张宝玉跟随张嘉田也不是一天两天了，而且还是个聪明小子，张嘉田那点语言的技巧，他早已掌握了个清清楚楚。

于是，这一夜张嘉田到达了文县城外，如愿与张宝玉碰了面。张宝玉见了他，仿佛是很激动，一把就抓住了他的胳膊，用刚刚变声完毕的粗喉咙说道："干爹，这么多天没有你的信儿，我和我爹都吓坏了！"

张嘉田笑了："怕我死了？"

张宝玉是个毛头小子，激动起来便忘了忌讳，心里有什么，嘴里说什么："可不是怕您死了？您要是死了，我家的主心骨就没了。"

"你不是还有个亲爹嘛！亲爹是团长，官儿也不小了。"

"唉！"张宝玉站在月光下，满脸的红疙瘩都连成了片，表示他这一阵子没少上火，"我爹现在不算正经团长了，那个雷大帅前些天过来了一趟，往我爹那个团里派了好些个军官，原来的几个老人儿全被一撸到底。我爹觍着脸给姓雷的拍了好些马屁，这才保住了团长的位子，可是老人儿都没了，新人他又指挥不动，你说他这团长还当得有什么意思？"

张嘉田听到这里，忽然又问："通县那边，有什么消息没有？"

"都散了，编成小队往廊坊大营里去了。"

"北京呢？"

"家被抄了，家里的人，一大半都没逃出来，现在死活也不知道。幸好我那两天是在这边家里待着，没往北京去，要不然，我这条性命也悬。"

听到这里，张嘉田忽然微微地变了脸色："马永坤也让他们抓去了？"

张宝玉立刻摇了头："他没有，他那个后娘死了，他回来奔丧，正好也躲过了一劫。"说完这话，他拉扯了张嘉田上汽车，"干爹，咱们有话回家再说，一会儿过城门的时候，你趴到座位上，别让守城的卫兵从车窗瞧见你。如今在这文县，我们是谁都信不过了。"

张嘉田依言坐到了后排座位上，想到马永坤没死，心里稍稍地得了一点安慰。马永坤虽然永远耷拉着一张沉痛的面孔，但论起办事，他比谁都谨慎细致，偶尔甚至细致到让人怀疑他精神有问题。张嘉田是懂好歹的，现在尤其更要讲求实际，一个马永坤，抵得过十个混吃等死的跟班随从，只要马永坤活着，家里的其余人等，死就死了吧。

横竖他们哪个都不是他张嘉田的儿子。

张宝玉下午就乘坐汽车出了城，对外只说自己要上山打猎去，如今半夜回了来，守城的卫兵也不疑心。汽车一路驶入了张家大院里，张宝玉跳下汽车，先让家人把院门严丝合缝地关好了，然后才跑去打开后排车门，请出了张嘉田。

张嘉田的双脚刚一落地，两只眼睛就瞧见了张文馨。

张文馨这人一遇到坎坷，就要着急上火地闹毛病，此刻他弓腰驼背地站在张嘉田面前，鼻子上长着火疖子，嘴唇上鼓着大疮，脑袋上还秃了一块，一开口说话，嗓子也是哑的："师座，我的天，可回来了，你平安就好。"

张嘉田原本觉得自己挨了一顿毒打，形象就已经是够凄惨，如今一见张文馨，他发现自己全须全尾的，竟然还算是个体面的。带着张氏父子进了屋子，他坐下来，对着张文馨招了招手："老张你过来，给我讲讲这些天县里的事。"

老张当即走去在他面前坐下了，老张之子则是悄悄地退了出去。而张嘉田先是静静地听，听到一半，他开始发问："别的先不说了，你就告诉我，这回我要是往外走，能有多少兄弟肯跟我？"

张文馨一摊手："那我肯定是要跟着你的。"

"你不算，说别人。"

张文馨掐指计算，嘴唇一动一动地默算数目，末了答道："咱能带走一半的人吧！"

张嘉田听了这话，像被谁堵了嘴一样，半晌没言语。一半的人，也就只有几百，撑死了不会超过一千。他在文县招兵买马地苦心经营了一场，当初雷一鸣和卢督理抢三省巡阅使的位子，他一道命令发出去，轻轻巧巧地就能调出一万士兵。结果兜兜转转地到了如今，他手里就只剩了几百个兵。

兵、马、枪、钱，一切一切的好东西，全没了。

沉默了片刻之后，张嘉田抬手搓了搓脸，然后对着张文馨咧嘴一笑："行啊，一半就一半，别让咱哥儿俩当光杆司令就成！但是我得再多说一句，老张，这回我往外走，可是要挑了大旗单干，说得不好听一点，就是造反。干好了，咱们自己封自己当将军司令；干不好，咱们可能就得落草为寇，当土匪去。你想好了再跟我走，你不跟我走，我也不怪你。"他对着张文馨一抬下巴，“你再想想。”

张文馨听到这里，脸上露出了愁苦面容：“师座，我今年要是七老八十，我就肯定不跟你走了，可我今年才四十五，除了打仗，我什么都不会。我要是这么闲下来，用不了五年，全家就得穷得吃糠。所以啊，你就别问了，我肯定跟你走。要是有仗打，那就更好了，只要是打起来了，咱们就有发财的机会！”

张嘉田直视了他的眼睛：“说准了？”

张文馨点了头：“说准了！造反怕什么呢？我本来就是土匪出身，洪霄九那年要不是把我招安了，我现在八成还是个土匪，我这样的会怕造反？笑话！”

张嘉田看着他笑了，一边笑，一边伸手拍了拍他的肩膀。就在这时，房门开了，有客来到。张嘉田抬眼望去，心中倒是一惊。

他惊，不是因为他看到了打头进门的马永坤，而是因为马永坤身后竟然还跟着个林燕侬。

他确实是把林燕侬这个女人忘了，忘了个一干二净。

惊讶归惊讶，他坐在椅子里，并没有要起身的意思。马永坤见了他，先是像要瞻仰遗容似的，板着脸将他上下打量了一番，然后缓缓地立正，慢慢地抬手，以着向遗体告别的姿态，对他行了个军礼。

张嘉田皱了眉头，决定不搭理他，直接对林燕侬开了口：“你命挺大啊，他逃出来了，你也逃出来了。”

林燕侬站在门口，一双眼睛紧盯着他，同时长长地呼出了一口气。抬手在眼角上抹了一下，她这一贯叽叽喳喳的人，此刻竟然是一言不发，单只望着他一笑。还是马永坤低声答道：“我的继母病逝了，家里没别人，只能等我回来处理后事，林小姐正好也想回来取几样行李，我们同路出京，没想到倒是逃过了一劫。”

然后他抬头看向张嘉田：“帮办没事吧？”

张嘉田笑道：“我不是帮办了。”

马永坤冷着脸答道：“我知道。”

房内寂静了一瞬，张嘉田随即又转向了张文馨，决定不再搭理马永坤。可是面对着张文馨，他忍不住又摸了摸脸——有目光在他脸上缠绵地盘旋，是林燕侬的目光。她此刻黄着一张面孔，胡乱穿着一件长袍，头发也未经修饰，兴许是自惭形秽的缘故，她始终是不出声，单只是直勾勾地盯着他瞧。

终于，张嘉田招架不住似的，扭头又望向了她。

没人这么热辣辣、赤裸裸地爱过他，他的亲爹、亲娘、亲哥哥没这么爱过他，他所爱的叶春好也没这么爱过他，所以他对她就总是摸不着头脑，不但不领她的情，还觉得她没皮没脸的，挺古怪。

“是不是张宝玉给你们送的信？”他对她说了话，“大半夜的，知道我没死就行了，回去睡吧。要见，等明早儿出太阳了，咱们再见。”

林燕侬垂了头，抿嘴笑了。她依旧是不答复张嘉田，只对着马永坤小声说道：“那咱们走吧，这回可算是放了心了。”

说完这话，她又扫了张嘉田一眼，然后不好意思了似的，一转身向外走去，一边走，一边憋不住似的还是笑。

马永坤得了张嘉田的许可，跟着她走出了张宅的大门。两人在卫兵的护送下往家走，马永坤陪着她走出了半里地，忽听她含笑说道：“今夜我可算是能睡个好觉了。”

马永坤听了这话，心里无悲无喜的，甚至谈不上有醋意，就只是觉得活着没什么意思，有点想死。但生死终究是人生大事，他还没真无聊到非死不可的地步，所以只好继续这样活着。对待张嘉田，他的确是无比忠诚的，因为懒得反叛——反叛这事，也没什么意思。

况且，活着还可以天天看见林燕侬。林燕侬这个细眉细眼的小模样，他看在眼里，觉得真是好看，比花好看，比戏好看。

（四）

马永坤带着林燕侬一走，这屋子里就再没什么人或事能牵扯张嘉田的注意力了。他把全副精神都放在了张文馨身上，又把张宝玉也叫了来，让他也跟着听听两人的谈话。照理来讲，张宝玉几乎还是个半大孩子，并不能十分算个成人，但张嘉田现在身边也没什么人了，半大孩子也有资格充当他的得力干将了。

张文馨这人，既不算多么有勇，也不算多么有谋，人生目标就是多弄几个钱养老，而弄钱的途径就是去当兵打仗，打胜了好就地开抢，仿佛除此之外，人世间再无其他的行业。如果打不出胜仗抢不到养老的钱，那么活着和死了也差不许多，所以他还并不能算是贪生怕死之徒。张嘉田和这样一位老兄弟谈到了凌晨，没有得到任何有益的建议，还是张宝玉着了急，开口说道："干爹，你别跟他说了，他没主意，什么都不知道。你觉得该怎么干，你发话就是了！"

张嘉田一瞪眼睛："怎么说话呢，那毕竟是你爹！"

但他心里也承认张宝玉说得对，所以接下来就转向了对方那张红彤彤的少年面孔，嘁嘁喳喳地下达了一串密令。张宝玉一边听，一边连连地点头，等到张嘉田把话说完了，他一挺身蹿了起来，抬腿就要往外走。张文馨见状，连忙唤道："你这就去？"

张宝玉彻夜未眠，然而脚步不停，且走且答："不用等了，天都亮了。"

张嘉田听了这话，下意识地抬眼去看窗外，结果发现夏季天长，天果然是亮了。

张嘉田藏在了张文馨家中。吃过早饭睡了一觉，他在中午睁开眼睛，就见张宝玉已经回了来，并向他汇报道："干爹，我带人把那批枪弄回来了。"

"那一批枪"是张嘉田年初时买回来的，枪是日本的三八式步枪，张嘉田本打算用它来装备一批新兵，然而后来杂事缠身，他一直也没回文县，这批步枪也就长住在了军火库里。张嘉田若是不提，旁人几乎不知道这件事，自然也想不起来它——亏得旁人想不起来，要不然它早没了。

张宝玉凌晨出发，带人从军火库中把这批步枪运了出来。他觉得自己这事办得挺利索，所以回家之后挺得意。张嘉田也觉得这小子比他爹强，正打算夸他几句，哪知马永坤来了，并且还带了个消息："师座，张团长在外头和人吵起来了。"

所谓张团长者，自然就是张文馨。张嘉田不知道张文馨上午是什么时候出门的，但在他张嘉田当师长的时候，向来没人敢和张文馨吵架，张文馨病病歪歪的，谨言慎行，也从不和人犯口舌。所以听了马永坤的话，张嘉田不由得有点紧张："吵起来了？因为什么吵起来了？"

马永坤不知道，于是张宝玉自告奋勇，又跑了出去。跑了没有半个小时，他便把他爹带了回来。不等张嘉田发问，张文馨自动地开了口："师座，你看，我让我的副团长给奚落了一顿。"

张嘉田细问了一番，这才明白了来龙去脉——张文馨今天上午突发奇想，想要出去试试自己还有多少余威，然而到了团部之后，底下的小兵们没怎么样，几位新上任的军官倒是把他当成不识时务的老家伙，想用冷言冷语把他刺回家去，他一恼，这才和那几位“新人”吵了起来。

听了张文馨的这一番讲述，张嘉田沉默了片刻，末了说道：“咱们不能再等了，再等下去，别说半个团，恐怕很快连条狗都不听你的话了！”

张文馨当即问道：“那你打算怎么办？”

张嘉田端起一只大茶杯，咕咚咕咚地喝了一气冷茶，然后抬袖子一抹嘴，对着张文馨父子以及马永坤一招手：“你们过来，都听我说。”

张嘉田与面前这三人密谋了一个多小时。密谋结束之后，他们各自回房，吃饭睡觉。张文馨的老婆则是带上几个小孩子，坐着大马车回了邻县的娘家去。

午夜时分，张家院子里点了灯。

张嘉田吃饱喝足，换了军装，系了武装带。把手枪插进腰间的皮套里，他推门走了出去。张家没了孩子和女眷，显得空旷了许多，张文馨站在门外，低声告诉他道：“咱们的人，已经集合好了。”

张嘉田一点头，很奇异地，心中竟是一点也不慌张，仿佛是修行许久，此时终于得了正果，哪怕下一秒便死了，也不在乎。

把刚放好的手枪又从皮套里拔了出来，他扭扭脖子晃晃肩膀，对着张文馨一摆头：“走！”

一小时后，文县乱了套。

先是军火库爆炸了，巨响撼动了半个县城，随即军营之中闹起了内讧，糊里糊涂地也不知分了几个阵营。总之，大部分士兵是在睡梦中被爆炸声震醒的，醒了之后一睁眼睛，流弹已经伴着火光和他们擦身而过。有人要杀他们，他们还能不反击？于是整座军营瞬间乱成了一锅粥，并且是一锅血肉横飞的粥。张嘉田带着十几个悍不畏死的野小子，直接杀进了师部——这时候没跟着他一起造反的人，统统都被他打入了敌人行列，师部里那些睡眼蒙眬的活口，被他们一枪一个，毙了个干净。而以师部为中心，那十几个小子开始高声大叫：“别打啦！小张师长回来啦！”

文县没有不知道“小张师长”的，听闻他回来了，有人犹犹豫豫地放下了武器，打算向小张师长投降，可还没等这人举起双手，忠于小张师长的士兵便已经趁机向他扫去了一梭子子弹。

这也是小张师长提前派人吩咐下去的——墙头草一概不留，真把人杀绝了，大不了将来再招新兵！

军营里是杀得血流成河了，县城一角忽然开了炮，炮弹满城开花，把军营外的百姓世界也炸成了人间地狱。开炮的人是张宝玉——他提前奉了张嘉田的命令，在张嘉田带人大开杀戒之时，他直奔城边的仓库，将几门大炮推了出来。

城中的百姓和张嘉田是绝无仇怨的，可这回也随着张嘉田的敌人一起遭了大殃。张嘉田知道这一夜有无数的人枉死了，然而全然不在意——无毒不丈夫，他想。

带领着有限的几百人马，他杀了整整一夜。

天明时分，他停了手。

他和他的队伍，先前在文县驻扎了许久，一直不曾扰民，百姓们都当他是个好人，没想到这好人会忽然转了性，变得比修罗恶鬼更坏。文县的房屋被炮弹炸毁了约有四分之一，军营倒是完好无损的，然而瞧着比那破房子、破街更恐怖，因为里面全是尸首——夜里杀到了最后，张嘉田亲自带人搬来了几挺马克沁重机枪，对着营房无差别地反复扫射，扫得那帮士兵七零八碎，人头四肢在半空中乱飞。

太阳出来了，天边显出了朝霞的光芒。看天色，这只不过是个最寻常的夏日清晨，可空中弥漫着硝烟和鲜血的气味，让这个清晨又变得很像噩梦。

张嘉田让士兵把师部门口的尸块都搬开了，扫出了一条能让人落脚的道路，然后把本城的县知事以及大士绅们都叫了过来。

笔直地站在本县这群阔人面前，他摘下军帽，用毛巾擦了擦头上的热汗，然后说道："我张嘉田到了文县两年，在今天之前，一直尽忠职守地保卫着地方，也没向你们要过什么。是吧？"

他这话是真话，所以士绅们纷纷地点头，县知事大着胆子答道："是的是的，张师长确实是个爱民如子的好人，我们都是看在眼里、记在心里的。"

张嘉田没理他这句马屁，背着双手站在人前，他继续说道："实不相瞒，兄弟如今落了难，你们也看见了，我们浴血拼杀了一夜，才总算扫清叛军，护卫了地方。到了这个非常的时期，我开口向你们要点钱粮，不为过吧？”

县知事立刻答道：“不为过不为过，这是我们应该做的。只是不知道张师长这边，还欠缺多少钱粮，您说个数目出来，我们一定尽全力去筹措，决不让老总们受苦。”

张嘉田看着这位县知事，见他说话虽然流利，可是面无人色，冷汗顺着鬓角往下流，至于旁边的阔人老爷们，则是统一地瑟瑟发抖，显然是都已经吓破了胆子。他们既是知道怕，倒是省了他的事。后退一步靠着桌边半坐半站了，他开口说道：“多了我也不要，你们在一天之内，给我送来十万块钱就行。”

县知事登时抬头打了结巴：“十、十万？这、这……”

张嘉田把脸转向了他：“别说你们连十万都拿不出。谁不知道文县是个富庶地方，我跟你们要这么点钱，你们都要推三阻四吗？”

说到这里，他似笑非笑地皱了眉头：“还是说，你们等着我让弟兄们亲自到你们家里拿钱吗？”

此言一出，士绅们差点儿吓晕过去，县知事慌忙将两只手乱摆了一气：“不不不，不敢劳动老总，我们这就回去筹钱！一旦钱凑足了，我们马上把它送到师部里来。”

张嘉田摇摇头：“别‘一旦’，我没那个时间等你们，就以今天下午四点为限。四点之后钱不送到，我带人挨家找你们去！”

（五）

文县是个太平地方，起码近些年没遭过这样杀人放火的大难，士绅们吓破了胆，全都同意破财免灾，所以没有等到下午四点钟，就纷纷把钱送过来了。

城内的钱来了，城外的人也来了，只可惜对于张嘉田来讲，钱是好钱，人却不是好人——那人，是陈运基的人。

张嘉田冷不丁地在文县冒了出来，并且在一夜之间把文县闹了个天翻地覆。消息传出去，北京城内的雷一鸣立刻就有了反应，这反应的具体表现，便是驻扎在文县附近的陈运基调兵遣将，杀了过来。陈运基早就憋着要宰了张嘉田，而且知道文县城里的兵力至多不会超过一个团，所以一点儿没犹豫，带着一个师的人马连夜赶来，立刻就要着手攻城。

然而，张嘉田没有给他这个报仇雪恨的机会——他刚刚在文县城外摆好了攻城的架势，就听闻城内的张嘉田已经跑了。

张嘉田本来就没想在文县久留。

凭着他那半个团的人马，想要霸占住这样一座富庶繁华的大县城，那是纯粹的妄想。所以在一夜杀戮过后，他要钱、要粮、搜罗马匹车辆，把能拉走的枪支弹药全装上了大车，然后趁夜开了一方城门，离开了文县。

出城的时候，正是午夜，文县的盛夏，午夜也能如白昼一样闷热，张嘉田骑在马上，回头去看自己的队伍。队伍少得可怜，一眼就能望得到头，并且每个士兵都背着扛着点什么，会赶车的还要拎着鞭子，赶着那满载的骡子车、马车，很像是拖家带口地在逃难。

张嘉田在北京城里生，在北京城里长，穷是受过的，可活了二十多年，没穷到断顿过，也从来不知道什么叫作逃难。这回他知道了，他还知道前路茫茫，自己无处投奔，所以接下来还是要打，还是要杀。武装带五花大绑地捆出了他一身热汗，路旁草丛里有大合唱似的虫鸣声，他隔三岔五地就要回头，生怕虫鸣声会掩盖了追兵的脚步声，同时又庆幸这是夜里，夜色浓重，他成了马上的一个黑影子，部下们不会看出他“行色仓皇”。

翌日正午，张嘉田的队伍进了一处市镇，在镇上休息了半个小时，他们继续上路，结果走出没有十里地，东西南三个方向就都来了追兵，而且三股追兵分属三支队伍，都是得了雷一鸣的命令，要在直隶地界对张嘉田围追堵截。张嘉田是绝对没有力量以一敌三的，所以别无选择，只能朝着北边逃，逃得狼狈，马车丢了，粮草也丢了，甚至在逃到第三天时，竟被一小股土匪抢了二十条枪去。下头的士兵们见了这般情形，心里也都明白了，有心脱了军装当逃兵，可张嘉田的亲信部下提枪押着他们走，不给他们脱逃的机会，哪个敢硬逃，那就是等着吃枪子儿。况且他们这扛惯了枪的人，手上头上都有痕迹，一旦让后头的追兵们逮住了，也是一死——小张师长现在已经对着全直隶宣了战，害得他们也走上了这一条不得回头的死路。

他们拼死拼活地走出了一片平原，后头陈运基的队伍对着他们开了炮，炮弹追得他们撒丫子逃，一直逃进了山林里。山林里什么活物都有，专在这大夏天里各显神通，咬得他们胖头肿脸。张嘉田的胳膊让流弹蹭了一下，蹭出了一道血口子，他自己用绷带缠了几道，缠得住伤，缠不住气味，所以也招来了苍蝇。人不人、鬼不鬼地穿过了这一片山林，士兵们真走不动了，东倒西歪地瘫坐在地上，军官们纵是用枪托砸他们的脑袋，他们也爬不起来了。张嘉田急得跳下马来，对着他们吼："他妈的就知道歇着，就知道歇着，再歇就歇进阎王殿里去了！起来起来，谁要赖我毙了谁！"

他站着骂，士兵们饥肠辘辘地瘫在地上，也急了，坐着和他对骂："你他妈的有车坐有马骑，你是不累了，可我们是靠着两只脚走的，我们凭什么不累？留下来让人打死，爬起来活活累死，横竖都是死，还不如让人打死，落个痛快！"

此言一出，又有一人高声嚷道："我们为你卖命一场，一点好处也没落着，你反倒还要毙了我们，你他妈也是人做的？！"

这一番话可说是骂出了士兵们的心声，所以在这骂声落下之后，远近的士兵都吼骂了起来。

这帮士兵平时操练喊口号时，都不曾喊得这样整齐有力过。张宝玉听了，气得眉目变色，抓起步枪就真要杀人，张嘉田一把将他的步枪枪口压了下去，对着士兵吼了回去："那也得走！你们全他妈的留这儿死绝了，我他妈的给谁当师长去？我告诉你们，你们哪个死在这儿了，哪个就是我的野儿子！"

说完这话，他转身走向队伍前头，同时对着张宝玉大声说道："把马牵开，不是都看我骑马眼热吗？我不骑了，要走一起走！"

马夫把马牵走了，其余的军官——凡是有资格骑马的——也都下了马。士兵们见状，觉着自己骂得够劲儿了，小张师长做得也够劲儿了，便陆续地站了起来，不情不愿地继续跟着他上了路。

走了没有多远，他们又进了一片山林。张嘉田现在也走出了经验，知道在这崎岖不平的山地上走最费劲，但是当着后头那几百人的面，他高抬腿轻落步，走得蹦蹦跳跳，头也不回，丝毫不露怯。可他扛得住，后头的士兵们体力早已透支，却是再也扛不住了，不知道是谁急了眼，咬牙切齿地又骂了一嗓子。

有这一嗓子带头，几百人的大合骂就又开始了。唱歌似的，喊号子似的，他们扯着嗓子边骂边走，张文馨装聋作哑，副官秘书们面面相觑，张宝玉气得想要骂回去，然而前方的张嘉田忽然转了身，高抬双手随着骂声打起了拍子，等到那骂声随着他的指挥越发整齐了，他做了个向左转的手势，于是队伍一步没停，训练有素地一齐往左转了弯。

士兵们累得要死，也没有好吃好喝，然而扯起喉咙骂了一场，骂得痛快淋漓，骂得身心舒畅。这一回他们走得分外长久，最后进了一处镇子，就听周围百姓的口音都变了，随便抓了个人一问，这才知道，自己已经进了察哈尔地界。

张嘉田终于下了就地休息的命令，也不许他们骚扰地方，拿了钱出来买馒头买热水。自己拿着一个热馒头咬了几口，张嘉田想要支使马永坤去打听打听这地方是归哪个县管，然而转念一想，还是把这差事派给了张宝玉——马永坤这人瞧着太不招人爱，当地百姓看他可恨，很有可能不告诉他实话。

张宝玉颠颠地跑进一家茶馆，对着掌柜问了半天，不得要领，因为掌柜所说的语言，也许是山西话，也许不是山西话，但不管是哪里的方言，他都听不大懂。他活了十几岁，最远也就是跑跑北京、天津，没见过外头的世面，也没听过外面的语言。一头雾水地出了茶馆，他没了法子，只好把他那亲爹张文馨拽了过去。

他近来总觉得他这位亲爹什么都不懂，然而亲爹扶着柜台弯着腰，竟然半死不活地跟着茶馆掌柜唠了起来。他站在一边听着，心中对爹依旧毫无崇敬之情，认为爹之所以能听懂这掌柜的话，完全只是因为爹老。如此静听了片刻，他心里有了答案，立刻抛弃亲爹，要跑出去向干爹做一番汇报，哪知道他刚把一只脚迈出茶馆大门，就发现镇子上的形势变了。

他们被一支军队包围了！

包围他们的这支军队，乍一看上去，可以说是来历不明。

他们的军装都是本地土布染的，染得深一块浅一块，并没有个固定的颜色，手里的武器也是五花八门，从机关枪到大砍刀，还有扛着红缨枪的，一应俱全，像是要开博览会。嚼着馒头喝着热水的张部士兵一见来了敌人，登时叼着馒头一起站了起来，张嘉田也紧张了，张宝玉也拽着他爹跑了出来。

这时，对方的长官出了场。

对方士兵的形象和武器虽然都有资格开办一场博览会，可对方长官却是戎装马靴俱全，腰间扎着宽牛皮带，胸前口袋里插着墨镜，头上戴着巴拿马草帽，手里还攥着一把大折扇。出场之后，该长官开口便问："你们是张嘉田师长的队伍吧？"

张嘉田没言语，只看了旁边的马永坤一眼。马永坤这时候像和他心有灵犀一般，当即上前一步，反问道："你们是谁的人马？"

长官一听这话，就明白自己没找错人。"唰啦"一声甩开折扇，他一边扇风，一边一团和气地又问："张嘉田师长是哪位？我们奉命等您好久啦！"

这回不用马永坤代劳，张嘉田亲自开了口："你们到底是什么人？我们之前没打过交道吧？"

长官笑道："您和我肯定是没打过交道，我是奉命过来等您的。我是曹正雄师长的部下，您大概也不认识曹师长，不过我们曹师长他九舅，和您是老相识，您一定认识的。"

张嘉田听到这里，莫名其妙："你们曹师长他九舅——谁啊？"

"他老人家姓洪，名讳是上霄下九。"

张嘉田把这话听明白了，可又觉得明白得不对、不敢明白。他迟迟疑疑地转向了马永坤，马永坤面无表情，告诉他道："洪霄九。"

张嘉田的脑子里打了个炸雷："洪霄九……不是死了吗？"

长官微笑着摇头，说道："没有，他老人家活得好着呢。"

第二章

DI ER ZHANG

雷霆雨露

伸脖子是一刀，缩脖子也是一刀，事到如今，他多活一时算是赚一时，多活一秒算是赚一秒，走一步看一步，万事都是身不由己了。

（一）

张嘉田抬头看了看头顶上的大太阳，确定了自己身在光天化日之下，应该不至于白日活见鬼，低头又看了看对面这位长官——长官有汗有气有影子，也确实不是什么借尸还魂的怪物。

“他还活着？”张嘉田开了口，“那他的命可是真够大的。”

长官笑了笑，说道：“张师长别误会，舅老爷特地提前嘱咐我们了，让我们转告您一句话，说是冤有头债有主，他知道当初谁是东家谁是伙计，要算账，他也找东家算。”

这话说出来，在场这些人里，除了张嘉田心如明镜，其余众人都是听得糊里糊涂。而张嘉田环顾了四周，见对方那些穿着破衣烂衫的士兵层层叠叠，把自己这一小帮人包围得密不透风，便叹了一口气——伸脖子是一刀，缩脖子也是一刀，事到如今，他多活一时算是赚一时，多活一秒算是赚一秒，走一步看一步，万事都身不由己了。

“那接下来，你们是想怎么样？”他问道，“是你带着我去见洪霄九，还是让我在这儿等着洪霄九来？”

那长官把折扇一收，笑道：“请张师长跟我走一趟吧，也不用您多走，舅老爷昨天晚上到了本镇，就在前头那条街上等着您呢！”

张嘉田听到这里，彻底死了那火拼的心。洪霄九从昨晚就张开口袋等着他了，等到如今，万事俱备，怎么可能容许他再逃脱出去？把心事都压到了心底，他平静了面孔，回头对着张文馨说道：“你留下来管着队伍，我去一趟。”

张文馨立刻说道：“让老大跟着你。”

所谓“老大”者，自然就是他的长子张宝玉。然而，张嘉田摇了头：“不用，真要有事，带十个他也没用。让他留下来陪着你，我带小马去。”

说完这话，他转向前方，率先迈了步子：“走吧！”

镇子不大，张嘉田三步两步地走过了这条小街，然后一转弯，就看见了一座二层木楼，楼上挂着饭店的幌子，算是本镇最为辉煌的建筑。楼内静悄悄的，一个客人也没有，只有士兵在各个转角处站着岗。在那位长官的引领下，张嘉田抬脚踩着那吱嘎作响的楼梯，一路走上了二楼。

二楼的桌椅全都撤了，只在正中央留了一桌。服色鲜明的士兵荷枪实弹地分列左右，护卫着桌旁坐着的一名便装男人。张嘉田停在桌前，看着那人，第一眼，没有认出他是洪霄九。

因为洪霄九满头的短发都花白了。

头发花白了，眉目却还没变，虎背熊腰的高大身量也没有变。端然坐在一把大太师椅里，他抬眼将张嘉田打量了一番，然后向旁边一伸手：“张师长，请坐。”

隔着这张桌子，张嘉田拉过椅子，面对着洪霄九坐了下来。他是穷途末路的人，已经没有那个兴致再来装腔作势、声东击西，所以迎着对方的目光，他直接发了问：“你找我来干什么？”

洪霄九答道：“报仇。”

张嘉田直视着他的眼睛：“找谁报仇？”

洪霄九听了这话，却是微微地一笑：“照理来讲，应该先找你报仇，不过念在你当时还是个连杀人都不会的崽子，我不和你计较，饶你一命。”

说完这话，他嘿嘿嘿地笑出了声音，一边笑，一边抬手解开褂子纽扣，扯开衣领露出了一大片胸膛。他肩宽背厚，胸膛也宽阔，前胸赫然印着三四道鲜红刀疤，每一道刀疤都只有二指来长，不是砍出来割出来的，是用刀尖扎出来的，可是因为皮肉下头还有肋骨挡着，所以刀尖不能继续深入，只能扎破他的皮肉，却刺不穿他的心肺，要不了他的性命。

手指点着一处刀疤，洪霄九说道：“本来一刀就能完事的活儿，让你干了个稀烂，倒是差点儿把我的肠子豁出来。真的，你原来连鸡都没杀过吧？”

张嘉田一点头：“对，没错，在那之前，我是连鸡都没杀过。我手上第一回沾血，就是杀你。”

洪霄九慢条斯理地系了纽扣："那你的胆子倒是不小，不怕杀我不成，反倒送了你的小命？"

张嘉田答道："怕。怎么可能不怕？"

"那你还干？"

"那时候我跟雷一鸣好，雷一鸣让我干，我就干。"

"那你和雷一鸣后来怎么又闹掰了？"

"这跟你没关系。"

说完这话，张嘉田见桌上有饭有菜有酒，酒杯也都是现成的，就伸手抄起酒壶倒了一杯。酒是烧酒，他端杯喝了一大口，一股辛辣的火苗顺着他的喉咙往下烧，一直烧进了肠胃里。精神稍稍地振奋了一点，他放下酒杯，不喝了。

"那一夜跳进你家里的人是我，往你身上捅刀子的人也是我。你要想宰了我报仇，那就是现在了。"他抬头去看洪霄九，"要不然等我缓过了这口气，你想杀我就得等下辈子了。"

洪霄九反问道："那我要是不杀你呢？"

张嘉田一耸肩膀："你不杀我，我就活着，还能怎么样？"

"我还以为你会去杀雷一鸣。"

张嘉田向后一靠，冷笑了："我杀谁，杀不杀，都与你无关。你想留我一条命给你当枪使？那你也是打错了算盘。你想想，我要真是一条好枪，雷一鸣干吗还要满世界地追杀我？雷一鸣用不了我，你就能用得了？不怕我炸膛崩了你？"

洪霄九皱起了两道浓眉："小子，真看出你是雷一鸣带出来的人了，交人不交心，就知道个用。你跟他学坏了，你知不知道？"

张嘉田坐直了身体："难道你不是想用我去打雷一鸣？你从昨晚就跑过来等着我，难道是等我过来交朋友的？"

洪霄九一扬眉毛一撇嘴，做了个不以为然的鬼脸："你想杀雷一鸣，我也想杀雷一鸣，算得上是志同道合，为什么不能交个朋友？"他摇晃着站了起来，抄起酒壶向前一送，"你的意思呢？"

张嘉田看着他，看了好一阵子，最后，起身伸手把酒壶夺了过来："论年纪，你算是我老大哥，第一杯酒，应该我给你倒。"

说完这话，他欠身向前，把洪霄九的酒杯斟满了。洪霄九摇晃着坐了下去，却之不恭，受之也无愧。拿起筷子又对张嘉田说了一声"请"，他自己先夹了一大筷子菜塞进了嘴里，而他既是鼓着腮帮子大嚼起来了，张嘉田也就不必再客气——连着好多天没吃过正经饭菜了，他现在对着这满桌没了热气的本地佳肴，也饿得有些发昏。

洪霄九狼吞虎咽地吃了几口，忽然抬头吩咐身边的副官："去给师长发封电报，就说我今晚在这儿再住一夜，明天回去，张师长跟我一起走。"

副官答应一声，小跑着下了楼。张嘉田见状，便停了筷子问道："那个师长，是你外甥？"

洪霄九一点头："对，是我外甥。"

"你这两年，一直就在你外甥家里？"

洪霄九像是被他问住了，愣了愣，然后才讲述了他这两年的经历——那一夜他被张嘉田用乱刀捅去了大半条命，鲜血淌了满床满地。而他当时认出了这刺客乃是雷一鸣身边的人，又知道这雷一鸣这些年饱受了他的压迫，如今既是敢派人来杀他，必是做了万全的准备，定是要置他于死地。

雷一鸣做了万全的准备，他却是完全的措手不及，慌乱之下，只能是逃。他流血流得奄奄一息，肚皮被刀子扎穿了，肠子也流了出来，纵有亲信把他收拾完整抬进了汽车里，可他又哪有力量再去调兵遣将进行反击？

而且正如雷一鸣所料，他要来的那一百万军饷，也真引来了贪婪的外贼与内奸。

为了保住自己这一条性命，他隐姓埋名，钱不要了，兵也不要了，逃出直隶的时候，他身边就只剩了一个随从。至于他那个外甥曹正雄，倒真是他的亲外甥，外甥青年从军，从军五年，战功约等于零，直到迎来了洪霄九这位小舅舅，曹正雄才一步步地出息起来——此地位于几省交界，几乎是个三不管的地带，曹正雄凡事全听洪霄九的话，该打仗就打仗，该收税就收税，该招兵就招兵，该训练就训练，成绩斐然，舅舅也因此成了外甥的灵魂。

洪霄九这一路走来，走的乃是一条血路，然而他并不渲染，只用三言两语讲了骨干，多余的感慨是一句没有。他不多说，张嘉田也不多问。一鼓作气吃了个饱，他最后问洪霄九："这饭馆让你包了？"

洪霄九点点头："对，专为了招待你。"

"厨子都还在吧？"

"在。"洪霄九看看他，又看看满桌的残羹，"没吃饱？再给你来一桌？"

张嘉田站了起来："一桌不够，能来多少来多少吧！实不相瞒，我的人这些天都跟我遭了大罪，现在有了好的，我不能一个人吃独食。"说完他对着马永坤的方向一偏头，"瞧瞧我那个副官长，哈喇子都淌到脚面上了。"

马永坤当即一抹嘴："没有。"

（二）

张嘉田吃饱喝足之后，和洪霄九把该谈的话也谈尽了，便在这镇子上的小客栈里好睡了一夜。正经的饭，他是很久没有吃过了，正经的觉，他也是很久没有睡过了。一觉睡到了翌日天明，他醒来时就觉得周身酸痛，然而精神是真足了，自己都觉着自己是眼明心亮。

出门让勤务兵舀来了井水，他把头扎进水里，马似的打着响鼻洗了一阵。马永坤和张文馨也醒了，张嘉田一边用毛巾擦着头脸，一边问道："宝玉呢？"

张文馨答道："还没醒呢，小孩子贪睡。"

张嘉田道："让他睡，等咱们要走了再叫他。"

张文馨又问："师座，咱们真跟洪霄九走啊？"

张嘉田反问道："你有更好的去处？"然后不等张文馨回答，他压低了声音，"走一步看一步吧，反正这回咱们真是把脑袋别在裤腰带上了。"

这话说完，客栈外头来了人——林燕侬。

张嘉田见了林燕侬，虽然觉得她像是从天上掉下来的，但并不是很惊讶，因为这女人一贯如此，动辄就冷不丁地出现在他面前。攥着手里的大毛巾，他也没想着道声辛苦，开口便问："你怎么来了？"

林燕侬身穿灰布裤褂，脚穿灰色布鞋，鞋面上的灰土能有一寸多厚，头上也包了一块灰不灰蓝不蓝的帕子，一瞧就是故意打扮成了这个灰老鼠的样子，要在长途跋涉之中掩盖自己的姿色——但她此刻也没有什么姿色，一张黄脸圆圆肿肿的，眼皮很厚，挤得眼睛成了眯眯眼，嘴唇也是灰白干裂。后背斜背着个破包袱，她瞧着非常地像难民。张嘉田对她镇定，她对张嘉田也镇定："我一直悄悄地跟着你们呢。"

张嘉田又问："我不是让你在文县老老实实地待着吗？"

"你不在那儿了，我不敢待。"

"你就是这么一路走过来的？"

"我不走过来，我飞过来呀？"她笑了，干燥的嘴唇一抿，抿出了一道血口子。张嘉田皱着眉头用毛巾往她嘴唇上一擦，擦下了一抹鲜血："我看你真是有毛病，一个娘儿们到处乱跑什么啊！你这样的死半路上都没人给我送信，都没人给你收尸，知道不知道？"

林燕侬用手指摁着唇上的痛处："反正我是活着追上你了，你既是知道路上危险，就不能再撵我走。"

张嘉田把手里的大毛巾往水盆里"哐啷"一扔，还是觉得这个女人莫名其妙："你是不是疯了？"

林燕侬背过手，把大包袱向上托了托："累死我了，我得喝口水。"然后她转向了张文馨和马永坤，先对着张文馨笑眯眯地一鞠躬，说了声"张团长好"，然后又对马永坤问道，"表哥，有水吗？我不饿，就是渴得喉咙里要冒火。"

马永坤一言不发，扭头就往厨房里跑，眨眼工夫就回来了，用双手捧着一大茶杯白开水："你喝。"

林燕侬接过了那有她半个脑袋大的大茶杯，咕咚咕咚地痛饮了一场。这一大杯水让她的嘴唇恢复了鲜润的红色，她把大茶杯交还给了马永坤，然后拉扯着张嘉田进了房，小声笑道："你别这么虎着脸看我成不成？人家千山万水追着你来了，你可好，不但不心疼我，还瞪我，什么人呀！"

"我没瞪你，我是纳闷。我也没什么好处给你，你老跟着我干吗啊？"

"你没好处给我啊，我可有好处给你。"说到这里，她一拽他的袖子，望着他的眼睛笑问，"你是不是没钱了？"

张嘉田狐疑地看着她："干什么？这跟你有什么关系？"

林燕侬答道："你要是没钱了，我给你。我不是有钱吗？"

张嘉田立刻摇了头："我有钱，没钱也不花你的钱。你现在也没个着落，将来还指望着那些钱过日子呢。"

林燕侬听了这话，沉默片刻，然后垂下了头，依然拽着他的袖子："那你就给我个着落嘛。"

紧接着，她喃喃地又道："人家男子汉大丈夫都是三妻四妾的，我不敢奢望去做你的正房太太，只要你肯要了我，我能明公正气地跟着你，就心满意足了。”

说完这话，她垂头静等了片刻，却是没有等到张嘉田的回答。攥着他那袖子的手慢慢松开了，她忽然不敢抬头了，怕一抬头，就会又羞又痛地哭出来。转身背对着张嘉田，她轻声地嘀咕：“论模样，我不丑，论年纪，我也不老，要说洗涮做活，我也都能干。我哪里比别人差了？送上门来都不入你的眼？”

然后她伸手作势要去开门：“你既是嫌弃我，那我还是回去吧，要不然你瞧我碍眼，我心里也难受。”

一只大手攥住了她的细胳膊，随即张嘉田的声音响了起来：“行了，你留下吧！这一趟没死半路是你命大，你还敢一个人再走回去？”

她慢慢地转了身，溜了他一眼：“那我洗把脸去。”

林燕侬一分钟都没歇，刚把脸洗干净，就又跟着张嘉田上了路。

张嘉田不让她混在军队里走，单派了个小勤务兵领着她坐马车，在队伍后头跟着。那大马车的木头轱辘在坑坑洼洼的土路上转动，颠得车内乘客将要乱蹦。可林燕侬在车内伸长了两条腿，却是感觉惬意舒服透了。张嘉田看她不是美人，可她自小就是投身进了美人的模子里，按照美人的风格长大的。她保养得好，身体是雪白的冰肌玉骨，两只脚只肯踩着高跟鞋上楼梯下汽车，也是一双不曾劳苦过的玉足。结果这一趟可好，她险些把一身冰肌玉骨走散了架子，两只玉足也险些让她走成了大脚片子。

她其实也觉得自己疯得不轻，像得了花痴病似的，为了个小爷们儿，命都不要了。

与此同时，张嘉田骑着高头大马，正在队伍前头和洪霄九同行。洪霄九当初落难之时，受过一场凶险的暗算，所乘坐的汽车从山路上滚了下去。他虽是没死，可左腿的骨头被压成了三截，断骨甚至刺破皮肉见了天日。这伤太重了，后来那骨头虽是重新长合，腿也还是囫囵的一条，但走起路来便不再得力自如，让洪霄九不得不常备一根手杖。

这一笔账，当然也还是要记在雷一鸣名下的。

洪霄九为了遮掩那条伤腿，能够骑马便绝不步行。张嘉田因要和他同走，别无选择，只好也上了马。先前受了雷一鸣的影响，他总觉得洪霄九是个大奸大恶之徒，然而今天这么并肩一走一聊，他发现这人好像也没奸恶到哪里去，言谈举止也都爽朗，甚至有点豪气干云的意思。

于是他就想自己当初真是傻啊，雷一鸣说什么，自己就信什么。

队伍行进了大半天，傍晚时分，他们进了一座大县城。

此地名叫青余县，四面城墙高耸，乃是一座很有历史的老城。论繁华先进，它和文县没法比，可县内道路分明、房舍俨然，也不能算坏。洪霄九带着外甥把这座县城占住了之后，首先建了两排体面的砖瓦房，一排充当小学校，另一排做师部。两排房子都安装着玻璃窗，收拾得干干净净，堪称本县最为摩登的建筑，洪霄九还专门从外县的师范学校里绑来了几个十八九岁的女学生，充当小学老师，并且专门告诉他外甥："那几个女教员，不能碰。"

外甥的肉身，是很热爱女性的，但肉身一听灵魂发了话，便乖乖地管住了自己，见了女教员就绕着走，真没敢碰。

洪霄九用这样美丽的房屋和教员以及一顿免费的午饭，吸引了许多儿童少年过来入学，其中那身体好头脑好的英才，便被他挑选出来，收进了师部里当差。学校之内，秩序井然，也是文明的一景——起初也有几个无法无天的大孩子，欺负教书先生是大姑娘，在课堂上乱吵乱闹，结果被洪霄九知道了，这几位学生便被士兵押去校外的十字路口，砍了脑袋。从那以后，教室的讲台旁边都架了大刀，莫说学生，连教员都战战兢兢地不敢偷懒了。

这千家万户的孩子们，都被洪霄九管了个老老实实，他那位军功等于零的外甥，自然更被他牢牢攥进了手心里。张嘉田进城之后，迎头就先瞧见了外甥先生。外甥——曹正雄师长——今年也就是三十岁上下的年纪，生着一张娃娃脸、大眼睛双眼皮、小尖鼻子、小薄嘴唇，有点男生女相，脸上也不知道是少了点什么，总之一瞧就是个没出息的。

曹正雄师长自小受了九舅的影响，立志从戎，单是国内的军校，就念过五六家，然而在哪一家都没能毕业，还专门到德国、日本学过军事，花了家里好些钱，堪称是一位饱学之士，会说好几句外国话，尤其擅长吃西餐。洪霄九自从到了他这里之后，每隔个三五天就想揍他一顿，可他对洪霄九一直是相当地崇拜和恭敬，又有着三十来岁的年纪，洪霄九思前想后的，有点不好意思，就一直憋着没揍。

曹正雄见了舅舅就如同见了灵魂和主心骨，对待张嘉田也挺热情，但热情得不甚纯粹，张嘉田觉出来了：这个不男不女的大概是瞧自己年轻，有点看不起自己。

他没恼，因为凭他现在这个落魄模样，确实是没什么可让人看得起的。他想真金不怕火炼，咱们往后瞧吧！

（三）

天津，雷公馆。

林子枫在公馆门外下了汽车，夹着一个公文包往里走。夏天算是快过去了，空气中已经有了一点秋意，秋意并不萧瑟，反倒是有点金满仓银满仓的喜气；或许是因为他刚履行完了一套法律上的手续，几家公司的股东名字，已经从叶春好变成了雷一鸣，雷一鸣是不管这些事情的，所以他如愿以偿，终于又攥住了雷家的财政大权。

穿过庭院走入楼内，他照例是不等人通报，直接上楼去见雷一鸣。大中午的，雷一鸣还在卧室里没有起床，他进门时，陈运基师长正站在床前向他汇报着什么，雷一鸣背靠着两只羽绒枕头，盖着薄毯子在床上半躺半坐，显然是夜里没休息好，因为脸色白里透青，眼睛半睁半闭，满脑袋的头发都直竖着——非得在这个时候，才能看出他的头发很厚很密，白雪峰能把他这么个刺猬似的脑袋梳得油光水滑，真是有点手艺的。

雷一鸣对林子枫视而不见，继续听陈运基报告，及至听到了最后，他点了点头：“行，他带着那么几百残兵败将，都能从你眼皮底下逃出去，真行。”

随即他抬头瞪向了陈运基，攥了拳头猛一捶床，厉声吼道：“你们就会吃干饭吗？你带了多少年兵了？他才带了多少年兵？他一无后盾，二无外应，你就是关门打狗也打死他了，怎么还能眼看着他逃出去？”他随手抄起了床头矮柜上的玻璃烟灰缸，掷向了陈运基的头脸，“老子的脸都被你们这帮蠢材丢光了！”

陈运基向后一晃脑袋，让烟灰缸砸上了自己的肩头。颇灵巧地抬手把烟灰缸接住了，他没说什么，转身把它放到了稍远些的桌子上。床头矮柜上再没别的东西了，雷一鸣环顾四周，没有找到新的武器，气得把身后的羽绒枕头抽出一个，又扔向了陈运基。陈运基这回不躲了，直挺挺地任着他打，同时说道：“大帅请息怒，这回的事，确实是我没办好，大帅对我该怎么罚就怎么罚吧。”

他这人对谁都不太恭顺，对着雷一鸣已经算是相当地有礼了，但在自称之时也是满口的“我”，连个“卑职”都不会说。雷一鸣听了他这番语言，越发地有气：“罚你？罚你有什么用？我提拔你做我的师长，为的是让你给我建功立业，不是为了罚你玩儿！”

陈运基这回抬了头：“大帅若是肯发话，那我就带兵打进察哈尔去！张嘉田就是跑到戈壁草原上去了，我也追他到底，非把他的脑袋给大帅拿回来不可！”

雷一鸣听到这里，怒吼的调门又提高了一级：“你当察哈尔是我家的后院，你要打就打过去了？”

然后他把余下的一只羽绒枕头也丢向了陈运基：“你给我滚出去！”

陈运基面不改色，昂首挺胸地向着雷一鸣行了个军礼，然后“咔嚓”一声做了个向后转，大踏步地走了。雷一鸣一直瞪着他，从他的正脸瞪到了他的背影，等他走出门去了，雷一鸣“嗯”地一掀毯子一翻身，像要结茧似的，用毯子把自己从头到脚裹了个密不透风。

林子枫先是心旷神怡地旁观着，旁观到了此时，见这一出戏已经落了幕，便走去弯腰捡了地上那两个羽绒枕头，放回了床上。毯子上方露出了一丛乱发，他俯身对着那丛乱发说道：“大帅，手续已经办好了，您要不要过一过目？”

那丛乱发没有反应。

林子枫知道他不会过目，所以慢条斯理地投下了第二枚炸弹：“还有一些文件，是需要让太太签字的。大帅若是近几天回京的话，正好把那几份文件交给太太。”

他知道雷一鸣现在一听到“太太”二字就要发疯，所以故意一口一个太太——消息还是泄露了出去，外面都知道雷家的太太为了救姓张的小子，竟然亲自爬到了火车顶上去，连丈夫都背叛了，连性命都不要了。没人敢说雷一鸣是否戴了绿帽子，不过雷太太和张帮办都是二十出头的年轻人，瞧着宛如一对金童玉女，确实是十分地般配。

雷一鸣和第一任太太闹离婚，闹得天下皆知，玛丽冯甚至召开了若干次记者招待会，专为了当众骂他，气得他恨不得活吃了她。第一任太太已经是泼妇了，第二任太太更凶猛，竟然彻底地吃里爬外，公然和他的叛将一条心了！

雷一鸣之所以搬到了天津来住，就是怕自己哪一夜一时失控，会跑去把叶春好掐死。叶春好这个人，他见不得；“太太”二字，他也听不得。一掀毯子坐起来，他跳下床，赤脚推门就往外走——张嘉田迟迟不死，搞得他也没法好好地活，他心里烦得要命，简直连骂人的兴致都没了，只想孤身逃去了清净境界里，和四面八方的这些浑蛋一刀两断！

大步流星地向外走出几步之后，他怒气冲冲地又回了来——忘穿裤子了。

穿了睡裤的雷一鸣又冲出了门，林子枫慢悠悠地跟了出去，结果发现他冲了个无影无踪，楼上楼下都没有他的影子。

林子枫走去了院子里，见园丁正在用大剪刀修剪花木，空气中弥漫着浓烈的草汁气味，清新过了头，简直有点呛鼻子。于是他又回到楼内，随便找个地方坐下来打开了公文包，把里面的文件一份一份拿出来看。忽然有人走到了他面前，他抬了头，看见了白雪峰。

白雪峰嚼着口香糖，在他面前坐下了：“什么时候来的？我都没瞧见你。”

他把文件收回了公文包：“刚来。”他抬手向着天花板一指，“和陈师长闹脾气了。”

白雪峰含笑点头：“我知道，我在楼下听见了。”

林子枫一拍腿上的公文包：“我没得着说话的机会，只好留这儿再等一等。这几天你们回不回北京？这里有几份文件，是需要让叶春好签字的。”

白雪峰笑了：“我不知道回不回，往后太太的事儿你也别找我问。前天，他说我不是好东西，总为太太说好话，肯定是受了太太的好处。还说我往后要是再帮着太太说话，就让我滚蛋。”他苦笑着一摊手，“其实我哪替她说好话了？冤枉死我了。”

林子枫压低了声音：“我看他脾气变得更坏了。”

白雪峰点了点头，小声答道：“可能是缺觉闹的。他夜里睡不安稳，总做噩梦。”

林子枫叹了口气：“那你就要多辛苦了。”

白雪峰又是一个苦笑：“唉！”

林子枫不知道雷一鸣为何会忽然做起噩梦来，白雪峰也摸不着头脑——张嘉田的确是个刺头，不过凭着雷一鸣的权势与力量，无论如何也不该被这个小刺头吓出噩梦来。和白雪峰又坐着闲聊了片刻，林子枫站起身来："我还是得找一找他去。他若是真不管，那我只好自己回一趟北京了。"

说完这话，他就听隔壁响起了"咕咚"一声。低头和白雪峰对视了一眼，两人一起走去隔壁小书房里，结果就见雷督理坐在地上，显然是从身旁的长沙发上滚下来的。呆呆地看着门口这两个人，雷一鸣满头满脸都是热汗，傻了似的只是喘息。

白雪峰连忙上前，把他扶到了沙发上坐下："大帅怎么睡到这里来了？"

他不回答，依然是喘，眼皮要眨不眨地颤动着，仿佛随时都要昏厥过去。

他又做了个噩梦，梦见了雷一飞。雷一飞如今频繁拜访他的梦境，每一次都是面目狰狞，要杀了他。活着的时候，雷一飞不是他的对手，他有一万种方法整治他，死后，这个弟弟却有了出息，占了上风，穷凶极恶地要让他以命偿命。

可他不能承认是自己杀了雷一飞——他怎么可能去杀自己的亲弟弟？不可能！没有的事！雷一飞自己生病自己死，要怪也是怪他自己，和哥哥有什么关系？怪哥哥没给他找大夫吗？笑话！当时是在打仗，军医都被流弹打死了，他上哪里给他找大夫去？

当时的情形，他全记得，另有一些不适宜记得的，则是被他忘了个干净，比如雷一飞是如何直着喉咙叫了半夜，想要一口水喝；又比如雷一飞的尸体已经腐烂发臭，他才发现这个弟弟已经死了。

他没动刀动枪地杀他，他只是把他丢在帐篷里，不管他。他觉得自己并不算是凶手，甚至根本就是无辜，然而雷一飞忽然卷土重来，对他纠缠不休。一手抓着白雪峰的腕子，他的呼吸渐渐平稳下来，心里有个隐约的念头，但是他不肯正视它，更不肯将它付诸行动。

他想见叶春好。

想和她腿挨着腿地并排坐一会儿，想让她用柔软的手为自己擦擦汗，想把脸贴到她的后背上，想把头埋进她的胸怀里。有时她像是个甜蜜温暖的小菩萨，牢固的，可靠的，亿万斯年，永世不移。

他依然思念着她的甜蜜和温暖，可她已经罪不可赦，他又怎么再去爱她？他心里已经长出了一道坎，这道坎把他和她分了开，这道坎，他无论如何越不过去。

（四）

雷一鸣在天津长住了下去。

转眼的工夫，到了八月十五，他原本对任何节日都不大热心，甚至记都记不起，然而今年兴许是身边太冷清的缘故，他反倒对这个节日上了心。到了中秋节这一天，他嘴里没说过节的话，但是招了几个唱曲儿唱戏的大姑娘到家来，吹拉弹唱地倒也热闹到了小半夜。在这样的热闹里，他喝了个酩酊大醉，倒是没对姑娘们生出特别的兴趣来。白雪峰在一旁守着，本以为他独眠了几个月，今天见了这么一群莺莺燕燕，非得玩出点花样不可，哪知道他坐得很稳，大姑娘们清清白白地来了，唱了半宿，又一起清清白白地走了，并没有哪个被他留了下来变成妇人。

凌晨时分，他醉得睡了，不知道是不是酒精的作用，他这一觉竟是睡得如同死了一般，直到翌日中午，他才又睁了眼睛。白雪峰过来问他："大帅，这回睡得还好？"

他点点头，人还没有醒透，含糊地咕哝道："这回睡得好。"

"您没做噩梦？"

他由点头改为摇头："没有。"

白雪峰不再多问，走去安排他洗漱更衣。而他难得地睡足了觉，又经了一番沐浴，最后焕然一新地坐在餐厅里，他那脸上竟然有了一点久违的好颜色。端起一杯热牛奶，他一边喝一边拿起了手边的报纸——看了几眼就不看了，太小的文字和太长的数字，常会让他有头晕目眩之感。他的亲娘曾经对此做过点评："这可见我的儿子，天生就是只能做大事的。"

他对他的亲娘还是比较信任的，他亲娘对他的这句评语，他也觉得很顺耳，故而当时连着乖了两天，让他亲娘也过了两天消停日子。

举杯喝光了最后一滴牛奶，他拿起刀叉，开始去切割盘子里的火腿煎蛋，心里浮想联翩的，从亲娘回忆到了二姨娘。二姨娘生出了雷一飞那个小畜生，对于他和他娘来讲，简直是罪不容诛——二姨娘要是生了个丫头片子出来，罪过可能还小一点儿。他娘没轻饶了二姨娘，正如他没轻饶了雷一飞。后来二姨娘简直吓得不敢出屋，避猫鼠一样，非常地好玩，他现在想起来，还要忍不住微笑。

慢慢地吃光了一盘子火腿煎蛋，他端起了热咖啡。心思从二姨娘那里跳到了五表姐身上，在五表姐那里蜻蜓点水似的一停留，随即又飞向了叶春好——在某种意义上，她们都是他的“姐姐”。垂眼盯着杯中的咖啡，他舔了舔嘴唇，忽然有些脸红，心里暗暗地想：“要不然，我回家看看她去？”

叶春好的罪过仿佛是忽然减轻了些许，他也可以给她一个改过自新的机会。如果她能够真心实意地洗心革面，那么还是有资格继续做他太太的。他甚至想，如果她回心转意了，又肯和自己好好地生活了，那么夫妻同心，其利断金，做什么事情都会顺遂起来，夜里二人同床共枕，雷一飞那种鬼魅自然也会灰飞烟灭。

想到这里，他坐不住了，放下杯子站了起来，他低头看着桌上的空盘子空杯子，脸是板着的，然而嘴角那里噙了一点无可奈何的笑意，自己在心里自言自语：“这女人真是可恨，三天两头地气我。我对我亲娘都没这么服过软，再这么惯着她，我真要成她的孝子贤孙了。”

侧身拉开椅子，他迈步要往外走，刚走了没有几步，他一抬头，却见白雪峰进了来。白雪峰看出他是要走，便笑着说道：“大帅，陈师长来了，您是在哪儿见他呢？”

雷一鸣一听陈运基来了，立刻答道：“带他去客厅。”

在小客厅里，雷一鸣见到了陈运基。

他想陈运基所能给自己带来的消息，无非只有两样，要么是他找到了张嘉田，要么是他没找到张嘉田，不会再有第三种花样。然而陈运基开了口，所说的话却是并不完全在他的预料之内。

陈运基说：“大帅，我找着张嘉田了。”

他一点头，等他的下文。于是陈运基继续说道：“他在察哈尔占了块地方，看那个意思，像是要长驻了。”

雷一鸣一听这话，登时一抬头：“他手里不是就剩下几百人了吗？凭着那么点人马，他还打算在察哈尔占山为王？”

陈运基答道：“据我们侦察，他这几个月一直在招兵，队伍应该已经不止几百人了。而且他和当地的一个姓曹的小军头混在了一起，双方现在似乎是个联合的关系。”

雷一鸣沉默了片刻——陈运基所报告的这一番话，他很相信。张嘉田的确是会“混”的，从个看大门的小听差混到一省的军务帮办，他混得扶摇直上九万里，甚至一度差点儿把自己混成了他的干爹。二十多岁的大小伙子，自愿去认个三十多岁的男人做干爹，雷一鸣现在回想起来，简直感觉自己当初是瞎了眼睛，竟然没看出这是个能屈能伸的人才。

他不能放任这个人才滋生壮大，否则人才迟早有一天会带兵杀进他的家里来。抬眼望向陈运基，他开口说道：“你现在就去调兵，既是知道他的下落了，就绝对不能再放过他。”

陈运基一立正：“是！我这回一定提着张嘉田的脑袋回来见大帅！”

雷一鸣嗤笑了一声：“就凭你？”

然后他站了起来：“信不过你，这回我亲自去。”

白雪峰听闻雷一鸣要“御驾亲征”，吓了一跳。旁人得知了此事，也随着白雪峰，一起跳了一跳。都知道雷一鸣这人贪生怕死爱享受，尤其是近些年，干脆“运筹帷幄之间”，彻底不往前线凑。能让这么个人亲自披挂上阵，足可见那敌人有多么恐怖——可问题在于，那敌人看上去又实在是一点也不恐怖。张嘉田手下撑死了能有个千八百人，并且已经退到了个鸟不拉屎的穷地方，众人总觉着他现在已经和土匪差不许多，在那个地方能活下去，就算不易。

白雪峰对于雷一鸣的人身安全十分关切，因为雷一鸣万一不幸死在了前线，他便必定要失业。偷偷去找了林子枫，他希望林子枫能来劝一劝雷一鸣，然而林子枫不肯劝——自从他没了母亲和妹妹之后，旁人都感觉他像是比先前更冷淡了一些，对人对事，都不大理会。

林子枫既是不肯出马，其余人等说话还没他有分量，所以更指望不上。于是白雪峰没了法子，只得收拾行装，预备随军出发，哪知雷一鸣告诉他道：“你不用跟着我，你回北京家里去。”

“您又让我回去看家？可家里也没什么可看的，还不如让我跟着您呢。天越来越冷了，您身边没个可靠的人照顾着，别的不提，单是冻一下子就够您瞧的。”

“家里不是还有个人吗？”

“您说太太呀？可太太她也丢不了，还用我专门看着？”

雷一鸣瞪了他一眼：“让你留下就留下，哪来那么多废话？”

然后他转身要走，可白雪峰一步紧跟一步地追随了他，絮絮叨叨地说道："大帅，您别嫌我啰唆，您要是天气热的时候出发，我绝对不会这么死皮赖脸地跟着您。可现在这个天气，一天冷似一天，您这身体又特别怕冷，我真是……真是……"

他语无伦次、苦口婆心，仿佛他是雷一鸣的老娘，而雷一鸣是他的老儿子，他非得寸步不离地跟着他才行，否则就会当场伤心而死。雷一鸣听了他这一席言语，有点肉麻，也有点感动，不耐烦地答道："行了行了，带上你就是了！凭什么天一冷我就得闹病？你就不能盼我点好？"

白雪峰赔着笑脸，暗暗松了一大口气——看家这个差事，不是不能干，但是得分清场合。上回他留在家里看家，结果林胜男闹了难产，把他这看家的吓走了半条命。这回家里更热闹了，干脆设了一座大牢，里头关着太太。万一在他看家的时候，太太在牢里寻死了，这算谁的责任？太太没死，而是逃了，这又算是谁的责任？

这些责任都是他负不起的，所以他必须得跟住了雷一鸣。跑战场是苦了一点，可心里轻松，比在北京担惊受怕强。况且他是大帅身边的人，以大帅那种惜命的劲头，就算吃了天大的败仗，只要他跟住了大帅，就必定能够全须全尾地逃回家来。

一天之后，雷一鸣离开天津，往保定大营去了。

他在保定带上了两个警卫团，然后上了火车西行。等到火车走到了铁道尽头了，他下了火车，和陈运基会合，转为北上。陈运基觉得他这实在是小题大做，但是没敢提出意见，倒是雷督理向他问道："和张嘉田联合的那个人，叫什么名字？"

陈运基答道："那人名叫曹正雄。"

雷一鸣想了半天，最后确定自己没有听说过这号人物，于是又问："曹正雄是什么出身？"

陈运基这回摇了头："他这人没什么出身，当年好像是和察哈尔的都统有点九曲十八弯的亲戚关系，所以弄到了一张师长的委任状。他也没干过什么大事，原来我都不知道察哈尔有他这么一个人。"

雷一鸣听到这里，点了点头："那看来这人不足为惧，我们速战速决，应该不成问题。"

第三章

DI SAN ZHANG

十面埋伏

他这一回对张嘉田的追杀，任谁看了都觉得是小题大做，简直是杀鸡用了宰牛刀。可他不怕兴师动众，他要的是斩草除根。

（一）

雷一鸣带兵一路北上，最后在一个名叫安土的镇子上扎了营。

一个镇子容不下他这支上万人的军队，他把总指挥部安在了镇上的一间教堂里，一支警卫团围着教堂保护着他，另一支警卫团则是驻扎在镇边，陈运基所带的那个师暂时落脚在了附近的一个大村庄里。从陈运基的师部，到雷一鸣所在的总指挥部，骑马快跑也就是小半个时辰的距离，双方联系起来，倒也十分方便。

对于雷一鸣的军事水平，陈运基一直有点拿不准——雷一鸣瞧着不像是个骁勇善战的名将，可若说他是徒有其表，也不甚准确，毕竟当巡阅使和选美比赛还不是一回事，不是光凭着仪表堂堂四个字，便有资格走马上任的。他当初能当上督理，后来能当上巡阅使，足可证明他定是有点过人之处。陈运基总觉得自己是没赶上雷一鸣的黄金时代——他投到雷一鸣麾下时，雷一鸣已经在冰河之中冻坏了身体，看上去没有几分锐气了。

雷一鸣占据了教堂的一楼，二楼留给了神父。神父在中国许多年，也是见多识广的人了，尤其是常和此地你来我往的军阀们打交道，所以此刻一点意见也没有，悄悄地藏在楼上房间里，他甚至连声都不出。

雷一鸣这住惯了洋楼公馆的人，此时夜里就只有木板床可以睡，白雪峰心中不安，怕他吃不香睡不好，要对着自己闹脾气，哪知道他到了这非常时期，竟然很能凑合，木板床也能睡，土炕也能睡，吃得差一点儿也没关系，只要别受冻就成。于是白雪峰在各间屋子里都生了小火炉。这天陈运基策马赶了过来，进门时正赶上雷一鸣在吃午饭——雷一鸣披着灰色披风，坐在一只小炉子前，捧了一碗热粥慢慢地喝，炉子旁放着个凳子，凳子上摆着两碗炒菜和一盘子馒头。抬头见陈运基到了，他放下碗，开口问道："吃饭了吗？"

陈运基在他面前站得笔直，答道："回大帅的话，我已经吃过午饭了。"

雷一鸣端起碗来，又喝了一口粥："那你吃得倒早。"

"大帅上午派人叫我过来，我怕是有要紧的事情，所以不敢耽搁。"

雷一鸣点了点头，不喝粥了，拿起一个馒头揪下一块送进嘴里，一边咀嚼一边站了起来，走到旁边墙壁上钉着的大地图前。等到把嘴里的馒头咽下去了，他从胸前口袋里抽出半截铅笔，在图上一点画了个圈："张嘉田如今是在这里——"他向下挪了挪笔尖，又画了个圈，"我们是在这里——"

陈运基完全了解这些情况，所以站着没动，听他继续往下说。

雷一鸣又咬了一口馒头，三嚼两嚼囫囵着咽了，然后继续用铅笔在地图上描画路线："今天傍晚，你带两千人出发，沿着大路急行军，要在天明之前到达张嘉田所在的林县，正面攻打县城。张嘉田措手不及，要么是关了城门抵抗到底，要么是向西撤退，往青余县逃。"说到这里，他在青余县的位置上又画了个圈，"青余县是曹正雄的地盘，张嘉田如今有了难，只能是去投奔他。"

说到这里，他转身面对着陈运基："我亲自带人到林县西面等着他，林县西面有一段高山密林，正适合打伏击。"

陈运基当即问道："大帅，张嘉田若是肯抵抗一阵，倒也罢了，万一他一打就跑，那您可怎么截他？时间来不及啊！"

"来得及！"雷一鸣一扬头，斩钉截铁地说，"我当年急行军，一天最快走过一百三十里。从这里到林县县西，统共还不到一百五十里地，我下午带两个团出发，走到明日凌晨，还走不完这些路吗？"

陈运基听了这话，沉默片刻，反问道："大帅，您就是真能在天明之前赶到林县县西，可那个时候兵马劳顿，又怎么打仗呢？"

雷一鸣微微一笑："怎么不能打？刀架在脖子上，钱在县城里，只要攻进城就有钱拿，你说他们能不能打？"说到这里，他的微笑转成了苦笑，"其实我也知道，这么个走法，别说下头的小兵受不了，就连我这有马骑的长官，也吃不消。可不这么干不行，张嘉田那小子，是个危险的人物，我们必须速战速决。万一让他活着跑到了曹正雄那里，我们岂不是又要和姓曹的为敌了？说来说去，我们是为张嘉田来的，不是为了土地而来的。在这个地方打个不休，除了多结几个仇家之外，再无任何好处。"

陈运基听到这里，也承认雷一鸣说得有理，心乱如麻地想了又想，他开口说道："大帅，那咱俩换一换，我到林县县西打伏击去！"

雷一鸣摇了摇头："你没打过这种仗，让你去，我不放心。"说到这里，他离开地图，把手里的小半个馒头放回了盘子里："不吃了，我们定一定时间。"

雷一鸣把其余的亲信军官召集过来，火速开了个会。然后陈运基回去调兵遣将，他则是把那两支警卫团集合起来，在这天大亮的时候就上了路。

警卫团是他这一年来新组建的精锐队伍，士兵的身体好，武器好，所受的训练也严格，若非如此，他也不敢定下这样冒险的计划。白雪峰跟着他上了战马，表面上是平平静静的，其实心里叫苦连天——这位大帅平时总是懒洋洋的，能躺着就不坐着，谁能料到他会为了张嘉田那小子的命，卖这么大的力气呢？而白雪峰虽然从早到晚跟着他，仿佛是总不闲着，其实从来也不出大力气，早已养得身娇肉贵，如今冷不丁地让他跟着队伍急行军，他自己琢磨着，这一趟怕是要走掉自己半条命。

警卫团的士兵披挂整齐了，排着队伍一声不出，闷头飞快地只是走。白雪峰骑在马上，紧跟在雷一鸣身旁，一边紧盯着前方的道路，一边用眼角余光扫着斜前方的大帅，就瞧见雷一鸣的腮帮子一动一动地正在嚼糖——在做"大事"之前，雷一鸣的胃口向来是非常之好，出发之前，他抢时间吃了三个大馒头，还想吃几张烙饼，然而时间不等人，他身为一军的统帅，又不便公然在马上大嚼烙饼，所以无可奈何，只得抓了一把糖块放到了口袋里，从上路到现在，他的嘴就没闲过，一口气把糖块吃了个精光。

队伍走出十里地，全体就地休息五分钟，走出二十里地，就地休息十分钟，多一秒的闲暇都没有。到了傍晚时分，士兵们取出随身携带的干粮狼吞虎咽，雷一鸣也下了马——下马的时候，他紧紧皱着眉头，因为胯骨关节疼得厉害，屁股大腿的肌肉也酸痛难耐。及至双脚落了地，他向后一晃，幸而及时抬手抓住了马鞍，否则定要一屁股跌坐下去了。

拖着这么两条腿，他艰难地走到路旁，撒了一泡尿，然后咬牙上马，继续带兵上路。

经过了这一下马一上马，他僵硬了的下半身重新通了血脉，知觉也恢复了，反倒痛苦了起来，加之此地太阳一落，温度便要骤降，他们走在那荒郊野岭，四周没遮没挡，大风浩浩地掠地而来，都是冬天的西北风，所过之处，尽皆凝霜。白雪峰被这寒风吹得涕泪横流，挣扎着扭头去看雷一鸣，他就见雷一鸣低头闭眼，一手扯着缰绳，一手攥紧了披风领口，像要和大风顶牛似的，猫着腰硬扛。撕扯着脱了自己身上的大衣，他伸长手臂，拍了拍雷一鸣的胳膊。雷一鸣睁开眼睛，扭过头来，看他把大衣递向了自己，却是摇了摇头，然后低头又闭了眼睛。

白雪峰见状，便把大衣又重新穿了起来——该做的关心，他已经做了，这就算是他尽了责了。

两个团的人马在寒风中急行军，除了马蹄声和脚步声，再无多余声响，连咳嗽都少有。如此走过了大半夜，雷一鸣勒住了马，昂起头往远处望——远方有影影绰绰的成排灯火，正是林县城楼上的火把。

然后，他借着月色展开地图，重新看了看路线，末了抬手向着后方做了个手势，继续催马向前行进。整支队伍绕着林县县城转了方向，走出了县城四周的平坦土地，进入了县城西边的高山密林之中。

这个时候，林木的叶子已经脱落了大半，但枝枝杈杈挂着些枯叶，依旧能够起隐蔽的作用。雷一鸣早已提前把这一带的地势研究了一番，此刻他按照先前的计划，让两个团的人马分批埋伏，自己也在一处山石后头趴伏了下来。腾出一只手掏出怀表，打开盖子，他见此刻已是凌晨五点钟，心中便想：“陈运基也该到了。”

如他所料，陈运基确实已经率领大军杀到了林县城外，攻城的大炮也已经一字排开架了起来。

但也有他所料不到的——林县西边的城门悄悄开了，一支荷枪实弹的队伍无声无息地开了出来，领头的人，是洪霄九和张嘉田。洪霄九骑在马上，一边向前走，一边对张嘉田说道：“你信不信，雷一鸣就埋伏在前方的山里。”

张嘉田心中非常地狐疑，脸上比较地狐疑，看着洪霄九不言语。而洪霄九看清了他的心思，便用手枪枪管向上一推军帽帽檐，低声笑道：“他这一招，还是当初跟我学的呢！”

（二）

雷一鸣听见了隐约的炮声，知道这是陈运基开始发动进攻了。

他这一回对张嘉田的追杀，任谁看了都觉得是小题大做，简直是杀鸡用了宰牛刀，可他不怕兴师动众，他要的是斩草除根。

炮声越发地激烈了，卫兵接二连三地跑过来向他传信。如他所料，青余县的西城门已经开了，张嘉田也已经带着队伍逃出来了。雷一鸣听到这里，心里竟有一点失望的情绪，因为张嘉田这几乎就是完全没抵抗，连落荒而逃都算不上。枉他还当这小子是个劲敌，结果他竟是这样不作脸，让他雷一鸣白白地高看了他。

伸手从白雪峰那里接过望远镜，他从山石后头站了起来。单脚踩着石头，他举起望远镜往远了看，天已经是蒙蒙亮了，他居高临下地眺望，依稀看清了东边山路上走下来的一支队伍。队伍的人数不少，然而服装是五花八门，一个个还都背着大包小裹，瞧着真是要多杂牌有多杂牌，比那土匪体面不了多少。转身把望远镜往白雪峰怀里一扔，他发了话：“让下头的队伍都打起精神来，等张嘉田的队伍真走进咱们的包围圈里了，再统一开火，力争把他们一次全歼！”

旁边的卫兵答应了一声“是”，转身就要往下方的林子里跑，然而就在这时，空中忽然传来了一声枪响。卫兵吓得一缩脑袋，雷一鸣也怔了怔，以为是哪个混账擦枪走了火，气得刚要骂人，然而那枪声骤然密集起来，白雪峰一把将他拽回了山石后头：“大帅，这不对啊！”

他这话等于废话，雷一鸣没搭理他，扭过头大声喊起了尤宝明。所有的人都是个埋伏的状态，他连着喊了几声，尤宝明才从一丛灌木后头冒了出来，不等雷一鸣发问，他气喘吁吁地先说了话：“大帅，后方有敌军偷袭！”

雷一鸣立刻瞪圆了眼睛：“敌军？哪个部分的敌军？”

尤宝明摇了摇头，一转身又往那树丛里钻了个无影无踪。雷一鸣还有话要吩咐他，此刻见他傻头傻脑地说走就走，便急得回头吩咐白雪峰道：“快去把他给我叫回来！”

白雪峰答应一声，猫着腰要走，然而就在这时，特务连连长苏秉君跑了过来，凑到雷一鸣身边低声说道：“大帅，我们被一支队伍包围了。”

雷一鸣听了这话，未做反应，心里火速盘算着如何突围反击，如此过了半分多钟，他开口问道："咱们来时走的那一条路，现在还畅通吗？"

苏秉君答道："那条路是通着的。"

雷一鸣站了起来："传我的话给夏团长，让他带人把这条路占住，余下的队伍就地反击。我们人多，硬打也有胜算。"

苏秉君当即领命而去，而雷一鸣眼看白雪峰带着尤宝明回来了，便把他们招到眼前，低声说道："你们带人紧跟着我，我们往西走！"

他得往西走，西边的道路，是他们来时走过的，路况地势都熟悉，这边的伏兵若是真厉害，他也能抢占先机，按照原路火速撤退。尤宝明立刻将卫队士兵集合了过来，护着雷一鸣往这山林下方的西路走去。如此疾行了片刻，雷一鸣却是猛地停住了脚步。

他忽然觉得这事不对劲——这一次出击，他可以确定自己的队伍里没有内奸，绝不会有人泄露了消息给张嘉田。退一万步讲，张嘉田就算提前得了消息，也绝没有胆子和自己这么硬碰硬。那小子不傻，不会去干那种以卵击石的蠢事。

这种反击方式，无论如何不像张嘉田的风格，不像张嘉田，倒是有点像……

就在这时，苏秉君又来了。这回他直冲到了雷一鸣面前，喘得连整话都说不出来："报告大帅，西路两边的山上……忽然冲下了一支队伍，把路堵了……是我们的敌人……"

雷一鸣没再问，直接从白雪峰怀里抢过了望远镜，走到高处向西望去。西边山下的羊肠小道上，果然已经有两方力量开了火。而在距离小道不远的山坡上，站着几个全副武装的卫兵，一个大个子军官站在卫兵之中，也正举着望远镜向他这边眺望。

雷一鸣望着那个大个子军官，先只是觉得这人看着眼熟，及至他将这人从头到脚地反复又审视了几遍之后，他忽然打了个冷战。慢慢地把望远镜放下来，他对白雪峰说道："你给我看看，看看那边山坡上的人是谁。"

白雪峰莫名其妙地接过了望远镜，一看之下，他也是一哆嗦。

"我瞧着……"他结结巴巴地说道，"怎么有点像……像洪霄九呢？"

雷一鸣拿过望远镜又贴到了眼睛上，视野渐渐清晰起来，在他即将把那人再次看清之时，那人忽然露出笑容，抬手向他招了招。

雷一鸣放下望远镜，就觉着自己周身的血都凉了。原来这人没死，不但没死，还和张嘉田会了师。这样的两个人联合起来，要向自己讨血债了！

张嘉田或许还不足为惧，可洪霄九绝不是他能够轻易打发了的——自从雷一飞死后，他被这人折磨了多少年？他从来就不是这个人的对手！

把望远镜递向了白雪峰，他含糊地说了一句话。白雪峰没听清楚，问道："大帅，您说什么？"

他清了清喉咙，提高了声音："传令下去，集合所有兵力向西突围！"

随即他回头问尤宝明道："我的马呢？卫队上马，掩护我走！"

尤宝明虽然官至卫队长，但他是个后来的新人，还不曾领教过洪霄九的威力，所以此刻听了雷一鸣的命令，他先是愣了一愣，然后才转身跑向了附近的山坳——那里是个背静的地方，正适合他们隐藏战马。

然而未等他跑进山坳，远近的枪声骤然激烈起来，四周喊杀声震天，竟是敌人发起猛攻了！

雷一鸣许久没有这样恐慌过了。

他依稀听见白雪峰在大声向自己报告着什么，可是耳中轰隆隆的鸣响，竟能让他一个字也听不清楚。忽见自己的卫队赶着战马冲过来了，他迎上去牵住领头的阿拉伯马，马还小跑着没有停，他已经踩着马镫飞身而上。一抖缰绳制住了马，他对着白雪峰一招手，随即俯身催马，喊了一声"驾"，也不往下方的山路上走，直接穿林子向西疾驰而去。尤宝明万没想到他说逃就逃，慌忙也上马追了过去。白雪峰慌了神，哆哆嗦嗦地爬上马去，他抬头一瞧，就发现前方的卫队已经消失在了密林里，雷一鸣更是早连影子都没了。

"我的天。"他在心里暗叫，"我没得罪过张嘉田，真被俘了，也应该不会吃枪子儿，可是……"

可是被俘终究不是什么光荣的事情，所以他原地认了认方向，最后糊里糊涂地一闭眼，他往马屁股上抽了一鞭子，赌命似的也跑了。

白雪峰没了主意，乱跑一气。尤宝明带着卫队跑了几分钟之后，和白雪峰一样，也落入了茫然的境地——他把雷一鸣给跟丢了。

值此生死关头，卫队长和大帅分了家，这还了得？他急得心如火烧，走也走不得，留也留不得。放眼向山下望去，他就见大帅所带的两个警卫团乱成了一锅粥，正挤在山路上对着四面八方乱打乱杀。而敌人——分明人数和力量都不及己方——可因为是地头蛇，熟悉地势，所以专打灵活的仗，明显是占了上风。

“这怎么办？”他真急了，也不知道是在问谁，单是魔怔了似的自己嘀嘀咕咕，“这怎么办？”

下一秒，他没有得到回答，只得到了一粒穿胸而过的流弹。一声没吭地从马背上栽了下来，他仰面朝天地躺在地上，大睁着眼睛，一动不动，口鼻之中还有呼吸。部下卫兵见了，惊呼着想要下马救他，可几束子弹横扫过来，他们像秋日等待收割的庄稼一样，齐刷刷地一齐倒了下去。

战马嘶叫着乱跑起来，一小队士兵扛着冲锋枪从暗处走出，为首一人一手拎着手枪，一手提着一根手杖，正是洪霄九。

洪霄九走在这一地血泊之中，用手杖翻动了尸体查看，看过之后，他对身边的士兵说道：“去告诉张师长，雷一鸣跑了，让他赶紧带兵往西追。”

在张嘉田带兵向西追击之时，雷一鸣已经冲进了山林深处。

他知道自己是慌不择路，走得不对劲，然而事到如今，正确的路线他知道，敌人也一样知道，他只能是这么走。身边一个人都没有了，耳边只有呼呼的风声在响。灰披风逆着寒风高高飘起，和两旁枯树的枝枝杈杈牵扯不清，他单手解开披风扣子，抓着领子扯下披风向后一甩。这回周身利落了许多，他用力一夹马腹，同时就觉着胸中空气不够，自己怎么呼吸都似乎要窒息，下意识地用手抓紧了前胸衣襟，他俯下身，继续向前疾冲。马是好马，狂奔了这么久也不见疲态，照样能够像闪电一样，驮着他在林木之间一掠而过。

天空是灰的，土地是灰的，林木脱了叶子，也是灰的。他穿着灰呢子军装穿行在密林之中，是一个模糊不清的影子。于是在远远的一座小土丘后，有人对他举起手枪，扣动了扳机。

“啪”的一声枪响过后，灰影子坠下马去。而开枪那人收回了手，漫不经心地命令同伴：“过去瞧瞧，我好像是打中了一头鹿。”

说这话的人，是个女人。

（三）

雷一鸣在中弹的时候，并没有觉出疼痛来。

他只觉得有一根钉子猛地钉在了自己的肩膀上，力道很重，足以让他一头栽下马去。他身不由己地向旁一倒，然后就什么都不知道了。

他仿佛是睡了，因为做了噩梦，蒙蒙眬眬地又看到了雷一飞。雷一飞这一次变本加厉，扑上来压着他碾着他，用两只冰冷的大手锁他的咽喉，让他的胸腔里彻底断绝了空气。他绝望地挣扎，无声地喊叫，吓得魂飞魄散，欲逃无路，求死不得。有个女人在一旁忙忙碌碌、唠唠叨叨，似乎是近在咫尺，也似乎是远如隔世，他认得那女人，她是叶春好。叶春好不知道他被雷一飞缠住了，还在家里过日子呢。

他急了，也想回家，想回到那有叶春好的日子里去，拼尽了全身的力气，他猛地喊出了一声："春好！"

然后他睁了眼睛，眼前是个光明世界，一个人低了头，正在好奇地看他。见他醒了，那人开口的第一句话是："你那马跑了。"

他怔怔地看着对方。眼睛确实是睁开了，然而视野模糊，就只能瞧出这人是个女人来，这人所说的话，他虽是听清楚了，但也完全不能领会，只能茫然地答出一声"哦"。

那女人又道："马跑了可不赖我们啊！我们也追来着，可死活没追上。"

他莫名其妙地看了她一会儿，然后把眼睛又闭了上。

他再次清醒过来时，四周黑沉沉的，已经是入夜时分。

这一回他睁开眼睛，就觉着眼前清楚了许多。他身下躺着的是炕还是床，他分辨不出，上头的天花板是什么样子，他也看不分明，但基本可以确定自己并没有被俘，因为手脚都是自由的，并没有绳索加身。

他使了力气，想要起身，可一动之下，左肩上爆发出的剧痛让他叫出了声音。门外立刻有人走了进来，他喘着粗气扭过脸，就见这人是个苗苗条条的中等身量，身上乱七八糟地也不知道披挂了些什么衣裳，两只手腕露出半截，双手冻得通红。抬手摘下了头上的大皮帽子，这人露出了真面目——是个鹅蛋脸的年轻姑娘，脸蛋和双手一样通红、粗糙，然而长眉明眸高鼻梁，很有一点脏兮兮的飒爽英姿。

把皮帽子随手一扔，她走过来坐到了炕边。一条腿抬起来盘在炕沿上，她低了头，圆睁了眼睛去看他："醒了？"

她的眼珠子很亮，瞳孔里含着清光。雷一鸣心里有些发蒙，所以在和她对视了片刻之后，才点了点头。

她笑了，牙齿很白，一侧的小虎牙微微地有些龅。"真醒了？上午你也醒了一次，瞧我一眼就又迷糊过去了。"然后她抬起头面向门外，野调无腔地大嚷，"你们瞧，这人真活过来了！我就说那支破枪打不出人命来，你们还不信！往后那枪专留着给老六打鸟用吧，那枪的劲儿，也就够打个鸟儿！"

外头有个爷们儿喉咙响了起来："可别提鸟儿了，老六下午让你照兜裆踹了一脚，现在还捂着他那鸟儿在地上蹲着呢！"

姑娘听了这话，面不改色。"告诉老六，往后再跟我蹬鼻子上脸地说昏话，别说他的鸟儿，我连他的蛋都一窝端了！"说完这话，她又嚷道，"送盏灯进来！"

一个半大小子端进了一盏小油灯，姑娘接过油灯放在炕沿上，低下头又面对了雷一鸣："哎，我跟你说，你那马丢了不赖我，可你肩膀上挨的这一枪，确实是我打的，这是我不对，我给你赔礼道歉。可我也不是故意的，你灰扑扑地从林子里那么一过，我还以为是头鹿呢！"

雷一鸣这才明白过来——要放平时，这绝不是这个野丫头赔礼道歉就能完结的事情。这野丫头开枪的时候，万一枪口往下偏了几寸，这粒子弹就能打穿了他的心肺；枪口若是偏向了上方，更能直接崩了他的脑袋！

放在平时，他直接就会毙了这个毛手毛脚愣头青似的野丫头，可现在并不是平时，现在是他的非常时期，他须得比张嘉田更能屈能伸，乖乖躺好接受她的道歉。扭过脸望着野丫头，他轻声问道："这是什么地方？"

野丫头肆无忌惮地盯着他看："这儿是石砾子山。"说到这里，她一拍胸脯，"我的地盘！"

雷一鸣咳嗽了一声，牵动了肩膀的痛处，登时疼得呻吟了一声。皱着眉头把这股子疼劲儿熬了过去，他的头上出了汗，喘息着又问："你的地盘？那你应该也是有字号的了？"

野丫头笑了，一双眼睛精光四射，不是平凡姑娘的眼睛。"等你把伤养好了，你出去打听打听，满山红就是我！"

然后她又问："你呢？你是干吗的？"

不等雷一鸣回答，她伸手就去摸他的领章、肩章，又抓了他的军装捻了捻："这呢子真厚实，衣裳料子这么好，你得是个官儿吧？"

雷一鸣知道那下层的女子粗野起来，可以是相当地粗野，可是此刻忽然被她那脏爪子抓摸了一通，还是觉得难以忍受："我……算是吧！"

满山红收回了手，兴致勃勃地盯着他又问："那你是哪家的官儿？瞧你这身呢子，你得是个大官儿啊！"

雷一鸣正要回答，然而胸中一阵气短，他想咳嗽，却又连咳嗽的力气都没有，只能微微侧了身，尽量去喘几口痛快的气。满山红倒是个热心肠，伸手给他轻轻地拍了拍后背——拍了几下之后，她忽然跳下炕去，从个瓦罐子里倒出了一碗温水，端过来喂他喝了几口，又问："你饿不饿？我给你弄点儿吃的吧？"

雷一鸣坐了起来。

坐起来之后，他反倒感觉轻松了些许，因为满山红仿佛是怕他冻着，在他身上压了好几层毛皮褥子和厚棉被。从满山红手里接过一碗成分不明的、又像米粥又像糨糊似的东西，他慢慢地喝了几口，抬起头来，就见满山红正好奇地看着自己——他第一眼就看出这个野丫头年纪不大，如今近距离观察，他越发感觉她年少，甚至偶尔还带着一点儿稚气。女土匪他是见识过的——没打过交道，但是听说过几位，可饶是如此，满山红这种女童军式的土匪，还是让他感到了惊讶。

将那一碗滚热的东西喝了一半，他开口问道："你多大了？"

满山红本是在饶有兴味地审视着他，冷不丁地听了这句问话，她忽然板了脸，从个小姑娘瞬间老成了个不男不女的匪徒："你问这个干吗？"

雷一鸣答道："我看你好像还是个孩子。"

满山红狐疑地盯着他："那你多大了？"

雷一鸣抬眼望着她："给你做长辈是足够了。"

满山红一撇嘴："哟，你还等着我叫你一声叔叔不成？"

雷一鸣垂下眼帘，不再多说，一口一口地把那碗东西喝光。他把碗递给了满山红，满山红这时却又和缓了脸色，问道：“还有肉呢，肘子肉，我给你端一碗？”

雷一鸣摇了摇头，问道：“你这里有没有马？我打算趁夜赶路回我的营里去。”

“你到底是哪儿的官啊？你的军营在什么地方？”

“不远，在安土镇上。”

满山红想了想：“安土镇我知道，可那镇上也没军营啊！”

“我是过路的，暂时驻扎在那里。”

满山红听到这里，慢慢地、深深地点了一点头。然后在那闪闪烁烁的油灯火光之中，她抿嘴笑了，笑得微微眯了眼睛，笑得非常野，也非常坏：“啊，我明白了。”

她端着碗站了起来：“马，我是没有，我这儿就只有三头驴，还不往外借。你要想走呢，也成，你写封信，我托人给你捎到安土镇上去。你让你的部下带五千大洋过来，咱们一手拿钱，一手交人。”

说到这里，她又乐了：“你放心，我们跟你又没仇，你留这儿一天，我们就管吃管喝地招待你一天，还给你治伤，绝不会无缘无故地给你罪受。可你要是想跟我们玩阴的，那我们也奉陪到底。”

雷一鸣听到这里，发现自己竟是被这个野丫头绑了票，惊讶之余，气得笑了：“你知道我是谁吗？”

“爱谁谁！我满山红十三岁杀人上山，谁都不怕！”

雷一鸣瞧出她是“谁都不怕”了，索性也就不多废话，直接对她招了招手：“别走，你拿纸笔过来，我这就写。”

雷一鸣得到了小炕桌，以及全套的笔墨纸砚。然而手握着毛笔蘸饱了浓墨，他沉吟了片刻，却又问满山红道：“你知不知道张嘉田这个名字？”

满山红不假思索地回答：“知道。”

“你认识他吗？”

“我上哪儿认识他去！他只要别上山剿匪，那我们就犯不上去惹他。”

“洪霄九呢？”

这回满山红直接摇了头。

雷一鸣又问："曹正雄呢？"

满山红笑了："他去年进山打过我们，让我们给打跑了。"

雷一鸣把毛笔放了下来："这封信我不能写，我刚跟张嘉田和曹正雄的队伍打过仗，现在他们的人一定还在四处地找我。我这封信万一落到了他们的手中，我是必死无疑，你也一样地要受连累。"

说到这里，他从怀里摸出了一只怀表，解下来递给了满山红："这东西是我从外国定制运回来的，究竟值多少钱，我不清楚，总之肯定高于五千。我把它给你，你给我找一匹马，我自己想法子回安土镇去。"

满山红看着他，看了几秒钟，然后伸手接了那块手表，低了头凑在油灯下仔细地瞧。雷一鸣挪过去，伸手一摁那表壳上的机关，让那表盖自动张了开来："里头是我的照片，你把它揭下去就是了。"

满山红把怀表往后一夺，不许他摸，而他收回手又摸向了腰间："我的手枪呢？"

满山红答道："我收去了。"

雷一鸣答道："手枪你得还给我，我不能没有武器防身。你要是喜欢它，将来你找我去，我送你几支新的。"

满山红不以为然地做了个鬼脸："我吃了熊心豹子胆啦，敢去找你？你肩膀上那一枪可是我打的，我还绑了你的票，跟你要了五千大洋。这仇可不算小了，你将来见了我，不一枪打我个透明窟窿，就算你仁义了。"

雷一鸣听到这里，叹了口气，右手掀起军装摸向了裤腰。满山红见了，当即又问："你干什么？"

雷一鸣咬牙忍住了左肩的疼痛，连扯带拽地解开了腰间的牛皮腰带，把腰带抽出来往满山红面前一扔，说道："皮带扣是金的，多少也能值些钱，你拿去吧，再找根绳子给我系上，要不然我没法下炕走路。"

满山红看一眼皮带，再看一眼他："你肩膀上还带着伤呢，真走哇？"

雷一鸣答道："把枪给我，我真走。这地方对我来讲太危险了，张嘉田要是真带人找过来，你以为你能护得住我？"

满山红并没有要护他的意思，可又觉得张嘉田真要是找上山来，自己还真不能坐视这个人被他们抓去。拿起那条腰带看了看上面的金带扣，她随即把它又扔了回去："你还是把它系上吧，我们再怎么穷，也不至于让你提溜着裤子走人。

不过——"

她说到这里，门外忽然跑进来个人，拉拉扯扯地把她急拽了出去。她跟着那人走到房外暗处站定了，就听那人说道："当家的，山下来了一队兵，找人的。"

"找谁？"

那人伸手往房里指了指："我听着，找的就是他。"

满山红压低了声音："你给我看紧了他，别让他跑了。我去会一会那队兵。"

（四）

满山红带着两名小兄弟出了她的"山寨"，去见了那队士兵的头目。在和那小头目谈了半个多小时之后，她送走了小头目，往回走的时候，一颗心就"怦怦"乱跳起来了。

小头目自称是张嘉田师长的部下，问她有没有见着雷一鸣。她不知道雷一鸣是谁，但是一听对方的描述，就知道他们要找的人，必是自己白天一枪打下来的那位。于是她问道："雷一鸣是干什么的？你说说，我知道了，也好给你们留意留意。"

小头目答道："他？他的官儿就大了，他是直隶的省督理。"

满山红听了回答，脸上因为太脏，所以一点颜色也没变，只道："行，我记住了。以后要是瞧见了这人，就把他绑起来给你送去。"

三言两语地，她把这一小队士兵打发了走。然后一路跑回了她那间屋子里，对着雷一鸣，她说了两句话，第一句是"原来你还真是个大官儿"，第二句是"那个张什么的师长已经派出人来找你了"。

雷一鸣盘腿坐在炕上，听了这话，他不动声色："他找我，不是应该的吗？"

满山红站在了屋子中央，问他："那你今夜还走不走了？"

雷一鸣想了一想，却是反问道："你的意思呢？"

满山红答道："我看你还是别走了，这个时候你下山去，不是自投罗网吗？"

雷一鸣听到这里，心中一动——这个野丫头虽然凶悍狡猾，但能说出方才这一句话，便足以证明此刻她是站在了自己这一边。从此地到安土镇，原本并不是遥远的距离，可如今他肩膀负伤，又是单枪匹马，想要穿越张嘉田所布下的层层防线，便是难如登天。而这个野丫头能在这座鸟不拉屎的荒山上盘踞住了，足能证明她是个有点本领的小女匪。

“那我不走了。”他告诉满山红，“你也说了，我是个大官儿，真要是被那帮小兵打死在这荒山里，可是犯不上。”

雷一鸣忍着肩伤的疼痛，躺在滚烫的炕上。这屋子是满山红的屋子，满山红在炕的另一侧靠墙坐了，也不睡觉，摸着黑嗑瓜子。嗑着嗑着，她忽然发觉雷一鸣并没有入睡，便大喇喇地和他搭起了话。

一席话谈下来，她大概明白了雷一鸣是为何而来，又是为何而败。雷一鸣也打听清楚了她的出身——她的出身堪称是一味黄连，除了苦没别的滋味。

她本是西北人氏，幼时家里闹了旱灾，活不下去，她爹她娘便带着她一路向东逃难。逃难路上，她父母双亡，成了孤儿，苦也吃尽了，难也受尽了。十三岁那年她到了这里，山下村中有个二流子见她是个孤女，便想强占了她做自己的老婆，哪知道她是个见过无数恶风恶浪的，二流子占便宜未遂，反倒是被她一刀子捅了个透心凉。

她惹下了人命官司，所以索性跑上了山——此地水土贫瘠，日子苦焦，山上专出土匪。她先是给个土匪的压寨夫人当丫头，当着当着，她显出了不凡来，最后竟是召集了一帮十几、二十来岁的小伙子，自己立了山头，打出来的字号便是满山红。

今年她也只有十七八岁，然而已经干惯了杀人越货的买卖，今天本来是想猎只野物回来开斋的，结果打鹿不成打了个人。在杀人绑票的时候，她不大把人当人，杀人只像杀一只鹿；可雷一鸣并不是她看中的肉票，她把他当鹿打了，心里就总有点过意不去。

“你别记恨我啊，我真不是故意的。你都不知道你那时候有多像一只鹿——”她在暗中抬手做了个手势，“唰——一下就冲过去了，我以为只有鹿才能跑得那么快。”

雷一鸣现在自然是不敢和她算账的，她说自己是无意，他决定就算她真是无意。本来双方无冤无仇，她应该也不会是存心要打他一枪。他大人有大量，跟个小女匪计较什么呢？

满山红继续嗑瓜子，嗑着嗑着不嗑了，竖起耳朵倾听雷一鸣的呼吸声。他的呼吸有点颤，不稳定，她便扔了瓜子，手脚着地爬过去，用脏手摸了他的额头。额头有些热，她收回手又摸了摸自己的额头，对比之下，她确定了他是在发低烧。

“我这头鹿病了。”她暗暗地想，“这怎么办？”

满山红从来不生病，她手下的兄弟们，也从来都不生病。

她不知道怎么照顾病人，只能往雷一鸣身上又加了一层棉被。雷一鸣的右手伸在了外头，她本想把这只手塞回被窝里，然后一抓之下，她愣了愣，随即笑了：“哎，你可是够嫩的！”

和她那皲裂、粗糙的手一比，他的手确实是嫩，当年枪不离手的时候，他的手指上还有一层老茧，现在他过惯了养尊处优的日子，那层老茧也褪了个七七八八。满山红没摸过这样嫩的男人手，心里好奇，便抓着他的手不肯放，还张开五指和他比了比巴掌的大小——当然还是他的手大，只是那手冷森森的，没有多少温度。

忽然间的，她发觉他正看着自己。一扭头和他对视了，借着炕边那盏奄奄一息的小油灯，她望着他的脸，就见他那脸上的线条清晰冷硬，像一尊精雕细刻的像，两只大眼睛陷在阴影里，睫毛也把他的眼眶勾勒得清楚分明。无情无绪地回望着她，他一动未动，由她研究着自己的右手。

他是这样的沉默安静，反倒让她忽然自省了。讪讪地把他的手送进了被窝里，她这向来不以姑娘自居的人，竟是难得地意识到了男女有别。在一旁坐下，她搓了搓手，开口说道：“别总这么看着我啊！你又不是个娘儿们，我也不是个爷儿们，你还怕我拉着你的手占便宜不成？”

雷一鸣听了这话，倒是笑了一下。

满山红袖着手，稍微地有点冷，因为山中夜里酷寒，而她的被子全压到了这头“鹿”身上。幸而她身体好，不怕冷。不动声色地忍住了一个小哈欠，她不肯睡，没话找话地问道：“你有几个老婆啊？”

雷一鸣答道：“一个。”

“屁！”她冲着他笑了，“你这么大的官儿，有的是钱，能只有一个老婆？”

“现在就只有一个。”

“那你怎么不多讨几个女人呢？”

“遇不着好的，一个都嫌多。”

她没听懂，但是感觉他像是在发牢骚，并且是句挺俏皮的牢骚。伸手又在他的额头上试了试温度，她告诉他道：“你冷不冷？我觉着你有点发烧。你要是冷，我让人再送个火盆进来。”

雷一鸣反问道：“你对人质，都这么周到吗？”

“谁拿你当人质了？你要真是肉票，我早把你绑起来扔地窖里了，还能留你在这儿抢我的棉被盖？白天我听说你是个官儿，就想顺手从你身上捞一笔，也让我们这七八十人过个肥年。可你要真是一个大子儿都不出呢，我也不能把你宰了吃肉。”

说到这里，她似笑非笑地问他：“是不是心疼你那只怀表呢？疼也白疼，反正你已经把它给了我了。”

雷一鸣活了三十多年，没少和人打交道，古怪离奇的货色，他也见识过些许。嘴里有一句没一句地和面前这位满山红闲聊着，他在心里对她细加研究，越研究越感觉这野丫头是个天生的坏种，从她那亮晶晶的两只眼睛里，他看到了一点天真愚顽的凶光。

“孩子话。”他有气无力地开了口，语气和蔼，也有点冷淡，“你若是不拿我当人质看待，我就想请你帮我个忙，把我送出张嘉田的地盘。”

满山红瞄着他：“送你？那你给我什么好处啊？这可是冒险的事情，我们不能给你白卖命。”

雷一鸣答道：“你想要什么？要什么给什么。”

满山红垂头想了半天，想到最后，她却是一耸肩膀一缩脖子，害冷似的，“嘶”地吸了一口凉气。抬手把脸旁的乱发往耳后一掠，她的脑后也梳着一条辫子，不知道多久没有散开梳通过了，如今瞧着宛如一条肮脏的粗绳索，胡乱掖在她的大棉袄里。

“没想好。”她告诉雷一鸣，“想好了再要吧！你瞧着也像个人似的，应该不能对我赖账。”

满山红的性情有点不定，并且精力过人，熬了一夜之后，两只眼睛照样放光，出门在外迎着寒风，也照样能够扯着嗓子骂人。雷一鸣面对着这么一群大号童子军似的土匪，简直没有办法。满山红领着童子军们在外面忙碌许久，最后回来对他说道："走，我带你下山去！"

雷一鸣艰难地往起坐，满山红站在地上犹豫了一下，上前伸手搀扶了他："我想好了，还是尽早把你送走的好。你安全，我也放心。万一有人瞧见你在我这儿了，我的麻烦可就大了。让我为了你跟张嘉田打一仗，那我犯不上；由着张嘉田的兵把你抓走呢，我又——"

话到这里，她忽然停了，雷一鸣下了热炕，踉跄着站不稳，身边又没有其他的人，别无选择，只好抬手揽住了满山红的肩膀，靠着她向前迈步："你又什么？"

满山红没理他，直接把他架到了一辆小驴车跟前。这驴车由驴与车两部分组成，驴是平凡之驴，车则只是一块有轱辘的木板，上面支了个半圆形的蓝布篷子，那布七零八碎地四面耷拉着，万国旗似的随风飘荡。篷子下面没见坐人之处，反倒乱糟糟地堆了许多干草捆子。驴车附近站了几个鸠形鹄面的小伙子，驴背上坐着个十岁出头的脏小子。满山红一把就将那个小子拽了下来，然后吼道："老六呢？让老六过来给我赶车！"

被满山红从早骂到晚的老六过来了，手里攥着根破鞭子。而满山红把驴车上的干草捆子拍了拍，转身对雷一鸣说道："官爷，今天得委屈你钻草堆了，你干不干？"

雷一鸣问道："你是要让我一个人钻到这草捆下面去？"

"那哪儿行啊！你是贵客，让你一个人钻草堆，显着我们怪不礼貌的。"说到这里，她自己先往那乱糟糟的干草之中一钻，然后向外伸出了一只手，"上来，我送你一趟！"

雷一鸣抓了她的手，抬腿往车上爬："我们坐得下吗？"

蓝布篷子下的乱草堆里传出了嘿嘿的笑声："没事，坐不下我搂着你。"

周围众人哄笑了起来，站在驴旁的老六则是往地上啐了一口。

驴车上了路，吱吱嘎嘎地往山外走，走出了没有十里地，就遇到了一座临时的关卡。

守关卡的士兵也是面黄肌瘦的，瞧着并不比土匪体面多少，又因此地是兵匪一家，互相都认识，所以他们见了赶车的老六，便不是很紧张，只问："嗨！往哪儿去？”

老六用大拇指往后一指：“送我们当家的走亲戚。”

士兵一听这话，便用步枪挑起了驴车布篷的破门帘子，伸了脑袋要往里瞧，哪知脑袋刚伸出了一寸，迎头便撞上了手枪的枪口。满山红趴在干草之中，举枪顶着士兵的脑门骂道：“看你妈的看！”

士兵吓了一跳，依稀瞧见满山红身下压着个男人，那男人也被干草埋了大半。慌忙向后退了几步，他等老六赶着驴车继续上路了，这才扭头去问身旁的伙伴：“满山红是女的吧？”

同伴方才也瞧见驴车内的情形了，便答道：“是啊！都知道她是女的啊！”

“那刚才她怎么在上边呢？”

“那……兴许人家俩人就是搂着亲嘴呢。”

“还有人敢跟满山红好？”

“那……有呗！”

“好家伙！”士兵感叹，“真是条汉子！满山红都敢要！”

第四章

DI SI ZHANG

救命恩人

他想，张嘉田此刻在干什么呢？是不是正在召开庆功宴，庆祝他的成功与自己的惨败？这个狡诈冷酷的浑蛋，自己当初怎么就瞎了眼睛，偏偏看上了他？

（一）

满山红起初可没想这么压着雷一鸣，驴车虽小，但是两个人紧紧挨着，还是能够硬挤着坐下来的。她是发现这驴车上的干草捆子数量不足，没法子把雷一鸣掩护个严实，这才在通过关卡的时候灵机一动，就地一滚把他压到了自己身下。

顺顺利利地通过了这第一道关卡，她为了安全起见，没立刻爬起来。趴在雷一鸣的胸膛上，她方才一直是蜷缩着坐，如今总算是能把两条腿伸一伸了，她倒是感觉挺舒服。还是身下的雷一鸣忽然呻吟了一声，才让她低下了头："怎么了？"

雷一鸣轻声答道："肩膀。"

她这才反应过来，立刻挪了挪胳膊肘，不去碰触他那受了枪伤的左肩。趴着实在是比坐着得劲，她脑子里也几乎没有男女大防之说，低头看着雷一鸣的脸，她从他的眉眼一直看到了他的下巴——下巴有点儿泛青，有了隐约的胡茬。心中忽然生出了一点玩兴，她偏过脸，用面颊蹭了蹭他的下巴。

雷一鸣登时一扭头："别闹。"

他的声音依然很轻，生怕露了形迹。而他若是不说这话，满山红蹭他一下也就罢了，他一显出了这拒绝的意思，满山红反倒是来了劲——她也算是个邪种，专爱跟人反着干。眼看着雷一鸣摇头晃脑想要躲避，她索性一手摁住了他的右腕，一手抓住了他的头发，在他的脸上亲了一口。

雷一鸣这回真是吓了一跳，然而右腕被她摁住了，头发也被她抓住了，左肩因为负了伤，一动就疼，所以连着左臂左手都不能动。直挺挺地躺在干草堆里，他正要再说一句"别闹"，哪知满山红又亲了他一口——这一口亲在了他的耳朵底下，而耳根正是他的痒痒肉。他猛地哆嗦了一下，连满山红都感觉到了。

满山红挺喜欢亲他的，他要是一亲一哆嗦，那就更有意思了。他不敢出声，她也只肯低低地笑，一边笑一边追着他的耳朵亲。她瞧着苗苗条条挺瘦的，可也不知怎的，很有分量，压得雷一鸣喘不过气。雷一鸣胸闷得难过，又要忍笑，又要忍痛，真是上天无路、入地无门。忽左忽右地扭头躲了又躲，他又气又笑地喘息出声："别……你还闹……饶了我吧……"

满山红看他喘得上气不接下气，这才抬了头，放松了他片刻。他的气息慢慢平顺下来，对着上方的满山红轻声说道："下去。"

满山红答道："我就不下去。"

他拧起了眉毛，有了怒相："下去！"

他一怒，她反倒笑了，一边笑，一边抬起了那抓他短发的右手。她的人没下去，但她的右手下去了——一直向下移到了他的裤裆。

五指张开满抓了一把，她没怎么使劲，只是缓缓地一拧，拧的时候人是笑着的，咬着嘴唇笑，露出了雪白尖利的小虎牙，两只眼睛光芒闪烁。

雷一鸣夹紧双腿猛地一转身，转到一半被她压了回去。她看着他的眼睛低声问："还让不让我下去了？"

雷一鸣咬紧牙关，忍痛摇头。正所谓好汉不吃眼前亏，他决定暂时向这女妖怪投降。

满山红既不以女人自居，也向来不把男人当一回事。赶驴车的老六认为她是个美人，有心以男人的身份和她亲近亲近，结果险些被她揍成了太监。现在她觉得雷一鸣这个人——或者说，这头鹿——挺有意思的，让她愿意总看着他、压着他，她便由着性子把他连看带压地折腾了一通。她甚至想，如果雷一鸣是个女的，而自己是个男的，那自己就把他留下当个压寨夫人，想必也会是件挺有趣的事。如果雷一鸣是山下财主家的少爷，那她也敢把他扣住了不放，可惜他偏偏是个大官儿，她虽然喜欢胡闹和斗狠，但不疯不傻，知道什么样的人能招惹，什么样的人招惹不起。

末了，她估计着前方不会再有关卡了，便向旁一翻坐起了身，又把雷一鸣也扶了起来。用袖子在他脸上擦了擦，她说道："放心吧，我不胡闹了。你乖乖坐着，等到半夜，咱们就能进安土镇了。"

雷一鸣长叹了一声。满山红听了他的叹息，倒是笑模笑样的满不在乎："亲你几口而已，至于让你这么唉声叹气的吗？你还是不是个爷们儿啊？”

雷一鸣感觉自己简直是被这女妖怪蹂躏了一顿，此时听了她的话，他懒怠反驳，索性对着她一摆手：“我是什么都可以，你饶了我吧！”

满山红将两道长眉一扬：“你啊，是我的鹿！”

雷一鸣无条件同意：“好好好，我是你的鹿。”

午夜时分，驴车进入了安土镇的地界。

镇子四周也有关卡和士兵，雷一鸣在瞧见那士兵的服色之后，终于长出了一口气——他总算是又见着自己的兵了。

士兵见了他，疯了似的飞奔回镇里报信，不出片刻的工夫，陈运基策马而来，远远地见他站在那驴车旁边，当即飞身下马冲了过来：“大帅！”

他面红耳赤，白眼球上全是血丝，显见是在这两天里饱受了煎熬，瞧着比雷一鸣更憔悴。雷一鸣见了他这样子，正要感动，然而他随即就说出了一句不甚中听的话来——他问雷一鸣：“大帅，您昨天是跑哪儿去了？”

雷一鸣不爱听他这句话，感觉他把自己说成了一只乱窜的猫狗，不过因为这一路饱尝了满山红的手段，有那么个野丫头对比着，他就觉着陈运基再怎么不会说话，至少总是个人类，这就比那女妖怪可亲一万多倍。抬手拍了拍陈运基的肩膀，他开口答道：“我的马跑岔了路，没什么。”

然后他向陈运基身后看了看，又问：“白雪峰呢？”

陈运基的声音降了调子：“白副官长昨天从马上摔了下来，受了点伤，倒不是很严重，但是尤队长他……不幸牺牲了。”

雷一鸣一听这话，登时变了脸色：“宝明死了？”

陈运基一点头。

雷一鸣又问：“我那两个警卫团呢？”

“警卫团还剩了一半。”

雷一鸣点了点头，就觉着眼前一阵阵地发黑——不是累的，而是恨的。恨也不是恨洪霄九，而是恨张嘉田。他想张嘉田此刻在干什么呢？是不是正在召开庆功宴，庆祝他的成功与自己的惨败？这个狡诈冷酷的浑蛋，自己当初怎么就瞎了眼睛，偏偏看上了他？

被洪霄九打败，他认了，横竖他原来也不是洪霄九的对手；可让他吃张嘉田的亏，他是一千一万个吃不下！他忘了寒冷与疲劳，忘了左肩的疼痛，他想自己这回一定要把这一仗打到底，他治不了洪霄九，还治不了张嘉田？

他恨，他怒，他失去了一个忠心耿耿的卫队长，失去了一个装备精良的警卫团。他的心脏在勃勃怒气之中越跳越快，最后他向旁一栽，栽进了彻底的黑暗之中。

雷一鸣昏迷了两个多个小时。

说是昏迷，其实更像是一场突如其来的睡眠，因为他甚至做了个梦，梦见了张嘉田。张嘉田不怀好意地站在他身旁，若即若离得像个鬼。而他上天入地地四处找手枪，要一枪毙了这个浑蛋。找了许久，始终是不见手枪的影子，他这才想起来：手枪被满山红拿走了。这让他又怨恨起了满山红，因为若是赤手空拳的话，他绝不是张嘉田那浑小子的对手。

他做梦时，人已经被陈运基运送到了指挥部的卧室里。满山红自称是雷大帅的救命恩人，硬跟进了卧室不肯走，于是在雷一鸣昏睡之时，她站在床边，就听他喃喃地呼唤自己——起初她以为他是醒了，然而凑近了一瞧，才发现他是在说梦话。

她没想到自己还有资格入他的梦，心中无端地有些高兴。趁着卧室里一时没有旁人，她又摸了摸他的脸和手，心里倒是很明白的，自言自语地说道："好了，我算是送佛送到西了，你继续当你的大官儿吧，我们这帮土猴儿也要回山里去了。我也总算是没白忙活，毕竟落了块怀表嘛！"

说完这话，她真的要走，因为再不走天就要亮了，而她也知道自己这面貌太不像样，放在山里，大家彼此彼此，倒也罢了；如今进了这指挥部，出来进去的军官都是戎装笔挺的，还不把她衬托成了叫花子？

她觉得从昨天到此刻，所发生的一切都挺有趣，都有点儿意思，像个美梦，也像个游戏。到了如今，游戏该结束了，她自己想想，也是玩得心满意足。迈步走向了房门口，她正要推门，然而一转念，她又回到了床边。

两分钟后，卧室的房门一开，她走了出来。指挥部里乱哄哄的，也没有人留意她，她对着外头的老六一招手，然后快跑过去，跳上了驴车："咱走吧！"

老六一边赶驴，一边问她："咱们就这么走了？不再跟他要点钱？"

"算了吧，我还给了他一枪呢！万一他跟我算起这一枪的账来，你我还不得死在这儿？”她一边说，一边在蓝布篷子下的干草堆里伸展了双腿，一只手伸进怀里，她又大声对前头的老六说道：“我临出来的时候，趁着他没醒，把他的腰带偷出来了。腰带扣是金的，挺沉！”

老六回了头：“给我呗！”

“滚！”

（二）

凌晨时分，雷一鸣醒了过来。

睁开眼睛，他瞧见了白雪峰。白雪峰前日逃命逃到半路，从马上摔了下来，摔得挺狠，当场昏迷了好几分钟，几分钟后他醒过来后，听见枪声还在响，当即翻身上马继续狂逃——马倒是挺够意思的，在他昏迷的这几分钟里，一直站在一旁等着。

他并没有受什么伤筋动骨的重伤，然而摔了个头破血流，脑仁疼得厉害，回到指挥部里之后，他眩晕得站不起来，又连着呕吐了好几场。爬到床上躺到现在，他听闻雷一鸣回来了，这才强打精神下了床。

雷一鸣见他头上虽然缠了一圈纱布，脸上也添了几块鲜红的血痂，但行动挺利落，便像稍稍得了一点安慰似的，感觉自己是又回到了这个熟悉的文明世界里来。而白雪峰见他像是翻身要起来，连忙摁住了他：“大帅您别动，军医马上就到。”

这话说完，房门一开，军医果然是拎着药箱子进来了。

雷一鸣正在发烧，并且热度不低，肩膀上的枪伤，原本只是皮肉之伤，经了满山红的胡乱治疗之后，现在变得血肉模糊，已经有了要化脓的征兆。军医给他清理伤口，缝了三针，又给他吃了一片阿司匹林。白雪峰瞧出了他的脏，便端来热水，将他从头到脚地擦洗了一番，又给他换了干净衣服——换衣服的时候，白雪峰发现了问题：“大帅，您的腰带呢？”

雷一鸣一听“腰带”二字，这才想起了满山红。他把门外的副官叫进来一问，得知满山红已经在天亮之前走了，心里便有了数，扭头告诉白雪峰道：“被个野人拿去了。”

然后他又说道：“你仔细检查检查，我在野人窝里滚了一夜，兴许会带了虱子跳蚤回来。”

白雪峰答应了一声，又问：“大帅，我听说，您是让个乡下丫头给救了？”

雷一鸣想起了满山红，登时苦笑了一声：“什么乡下丫头，分明是个女妖怪。”然后他在枕头上摇了摇头，“别提她了。”

白雪峰不敢再问，怕问出他的脾气来。一鼓作气把他收拾干净了，白雪峰退了场，陈运基来到。

陈运基站在雷一鸣面前，两人进行了一番秘密的谈话。谈话结束之后，陈运基重整旗鼓，再次对着林县县城发动了进攻。

雷一鸣不再说那“速战速决”之类的话了，察哈尔不是他的地盘，可他是三省巡阅使，带管着察哈尔、热河两处特别行政区。这片土地上的首脑们尽管可以不服他，但他——起码是在名义上——确实是有权力扛着枪炮横冲直撞的。

大炮一字排开对准了林县县城，陈运基一声令下，炮声齐鸣。而在炮轰进行了三十几个小时之后，林县的老城墙垮塌了，雷部士兵呐喊着向前冲锋，潮水一般地杀进了林县城内。雷一鸣这时还没有退烧，听闻张嘉田和洪霄九在城破之前一起带兵逃了，他没有很失望，只说：“给我追。”

陈运基奉了他的命令，便率兵一路追到了青余县。

青余县是曹正雄师长的地盘，可鉴于曹师长只会讲讲洋话吃吃西餐，所以此地实际上是归洪霄九掌管。张嘉田前几天听了洪霄九的主意，出城打了一场反击战，大获全胜，本以为雷一鸣会知难而退，哪知道自己这场胜利反倒像是刺激了他，竟让他向自己摆出了拼命的架势。

正面迎击的话，他是不占优势的，毕竟他就只有那么点人，那么些枪。但他向来也不以军事人才自居，遇到了这样的难题，他直接就去找了洪霄九——现在他称呼洪霄九为“大哥”：“大哥，你看这怎么办？雷一鸣上回死里逃生，现在这是要和我们拼命呢！”

大哥终究是个见多识广的人物，觉得这不算个事，眼看林县确实是要失守，他没犹豫，领着队伍就撤退回青余县了。

曹正雄并不在意舅舅是进攻还是撤退，横竖舅舅总是高明的，自己只要乖乖地给他当外甥就是了。然而舅舅身边的那位张嘉田，却着实是刺了他的眼——并不是吃醋，洪霄九是他的舅舅，又不是他的情人，他只是感觉张嘉田是祸水，而且张嘉田现在也确实是把雷一鸣招来了。

在洪霄九回到青余县的翌日上午，曹正雄悄悄进了他的屋子，小声唤道：“舅舅啊。”

洪霄九正歪在炕上吸鸦片烟，瘾头不大，他是吸着玩儿。见外甥进来了，他把烟枪一推，不吸了，但也不起身，依然歪着：“有事？”

曹正雄也上了炕，在舅舅面前盘腿坐了下来：“舅舅，您到底想跟张嘉田干什么啊？咱们为了他，可是惹了不少乱子啦。”

洪霄九随手抓过了个大枕头，往脑袋底下一塞，躺了下去：“也不干什么，俩人做个伴儿，将来好过日子。”

曹正雄一拍膝盖：“舅舅，咱别扯淡了成不成？我跟您说正经话呢！就那姓张的小子，现在是要人没人，要钱没钱，那么点岁数，还管你叫大哥，搞得我见了他都没法打招呼，忒不要脸了。这还都是小事，要紧的是他把雷一鸣惹翻了，雷一鸣真要是为了他，对着我也开了炮，那我怎么办？”

洪霄九听到这里，坐了起来：“贝啊，你是个军人，军人哪能怕打仗呢？”

“贝”是曹正雄的乳名，曹正雄并不介意舅舅称呼自己为贝，只是无论如何都不想上战场：“我们不是打不过雷一鸣吗？”

洪霄九对着曹正雄一瞪眼睛：“那也未必。”然后把受过重伤的左腿伸直了，他缓和了语气，“过来给我捶捶腿，天一冷，这条腿就把我疼成瘸子了。”

曹正雄给舅舅捶了二十分钟的腿，然后找借口溜了出来，刚一出来就看见了林燕侬。林燕侬现在又花枝招展地打扮上了，虽然因为总是随着军队跑，不便修饰得太过华丽，但她浓施脂粉、淡扫蛾眉，头发梳得溜光的，缎子面小棉袄穿得紧紧的，依然不忘显出一把细腰来。曹正雄虽然有点男生女相，但心还是汉子的心，一旦遇到林燕侬，就忍不住要对她看了又看。

林燕侬自从铁了心跟了张嘉田之后，不知怎的，有一种“从良”的心态，对待别的男人都淡淡的不大搭理。她生得娇媚，修饰得鲜艳，偏又做出一副冷淡的姿态来，看人不用正眼，目光都从眼角眉梢那里斜飞了出去，瞧着越发地撩人。

曹正雄每次见了她，都很有“受不了”之感，因此，他更恨张嘉田了。

他盯着林燕侬看，林燕侬感觉到了，但是只做不知，加快脚步往前走，一直走进了张嘉田的屋子里去。张嘉田站在房内的火炕上，高得顶天立地，正在换裤子，炕下站着张宝玉，正仰着脑袋和他说话。林燕侬进门时，就听张嘉田问道：“凭什么不能从石砾子山过？那山让那个谁包下了？”

张宝玉答道：“满山红，她叫满山红。”

张嘉田单腿乱蹦，东倒西歪地把一条腿伸进了棉裤裤管里：“我知道她叫满山红。她手下能有多少人？怎么这么狂？”

“不到一百。”

“不到一百就敢占山为王？再说咱们原来不是没得罪过她吗？”

张宝玉摇摇头：“不知道是怎么回事，咱们确实是没得罪过她。”

张嘉田奋力把另一条腿也塞进了棉裤里，同时也有些头疼。他前些日子就地弄了点钱，通过层层关系运出去，换了一批子弹。现在子弹运到了半路，只要越过石砾子山，就能到达青余县了。然而石砾子山上的女土匪不知发了什么神经，忽然对着他捣起乱来。原来就有本地的老人儿告诉他，别去招惹石砾子山上的那帮小孩儿，他起初以为对方是在胡说八道，后来仔细一打听，发现此言非虚，那山上的土匪，好像真没有超过二十的，对待这帮“小孩儿”，他以礼相待，敬而远之，哪知道这帮“小孩儿”给脸不要脸，反倒找起他的麻烦来了！

使劲把棉裤提了上去，他忙活出了一头大汗：“给满山红发最后通牒，再不放行，我就揍她！妈的我打不过雷一鸣，我还打不过她个丫头片子？”

张宝玉领命出去了，张嘉田转向林燕侬，急赤白脸地说道：“你这个手艺，就别装贤惠了！瞧你给我做的这条棉裤，没有一处是合适的！”说完这话，他忍无可忍，弯了腰又要把棉裤脱下去，“不穿了不穿了，我宁可冻着，也不穿你这玩意儿了。”

林燕侬嘟着嘴，帮着他把棉裤扒了下来：“我给你改改，改改就好穿了。”

张嘉田在她面前是属螃蟹的，晃着膀子横着来，想说什么说什么：“用不着！我本来也不冷。”

然后他换了衣服，理直气壮地跑了出去，好像林燕侬是他的老娘、老妻兼老妈子，活该从早到晚伺候他的衣食住行，而他不必多看她一眼。林燕侬抱着棉裤，站在房内愣了片刻，心里也有点不是滋味。坐在炕边把那棉裤打开来看了看，她诚心诚意地想把它改一改，然而自小没受过这方面的教导，她不知道怎么下手。

独自又想了半天，末了她把这棉裤的裤腿改得短了些许，然后出门叫来了马永坤："表哥，你试试，你比嘉田瘦，兴许穿得上。"

马永坤拿着棉裤，道了声谢，回屋就穿了上，尺寸分毫不差，正好合适。很难得的，他感到了一点高兴，然而没等他高兴够，张嘉田一开门冲了进来："小马，跟我走，我带兵上石砾子山去！今天我非得把那批子弹弄回来不可，要不然等雷一鸣再开火，咱们就只能冲他们扔石头了！"

（三）

满山红站在她那间东倒西歪的房子前，一边晒太阳一边挠头，挠着挠着一抬头，她瞧见老六站在前方，傻了似的望着自己眯眯笑，心里就一阵烦躁——老六这模样有点像个色鬼，而他这个色眯眯笑嘻嘻的模样，也提醒了她这样一个事实：他是个男人，而她是个女人。

她并不想做女人，因为女人弱、受欺负，若是嫁了男人，还要伺候男人，给男人生儿养女，挨男人的打——反正在她的世界里，女人就是这个待遇。她已经记不大清她娘的面貌了，只记得她娘裹着两只小小的脚，站立都艰难，没有逃难出来的时候，天天在家就是跪着干活，干完一样，手脚着地地爬到另一处，干另一样。

因为这个，她既不想做女人，也不肯承认自己是个女人。一弯腰从门旁抄起一根短棒，她跑过去冲着老六就抽。她手狠，几棒子就把老六打了个逃之夭夭。

把短棒随手一扔，她还是感觉自己头上痒痒，心知自己定是生了虱子跳蚤，所以转身回了房，想要把辫子解开梳通梳通，然而前几天她这辫子还是一根麻绳，经了这几天睡觉时的揉搓，已经变成一团乱麻，她解来解去，累出了一脑袋汗，扯得头皮生疼，最后心里一火，她转身出去，找来了剪刀和剃刀。

对着一面玻璃镜子，她把自己的头发剪了。

她的手虽是红彤彤脏兮兮，然而手指长而有劲，十分灵活，一绺一绺地揪着头发剪，剪得居然还挺有款式，手艺和山下村庄里那个剃头匠差不许多。

剪了头发之后，她又自己跑去烧了一大桶热水，把热水提进自己房里，她叫来个男孩子给自己看严了门，然后脱了一个多月没下身的老棉袄，扒皮似的将自己洗刷了一顿。最后赤条条地站在房内，她用一卷子棉布缠裹了胸脯。最后穿上了干净的褂子和小棉袄，她对着镜子一照，自觉着是看见了个挺精神的小伙子，心中便很满意。

一推门走了出去，她迎面又遇见了老六，这回她真火了，誓要把老六揍成太监，然而老六看着她愣了愣，随即才明白过来："是你啊？"

他也急了："你要干吗？你要当姑子去啊？"

"我当你娘！"

"那你怎么把头发给剃了？"

满山红一瞪眼睛："我乐意！"

她一瞪眼睛，老六就不敢再言语了。而满山红在冬日的太阳下吹了一会儿冷风，转身又回了屋子，把她从雷一鸣身上解下来的那条皮带找了出来。她苗条，雷一鸣也瘦削，她把皮带围在腰间收到了最紧，倒也系得住。扬扬得意地放下小棉袄把腰带遮了住，她迈步出门，把麾下的老二老三叫了过来。

老二老三是按照上山早晚排的辈，老二十六，老三十九，都是满山红的知音。满山红告诉他们："我打算把张嘉田的那批子弹弄来。"

老二一拍大腿，因为还在变声，所以嗓子类似破锣："我前天就想动手了！咱们不缺枪，就缺子弹！"

老三稍微谨慎一点："他们那个子弹，咱们的枪能用吧？"

满山红答道："能。"

老三放了心："那咱们就抢他娘的！能用咱们就用，不能用，咱们让张嘉田拿钱把子弹赎回去。"

三位豪杰商议完毕，挑了二三十人组成小队，便杀气凛凛地下了山——刚下到一半，迎头遇上了张嘉田。

张嘉田久闻满山红的大名，然而没亲眼见过她，以为她会是个小辣椒似的厉害娘儿们。如今见了，他只觉见面不如闻名——这不男不女的，是个什么玩意儿？

满山红也久闻了张嘉田的大名，如今和他也是第一次相见。见了之后，不知怎的，很想揍他。她觉着张嘉田长了一张横行霸道欺负人的脸，而他人高马大地站在她面前，也让她感到了危险。

她是个神经敏感的人，纵是全靠直觉行事，也能不败。对待像张嘉田这种危险人物，她的对策要么是杀，要么是躲。可此刻她偏是和他狭路相逢，杀不得也躲不得。按捺住了揍他的欲望，她态度和气，话不和气："你就是张师长啊？你上山干什么啊？是找我有事？还是吃饱了撑的，没事过来遛遛？"

给她二人做介绍的，是张嘉田身边的张宝玉。张宝玉一听她说话不中听，心里就有点不愿意，张嘉田倒是一派淡然："我是为了那批子弹来的。石砾子山是你的地盘，我想找你商量商量。"

满山红答道："那没什么可商量的，想从我这儿过，留点儿买路财，就行了。"

张嘉田看出满山红这人是不讲究什么语言艺术的，有什么说什么，倒是感觉挺痛快："你要多少钱？"

满山红向他伸了个巴掌。他见了，问道："五百？"

满山红收回了手："五百哪够啊！我要的是五万！"

张嘉田一听这话，也瞪了眼睛："五万？我那批子弹才值多少钱，过你一座山要五万？你这还收什么买路财啊？你直接去抢不就得了吗？"

满山红理直气壮地一扬头："这可是你说的啊，那我就真抢了。"

话音落下，她伸手就要拔枪，张嘉田没想到她的动作这么快，眼看着自己拔枪是来不及了，他干脆伸手去抓她的腕子："你干什么？"

满山红的手指刚碰到手枪，还没来得及握住，没想到他先动了手，登时也变了脸色："你又要干什么？"

说完这话，两人打了起来——说是"打"，还不甚准确，他们其实是小打小闹地撕巴了起来。而没等他们的小打转化为大打，两边的人已经一拥而上，把他们分了开。张嘉田先松手后退了，因为忽然想起来对方是个女人，自己不能打女人。况且自己是为了子弹来的，不是为了打架来的。

"你没事吧？"他定了定神，问满山红，"我不该对你动手，我给你道个歉。你也别动枪，咱们有话好好说。"

满山红答道："没什么可说的，我们挣的就是这份卖命的钱。你要么拿钱买路，要么带兵上山把我们剿了，你要是能把我们杀绝了，从今往后这石砾子山归了你，你爱怎走就怎走，一个大子儿都不用花。"

张嘉田点了点头："好，我明白了，你就是要跟我捣乱到底了。可你这是图什么？这对你有什么好处？"

他这话一出，倒是把满山红问住了——真的，有什么好处呢？

她并没打算为了雷一鸣去向张嘉田发难，自己有几斤几两，她知道，雷一鸣手里攥着千军万马，不缺她那一把子力气。可她自从知道雷一鸣的敌人是张嘉田之后，不由自主地，就也对张嘉田有了敌意。可敌意是不能填饱肚子的，所以她决定管住自己的小性子，还是用理智说话。

"你要是不拿钱，那你把你那子弹给我一半吧！"她开了口，表情非常诚恳，像是要对张嘉田说掏心窝子的话，"你有路子，拿了钱就能买着子弹，我们不一样，我们有钱都难买。你把你的子弹给我一半，往后咱们就算朋友，你的人你的货将来再进了石砾子山，我们也给你保护着，你看怎么样？"

张嘉田觉得一个人纵然是当了土匪，也不能厚颜无耻到这般地步，如果满山红不是个女人，那他今天非宰了她不可。

"一半不行。"他压着火气，和满山红谈判，"最多给你一百发。"

"你这是过年打发小娃儿吗？"满山红笑了，"那你干脆给我们一箱子炮仗得了，三十晚上还能听个响儿。"

"一百不少了。"张嘉田耐着性子，"平白无故的，你能随便就弄到一百发子弹吗？"

"别跟我扯淡。"她笑嘻嘻起来，"我说要一半就一半，你要说觉得我这话不算话，那你就请走别听。"

"两百发。"

"五千发。"

"就两百发。"

"四千九百发。"

至此，两人在这冷树林子里找了块背风之处，开始讨价还价。这二位那讨价还价的内容，堪称是乏味至极，张宝玉这样机警的小子，听了片刻之后，都要打哈欠。至于满山红手下的老二老三，则是干脆就地蹲下，用小树棍在地上横三竖四画了格子，用小石子下棋玩。他两人这棋倒是下得挺有意思，围观的人渐渐增多，张宝玉也凑过去了，低头看了一会儿之后，说道："你们这儿的玩法，跟我家那边的玩法不一样。"

老二回头瞪了他一眼："嘘，别吵。"

老二老三对弈一场，还没分出输赢来，张嘉田和满山红已经谈出了结果，两人翻来覆去说了无数车轱辘话，嘴角边都堆了白沫子。

满山红要来了一千发子弹，堪称是大获全胜。张嘉田因为急着用子弹去打雷一鸣，所以忍痛让步，她要一千发，就给她一千发，等对付完了雷一鸣，他再回头收拾她。

两人既然是把话说妥了，当场便结伴往山下走——运送子弹的大骡子车都在山旮旯里藏了好几天了。石砾子山这一带，张嘉田来得，雷一鸣也来得，所以赶车的车夫和押车的士兵都藏得很严实，生怕被敌人发现。而在张嘉田跟着满山红往这边走时，三里地开外，陈运基部下的一名团长带了几百士兵，正急三火四地催马狂奔。

他们刚接着消息，说是张嘉田有一批子弹运到了石砾子山下。团长是个立功心切的，暗想我逮不着张嘉田本人，我还扣不住张嘉田的子弹?

团长越想越觉得自己这回要立大功，于是扬鞭催马，一路喝着西北风就往前去了。

（四）

团长在奔着子弹出发之前，提前往邻村的师部发去了一封电报。团长把主意打得很好——师长接着电报之后，必定要关注此事，那么自己若是成功地带着子弹回去了呢，不必提，自己算是立了一功；自己若是在石砾子山这里遇了麻烦，师部必定也能知晓，多少总会派些援兵过来帮忙，自己也不至于落到孤军奋战的险境。

怀揣着这样的心思，团长快马加鞭，一路疾行。而师部里的陈运基收到了电报之后，当即向雷一鸣做了报告："我们在石砾子山下，发现了张嘉田的一批军火。"

雷一鸣如今离了安土镇的总指挥部，亲自带兵上路，誓要一鼓作气，把张嘉田打入阎王殿。如今听了陈运基的报告，他先是精神一振，随即又是一皱眉头：

"石砾子山里的土匪，和张嘉田也有联系？"

陈运基思索着答道："若说他们之间的联系，未必会有多么密切，不过只要张嘉田肯拿出好处来，山上的土匪见钱眼开，和他串通一气也是可能的。"

雷一鸣又问："石砾子山上，是不是就只有一个满山红？"

"对，就一个满山红。"

一想到满山红，雷一鸣的眉毛越发皱得要掉毛。对于这个野丫头，他简直没法子做出评价来。他对她也不是怕——-不是怕，更无关爱恨，他纯粹只是想绕着她走。把满山红轻轻地从脑海中剔了出去，他重新又把张嘉田三个字摆在了眼前。张嘉田往青余县城里一缩，宛如王八进了壳子，若是这王八蛋关了城门顽抗到底，那么这一仗也足够他打到过年去。更可怕的是那城里还有个洪霄九——这世上能压迫住他的人不多，洪霄九就是其中的一个。

雷一鸣不想把这一仗打到大年三十，所以脑筋一转，他忽然开了口："我去趟石砾子山。"

陈运基听了这话，莫名其妙："大帅，这种小事，让他们去就得了，不用您亲自出马。"

雷一鸣摇摇头："我不是为了那点军火，我是要去见见满山红。要是能通过满山红，把张嘉田勾出来，我们岂不是可以省些事了？张嘉田若是死了，他的队伍一散，洪霄九单枪匹马，又能翻出什么大浪来？"

陈运基有些迟疑："满山红可靠吗？"

雷一鸣再次摇头："不可靠，但是可以试一试。她毕竟还是个孩子，而且你也说了，他们这帮家伙见钱眼开，我给她足够的好处，她未必就一定不肯帮我这个忙。"

陈运基听到这里，当即出门为他调兵备马。雷一鸣也不耽搁，带上了一支五十人的卫队，他上马就直奔了石砾子山。

雷一鸣到达石砾子山时，山脚正热闹着。

团长确实是如愿找到了装载子弹的大骡子车，只可惜在他动手要抢之时，张嘉田和满山红也到了场。张嘉田是要靠着这几大车子弹活命的，无论如何不能把它拱手送人；团长也是要靠着这几大车子弹立功的，无论如何也不许张嘉田把它带走。双方开了火，满山红等人没出声，预备着看这两方互相打死，自己好坐收渔翁之利。哪知拉车的骡子们精神脆弱，冷不丁地听了枪声，竟是一起乱了套，胡冲乱撞地拉起大车就跑了。

押车的士兵当场就被大车轱辘碾死一个，车夫们吓得也纷纷躲避。满山红带着老二老三上了树，远眺骡子们的逃跑路线，同时兴奋得叽叽嘎嘎大笑，并盼着骡子撞死或者摔死，自己好借机会吃几顿骡子肉。

满山红眼神好，眼看着骡子真往一处陡坡跑去了，她乐得当即回头要对老二说话，可话未出口，她的目光越过一片小树林和一座小山头，看见了一支灰扑扑的骑兵小队。

嘴巴登时张开了，眼睛也登时放了光，她看见那队伍为首一人系着灰呢子长披风，披风逆风高高扬起，露出了里面亮灿灿的绸缎里子。本地没有衣着这样讲究的人物，她不必看清他的脸，光从身形和服装上，就认出了他。

她本以为自己这辈子都未必再有机会见到这个人了，万没想到相隔了没有多久，他便又出现在了自己的视野中。很快乐地嘬唇打了一声口哨，她对着旁边树上的老二做了个手势，老二会意，立刻也回了头，同时扯着破锣嗓子说道："这又是谁啊？"

满山红没来得及回答，因为那支队伍在转过小山头之后，并没有往这边来，而是直接上了山去。她急得喊了一嗓子，随即溜下树去，也要往自己的山寨里跑。而她一跑，她的弟兄们二话不说，也跟着她跑了。

她说跑就跑，像见了鬼似的，张嘉田看在眼中，就觉得不对劲。眼看敌人人多势众，他一狠心一跺脚，转身也追着她跑了——不追她不行，因为石砾子山是个迷宫似的险峻所在，这样大冷的天，此刻又是下午时分，天说黑就黑，他要是在这山里迷了路，那可省了雷一鸣的事，他直接就冻死在这儿了。

他一走，团长大获全胜，虽然也不知道骡子们到底是把子弹拉到哪里去了，但自觉着是把张嘉田打了个抱头鼠窜，这功劳已然不小，便率领人马，也班师回团部去了。

在这一步一绊的坎坷山林里，满山红能跑得比骏马更快。

她暂时把张嘉田忘到了脑后，单是一路跳跃腾挪着向前冲，风声在她耳畔呼呼作响，她跑过了一小段下坡路，速度快到了极致，自己都觉着自己是在腾云驾雾。最后她眼前出现了一爿依着山石建造的木头房屋——这，便是她的"山寨"了。

而在另一条小路上，马蹄声音急促传来，正是雷一鸣也到了。在山寨门口勒住了战马，他居高临下地看着满山红，先是觉得这小子挺眼熟，然后才认出她是满山红来。

“哟。”他不自由自主地又皱了眉头，“不当姑娘了？”

满山红在山寨门口的一块大石头上坐下了，也是呼呼地喘，但还能说出话来：“你怎么来了？”

说完这话，她嘿嘿嘿地笑了起来。雷一鸣觉得她这不是好笑，有心给她一鞭子，把她的坏笑抽回去。双手抓着马鞭两端折了折，他最后把马鞭子往右手里一交，抬腿跳下了马：“那一夜，你怎么私自就走了？”

满山红站了起来：“不走还等着你留我住两天？”然后她向后看了看他所带的卫队，又抬手拍了拍他的肩膀胸膛，“行啊！又摆起你雷大帅的谱了啊！”

雷一鸣当即侧身一躲：“有伤！”

满山红一伸舌头，收回了手。雷一鸣看了她这个兴妖作怪的样子，真是无可奈何：“我这一趟来，是——”

他这话没说完，因为满山红忽然一掀棉袄拔出腰间手枪，甩手瞄准了右方：“别动！我这儿不是你杀人的地方！”

雷一鸣扭头望去，看见了枯木林中站着的张嘉田——张嘉田举起手枪，正对着自己。

不假思索地也抽出手枪，他对着张嘉田就要扣动扳机，哪知满山红从腰里拽出了第二支手枪，一枪抵上了他的脑袋：“你也别动！”

雷一鸣当即把枪口也顶上她的额头：“你跟着捣什么乱？！”然后他立刻把枪口又转向了张嘉田，咬牙切齿地挤出了声音：“狗杂种，这回可是你自己撞上来的。”

张嘉田刚才猛地见了他，心神一乱，满腔的黑血都翻上来了。此刻听他对自己说了话，他大踏步地走上前来：“你他妈的说谁是狗杂种？”

雷一鸣刚要扣扳机，脑袋就被满山红用手枪杵了一下：“停！我告诉你俩，你俩要打要杀，下山自己找地方去，别闹出人命了让我背黑锅！我满山红不蹚你们的浑水！”

雷一鸣听了这话，气得吼道：“糊涂东西！有我在，谁敢让你背黑锅？再说我杀他是天经地义，我还怕人知道不成？”

张嘉田死盯着他："雷一鸣，没那么多的天经地义。"

雷一鸣转向了张嘉田，冷笑了一声："怎么？觉得我这话委屈了你？还想跟我讲讲道理？"

张嘉田不回答，倒是满山红先开了口："我说雷大帅，你要是再敢叫我糊涂东西，别怪我扒你一层皮。"说到这里，她向山下望了望，又一撇嘴，"变天了，你俩晚上想吃点什么？提前告诉你们，我这儿可没什么好吃的，另外，吃饭得给钱，你们人太多，一顿我也供不起。"

雷一鸣和张嘉田一起抬了头去看天，这才发现天黑了——毫无预兆地，乌云密合，忽然就黑了。

天黑了，但并没有觉出很冷来，只是风声变得有些怪异，呜呜的宛如鬼哭。张嘉田不明所以，看了看满山红，又看了看雷一鸣。倒是雷一鸣沉了脸，问满山红道："我现在下山的话，还来得及吗？"

满山红答道："我不让你下山。"

"我加快速度，应该能赶在大风雪到来之前下山。"

"我知道。"满山红对着他点了头，"可我就是不让你下山。"

"为什么？"

"要下山，你们两个一起下，都给我走得远远的。要是一个走一个留，走的那个非拉来大炮轰了我的山寨不可。反正你们就是想要对方的命，我们这些人死了活了，你们都不在乎。"说到这里，她像是不耐烦了，"反正我不管你们怎么打，连累了我们就不行！"

张嘉田听到这里，当即表态："我不走，我等明早风雪停了再走。"

满山红回头对着山寨吼了一嗓子："老六，晚上把驴牵进屋里去，腾出牲口棚子给这帮人过夜，再多预备点柴火给他们烤火！"

然后她转向面前二人，收回了手枪："别怕，我给你俩优待，你俩有房子住。"

第五章

DI WU ZHANG

动之以情

雷一鸣想了片刻，最后摇了摇头：“我目前还说不清楚。总之，我今天在见了他之后，想起了许多从前的旧事。现在，我不那么想杀他了。”

（一）

满山红拎着一只大瓦壶，兴致勃勃地往屋子里走。这间屋子是间方方正正的草房，塌了都砸不死人，算是她的聚义厅。

“厅”内也有几把椅子，一张方桌，此刻隔着那张方桌，坐着雷一鸣和张嘉田。老六在角落里席地而坐，手里攥着一把手枪，两只眼睛有一搭没一搭地扫着那二位。满山红方才当众对他发了话：“哪个敢先动手闹事，你就开枪把哪个撂倒！”

有了她这句话，又有了角落里这个懒洋洋的老六，雷一鸣和张嘉田便不得已地坐住了。满山红进了来，把那只大瓦壶往桌上一放：“热茶，自己倒着喝吧！”

桌上原本就有一摞不干不净的碗，张嘉田转身拿下一只，提了瓦壶倒了一碗茶水，热气腾腾地扑到他脸上，果然也带了一点茶香。把这碗茶往雷一鸣手边一推，他很自然地又去拿碗，然而手伸到了一半，他愣住了，雷一鸣扭头看着那碗茶，也是一怔。

随即，他的手半路拐弯，把雷一鸣眼前的那碗热茶又端了回来——在这人身边当久了奴才，他方才竟然忘了双方的关系已是今非昔比。雷一鸣的目光跟着他的手走，一路从桌面走到了他的脸上，末了明白过来，他转向前方，不冷不热地“哼”了一声。

张嘉田双手捧着碗，喝粥似的喝热茶，喝得吸吸溜溜。满山红看着他们俩，心中有些惊讶——她觉着这俩人现在像小孩斗气一样，非常地可笑。她自己从来没这么干过，对待自己的敌人，她向来是能杀就杀，不能杀就不杀，没有这么多欲语还休的弯弯绕绕。

“饭一会儿就好。”她先对张嘉田说了话，“少喝点儿吧，我这儿粮食还是有的，用不着你灌个水饱。”

然后她又转向了雷一鸣：“你也喝点儿呗，天气怪冷的。”

雷一鸣点了点头：“是冷。”

满山红看他没有动手的意思，索性走上前来，亲手给他倒了一碗热茶，然后转身出门去了厨房。雷一鸣这回端起茶碗，试探着喝了一小口。两人的枪都被满山红收走了，这屋子里就是没有狼狗似的老六，他也没法子毙了张嘉田。眼下的机会越是好，他越是抓心挠肝地遗憾，张嘉田这个浑蛋——他横了浑蛋一眼——此刻距他也就三尺之遥。

浑蛋接收到了他那横过来的一眼，于是也转过脸来看着他：“哎，有个事儿想问你。”

雷一鸣转向了他：“说。”

“在北戴河，我无非是和你打了一架，我既没把你打坏，你对我也没少揍，事后你就是想报仇，那把我打一顿关几天也就是了，要是那么着不解恨，你再把我一撸到底撵回家当平头百姓去也行。可你怎么就铁了心地非要杀我呢？我有那么大的罪过吗？”

雷一鸣答道：“有。”

张嘉田歪着脑袋看着他，仿佛是饶有兴味：“为什么有？你给我讲讲。”

“你不懂。”

“不懂才让你讲啊！”

雷一鸣看着他，见他那一双眼睛黑白分明，黑眼珠子亮晶晶地有神，真是一双年轻的好眼睛。

“我没有教导你的责任。”雷一鸣开了口，“等你年纪大了，自然会懂。”

然后他转向前方，向后一靠：“不过你未必有这个懂的机会了。”

张嘉田点了点头：“好，不说就不说，你不说，其实我也猜得到。那我再问问你，春好现在怎么样了？她把我放走了，你回去没轻饶了她吧？”

雷一鸣答道：“你这话倒是提醒了我。我已经很久都没有见过她了。等到这次回了家，我应该和她见一面。”

张嘉田说道：“你对她好点儿，别总对她连打带骂的。万一将来哪天你落到了我手里，不是还得指望着她出面替你求情吗？她在我这儿说话是有分量的，她要是非让我留你一条命，我也许会同意让你多活几天。”

雷一鸣把身上的披风拢了拢："你这番话，用意何在？"

"也没什么坏的用意，就是告诉你，春好她对你还是有用的。你要是把她打死了，我这边顶多是哭上几场，哭完就算，反正我也不能自杀陪她去。可是你呢，就少了一道后盾了。"

说完这话，他哧哧地笑了两声，是非常明显的笑里藏刀。

雷一鸣也笑了："你的意思，我明白了。你想救她，可你这话说得很不高明，听着反倒像是激将法。"

"我年轻嘛，当然没你会说话，不过你明白我的意思就成。"

雷一鸣反问道："你觉得，我很会说话？"

一边问，他一边扭头注视了张嘉田。张嘉田把一侧胳膊肘架在了桌子上，向他靠了靠："你见人能说人话，见鬼能说鬼话，这本事就挺不赖的了。"

"那我见了你，又该说什么话？"

张嘉田轻轻地一摇头："我们没话讲，什么都不用说了。"

说完这话，他等了片刻，没有等到雷一鸣的下文，斜眼望过去，他发现雷一鸣正呆呆地看着自己。他不怕他的看，雷一鸣敢看他，他便也直通通地回望了过去。自从离了雷一鸣，他没少糟心受罪，可是颠沛流离地吃了这么多苦头，他反倒变得更结实了，身体结实，心也结实，相形之下，他便瞧出了雷一鸣的憔悴——他从今年夏天就开始瘦，一直瘦到了现在，瘦得下巴有了尖。两只大眼睛空落落地陷在眼眶里，幸亏他是骨相生得好，不至于瘦得走了样。呢子披风裹着呢子军装，呢子军装里面还有贴身保暖的衣服。这么里三层外三层的一大套，竟能被他穿得服服帖帖，仿佛身体不是身体，而是一副没有温度的衣架子，一条腿从披风中露出来，膝盖弯折出了布料的棱角，裤管塞进马靴的靴筒里，也是塞得轻松整齐，很有余地。

张嘉田把他这么从头到脚地看过了，不知怎的，想起了林燕侬缝纫的那条棉裤——当时为了把自己那两条腿塞进棉裤裤管里，他忙出了满身满头的大汗。

忽然间地，他想这个人可能是要衰老了。起码和自己比，他是在走下坡路了。

这时，雷一鸣如梦初醒似的，猛地收回目光转向了前方。垂下眼帘盯着地面，他先是不言语，后来转身端起了手边的茶碗，然而茶碗里的茶水也已经没了热气。

他打了个冷战，放下茶碗，又伸手摸了摸那只大瓦壶。大瓦壶倒还是热着的，他把它挪到了自己面前，侧身把两只手贴在了壶身上取暖。张嘉田正打算再喝一碗热的，见状犹豫了一下，还是欠身出手，把那大瓦壶硬拎了起来。

把自己那只空碗倒满，他把大瓦壶送回了雷一鸣面前："给你，继续搂着吧！"

雷一鸣重新抱住了那只大瓦壶，没理他。

张嘉田喝了几碗热茶水，嘴里肚里都舒服了许多。这时候满山红带着饭菜回了来，原来已经到了开晚饭的时候。

冬天此地是经常刮大风雪的，满山红听了房外那鬼哭狼嚎的风声，面不改色，只告诉他们道："知道你们吃好的吃惯了，可我们这儿就只有这个，要不是你俩来了，平时我们连这个都舍不得常吃。"

张嘉田伸头看了看饭菜："炖肉烙饼？挺好。"

满山红扫了他们二人一眼，又问："咱们三个坐一桌吃顿饭，你俩没意见吧？"

张嘉田答道："我没关系。我现在正饿着呢，有的吃就成！哪怕你让我跟狗一起吃，我都没意见。"

满山红又问雷一鸣："你呢？"

雷一鸣依然是没说什么。

张嘉田有些惊讶，因为雷一鸣不应该有这么好的脾气，要说是示弱，那也没必要，因为在这满山红的地盘上，他们哪个都没有先下手为强的机会，况且就是真下了手，雷一鸣也是人多势众。

老六出了屋子去吃饭，余下三人围着这张桌子坐下了，张嘉田一手抄了筷子，一手抓了一张脸大的烙饼，张口就吃。满山红也拿起了一张烙饼，送到嘴里刚要咬，忽见雷一鸣没动筷子，便伸手一拍他："哎，你别像个娇小姐似的行不行？现在不吃，夜里挨饿可活该啊！"

她这一巴掌拍下去，雷一鸣登时皱了眉头向旁一躲，满山红这才反应过来——自己拍到他那带伤的左肩了。

连忙把手收了回来，她对着他一吐舌头："我忘了，不是故意的。"

雷一鸣知道她不是故意的，而且她就是故意的，他现在也只能受着。勉强喝了几口汤，胃里一阵阵地往上翻腾，并且没尝出汤里煮的是什么肉，只觉得腥膻。他这些天，身体就没有完全地健康舒服过，方才和张嘉田同处一室，他像是受了极大的压迫一般，越发地感觉窒息。忍了又忍，熬到现在，他终于是忍无可忍，一转身一弯腰，干呕了一声。

满山红正和张嘉田连吃带喝，冷不丁地见了他的反应，张嘉田停了筷子，张大嘴巴又咬下一口烙饼，而满山红把饼和筷子都放下了，蹲下来去看他的脸："你怎么啦？哪儿难受？"

雷一鸣摇了摇头——上一秒，他是反胃，这一秒，他的感觉又变了，胃袋像是被一只手紧攥住了，开始隐隐作痛。满山红在自己的衣襟上擦了擦手，然后拍了拍他的后背："你这人是纸糊的？怎么又病了？"

张嘉田坐着没动，单是鼓着腮帮子大嚼。而满山红见雷一鸣一言不发，鬓角却是淌下了汗珠，便有些手足无措，抬头对张嘉田说道："这怎么办？我这儿可没大夫。"

张嘉田又拿起了一张饼："没大夫还没耗子吗？我跟你说，这人是个祸害，你弄点儿耗子药给他吃了，一了百了。"

满山红答道："我这儿还真没耗子药。你瞧我这个地方，是会怕闹耗子的吗？有耗子反倒好了，证明我这儿有粮。"

张嘉田三口咬掉大半张饼，仿佛是吃得挺香，一句闲话也不想多说，可等到把饼咽下去后，他还是从嘴里咕噜出了一句话："你给他弄点粥喝，肠胃不好的人，不是都喝粥吗？"

厨房里还真有粥。

没人乐意喝粥，都想吃干的，可粮食就那么多，晚上又是吃了就睡，所以这山寨里总有相当一部分级别较低的喽啰，晚上就只能得到一碗热粥果腹。满山红端来了一碗清汤寡水的所谓米粥，想要喂他。雷一鸣把手臂横撂在桌边，低头把脸埋进臂弯里，实在是吃不下，可满山红真心实意地关心着他，一定要他吃。张嘉田越听越不耐烦，末了对满山红说道："他少吃一顿也饿不死。"

满山红答道："我知道啊！可他也不是今天第一次认识我，我和他也有一点交情。他闹肚子疼，我不能看着不管啊。"

张嘉田把最后一块烙饼塞进嘴里，然后挽起袖子站起来，走到了雷一鸣面前："满山红，你放下碗，过去把他扶起来。老子亲自喂他，不信他不吃！"

满山红当真放下了碗，走到雷一鸣身后，把他硬搀扶了起来。张嘉田想他定然不肯合作，自己趁机泼他一身热粥，烫他一烫也是好的——他当初不是也烫过春好吗？

然而，出乎他的意料，他一勺子热粥送出去，雷一鸣竟还真吃了。

（二）

雷一鸣咽下那一勺子热粥之后，垂眼不看人，低声嘀咕了一句："你还肯管我？"

张嘉田一手端着碗，一手捏着勺子，狐疑地看着他，看了几秒钟之后，才反问道："什么意思？"

雷一鸣抬眼直视了他："你不是恨我入骨吗？"

张嘉田一点头："对啊！我是恨你，你要杀我，我还不恨你？"

说完这话，他又将一勺热粥送到了他嘴边。然而雷一鸣这回紧闭了嘴，不吃了。张嘉田用热勺子碰了碰他的嘴唇，见他完全没有张嘴的意思，便抬头去看满山红："真的，你听我一句，给他弄点耗子药吃了得了。把他药死了，你也省心，我也省心。"

满山红瞪了眼睛："我省你奶奶个腿儿的心！我跟他又没仇！另外你俩到底是怎么回事？我看你俩好像是都够委屈的，到底哪个是先闹事的王八蛋啊？"

张嘉田总端着那一碗粥，烫得手疼，这时就把碗往桌上一放："你看我俩谁比较像王八蛋？"不等满山红回答，他对着雷一鸣又一拍桌子："我告诉你，你爱病不病，爱吃不吃！现在不是过去那个时候了，老子不是你的奴才，没那个闲心哄娘儿们似的哄你了！"

雷一鸣闭了闭眼睛，定了定神，然后出了声："你连这种话都说出来了，足以证明我当时对你的判断没有错。你确实是变了，变心了。我纵是容忍你到底，你迟早也还是要造我的反。"

张嘉田抬头去看满山红："听见没有，千万别当他的兵，到他手下就跟嫁了他似的，他不但管你的人，还管你的心。"然后他把那碗粥重新端了起来，"我再喂你最后一次，你要是还不吃，那我就真不管了。"

说完这话，他成功地把一勺热粥喂进了雷一鸣嘴里。

雷一鸣吃了大半碗粥，摇摇头，不吃了。

张嘉田走回原位坐下来，从那温凉了的肉汤里捞出肉吃，满山红也回了座位，把雷一鸣吃剩的小半碗粥端起来，一口喝了个干净。抬袖子一抹嘴，她刚吃了个半饱，于是像和张嘉田竞赛似的，也重新狼吞虎咽起来。

三人中的二人，因为饭量太大，所以很是花了一些时间，才终于吃饱喝足。满山红站了起来，说道："我这儿是天黑就睡，我不敢把你俩放在一起，说吧，谁留这儿睡？谁跟我走？"

张嘉田答道："你说了算。我怎么着都行。"

满山红当即答道："谁官儿大我带谁，剩下的就在这儿凑合一宿吧！一会儿给你端个大火盆进来，放心，冻不死你。"

张嘉田对此安排比较满意。雷一鸣则是站了起来，一言不发地跟着满山红走出去了。

雷一鸣进了满山红的屋子。

房内生了炉子，正是热烘烘脏兮兮。满山红走到窗台前，点亮了油灯，然后回头一瞧，就见雷一鸣坐在炕边，正低着头出神，便走到他面前，弯腰歪了脑袋去看他的脸："想什么呢？"

雷一鸣慢慢地转动眼珠，望向了她——望了片刻之后，他开了口："没什么，我觉得好些了。"

满山红一听到"好些了"三个字，心中像是透进了一束光明一般，立刻就亮堂了许多。"好些了？那我就放心了！"她直起身来说道，"你要真是疼个没完，这儿没医没药的，我也只能让你忍着。"然后她又伸手，在他的左肩上蜻蜓点水一般轻轻一碰，"你这儿还没好吗？"

他扭过头，去看她落在自己肩膀上的那只手："你那一枪，让我回去缝了三针。"

满山红睁大了眼睛："我那子弹也就是在你的肉里钻了个小眼儿，血都没流多少，哪还用缝针啊？"

雷一鸣笑了一下："不信，你自己看。"

满山红听了这话，伸手就去解他的披风领扣。脱下了他的披风，她又去解他的军装领扣，一层一层地解到最后，她轻轻扯开了他的衣领，就见他左肩覆着纱布，那一处枪伤受了细致严密的包裹，瞧着确实不是轻伤。伸手在他的脖子锁骨上摸了摸，她不肯道歉，只说："嗬！细皮嫩肉的！"

雷一鸣歪着脖子扭着脸，为的是要把左肩亮给她看，此刻听了这话，他忽然有些紧张："别胡闹。"

满山红笑了，一边一层一层地给他系纽扣，一边问道："我能怎么胡闹啊？"

"上次送我回去，你是怎么胡闹的？"

满山红正好系完了最后一粒纽扣，忽然出手把雷一鸣推倒在了炕上，她单腿跪上炕沿，俯身去看他的眼睛："怎么着？还记着我的仇呢？信不信我再闹你一次？"

雷一鸣这回躺就躺了，倒是没有慌张。抬手在满山红的短头发上胡噜了一把，他问道："怎么把头发剪了？瞧着完全是个小子了。"

"我本来就不想当姑娘，世上也没有我这样的姑娘。"

"不是姑娘，就更不该和我胡闹了。世上有你这样和爷们儿胡闹的小子吗？"

满山红舔舔嘴唇，从他的领口和头发上嗅到了一点淡淡的香气。忽然低头在他脸上亲了一口，她答道："管他妈的呢！我想怎么样就怎么样！我想当女的，我就是女的，我想当男的，我就是男的！"

然后她又问道："你怎么来了？找我有事？"

雷一鸣答道："我得到消息，说你和张嘉田有联系，就想来见见你。"

"见我干吗？让我帮你逮张嘉田？"

"是。"

"那我不干！我不掺和你们这些破事，你打完仗回家了，我还得留这儿呢！张嘉田的部下要是来找我报仇，那我怎么办？"

"放心，我现在改主意了。"

"改成什么主意了？"

雷一鸣想了片刻，最后摇了摇头："我目前还说不清楚，总之，我今天在见了他之后，想起了许多从前的事。现在，我不那么想杀他了。"

说到这里，他叹了口气，抬手去推满山红："别这么压着我，我累了。"

满山红果然起了身，告诉他道："脱鞋上炕，今晚我搂着你睡！"

雷一鸣也坐了起来。单手撑在热炕上，他歪着身体去看满山红。满山红迎着他的目光，就见他脸上没有什么表情，两只眼睛陷在浅浅的阴影里，眼神也是含义不明。

忽然，他向前伸手抓住了她的衣襟，开口说道："过来，今晚我让你搂个痛快！"

然后他一把将满山红拽向自己。满山红猝不及防，一头扎进了他的怀里，当即一挺身抬了头，她想要去抓他的右手，哪知他抱了她就地一滚，直接把她滚到了他的身下。满山红骤然感觉到了危险，果然紧紧地搂了他的身体，不许他再乱动。可他双手虽然动不得，腰胯却还有劲，竟是恶狠狠地顶了她一下。

隔着层层的衣裤，他当然是伤害不了她，可她瞬间红了脸，一手掐住了他的脖子："你他妈的找死！"

然而与此同时，一只手也钻进了她的棉袄里。那手贴着她的皮肉往上走，隔着那裹缠了她的一层布，他的手指碾过了她的胸脯："我带你走！"

满山红猛地一弓身，紧贴胸脯的那一层束缚被他撕扯开了。她下意识地想要喊叫，但慌乱地喘息了片刻之后，她忽然发现此刻很好——他不是那种力大无穷的莽夫，他的手指温柔灵活，绝不会让她感到分毫的疼痛。

翻身和他相拥了，她发现了一种新的游戏。她想自己适可而止，随便玩玩也就算了。可她很快又好奇起来——对雷一鸣好奇，对自己也好奇，好奇到她先伸手摸向了他的裤腰。

她完全没有嫁人的想法，对于一切妇道规矩也是毫无概念。她甚至也没感觉自己有多喜欢身上的这个男人，她就只是对他有兴趣，就只是喜欢看看他，亲亲他。

既是如此，那么她就由着性子，怎么喜欢怎么来了。

一夜过后，满山红早早地下了炕。

她穿戴整齐了，在地上走了走，又蹦了蹦，觉得自己并没有缺少了什么，还和先前一个样，甚至像是少了一道什么枷锁似的——男人的那套物件，那些动作，她都领教过了。处女的羞涩彻底退去，她是越发地无所畏惧了。

回头再看炕上的雷一鸣，她对着他一笑，觉得他挺好玩——人挺好玩，身体也挺好玩。她最爱亲他的耳根，一亲一哆嗦，好玩极了。

雷一鸣也醒了，扭过脸看着她，心中无情无绪。他已经连着几个月没有碰过女人了，虽然满山红不大像个女人，可终究也只是个假小子，并且不丑，洗干净了脸一瞧，还是个挺俊的假小子。

假小子还是个黄花大姑娘，若非如此，他也不碰她。他也不知道自己这种癖好是何时养成的，他年轻的时候，倒还真没这么挑剔。

假小子也罢，真姑娘也罢，反正她是个桀骜不驯、有主意的，不把她睡了，她就不会老老实实听他的话。收回目光坐起身，他也清醒透了："雪停了吗？"

满山红那脸上不红不白的，推了窗子往外望："停了！好家伙，天也白了，地也白了！"

雷一鸣下了炕，满山红看着他，问道："干吗？急着走哇？"

雷一鸣抓起披风披了上："我急着去撒尿。"

满山红格格笑着，给他推开了房门："到房后背风的地方尿去吧！"

雷一鸣走了出去，果然绕过房子去找了那背风的地方，结果遇上了张嘉田。张嘉田捷足先尿，正背对着他系裤子，忽然听见了脚步声，立刻回了头："你？"

雷一鸣停下脚步，看着他不说话。张嘉田没工夫陪他大眼瞪小眼、吹冷风，又不便在满山红的地界偷偷把他掐死，故而迈步就要往回走。可就在将与他擦肩而过的时候，忽然被他抓住了胳膊："你等等，我有话和你说。"

（三）

张嘉田看着雷一鸣，以为自己是听错了，可目光一路向下扫过去，他看着对方那只紧抓了自己胳膊的手，又确定自己是没听错。

"有话和我说？"朝霞的光芒刺了他的眼睛，让他微微地眯了眼，"什么话？"

这话说完，一阵大风卷着雪沫子呼啸而来，背风的房后也未能幸免。雷一鸣被风吹得晃了一下，张嘉田也连忙转身，用后背扛住了这一股子寒风。

等到这一阵大风刮过去了，雷一鸣抬手掸了掸肩头上的细雪，然后环顾四周，走到了后墙附近的一块山石旁，这回他几乎是站进了个石头犄角里，再来大风也吹不到他了。

张嘉田跟了过去，因为专是为了撒尿而出来的，身上只套了一件半薄不厚的小夹袄，所以冻得把两只手插进了军裤裤兜里，两条腿也站得不稳当，总预谋着要原地跺跺脚或者蹦一蹦。低头看着面前的雷一鸣，他开了口："说吧，听着呢！"

可雷一鸣没有说话，而是伸出右手搭上了他的肩膀，用力往下扳。张嘉田起初不明所以，顺着他的力道往下弯了腰——弯到一半，他猛地反应过来，当即向上直起了身。

论力气，他一个人能揍三个雷一鸣，雷一鸣的右手还在扳他的肩膀，他躲都不躲，双手插在裤兜里，他站得笔直，冷眼看着雷一鸣对自己使劲——真是使劲，都拧着眉毛咬紧牙了。最后见实在无法撼动他的肩膀，那只手又顺着他的脖子往上走，五指张开抓住了他的后脑勺，恶狠狠地往下摁他的脑袋。

张嘉田终于忍无可忍地一晃脑袋，硬把他的手晃了开："没完了？"

然后他低头见身旁的土地上堆了几块石板，便一把抓住雷一鸣的披风领口，把他连推带拎地搡到了那几块石板上："不想低我一头，就自己想法子往高了踩。还想让我见了你就自动低头弯腰？我告诉你，这辈子是没那个事了，你等下辈子吧！"

雷一鸣踉跄了一下，背靠着山石站住了："原来也没见你有这样的硬骨头。"

"被你逼的，不敢不硬。"

"洪霄九对你怎么样？"

"比你强。"

雷一鸣抬手就抽了他一记耳光。

张嘉田双手插兜，脸上冷不防挨了一巴掌。瞪着雷一鸣愣了两秒钟，他刚要把拳头举起来，雷一鸣却又说了话："我给你一个机会。"

此言一出，张嘉田简直不知道自己对他是应该先揍还是先听。拳头在半空中停了一瞬，他最后决定先听："什么机会？"

"我和洪霄九，你选一个。"

张嘉田听到这里，不由自主地把拳头放了下来："什么意思？要说就说人话，别跟我放拐弯的屁！我现在没那个耐性惯着你了！"

"混账东西！你还想让我怎么说？我和洪霄九，你愿意跟谁？"

张嘉田这回暂时忘了那记耳光："你想让我跟你回去？"

然而他冷笑了一声："把我骗回去，再慢慢地处治？我这样的，你得把我拉到菜市口千刀万剐了吧？”

雷一鸣看着他，看了片刻，最后轻声说道：“好，你回去找洪霄九吧。但是丑话说在前头，我和洪霄九这回是一定要分个胜负出来的，你跟着他，就别怪我和你为敌了。”

然后他绕过张嘉田，迈步向前走去。张嘉田回头看着他，顺带着又想起了自己刚挨的那记耳光，抬手捂着脸揉了揉，他不便追上去还他一巴掌，此事只好作罢。站在寒风中又发了一阵呆，他心中乱纷纷的，一股脑儿地想起了许多的人和事。现在他是挑起大旗单干，成绩不算坏，而且还交了洪霄九这个伙伴，但前途如何，实在是茫茫不可知。他想自己至好也就是把雷一鸣打回直隶去，可是然后呢？

然后雷一鸣回北京家里去了，家里有个春好随他揉搓。兴许等自己也能活着回北京时，春好已经被他折磨死了。他前头的那个老婆，离婚的时候不就已经疯疯癫癫的了吗？

叶春好觉得自己欠了张嘉田的，张嘉田也觉得自己欠了叶春好的。不提那些看上看不上的话了，就单从朋友的角度来讲，他觉得，自己也不能就这么一走了之，再也不管她。

还有雷一鸣……

他刚想到了雷一鸣三个字，雷一鸣本人就又出现在了他的视野中。在大雪地里一步一个深脚印地走到他面前，雷一鸣喘息着说道：“你公然犯上，造我的反，我不能再让你当帮办了。越抬举你，你越不成人，活该就只能当一辈子卫队长！”

张嘉田忽然感到了愤怒：“我没说要和你回去！”

雷一鸣抬了头，气喘吁吁地也提高了声音：“张嘉田！反了你了！”

张嘉田听到这里，终于把两只手从裤兜里抽了出来。他一脚踹向了雷一鸣，直接让这个人飞起，向后摔进了大雪地里。

然后他没有继续施展拳脚，而是直接走上前去，把雷一鸣翻成俯趴的姿势，摁进了雪中。

大雪下了一夜，积雪已经是相当厚，雷一鸣在他手下挣扎翻腾——应该也是使出吃奶的劲儿了，但张嘉田一手摁着他的后脑勺，一手摁着他的后背，并没有觉得很费力气。低头看着雷一鸣，他见这人起初还在张牙舞爪，只是一张脸都埋进了雪里，呼喊不出，反抗了片刻之后，动作变缓了，最后只剩了一只手，一下一下拍打着他的小腿。

这回抓着头发让他抬起了头，张嘉田俯身凑到了他面前："害怕了吧？"

雷一鸣满脸是雪，眉毛睫毛都白了，呼呼地喘着粗气，嘴唇动了动，他似乎是咕哝出了一句话，张嘉田没有听清，便问他道："什么？"

他重新开了口："好冷。"

张嘉田听到这里，便扯着衣领，把他硬拎了起来。他在雪地上坐着，依旧是喘，张嘉田用手抹去了他脸上的雪，又摘掉了他头发上的冰碴子。雪灌进了他的领口，张嘉田尽量把那雪掏出来，又用力掸了掸他的前襟后背。雷一鸣慢慢地转动眼珠看了他，脸上没有什么表情，只又咕哝了一声"好冷"。

张嘉田把他的右臂扯起来往自己肩膀上一搭，把他架了起来往回走，走得很慢，因为雷一鸣的身体一直在往下坠，张嘉田简直是一路把他拖回了满山红的屋子。

屋子里热烘烘的，满山红不在，只丢了满炕乱糟糟的被褥。张嘉田见了，便道："行啊！你是到哪儿都招女人爱啊！进了土匪窝里，还有女土匪陪着。"

说归说，他可并没真觉得雷一鸣会和满山红闹出什么桃色关系来。首先，满山红根本就不能算是一个女人，只能算是个野小子投错了胎；其次，雷一鸣应该也看不上这山中的一个小女匪。张嘉田跟了他两年，对他的私生活很了解，知道他不是那种来者不拒的人。

让雷一鸣在炕边坐了，他蹲到一旁去看炉子的火势，不知为何，心里很平静，惧意也消失了，不再怕雷一鸣会忽然翻出一把手枪毙了自己。出门从那聚义厅里搬回了两把椅子，他告诉雷一鸣："衣服脱了，烤一烤。"

雷一鸣站了起来，先把披风脱了，披风上面的毛皮领子不怕雪，可以不必管，但军装上衣的领子确实是湿透了，于是他脱了上衣递给张嘉田。张嘉田把上衣搭在了炉子边的椅背上，领子朝下，尽量地靠近炉中火苗。

军装里面是一件鸡心领的毛衣，领口还挂着雪片。雷一鸣脱了毛衣，露出了里面的小坎肩。小坎肩紧紧地箍在衬衫外头，看着单薄，其实里面带着一层绒，也能保暖。小坎肩在方才的雪灾中幸免于难，然而也得脱，因为里面的衬衫领子已经是精湿的了。

把衬衫也递给了张嘉田，雷一鸣光了膀子，扭头看了看左肩上的纱布，他又抬手摸了摸——幸好，纱布是干燥的。

张嘉田把那几件衣服都展开来搭上了椅背，这时回头瞧他，就见他并不是瘦得皮包骨，身上还有一点像样的肉，不多，也就是薄薄的一层，但也足以让他维持住一点男性的体面。阳光照在他的身上，张嘉田第一次发现他身上疤痕不少，只是颜色浅淡，乍一看看不出。

雷一鸣坐回了炕边，抬头问他："我就在这儿等着？"

"那你出去等着？"

"你往后就总这么对我说话了？"

"不一定，看心情。"然后他对着雷一鸣一抬下巴，"裤子也脱了吧，都湿了。"

"你不是我的人，我也不劳你管了。你走吧。"

"行，那你就湿着吧。"

这时房门一开，满山红端着一只大瓦盆走了进来，瓦盆里是热气腾腾的白面馒头。冷不防地见了房内情景，她先是一愣，然后笑了："怎么着？撒尿呲衣服上了？"

张嘉田答道："是，人家官儿大，尿得也高，都呲领子上了。"

然后他接过满山红的那一盆馒头，往炉台上一放："你帮个忙，把他裤子扒了烤烤。"

满山红发现了新问题："屋里刚才也没别人，你怎么没趁机会掐死他？"

"忙着烤衣服呢，没腾出手来。吃完早饭再掐。掐死了往山涧里一扔，干净利索。"

"扔了多可惜啊，剁剁还能炖一锅呢。"

"你自己留着吃吧，这人别扭，我怕吃了他的肉要塞牙。"

"那好办，剁碎了做肉酱，抹馒头吃。"

说完这话，她走到了雷一鸣面前，摸了摸他的裤子："你是自己脱，还是我给你脱？"

雷一鸣站起身，低了头开始解腰带。

满山红把炉火烧旺了，很快烘干了雷一鸣的衣裤。

雷一鸣穿戴整齐了，也不吃早饭，只对满山红说："我走了。"

满山红看着他，心里舍不得放他走，可是又没有挽留他的理由。一瞬间的迟疑过后，她洒脱起来："好，走吧！下山记得走大路，别嫌远。雪后路滑，走小路会翻到沟里去。”

雷一鸣答应了一声，对张嘉田一眼不看，推了门就要出去，然而张嘉田这时忽然开了口：“我今天不能和你走。”

雷一鸣回了头。

张嘉田迎着他的目光，继续说道：“我的朋友弟兄还在青余县呢，我要走也得带上他们。对洪霄九，我也得做个交代。你等我几天吧，我办完了就回去！”

雷一鸣开了口：“别告诉洪霄九。”

“我心里有数。”

雷一鸣又看了他一眼，随即继续向外走，走出几步之后，却是回头唤道：“满山红！”

满山红跟了出去：“干吗？”

雷一鸣不回答，带着她继续走，走到了一处僻静地方。这回四周无人了，他对着她微微一俯身，又一偏脸。

他保持着这个姿势不动，满山红不明所以地看着他，也不动。他等了片刻，无可奈何地笑了：“傻子。”

然后他用手指点了点自己的脸：“还不明白吗？”

满山红恍然大悟，凑上去亲了他一大口。他随即扭过头，也在她脸上吻了一下。

“走了。”他告诉她，“等我的消息吧！”

满山红睁大了眼睛看他，却是难得地正经了起来：“我没想嫁给你，你愿意找我就找我，不愿意找我，我也不追你。”

雷一鸣抬手一捏她的鼻尖，又笑了：“傻子。”

他的笑容很好看，两只大眼睛眯了起来，是真心实意的笑，让满山红想起了雪后清晨的阳光——他此刻的笑容，就有那么灿烂。

笑着又看了满山红一眼，他转身走向了他的卫队。卫队方才接到了通知，此时已经集合起来了。

雷一鸣含笑上马，领着队伍出了山寨大门。背对着满山红越走越远，他那雪后阳光一般灿烂的笑容渐渐消失了，林木的阴影笼罩下来，他信马由缰似的慢慢走，忽然垂下眼帘看了看自己的手，仿佛对这只手不以为然似的，他一撇嘴。

然后放下手，他面无表情，恢复成了一张冷脸。

第六章

DI LIU ZHANG

血流成河

他对这个人真是哄够了，哄不动了。可一步一步地再往前想，他又想起了这个人的好面孔来。他一度是这个人的宠儿，这个人的家，一度也是他的家。

（一）

雷一鸣先走了，张嘉田留下来吃了满山红半盆馒头，边吃边问她："你和他是怎么认识的？我看你俩像是挺有交情啊！"

满山红反问道："我跟你是怎么认识的？我满山红又不是大门不出二门不迈的娇小姐，想认识谁就能认识谁，这也值得你一问？"

她这几句话堵得张嘉田哑口无言，而不等张嘉田想出新话题来，她倒是抢先发了问："你和他又是怎么回事？你俩到底还打不打了？"

"我俩啊……"张嘉田拖长了声音，但一瞧就不是故弄玄虚，而是真的在思考，"不好说，再看吧！"

然后他抬眼望着满山红："我和他之间的事情，你能不能替我们保密？"

满山红这人向来是由着性子嬉笑怒骂，张嘉田以为她听了自己的话，非得胡说八道地再逗自己几句不可，哪知道她忽然正经起来，居然挺认真地向他点了头："放心，我不让你们连累我，我也不会坏你们的事。"

接下来，她换了话题："你什么时候走啊？你和他可不一样，你再这么住下去，我可管不起你的饭了。"

张嘉田被她说得笑了："我倒是想走，可我舍不得走。一会儿等大家都吃饱了，你派些人帮帮忙，咱们一起找找那几车子弹去！"

满山红和张嘉田合力忙了大半天，最后竟是在一条土沟里找到了那几大车子弹。

土沟很深，车摔碎了，拉车的骡子也摔死了，子弹箱子倒还结实，东一个西一个地散落了满沟。冻硬了的死骡子归了满山红，那一千发子弹，张嘉田也如数地给了她。照理来讲，满山红额外得到了死骡子，骡子肉够她那帮弟兄们吃上好几顿的，他有理由从那份酬劳中克扣下些许——哪怕扣下五十发子弹，也是好的，毕竟对他来讲，子弹比大洋更重要。

但他没有对着满山红要这份小心计。没心思要了，他心里装着一桩更重要的大事。雷一鸣说是让他回去，这话是真是假，他拿不准。先用甜言蜜语把他诓回去、再千刀万剐要了他的命——这种事情，他觉得，雷一鸣也干得出来。

干是干得出来，但谁知道他会不会真这么干呢？谁知道他对他所说的那些话，是真情还是假意？

张嘉田不是很相信他，但是心里又很想相信他。在他身边的时候，他总“哄”他，别人以为他是伶牙俐齿、脸皮厚，是在拿不要钱的好话拍大帅的马屁，可他自己心里清楚，“哄”和“拍马屁”是两回事。

“哄”是需要动一点感情的，就算是感情浅薄，也总有一点怜悯在里面；就算是无可奈何，也总有一点忍让在里面。拍马屁的漂亮话，他可以闭着眼睛说上一天一夜不重样，可每次硬着头皮去哄雷一鸣，都会累得他心力交瘁，仿佛是一场过五关斩六将的鏖战，纵是胜了，也已经有一腔心血泼了出去。

他对这个人真是哄够了，哄不动了。可一步一步再往前想，他又想起了这个人的好面孔来。他一度是这个人的宠儿，这个人的家，一度也是他的家。

甚至连他的名字，都经过了这个人的改动。

这事一时半会儿想不明白，他想赶紧回青余县，找人商量商量，可青余县内也没有他的知音。

他又想起了叶春好——她若是在，那就好了。

张嘉田总觉得她才真正是个有主意的人。她爱上了雷一鸣，算是爱错了人，可这也不能怨她眼拙，有那么一阵子，他这样一个大小伙子，不是也几乎要迷上他了吗？不也觉得他是天下第一好人吗？雷一鸣有雷一鸣的魔力，而他们年纪轻、见识浅，看走了眼也不稀奇。

张嘉田心事重重，可该干的活儿一样不少干。他和满山红带人把子弹运过了石砾子山，又派人往青余县城内送了信，于是一番往来接应之后，子弹进了县城，满山红一帮人也回家吃骡子肉去了。

他进城之后，先去见了洪霄九。洪霄九知道他昨夜没回来，这时见了他便说道：“怎么着？你让那个满山红留住了？”

面对着洪霄九，张嘉田忽然感到了心虚。搭讪着坐下来，他笑了一下：“下午过去的，到了那儿先是和她办交涉，好容易谈妥了条件，又变了天。第一次看见山里的大风雪，真够吓人的！”然后他转向了洪霄九，“你见过满山红没有？”

洪霄九微笑着摇了摇头：“我没见过，我那外甥见过，说她看起来就是个毛丫头，也没什么特别的。”

张嘉田点了点头：“是，像个野小子，年纪也不大。”

洪霄九手里摆弄着一根烟卷，摆弄了半天，终于是划根火柴把它点燃了。喷云吐雾地长嘘了一口气，他说道：“平安回来就好。”

张嘉田“嗯”了一声，一时间无话可说。洪霄九对他不坏，所以他现在心存愧疚，觉着自己是辜负了人家的一片心意。低着头站起身，他说道：“我回屋睡一觉去，昨晚——”

他这话说得有头无尾，洪霄九笑道：“昨晚累着你了？”

张嘉田含糊地一笑，趁机走了出去。洪霄九回头看着窗外，像是在目送他，也像是在审视他。及至他走得没了影子了，他对着门外吆喝一声，叫进来了一名勤务兵：“去叫师长过来。”

曹正雄师长听闻舅舅召唤，立刻赶了过来。进门之后，他见舅舅正坐在热炕头上抽烟，并没有什么急迫的样子，便也轻松下来：“舅舅，您找我有什么事啊？”

洪霄九向他招了招手，把他招到了自己近前：“张嘉田的兵，最近表现怎么样？”

曹正雄听了这个问题，莫名其妙：“表现怎么样？没怎么样啊！”

洪霄九思索了片刻，又道：“贝，你去给我打听打听，张嘉田昨天上了石砾子山后，有没有过什么异常举动？”

曹正雄答应一声，随即也压低了声音：“舅舅，张嘉田有什么不对劲的吗？”

洪霄九摇了摇头。“没有。”然后他看了曹正雄一眼，“放心，有了舅舅就告诉你。”

洪霄九把曹正雄打发走了，与此同时，张嘉田也把张文馨父子以及马永坤召唤到了自己屋子里。他甚至把林燕侬也叫来了，并不是因为他也想征求她的意见——他素来是不大尊重她，也不相信她会有什么高见，隔三岔五还要看不上她，但到了这个时候，他病急乱投医一般，把她也叫了过来充数。

房屋关严了门，门外又派了卫兵把守，他放低了声音，对着这三男一女讲述了自己昨日在石砾子山的奇遇。四人听着，都直瞪瞪地看着他不言语，等他一口气把话讲完了，四人的目光柔软活动了些。林燕侬低了头，用手抹了抹裤子上的皱褶，张宝玉扭头去看他的爹，马永坤则是端坐在窗前，低了头去观察地面。

张嘉田等了片刻，没有等出他们的话来，便随便挑了一个开始问：“小马，你说说。”

马永坤慢慢地抬起了头，神情是非常地庄重：“这我说不好。万一雷大帅使诈，真要把您骗回去弄死，您到时候也是一点办法都没有。可他要是真心实意地想和您讲和，您死活不相信，也浪费了这样一个好机会。”

张嘉田一挥手：“说了等于没说。老张你呢？你怎么想的？”

张文馨答道：“我也说不好，毕竟咱们谁也不是雷大帅肚里的虫，摸不准他到底是怎么想的。不过啊，我觉得，假如他对您说的都是真话，我看回去也未尝不可。咱们留这儿死扛，总不是长久之计，而且就算扛住了，那也不能总窝在这个小县城里，这土窝子比文县差远了，是吧？其实……再说……”他挠了挠头，“我岁数大了，我是愿意回家乡去，过几天好日子。文县那地方就不错，上北京上天津也方便。”

他这话说得有点颠三倒四，但张嘉田明白了他的意思。张文馨这一趟跟着他跑来察哈尔，路上真是吃了无数苦头，而在此之前，他在文县一直活得挺舒服。舒服威风的好日子过惯了，他这上了点年纪的人，又没有雄心壮志鼓舞着，就受不得太大的煎熬了。

张嘉田转向了张宝玉：“你呢？你不是小孩儿了，你也说说。”

张宝玉干脆利落地答道：“我听干爹的！”

张嘉田最后面对着林燕侬：“你呢？”

林燕侬清了清喉咙：“我呀，我不想回去。你忘了雷一鸣对你下过的那些毒手了？要不是你命大，现在这个世上都没你了。反正，我就看雷一鸣不是好人。”

张嘉田先前听了张文馨那模棱两可的话，还不觉得怎样，如今林燕侬一开口，他听了她的话，立刻觉出了不顺耳——她说的都是事实，他也承认，可她那两只细眯眯的眼睛就只会看事实，他便觉得她是头发长见识短，早知如此，不如不叫她过来。

这时，张文馨又想到了新问题："师座，如果——我说如果啊——咱们回去了，这边的洪霄九怎么办呢？您横是不能扔了他说走就走吧？可这也不是件能提前打招呼的事儿啊！"

一如林燕侬怕见雷一鸣一样，张文馨也怕见洪霄九，对这个人是能躲就躲。张嘉田听了他的话，也叹了口气："不好办啊！洪霄九对我可真是挺够意思的，所以咱们也得对得起他啊！"

（二）

因为林燕侬是"头发长见识短"，马永坤又总是"说了等于没说"，所以这二人被剥夺了开会的资格。张嘉田只留下了张文馨父子，三个姓张的关闭房门，嘁嘁喳喳地密谈了一宿。

林燕侬自己有间小屋，但是从来不住，只在张嘉田的房间里栖身。这回她垂头走向了自己那间屋子，回头见马永坤亦步亦趋地跟着自己，显然是个护送的意思，心里便有些感激："表哥，你别管我了，趁着现在没事，你回屋补一觉去。昨夜他没回来，你不也是担了一夜的心吗？"

马永坤答道："我没有。"

然后他又道："谢谢您的棉裤。"

林燕侬笑了："你不嫌弃就不错了，这也值得一谢？我的手艺不好，你就对付着穿吧，能穿过这一冬就够本了。"

说到这里，她也走到了屋门前。伸手推开了房门，她忽然回头又道："表哥，你说他……"

她一边沉吟着，一边把马永坤招进了房内——除了马永坤，这地方也没有第二个人肯拿她当个人来看待了，仿佛她就只懂得吃喝穿戴，没有灵魂也没有思想。她因为舍不得张嘉田，所以能受的委屈全都尽量地受，一边受一边还没心没肺地笑嘻嘻，但她并没有因此真就一路傻了下去，该明白的事情、道理，她自认为也都明白。

把房门关了上，她轻声问马永坤："表哥，你说，他要是真那么干了，能行吗？"

马永坤看着她，不说话。

林燕侬又道："我也不敢劝他，一是他根本不听我的话，二是我怕我劝错了，耽误了他的前程。"

马永坤垂头想了片刻，最后答道："他命大，没事的。"

林燕侬听到这里，叹了一口气——马永坤这人就是这样的，要说好，真挺好，除了好就没别的了，想和他说几句话，都说不下去。

然而，就在这时，马永坤忽然又开了口："您是不是怕他回了北京，就不要您了？"

这回换成了林燕侬垂头不语。

马永坤又道："你别怕。"

没头没脑地说完这三个字，他转身走了。林燕侬怔怔地看着他推门出去，心想张嘉田将来要真是铁了心地不要自己了，自己兴许就真得跟这位表哥走。表哥虽然性子怪，可和别的男人相比，就算是个好的了。

至于爱不爱的，她没考虑。一个张嘉田就已经够她死去活来的了，要是再爱上一个，她非折寿了不可！

一想到自己从雷家卷出来的那些体己，她就觉得自己一定得好好活着，将来要是命好，兴许还能养出一家子孙男娣女来，自己也能成个有名有分的老太太呢！

林燕侬打着自己的算盘，脑海中的算盘珠子噼啪乱响，震得她连午饭都忘了吃。张嘉田关门闭户，也有了点不食人间烟火的意思。倒是洪霄九那边照常生活，一边守着一张炕桌连吃带喝，一边听着"贝"在他耳边报告。

曹正雄果然打探出了些许消息，消息不多，但也够他对着舅舅耳语一阵子。洪霄九一边听一边吃，及至听完了，他也吃完了，从外甥胸前的小口袋里抽出丝绸手帕一抹嘴，他被帕子上的香水气味熏了个喷嚏。曹正雄盯着自己的丝绸手帕，有些心痛："舅舅，您看接下来该怎么办？咱们要不要把张嘉田叫过来，当面质问质问他？"

洪霄九摇摇头："不用，再等等看。"

说完这话，他把丝绸手帕往外甥的口袋里一掖："你回去吧，这几天机灵点儿！"

曹正雄连忙把那手帕抽出来放到了桌子上："舅舅拿着用吧，这玩意儿我有的是。"

然后他落荒而逃，生怕他舅舅污染了他笔挺的新军装。逃到半路，他迎面看见了张嘉田，当即站了住："张师长出门啊？"

张嘉田对他很客气，笑着点头："出去一趟。"

然后二人擦肩而过，各走各路。

张嘉田一路出城，上了石砾子山，请满山红替自己向雷一鸣传个话——他得再见雷一鸣一面，因为他不是单枪匹马一个人。他回去了，或是当卫队长，或是当平头百姓，那都好说，可张文馨父子呢？马永坤呢？下头的那些小兵呢？

他得向雷一鸣讨句准话，也要在这讨话的过程中，再仔细观察观察对方的态度。一旦感觉不对劲，他就立刻打消念头，老老实实地回青余县去。

满山红挺爱帮这个忙，当即派了喽啰骑驴下山，去见了雷一鸣。雷一鸣还在陈运基的师部里，听了那喽啰的来意之后，他答道："回去告诉你们当家的，就说我明天正午上山，让张嘉田到时等着我。"

喽啰听了，领命回去。陈运基一直站在雷一鸣身后，这时便说道："大帅，明天正午的话，时间会不会有些仓促？"

雷一鸣没回头，只问："莫桂臣不是已经出发了吗？"

"是的，他上午接到了您的电报之后，就立刻带兵上火车了。"

"这就是了。他抓紧一点，明天凌晨之前总能到这儿。凌晨若是还没到，那他也不必当这个师长了。"

然后他又问陈运基："该你预备的，都预备好了吗？"

陈运基答道："都预备好了。"

雷一鸣本是坐在一张木头桌子后头的，听了这话，便慢慢地点了点头，同时心中想起了张嘉田，也想起了满山红——两个小家伙，说起来，其实都是人才。

抬手堵了嘴，他轻轻地咳嗽了两声，把满山红从自己的头脑中剔了出去，因为这个小家伙目前已经算是他的一枚棋子，从此刻到明天正午，她应该都不会兴风作浪。

她喜欢他，他看出来了，于是睡了她，她便更喜欢他了。没有道理可讲，这是他的经验。睡了个黄花大姑娘，顺带着利用她的地盘给张嘉田做了个笼子，算得上是一箭双雕。说起来是对不起这个小丫头的，不过为了张嘉田，他也就顾不得她了。

张嘉田……

他其实暗暗地有些后悔，当初不该让这小子摸枪，这小子本应该是个很讨人爱的小跟班，训练训练还可以成为一名很讨人爱的小保镖。可惜现在后悔也晚了，只是不知道要再过多久，才能遇到第二个张嘉田。

陈运基出去了，白雪峰进了来，给他加了一件衣服。他此刻倒是不冷，只是喉咙做痒，总想咳嗽几声。从白雪峰手里接过一杯热茶，他喝了一口，然后说道："这回回了家，我怕是要病上一场。"

白雪峰立刻问道："您现在是觉得哪儿不舒服吗？"

雷一鸣身上不舒服的地方就多了，一时说也说不清楚，所以只摇了摇头："要不是这一仗还没打完，我现在就要躺下了。"

午夜时分，雷一鸣有所感应似的，醒了过来。而他这边刚睁了眼睛，外头的白雪峰就送进了消息："大帅，莫师长到了。"

莫桂臣入夜时分下了火车，一路急行军，提前赶了过来。他一到，雷一鸣也不睡了，并且把陈运基也叫了过来。对着这二位师长发了一串命令之后，他洗漱穿衣，开始吃饭。

填鸭子似的往肚子里填了许多干粮，他噎得直伸脖子，然而依旧是吃。吃饱喝足之后，他估摸着自己连饿上一天两天都不会有问题了，这才抖擞精神，也出了门。门外的天还黑着，四周听不见人说话，只有闷而整齐的脚步声传来，是两位师长的军队正在分批开拔，悄悄地出发。雷一鸣从白雪峰手里接过手套戴了上，又仰起脸望了望天上的星星。

星是繁星，风是寒风，卷着雪沫子轻轻抽打他的脸。他忽然悲伤起来，觉得生命中有那么柔软、潮湿的一小部分，原本是应该被自己呵护、爱惜着的，如今却被自己挖了出来扔在地上，风干冻硬成石头了。

"太太屋里冷不冷？"他毫无预兆地开了口。

白雪峰怔了怔："大帅，您说什么？"

他沉默了片刻，然后说道："往家里发电报，让他们把太太的衣服都送过去，别冻着她。"

白雪峰这回听清楚了，嘴里答应了一声，犹犹豫豫地，又说道："大帅这次回了家，还是和太太和好吧！我斗胆说一句，您和太太是夫妻，太太没娘家，您……您也没有个长辈上人、兄弟姐妹的，您和太太就算是一对亲人了，太太有了错，您不原谅谁原谅呢？"

他唯恐自己把话说冒失了，所以说完之后特意地笑了笑。雷一鸣倒是静静地听了他这几句话，然而毫无回应。在这军营内外来回地巡视了几圈，最后他回了师部。捧着一杯热茶坐在窗前，他向外望着，等待天亮。

天迟迟地亮了。

张嘉田昨天出了一趟城，今天起早吃了饭，还得再去一趟。他起早，林燕侬也跟着起早，给他找衣服、摆早饭。他坐在桌前连吃带喝，因见林燕侬忙里偷闲，对着墙壁上的玻璃镜子左照右照，照的时候抿着嘴唇，两道眉毛忽高忽低地乱动，便笑了一下："行了行了，镜子都要让你吓碎了！"

林燕侬刚抬了手整理脑后头发，一听这话，就转身要反驳他，哪知胳膊肘一扫镜子边沿，那镜子挂得不牢，竟是滑落下来，摔了个粉碎。林燕侬吓了一跳，一边咕哝着"岁岁平安"，一边拿来了笤帚扫那玻璃碴子："就怪你，好好的一面大镜子，没了！"

张嘉田站了起来："我看你这个娘儿们啊，成天除了臭美就没别的事儿了。说是给我做棉裤，做得像两条羊肠子似的，还给了小马，我连个棉裤毛都没捞着。"

"我上午出去扯布买棉花，再给你重做一条就是了。"

张嘉田穿外衣戴帽子："用不着，我有裤子穿。"

林燕侬看他要走，连忙追到了门口："什么时候回来呀？"

"天黑之前肯定回来，你等着吧！不回来的话，我让人给你们送个信儿！"

说完这话，他叫来了马永坤和张宝玉，带着三十来人的卫队就上马出城去了。天越来越冷，路越来越滑，他非得尽早上路，才能在正午之前登上石砾子山。

（三）

雪后路滑，要是走在山路上，那就更是滑上加滑。张嘉田信不过那四只马蹄子，怕马会带着自己摔到沟里去，所以索性下了马，凭着两只脚往山上走。一边走，他一边想起了从前的好时候——从前他在北京城里的时候，哪受过这种洋罪？最起码，他在城里走的是平路，不用顶着西北风爬大山啊！

好时候真是好，住好房子，坐好汽车，平心而论，要是没有雷一鸣，他真不知道世上会有这么多的“好”。所以这回见了他，张嘉田心想自己一定要放出眼光来，看清他的真面目。他若是真心实意地愿意让自己回去，那自己就回去。

在太阳悬挂到中天的时候，他汗流浃背地来到了山寨门前。

满山红和她的小兄弟们似乎都不知道冷为何物，这个时候了，还一堆堆一群群的在外头打闹着。满山红今天必是洗了头发洗了脸，短头发黑亮蓬松，面孔也洁净，只是面颊冻得红了，额头、鼻梁倒还是白皙的，瞧着像个戏里的妆容。张嘉田一看她这模样，觉得挺好看也挺好笑，两侧嘴角就不由自主地往上翘了：“哎，满山红！他到了没有？”

满山红答道：“没呢！”然后她从小棉袄里摸出了一只怀表，打开来看了看时间，“还没到中午，是你来早了。”

张嘉田把马交给了身后的士兵，凑上去看她的怀表：“这不是他的东西吗？”

满山红看了他一眼，怕他抢似的，一合表盖将它揣回了怀里：“他给我的！”

张嘉田笑了：“那你俩关系看来是真不错。这表可是个值钱的东西，你好好揣着，别弄丢了。”

满山红也抿嘴一笑，一脸的得意。转身带着张嘉田进了山寨，她照例是把张嘉田的人和马都安排进了棚子里避风烤火，自己则是和张嘉田进屋落座，还给他抓了一把新炒的瓜子：“吃着等吧！”

张嘉田倒是没有嗑瓜子的兴致，拈起一粒放在指间摆弄着，他说：“满山红，这回我俩要是谈好了，那自然是好；要是谈崩了，这是你的地盘，我就带了那么点儿人，你可得镇住场面，别让雷一鸣跟我翻脸。”

满山红点了头，一边呸呸地吐瓜子皮，一边往窗外看：“放心，我满山红从来不蹚外人的浑水，也从来不许外人到我这儿来捣乱。要打你们下山去打，别连累我。”

然后她掏出怀表，又看了看时间，嘴里嘀咕道：“应该到了啊！”

雷一鸣并不是不守时的人，在满山红看表的时候，他人在距离石砾子山一里地远的一处小山坡后，也在看表。一里地并不是遥远的距离，传令兵披着白布斗篷在雪地上往死里跑，片刻之间就能来回一趟，而且不会被山上的土匪探子发现——如果真有探子的话。

此刻传令兵气喘吁吁地跑到了雷一鸣面前：“报告大帅，张嘉田已经进了满山红的山寨了！”

这个消息，不是传令兵亲眼所见，但是他亲耳所听。亲眼所见了张嘉田的人，是夜里就悄悄上了山，此刻正隐蔽在山中各处的莫师士兵。士兵们披着白布，极力地要和雪地融为一体，莫桂臣此时也正在山脚下，等待着雷一鸣的号令。

于是雷一鸣就发了话：“开始进攻。”

传令兵得了命令，当即转身跑向山脚，而旁边电报班的通信兵也操作电台，向远方的陈运基部发去了电报。所有人都忙碌了起来，卫队也紧张地包围了雷一鸣，要给大帅最周全的保护。

雷一鸣仰着脸，面无表情地看那石砾子山。在北戴河时，他对张嘉田只有恨与怕，拼了命地要杀他，唯恐他不死。然而到了如今，他那恨与怕的情绪忽然淡了些许，当远方遥遥地传来了第一声枪响之时，他胸中竟是隐隐地有点作痛。

不过痛得不严重，可以忽略不计。

莫桂臣的士兵，在以各种方式得到了暗号之后，远远近近地从山中雪地里冒了出来。他们沉默着向前进发，而在更高处的一座山石上，马克沁重机枪那黑洞洞的枪口对准了下方的山寨，射手与副射手披着白布和枯草，各就各位。

然后，射手扣动了扳机。

炸雷一样的轰鸣声骤然响起，刀锋一样的子弹流横扫山寨院子，让那些正在打闹的大小喽啰当场血肉横飞、支离破碎。满山红正站在窗前漫不经心地吃炒瓜子，在枪声传来的一刹那，她想都没想，直接转身趴到了地上。张嘉田当即也伏倒在地，抬眼和满山红对视了，他们什么都没说。

仿佛是全明白了，可又不敢真的明白。这不是人能做出来的事情，他们无论如何不肯相信。

对视过了一眼之后，两人都从腰间拔出了手枪。满山红猫着腰飞身上炕，撞开了后窗户向外一滚，张嘉田紧随其后也跳了出去，就见这山寨里的老二、老六也逃出来了。见了满山红，老二开口喊道：“老三死了！”

满山红没犹豫，只说：“进林子！”

然后她一马当先地绕过屋后的几块山石，冲向了密林之中。张嘉田一听那枪声，就知道敌人火力极猛，所以不假思索，也撒腿追向了满山红。满山红正跑得飞快，旁边的老六却是忽然纵身一跃扑倒了她，张嘉田则是甩手向旁开出了一枪。满山红翻身爬起来，就见老六软绵绵地躺在雪地里，太阳穴上开了个洞，血和脑浆都流出来了。

老六替她挡了一枪！

满山红和老二都愣了，呆呆地看着死了的老六。还是张嘉田跑向一旁——方才他那甩手一枪，倒是当场替老六报了仇。开枪的人原本蹲在树上，是个落了单的士兵，穿着雷部的灰色军装，也裹着一块白布。张嘉田从中弹落地的士兵手里夺过步枪扔给了老二，他回去一扯满山红的胳膊：“醒醒！咱们还得继续逃！”

满山红不说话，转身又要往那林子深处跑，可这回他们没跑几步，四周的枪声就密集起来了。

到处都是敌人，敌人从天上往下降，从雪里往外钻。山寨爆发了惊天动地的巨响，满山红回头去看，就见房顶被气浪掀到了半空中，那些士兵炸了她的家！

她张了嘴，像是要哭要叫，然而老二开了口：“当家的，上面是没法走了，咱们钻地洞吧！”

满山红没理老二，反倒是又和张嘉田对视了一眼。现在她与他之间无须语言的交流了，对视一眼，就什么都明白了。

他们只怕自己一旦开了口，就要面对这恐怖的现实，不但要面对，还要分析，还要把它掰开揉碎了研究。他们都还年轻，都是雷一鸣口中的小家伙，小家伙们凶猛起来死都不怕，却是怕了眼下。

他们刚知道，自己先前是和魔鬼打了交道。

子弹在空中嗖嗖地飞，他们完全不知道自己能不能活到下一秒。幸而石砾子山是满山红走过了一万遍的地方，到了这般境地，她还能认清道路。张嘉田也不顾生死了，横了心跟着她往前冲。旁边的老二身体忽然一栽，张嘉田没等他倒地，一把揪住了他的衣襟，头也不回地拽着他继续跑。老二咬紧牙关一声不吭，在雪地上留下了长长的一道血迹——子弹打飞了他腿上的肉。

“想法子从北边下山。”他气喘吁吁地告诉满山红，“去青余县！”

青余县在石砾子山的北边，他现在走投无路，只能退回到县城里去，那里有他的朋友和队伍，还有个神通广大的洪霄九。

他不知道，青余县那边也已经开了火。

陈运基的队伍一直驻扎在青余县外，预备要攻城，又一直没攻城，县内县外的人这几天都看惯了，也不当作一回事。谁也没料到，他们会在这天中午忽然出动，开始了进攻。

他们一边冲锋，一边呐喊，告诉城上的守兵“张嘉田已经死在石砾子山了”。守兵中也有张嘉田的队伍，一听这话便慌了神。张文馨想起儿子是跟着张嘉田一起出城上山的，登时瘫软在地，而未等他擦去满头的冷汗，城外开了炮，专轰青余县城的城墙一角。有些炮弹飞得格外高远，竟然越过城墙，落进了城内的街上，在石板地上硬生生炸出了一个大坑！

碎石崩上半空，和碎石一起飞溅起来的，还有行人的断头残肢。一包染了血的新棉花落了地，有女人蹲在地上捂了脸，发出尖锐的惨叫声。

女人是林燕侬，鲜血顺着她的指缝往外淌。活着的行人见了，当即拽了她往旁边跑，又有人惊惶地哭喊：“又来炮弹了！”

果然，新一枚炮弹呼啸着掠过低空，将不远处的民房炸成了一片废墟。林燕侬挣脱了旁人的手，头脸都是剧痛，眼前一片血红，只能挣扎着往那师部里逃——她往回逃，张文馨往外跑，一边跑一边号啕：“我的儿子还在城外，我的儿子啊！”

他不是唯一一个惦记着张宝玉的人，除他之外，还有一个张嘉田。

张嘉田随着满山红钻进了一座石洞子里，一手依然死死抓着半死的老二。他不知道马永坤此刻如何了，也不知道张宝玉此刻如何了，他想他们也许都已经死了，死在最初的扫射中，死在最后的爆炸里了。

这一次他没有挨打，没有受伤，可他胸中一阵一阵地闷痛，痛不可遏。只有雷一鸣死了，或者他自己死了，这痛才能消除了。

（四）

张嘉田随着满山红钻过了一段曲折的石洞，最后他们手脚着地地爬出来重见了天日，感觉那枪炮声音是被自己落在身后远方了，可依旧心有灵犀似的，他们都不回头。

这现实让他们想都不敢想、看都不敢看了。

满山红带着他们继续逃，跑过一片小树林之后，他们坐下来顺着陡坡往下出溜，滑到坡底站起来，满山红拨开前方的乱草，前方赫然又是一处洞口。

这处洞口向下通到了半山腰，他们到了半山腰之后转弯向北，一步不停地继续狂奔。后方的天空中升起了浓云，是山顶燃起了大火。大火在枯树上勾搭攀援，飞快蔓延开来。

他们依旧是逃，依旧是不敢回头。

与此同时，青余县城的老城墙，已经被炮火轰塌了一角。骑兵向着那一角发起了冲锋，冲了一次，被打退回来，再冲第二次。陈运基已经发下话了，这回只要打进青余县城，全师就地放抢半天。可丑话说在前头，莫桂臣师长打完石砾子山之后，也是要率兵往青余县来的，你们若不能抢先一步进县城去，等莫师的士兵一来，这座县城可就不够你们抢的了。

士兵们得了这样的承诺，又知道自己的确是人多势众的一方，大有胜算，所以这一仗打得心急火燎。骑兵在第三次冲锋中终于突破了城墙缺口处的防线，于是后方的步兵一拥而上，也潮水一般冲进城里去了。

与此同时，洪霄九带兵撤出了县城，向北逃去。曹正雄在青余县经营了几年，一切都是在往好的方向走，哪知忽然从天而降了一个张嘉田，引来了无穷无尽的祸事。他恨透了张嘉田，对舅舅也是敢怒不敢言。洪霄九板着脸，也觉得眼前的形势出乎意料——他看出来张嘉田起了外心，也一直提防着他会带了兵投回雷一鸣的怀抱里，哪知道是他把事情想得太长远了，雷一鸣所要的，当真只是速战速决。张嘉田的部下、士兵也都是一群浑蛋，听见张嘉田死在石砾子山了，便吓得像没头苍蝇一样，拐带着他的部下也慌了神。一步乱，步步乱，害得他只能撤退——再不撤退，他会有全军覆没的危险！

陈运基的兵进了青余县城，开始狂欢。

他们抢钱，抢女人，笑嘻嘻地用刺刀猛戳窗后墙根下立着的芦席卷子，把躲在卷子里的小媳妇扎成血葫芦，十二三岁的女孩子也被他们从地窖里掏了出来。银楼房顶腾腾地冒出黑烟，绸缎庄的门窗被捣开了，大幅的印度绸摊在地上，无数双脚在上面踩来踩去，留下带着血和泥的脚印。

这时，莫桂臣心急火燎地下了石砾子山，带着他的兵也进城来了。

进城之后，莫师和陈师的士兵先打了起来，因为正如陈运基所说，这么一座县城，实在是不够两批人马抢的。莫桂臣十分恼火，又有点怕陈运基，可让他乖乖地等着去抢第二轮，他又不甘心，因为这县城经了陈师士兵的手，在半天之内就能化作一座废城，他在第二轮中绝抢不到什么好东西。倒是雷一鸣身边的一名副官此时催马来到，对着两位师长说道："大帅有令，让两位师长别争抢，青余县归陈师长，明天再让莫师长到林县去补充军饷。"

莫桂臣一听这话，心里立刻平衡了，带兵撤出了青余县。陈运基看了看表，发现还有两个小时才满半天，于是便坦然地放纵士兵，继续抢去了。

傍晚时分，青余县在表面上恢复了平静。

陈师的士兵把守了县城内外，陈运基出城回了一趟先前的师部，见了雷一鸣。

他进门时，莫桂臣也在，正站在雷一鸣面前说话："那地方先是经了重机枪的扫射，后来又发生了两次爆炸，炸得一塌糊涂，尸体实在是没有法子去辨认了。不过张嘉田当时一定是在场的，因为有些尸首穿着军装，还有不少死马。"

雷一鸣坐在窗前，听了这话，点了点头，然后转向了陈运基："洪霄九跑到哪里去了？"

"报告大帅，他一直往北跑了，大概是跑去了冯子芳的地盘。"

冯子芳是察哈尔境内顶有实力的一位大军头，雷一鸣不怕他，可也不大愿意再把这仗打下去，打仗是件烧钱的事情，抢上一两座县城并不够干什么的。而且他此刻精力体力都不济，简直快要扛不下去了。

生平第一次真刀真枪地打败了洪霄九，这让他觉出了一点志得意满的喜悦。而他对张嘉田的所有恐惧和痛恨，也在这一场战争中发泄了干净。缓缓地呼出了一口气，他坐在椅子上，看着面前这两位师长，忽然累得一句话都说不出来了。

静静地积攒了一点儿力量，他开了口，只说出了一个字："好。"

陈运基又问："大帅要不要去青余县看看？"

他摇了摇头："不了。"

然后微微一笑，他有气无力地又道："看了伤心。"

陈运基听了这话，莫名其妙，不明白他大获全胜，有什么可伤心的，于是接了方才的正题，又问道："那么大帅，我们还要不要再打洪霄九了？"

雷一鸣答道："不打了，随他去吧。"

确实是不能打了，洪霄九输了就跑，他带着千军万马，总不能追他到天边去。他是掌控大局的人物，当然要分得清孰轻孰重。

况且，他本来也不是冲着洪霄九来的。

"回去吧。"他对陈运基说，"今夜小心，提防洪霄九反扑。"

陈运基朗声答应了，又敬了个军礼，转身走了出去。房内这回只剩了莫桂臣，雷一鸣看着他，强打精神说道："你这一回，立功不小，等回家了，我论功行赏。"

莫桂臣笑了："多谢大帅！还是大帅指挥得力，我们无非是按着大帅的命令卖卖力气罢了。"

雷一鸣说道："这两天，若是没有其他变化，你就跟着我回去。这两座县城，因为原本就挨着陈运基那个师的驻地，所以我划给他来管。你不必看着眼红，这是片没油水的苦地方，北边还有冯子芳那帮人要提防，陈运基虽是得了两个县，但其实并没有占多大便宜。回家之后，我另给你点儿别的。你们是我的左膀右臂，一碗水我端得平。"

莫桂臣又笑了："是，是，卑职明白。卑职全心全意，都听大帅的。"

雷一鸣向外挥挥手，让莫桂臣出了去。白雪峰一直等在门外，见莫桂臣出来了，他才进去，轻声问道："大帅，这里的条件终究是不大好，今晚您要不要回安土镇的指挥部里住一夜？"

雷一鸣闭上眼睛向后一靠，白雪峰以为他是在思索，便垂手站在一旁等着，然而他的身体缓缓向下溜去，竟是坐不住了椅子。白雪峰怔怔地看了他几秒钟，随即意识到不对劲，连忙上前用双手插进他的腋下，把他向上托着："大帅，您怎么了？累了？"

雷一鸣的脑袋歪在肩上，气息灼热，脸色也是青白中透着红。白雪峰腾不出手来，索性探头一顶他的额头，结果发现他不知何时发了烧，并且热度不低。

“大帅。”他急促地呼唤，“您病了。我叫军医过来给您瞧瞧吧！”

雷一鸣摇了摇头，含糊说道：“军医不行……我回家去……”

“连夜就走？”

雷一鸣“嗯”了一声，声音轻而嘶哑，类似一声叹息。

午夜时分，雷一鸣提前出发，在警卫团的保护下上了路。

与此同时，张嘉田和满山红也走到了青余县城外。

老二半路失血太多，无声无息地死了。张嘉田扔下他，和满山红继续向前走。远远地，他们看到了青余县上空的浓烟与火光，心里就隐隐地明白了。

于是在那杳无人烟的荒野之中站住了，他们站了许久，不冷也不饿。最后还是满山红开了口：“你的人，也都完了吧？”

张嘉田答道：“完了。”

满山红说道：“那咱们走吧！”

张嘉田扭头面向她：“往哪儿走？”

满山红答道：“哪儿有活路，就往哪儿走。”

“一路走？”

满山红也望向了他：“随你的便。”

张嘉田答道：“一路走。”

两人依然不提那魔鬼的名字，凭着胸中一口热气的支撑，他们拖起两条腿，走向了那茫茫的雪地。

（五）

午后时分，林子枫走进了雷府大门，来见雷一鸣。

他今早才得知雷一鸣回来了，是在昨晚入夜之时到的北京。北京这边的人都知道他在那边打了大胜仗，总以为他会耀武扬威地班师回朝，万没想到他会无声无息地忽然回来。林子枫匆匆忙完了手头的事务，按照规矩，要过来向这位大帅问一声安。然而甫一进入楼内，就感觉气氛不对。白雪峰站在楼梯中间，一边往下走，一边不耐烦地低声训斥着身旁的小副官。忽然抬头看见了下方的林子枫，他勉强笑了一下："老林，有日子没见了。"

林子枫将他上下打量了一番，然后问道："你怎么了？"

白雪峰这时已经下楼走到了他面前，苦笑了一声："我倒是没怎么，无非是一夜没睡。是大帅——大帅病了，发烧，烧了一路。"

林子枫听了这个消息，心里有一点儿惊讶，脸上则是十分惊讶："那让医生看过了吗？"

白雪峰当即一指身边的小副官："我半夜让这个浑蛋出去找大夫，谁知道这个小浑蛋找了个老浑蛋，给大帅开了一剂药，大帅喝了之后上吐下泻，热度更高了。"说完这话，他一脚把小副官踹了个趔趄，"滚！"随即又对着门口的小勤务兵一招手，"出去瞧瞧，贝尔纳医生怎么还没到？还有那个老浑蛋，把他押起来，别让他跑了！敢给咱们大帅乱吃药，我看那老东西是活腻歪了！"

林子枫见白雪峰忙得团团乱转，一张一贯和气的面孔，此刻也急赤白脸地不和气了，便问道："我上去瞧瞧大帅，行不行？"

白雪峰匆匆答道："那当然行。"然后他又对一名勤务兵怒道："我要的冰呢？"

勤务兵吓得战战兢兢："已经……送上楼了。"

白雪峰"唉"了一声，转身就往楼上跑。林子枫见状，也连忙跟了上去。及至进了雷一鸣的卧室，他望着室内情形，又是一怔。

空气中弥漫着酒精的气味，大床四面的床帐全部悬挂起来，露出了床上仰卧着的雷一鸣。一个套着白大褂的西装医生正站在床旁忙碌，另有一个看护妇模样的白衣女子站在床旁，从水盆里捞了白毛巾叠成方块，往雷一鸣的额头上放。水盆里叮叮当当地作响，正是水中加了冰块。

林子枫走到床边，就见雷一鸣周身赤裸，只穿了一条极宽松的短裤，裤管湿淋淋的，几乎向上卷进了裤腰。青白色的皮肤微微反射着阳光，他紧闭双眼，艰难地呼呼喘息，林子枫几乎能够感受到他的灼热的温度。

白雪峰用湿棉球润了润他干裂的嘴唇，那医生也端着一只搪瓷杯转身走了过来。搪瓷杯中装的是稀释了的酒精，医生用纱布蘸了酒精，开始擦拭雷一鸣的身体。白雪峰见状，扔了棉球去帮忙，又回了头，轻声对林子枫说道："就是不退烧。"

林子枫犹豫了一下，后知后觉地换了同情面孔："要不要进医院？"

“我也不能做主啊，一会儿听德国医生的话吧，人家怎说，咱们怎办。”

林子枫叹了口气，绕到床头去看雷一鸣的脸。雷一鸣的脸是青白色的，两边面颊则是青中透了红，皮肤显得很干很薄，一层纸似的绷在了颧骨上。两只大眼睛深深地凹陷了下去，他的睫毛上粘着一点儿分泌物，额头上也有细小的皮屑，是个不干不净的病人。

把同情的面孔保持住了，林子枫很平静地看着他，平静极了，几乎有点心旷神怡。生平第一次瞧见雷一鸣这个德行，他觉得大床上的这具躯体很有意思，很值得一看。雷一鸣的左肩上有伤，已经缝了针，不知是伤得乱七八糟，还是缝得乱七八糟，总之那一处“艳若桃李”，溃烂得正盛。林子枫从来不摸刀枪不上战场，就是因为他看不得血肉和尸首。此刻看着雷一鸣的伤，他也觉得恐怖，恐怖到要让他一闭眼睛一扭头。可又因为这伤口是溃烂在了雷一鸣的肩上，所以那恐怖又另有了一种刺激性，让他既不想看，又忍不住看。

看了片刻之后，他走到床旁的水盆前，亲手捞出一条毛巾拧了拧，然后回去俯下身，给雷一鸣擦了擦眼睛——眼屎令他作呕，影响了他此时此刻的欣赏。

白雪峰见了，以为他也想帮忙，正要说话，然而房门一开，几名副官众星捧月地拥着贝尔纳医生进来了。原来房内这位西装男子还是德国医生贝尔纳的中国弟子，师徒相见，当即用德语交谈了一番，然后贝尔纳走到床前，又对雷一鸣检查了一遍，末了转身对着白雪峰说了几句走腔变调的中国话。白雪峰连连点头，口中说了五六个“是”，然后扭头就要往外走，走出几步忽然想起了这房内还有个林子枫，便回头唤道：“老林，你也出来吧！”

林子枫跟着他出了门：“医生怎么讲？”

白雪峰快步下楼，且走且答：“他说要用冷盐水给大帅灌肠。”然后他拍了拍林子枫的胳膊，“你自己找地方坐坐吧，我实在是顾不上你了。”

不等林子枫回答，他已经如风一般走了个无影无踪。林子枫见状，便走到小客厅里坐下——横竖回去也没什么事，不如留在这儿等着，说起来还显得他忠肝义胆，听闻大帅病了，连家都不回了。

“胜男要是活着，现在一定急坏了。”他想起了妹妹，脸上依旧是淡淡的没表情，“胜男可没有照顾病人的本事，她自己还是个病孩子呢。”

胜男没本事，重担就还是要落到他这个哥哥的肩上。说起来，他现在倒是很愿意亲手照顾照顾楼上的雷一鸣。他是有耐心的，可以分十八天，把那人照顾进十八层地狱里去。

然后他忽然又想起了张嘉田。张嘉田这回是败了还是死了，他没得到确切的消息，但无论是哪种结果，这小子都够让他失望的。他想若是把叶春好和张嘉田调换一下，或许都不至于让雷一鸣得胜而归。

小客厅外面，白雪峰健步如飞地上楼下楼，跑出咚咚的脚步声。他向外斜了一眼，感觉自己从未见过这么疯狂的狗腿子——不过这也难怪，白雪峰这人没什么正经本事，雷一鸣若是今天高烧而死了，他明天就得收拾包裹回家，并且一时半会儿找不到新东家。

林子枫坐在小客厅里浮想联翩，如此挨到了傍晚时分，他熬出了头。

白雪峰东倒西歪进来了，一屁股在他旁边坐了下去："我的老天爷。"

勤务兵送进来了两杯热茶，白雪峰把勤务兵叫住，让他给自己揉肩捶腿。扭头望向林子枫，他的眼神都呆滞了："热度降下来了，睡了。"

林子枫问道："既然不发烧了，应该就没事了吧？"

白雪峰闭了眼睛，向后一靠："应该是没事了。"

"有没有我可以代劳的事情？"

白雪峰摇了摇头，冲着他惨笑了一下："心领了，不用，伺候人的活儿，你不会干。"

然后他又道："你回去吧，今晚儿他大概不会醒，你明早再来。"

林子枫又问："你一个人真行？"

白雪峰答道："没事，他睡我也睡，随便凑合一觉，我就能缓过精神来。"

林子枫听到这里，不再客气，当真起身走了。

翌日上午，林子枫如期而至，果然见到了清醒了的雷一鸣。

他到来时，雷一鸣坐在床上，正在喝药水。那药水大概是非常苦，他紧皱眉头把它咽了下去，然后就着白雪峰手里的杯子，连喝几大口水。

白雪峰随即扶他躺下，把羽绒被子拉上来一直盖到了他的下颏，又对林子枫说道："大帅的身体还很虚弱，不能多说话。"

林子枫在床前微微俯下身："请大帅好好休息吧，我并没有什么事情，只是来看大帅好些了没有。"

雷一鸣抬眼看了他，看了片刻，闭上眼睛点了点头，又从鼻子里哼了一声，算是作答。

林子枫直起腰，轻声告辞。白雪峰在床边深深地弯下腰去，几乎是把嘴唇凑到了雷一鸣耳边："大帅有什么吩咐吗？"

然后他稍稍抬头，把耳朵送到了雷一鸣唇边，听到了极其含糊、轻微的两个字："没有。"

他放了心："那大帅请继续睡吧。医生吩咐过了，让大帅这几天务必要卧床休息。"

雷一鸣不再回答，沉沉地又睡了过去。

下午时分，他又发起了烧。

这一回烧得并不厉害，白雪峰便没有大惊失色，只在一旁守着。而他先是昏昏沉沉时睡时醒，后来忽然睁了眼睛，口齿清楚地对着天花板问道："太太呢？"

白雪峰一愣，支吾着不知如何回答，同时就见他的神情严肃平静，镇定到了令人诧异的程度。扭头看着白雪峰，他又说道："她良心坏了，我病成这样，她也不来看我。"

白雪峰连忙问道："大帅想见太太？"

他答道："我不要见她。"

然后他闭了眼睛，又睡了过去。

白雪峰明知道他是病得说了胡话，可是一挺身站直了，有那么一瞬间，他真想将错就错，"假传圣旨"把叶春好放出来。

叶春好再不出来当家做主，他就要支撑不住了。他又不是林子枫，林子枫很爱掺和雷家的家事，总像是恨不得成为雷家的总管家，他却没有这种兴趣。他只想出能出的力，得能得的钱，仅此而已，没别的野心。

可是转念一想，他终究还是没迈出那第一步——他感觉着，叶春好在那冷宫里不会久住，而自己还是恪守本分，不要乱做主张才好。

（六）

雷一鸣在家里躺了三天，热度时高时低，肩伤则进一步恶化。到了第四天，他发作了肺炎，迫不得已，只得进了医院。

在协和医院住了半个月，他终日吃药打针，几乎把自己填成了个药篓子。肺炎是没有特效药物可以使用的，他一度甚至病危。白雪峰守着他，吓得好几次差点儿哭了出来——自己只是个副官长，哪负责得起大帅的生死大事呢？

幸而，他终于死里逃生，全须全尾出院回了家。住院的时候，林子枫天天过去看他，能从早看到晚。旁人瞧在眼里，都以为秘书长对大帅是有真感情，殊不知林子枫是看他看上了瘾——当然不是因为他好看，他纵是个绝世美男，到了此刻也绝对美不起来了，林子枫只是觉得他那个半死不活的模样很有趣，"有点意思"。

看的同时，他多少也能帮助白雪峰分一点忧，所以白雪峰不敢独占功劳。雷一鸣到家之后，向他道了句辛苦，他赔笑说道："子枫也出了不少力，要是没他帮着，我一个人也支撑不下来。"

雷一鸣拥着被子坐在床上，听了这话，便问道："子枫呢？"

"他今天没来，大概是知道大帅今天出院，所以他也放了心了。大帅若是想见他，我就给他打个电话。"

雷一鸣摇了摇头："算了，让他也歇歇吧。"

说完这话，他抬头又去看白雪峰："瘦了，你。"

白雪峰笑着一低头："谢大帅关怀，我没事，吃几顿就胖回来了。倒是大帅，这回大病初愈，可得好好地养着。"

雷一鸣答道："是，我知道。"

然后他也一笑："这回我也怕了。早就觉着自己要病，可没想到会是这么一场大病。再不好好养着，命就没了。"

白雪峰听了他这说话的语气，感觉他的精神和情绪似乎都不错，便想陪着他说笑几句，然而偏在这时，林子枫来了。

林子枫已经在楼下脱了大衣，然而手脸还带着一股子寒气，进房之后站到床前，他搓了搓手，看着雷一鸣问道："大帅今天感觉怎么样？"

雷一鸣在医院里半睡半醒时，蒙蒙眬眬地总能看见他，这时见了他，便觉得亲切："我已经好了，接下来在家里养着就是了。"然后他抬头看了看林子枫冻红了的鼻尖，"今天很冷？"

林子枫答道："冷极了。"

雷一鸣听了这话，忽然有了感慨："我若是个穷困潦倒的人，这个病遇上这个天气，还不是必死无疑？"

白雪峰笑道："大帅是天生的福大命大，别说这辈子，下辈子都不会有那种时候。"然后他走上前去，把话岔开，"大帅坐了半天了，现在躺一会儿吧！贝尔纳医生说了，让您这些天一定要多休息，多睡觉。"

然而林子枫这时又开了口："大帅，我想请求您的允许，去见一见太太。有一点商业上的问题，我要向她核实一下。"

白雪峰一皱眉头，心想老林哪壶不开提哪壶，偏在他感慨万千的时候提太太，然而雷一鸣并没有动容，只说："去吧。"

林子枫得到雷一鸣的许可，顺利进入了大帅府内的"冷宫"。

冷宫不算冷，当然也热不到哪里去。院子里的花花草草全冻成了一撮撮东倒西歪的枯黄梗子，他昂首走上正房台阶，抬手敲了敲紧闭着的房门："叶春好。"

房门开了，房门后头还有一层棉门帘，门帘掀开一半，露出了叶春好的脸。他不大客气，抬手把门帘掀高了些许，他弯腰走了进去。

摘下蒙了雾气的眼镜，他抽出手帕擦净了镜片上的水雾，然后重新戴好眼镜，转身面对着叶春好。

叶春好穿着一件墨蓝色缎子面皮袍，袍子薄薄的，领口镶着一小圈灰白相间的短风毛。头发偏分梳开，在脑后挽了个圆髻，眉眼、面孔都很干净，只是嘴唇没血色。这样冷的天气，是绝不能开门窗通风的，叶春好昼夜生活在这三间屋子里。林子枫抽了抽鼻子，就感觉这里的空气有股子味道，不是臭味，是女人肉体的气味，对于大部分的男子来讲，这气味甚至可以算作勾魂摄魄的香味。

林胜男长到十三四岁时，屋子里也有了这种气味，他倒是很能接受，并不厌恶，也许因为她是他一手养大的亲妹妹。林胜男的气味，他能忍，叶春好的气味，他则不大能忍，仿佛那气味富有侵略性，要对他发动某种令人恐惧的渗透和进攻。

重新掏出手帕堵住鼻子，他做了个深呼吸，因为手帕上存留着外界的气味——香皂、烟草、发蜡、墨水，等等。

在他和气味斗争之时，叶春好走到桌前，倒了一杯茶推到桌旁。然后在另一侧的椅子上坐了下来，坐有坐样，脸色不红不白，声音不高不低地问："秘书长来见我，是有事情吗？"

林子枫依着那杯茶的指示，也在桌旁坐下了。坐下之后，他隔着一张桌子，抬头仔细看了看叶春好。叶春好迎着他的目光，微微一笑，不言语。

林子枫肆无忌惮地把她审视了个够，然后说道："你在这里，住了也有半年了。"

叶春好答道："是的，半年了。"

"他当初也关过玛丽冯，关了半个月，从那以后，玛丽冯就有点疯疯癫癫的了。"说到这里，他似笑非笑，"你看起来，倒是还好。"

叶春好含笑答道："多谢秘书长惦记着。哪天我若是也要疯了，一定提前打发人告诉秘书长一声。"

林子枫被她讽刺了一句，但是不以为意，他有胜利者的心胸。端起茶杯喝了一口热茶，进入正题，告诉叶春好道："那家游艺场，已经建造好了，春节期间开业。你的眼光不错，城南那家游艺场，无论冬夏，永远满客。这一家开起来，各方面的条件都远胜于城南那家，将来一定也是只赚不赔。"

叶春好当初为了投资这家游艺场，花费了许多心血，想方设法四处筹钱。全华北，甚至是全中国，也没哪个女人有她这样大的手笔。那个时候，真是踌躇满志啊！真是威风八面啊！如今在这牢笼里活了半年，她再回想起那个时候，只觉得恍如隔世。幸而她是经受过坎坷的，风光的时候她没有耀武扬威，如今落在这牢笼里，她面对着林子枫，也坐得住。

她也完全没有要发疯的打算——疯也罢、死也罢，总是一项绝大的牺牲。这样重大的牺牲，总要牺牲得有意义才行。这世上没有她深爱的人了，她为了谁牺牲都是不甘心，所以她才不疯，她才不死。她二十多岁的人，有吃有喝，不冷不热，很凄惨吗？至于死去活来吗？

越是落在了这坏的境地里，她越专门往好里想。抬眼注视着林子枫，她开口答道："这倒是一个好消息。我虽不能亲眼看到它开业的盛况，但事实若证明了我投资得不错，我也会感到安慰。"

她这么心平气和地娓娓道来，非常文明，非常讲理，像是另一种形式的刀枪不入。然而林子枫挺喜欢她这张通情达理的假面具，她一天不披头散发地号啕撒泼，他就要暗自高看她一天。

这时，叶春好又问道："秘书长这一趟来，是有什么事情吗？"

林子枫这才想起了自己的来意："有关游艺场的合同，是在天津公馆的保险柜里吗？"

叶春好点点头："是的，都在。"

林子枫渐渐习惯了房内的气味，低头看着自己面前的茶杯，他又说道："大帅病了，你知道吗？"

叶春好摇了摇头："我不知道。"

林子枫一翘嘴角，抬眼盯住了她："我听老白说，大帅对你余情未尽，病到了头脑糊涂的时候，还怪你没有去看他。"

叶春好听到这里，想了想，笑了一下。这笑里没有感慨，反倒像是有点无可奈何。笑过之后，她站起来，客客气气地说道："秘书长，若是没有其他事情的话，你该走了。"

林子枫万没想到她会忽然下逐客令，颇意外地看了看她，他随即起身："告辞。"

叶春好把棉门帘子为他掀了起来："请慢走，不送了。"

林子枫走了。

叶春好站在窗前，看着他走出大门，心里知道他一定很失望。从他寒气凛凛地踏入房内之时，她就瞧出他携着几个重磅炸弹，简直是急不可待地要把自己炸成一片废墟。于是她加了小心，对他抛出来的重磅新闻，她是一概不接收。

游艺场要开业了？那很好，起码证明她的眼光不错。她能有机会用雷家的巨款验证自己的眼光，这也算是一种幸运。雷一鸣还在想着她？那也不值得她欣喜。难道她原来没被他爱过吗？

这个人的爱，她承受不起，所以决定及时退步抽身。这样的决定，她先前也下过若干次了，没有一次是作准的，所以这半年的幽居生活也未必全无好处，她起码是有了足够的时间，进行了足够的考虑。

否则的话，她就是下一个玛丽冯了。

第七章

DI QI ZHANG

所遇非人

原来他和叶春好再怎么打怎么闹，叶春好看他的眼神是有情的，恨也是一种情，怒也是一种情。但她现在无情了，现在她的眼睛里空空荡荡，看他就只是看他，仿佛他是个陌生人。

（一）

林子枫离了雷府的冷宫，犹犹豫豫又想走，又想留，而未等他做出决断，白雪峰把他拦在了半路："老林，别走。还有事呢！"

林子枫停住脚步："还有什么事？"

白雪峰对着他笑："大帅叫你回去一趟。"

林子枫明白了，没说什么，跟着白雪峰回到了雷一鸣面前。雷一鸣躺在被窝里，睁着眼睛往门口看，有点眼巴巴的意思，显然是一直在等着他来，可他真进门了，雷一鸣反倒是一言不发。

他沉默，林子枫也不催促，径自站到了暖气旁，去驱赶自己那一身寒气。双方如此僵持了片刻，最终，他等到了雷一鸣的话。

雷一鸣问他："去见过太太了？"

林子枫拉过一把椅子，坐到床边："见过了。"

他有这个坐下来的资格——起码他认为自己有。而雷一鸣也并没有留意他这个举动，犹犹豫豫地又问："事情问清楚了？"

"问清楚了。"

"她……现在怎么样？"

林子枫看了他一眼："大帅叫我回来，其实为的就是问这句话吧？"

雷一鸣垂了眼帘，一双眼睛半睁半闭地往下看，忽然有了一点心虚的孩子相——人过中年了，都要往老里走了，他身上却还残留着一点幼时的痕迹，说不准哪一下子就会流露出来，鬼鬼祟祟的，委委屈屈的，有时候瞧着挺可怜，有时候瞧着则是相当可恨。

孩子相一闪而过，他恢复了一贯的面目："我的太太，我不能问？"

林子枫本来就不急着走，这时在椅子上坐稳当了，他越发地生出了一点闲心："您不是不认她做太太了吗？"

"夫妻吵架，当然是什么狠说什么。你没结过婚，你不懂。"

林子枫听到这里，点了点头，又似笑非笑地发出哧的一声。雷一鸣立刻转动眼珠瞪了他，白雪峰在一旁听了，怀疑林子枫还是在为他妹妹抱不平，生怕他酸溜溜地惹恼了雷一鸣，便连忙开口做了和事佬："大帅，说话也是耗精神的事情，您还是得以休息为重啊。"

说这话时，他就站在林子枫身后，一边说，一边暗暗往他后背上捅了一指头。这一指头捅得卓有成效，因为林子枫随即就道："大帅放心，太太一切都好，起码是比现在的您好。您也不必惦记着，等到病好了，您亲自过去看看她，不就得了？"

雷一鸣彻底闭了眼睛："看什么看。"

然后他翻了个身，背对了林子枫。白雪峰见状，便一扯林子枫的袖子，把他引出了卧室。约莫雷一鸣听不见了，他才小声埋怨道："老林，他问什么，你答什么，不就结了？你总拿话堵他，万一把他又气出个好歹来，那我先完了，我非活活累死不可。"

林子枫听了这话，又"哼"了一声。白雪峰也不敢得罪他，三言两语把他哄了走，随即转身又回到了楼上卧室里，守祖宗似的守着雷一鸣。

白雪峰一边照顾着雷一鸣，一边吃喝休息、恢复元气。如此又过了半个月，雷一鸣已经可以下床自由活动，他这立了汗马功劳的人，便得了几天假期，得以回家歇着去——他也真得回一趟家不可了，同样立下汗马功劳的莫桂臣师长这些天留在北京，闲来无事，出面给他做了个媒。女方的父亲在盐务机关做个半大不小的官，论家世，她到白家算是下嫁；论家产，她嫁给白雪峰又有点儿算高攀。白雪峰感觉自己这辈子大概是巴结不上高等的阔小姐了，让他娶那个从女子留养院里出来的小枝，他又太不甘心，所以听了这个消息之后，就急着告假出来，和人家姑娘见上一面。

他做人做得很轻松，对谁都不坏，也绝不会为了谁死去活来。几天之内，他和姑娘见了几面，用一双慧眼，对那姑娘进行了全方位的扫视。到了这天上午，他回了雷府，雷一鸣一见到他，便问道："相亲相得怎么样？"

他登时笑了："大帅也知道了？可惜了莫师长一片好意了，这事儿……怕是不能成。"

雷一鸣当即将白雪峰端详了一番："是谁不愿意？要是女方不肯，那我出面，再把这个媒重做一次。"

白雪峰吓得连忙摆手："不不不，是我们双方都不大满意。她嫌我没学问，我嫌她不秀气，正好，一拍两散，谁也没耽误了谁。我琢磨着，我可能是还没到动姻缘的时候，再等等吧。"

雷一鸣不再多问，白雪峰以为他大病初愈，精神不济，便由着他在房内坐卧，自己悄悄地退了出去。过了大半个时辰，他看到了午饭时间，便回到了雷一鸣的房间，然而却扑了个空。

莫名其妙地在满楼里找了一圈，他没找到雷一鸣的影子。最后还是一名小勤务兵告诉他："大帅上房了。"

白雪峰没听明白这话，对待小勤务兵，他也无须讲礼貌："放屁！大帅怎么会上房？"

小勤务兵抬手向上一指："不是上房，是上那个亭子顶上去了。"

白雪峰听到这里，感到了不妙。让小勤务兵带路，他走楼梯上了楼顶的平台——平台上有个中国式的小亭子，算是华而不实的一景，而在亭子顶上，赫然蹲着他那位虚弱的大帅！

亭子顶上覆着的是琉璃瓦，瓦上还积着一点儿残雪，雷一鸣在上面半蹲半跪，昂着头做着远眺的姿势。白雪峰先是不明所以，以为大帅的精神也出了毛病，及至顺着他眺望的方向望了望，他猛地明白了过来，连忙张开双臂跑到了亭子下头："大帅，危险！您快下来吧！往东院儿看不用登那么高，站在这平台上就瞧得见。要不您发句话，我把太太带回来得了，这上面风这么大，您不管身体了？"

他急得语无伦次。雷一鸣回头呵斥了一声"别吵"，然后慢慢转身挪到亭子边，纵身一跃跳了下来——他从小就淘气，登高爬低这套本事，也算是他的童子功，并没有荒废。

白雪峰一把搀住了他："我的天，大帅，这儿连个梯子都没有，您是怎么上去的？"

雷一鸣挣开了他："别这么老妈子似的，我活动活动而已，至于把你吓成这个样子吗？”

白雪峰不理他，连推带抱把他请回了楼里，他都坐到餐桌前了，白雪峰站在一旁，一颗心还在腔子里怦怦直跳。而雷一鸣漫不经心地喝着稀粥，眼前还晃动着叶春好的身影。

他方才站得高看得远，真瞧见她了。她穿着一身蓝，站在院子里看了看天，又伸脚拨了拨院子角落里的花草，然后抱着肩膀，怕冷似的一路小跑回了房。那蓝影子印在了他的脑海里，他越是回想，越觉得那蓝影子轻俏可爱。再追忆起前尘旧事，她似乎也没有那么罪大恶极了，真像白雪峰说的那样：太太犯了错，先生不原谅，谁原谅呢？在这世上，他们除了彼此，再没别的亲人了啊！

一碗热粥喝到了最后，他埋着头，忽然唤了一声：“雪峰。”

白雪峰立刻答应了：“大帅，您有什么吩咐？”

他推开碗筷，依然不抬头：“一会儿预备热水，我洗个澡。”说着他抬手向后一捋头发，“这些天我三灾六病的，也没个人样了。”

白雪峰“哦”了一声，还是不明白他的用意。

这个下午，雷一鸣洗了澡，刮了脸，剪了头发。这一场大病让他的两鬓又添了几根白发，端坐在大镜子前，他让白雪峰用梳子和生发油驯服了自己这一脑袋浓密的短发。然后起身换了崭新的衬衫西装，他在明亮的灯光下，很认真地挑选了领针、袖扣。从白雪峰手中接过了一条花绸子手帕，他先将手帕一甩，随即往胸前的小口袋里一掖，手法娴熟利落，将手帕掖成了一朵抽象的花。

然后在穿衣镜前转身照了照背影，他感觉自己又见老了——也许是因为消瘦而显老，也许纯粹是真的老了。不过在未来的五六年里，他相信自己还不会在异性那里失宠。

从小到大，他一直不缺女人的爱，他也一直知道如何去招她们的爱，无师自通，也无须悟性，反正他知道，女人们就是喜欢他。黑沉沉的眼珠在眼皮下一转，他一抬睫毛望向镜中人，抬出了长而深刻的双眼皮痕迹。昂起头又摆了个睥睨的姿态，灯光之下，他的眉眼像是用墨彩勾画出来的，该浓烈的笔画很浓烈，该细致的笔画很细致。

“那天在火车上，”他忽然问道，“我是不是踢了太太一脚？”

白雪峰站在一旁，一听这话就苦笑了：“哪是一脚，要不是我们拦着，您都能把太太踢坏了。”

雷一鸣忍俊不禁，“扑哧”一笑：“这么能踢，你把我说成驴了。”

白雪峰又试着提醒他道：“您还给太太的右边眉毛上留了道疤呢。”

雷一鸣愣了一下，想了想，然后一点头：“想起来了。说起来，我的脾气也确实是太急了一点儿。”

白雪峰赔着笑站着，不好再附和。而雷一鸣侧过脸，对着他问道：“你猜，我这是要干什么去？”

白雪峰笑道：“这个好猜，我看您是要去接太太了。”

雷一鸣抬手拍拍他的脸，抿嘴也笑了：“那还不给我拿衣服去？”

白雪峰听了这话，连忙跑去给他拿了大衣、帽子，又道：“太太要是对大帅抱委屈，大帅也别恼。毕竟太太这也算是坐了半年牢呢。”

雷一鸣连连点头：“我知道。我这一回是负荆请罪去的，她要哭要闹，我都由她，绝不和她一般见识。”

（二）

雷一鸣走进了“冷宫”之中。

来之前，他没让人给叶春好送信，想要冷不丁地吓唬她一下子——他已经自作主张地和她和好了，既是和好了的两口子，他心里欢喜，自然是可以和她闹着玩的。他一边穿过院子往正房走，一边扭头看了看四周，就见两旁房屋的门窗都用木板钉上了，那景象瞧着很不好看，整座院子都显得破落阴森，仿佛是个废弃了的不祥之处。叶春好住在这里，且不提自由不自由，单是看这个环境，就一定不会愉快。

他心里受了一点冲击，也感觉到了自己的狠与冷——要关她，关上十天半个月也就得了，哪能一关就是半年？迈步走上正房门前的台阶，他有些紧张，先是停下来做了个深呼吸，然后才伸手握住了房门把手。白雪峰落后在院子里，自己觉着无论如何不能再跟着他往屋里走了，再走就是没眼色讨人嫌了，故而在雷一鸣成功地拉开了房门之后，他一转身，出了院子，另找暖和地方等待去了。

雷一鸣进了屋子。

屋子是一排三间，不算冷，但也不热。堂屋的两侧墙壁上悬挂着门帘，一侧帘子一动，有人闻声走了出来，正是叶春好。

叶春好见了他，明显是吃了一惊。他看着叶春好，脸上倒是不由自主地有了笑容："春好。"

叶春好方才在卧室里，正站起蹲下、蹲下站起做运动，原地锻炼她的两条腿，累得额头上出了薄汗，面颊嘴唇也有了血色，只是右眉上的那一道伤疤也跟着红了，瞧着十分扎眼。雷一鸣对着她笑，她那脸上退去了惊讶之色后，却是平平静静地冷淡着，并没有笑容回应给他。

她这回并不是赌气给他脸色看，她是真的笑不出来，甚至连个假笑都做不出。而雷一鸣盯着她，立刻就觉出她的眼神变了。

原来他和叶春好再怎么打怎么闹，叶春好看他的眼里是有情的，恨是一种情，怒也是一种情。但她现在无情了，现在她的眼睛里空空荡荡，看他就只是看他，仿佛他是个陌生人。

于是他试探着又唤了一声："春好？"

叶春好这回给了他回应，还挺和气："宇霆。"

她这样和气，对他没哭没闹没打没骂的，反倒让他把一颗心悬在了半空，因为对待没什么关系的陌生人，她向来是慈眉善目。

他拿出手帕，轻轻擦了擦她的额头："干什么了？累出了这么一头汗？"不等她回答，他又握住了她的手，"你恨我了？心里再也没有我了？"

他等着叶春好一甩手一转身，含冤带怒地回答"恨你了"或是"没有你了"。然而叶春好的确是把手抽了出去，可并没有含冤带怒，只向旁边挪了一步，说道："你坐，没有茶招待你了，这里晚上没有热水。"

她越是客客气气地躲避，雷一鸣越是心慌意乱地要追。他上前一步拦住了她，一把将她抱进了怀里。她也瘦了，可是因为年轻健康，所以身体依然挺拔柔韧，汗意透过几层薄衣散发出来，带着她的体温与气味，他低头把脸趴到了她的一侧肩上，喃喃地说话："春好，我是向你请罪来的，我知道，这回是我做得过分了。其实我早就想来，可是因为上了一趟战场，所以才耽搁到了今天。"

他的双臂越收越紧，叶春好的温度与气味让他的心荡了起来，他意识到自己需要她——无论是身还是心，都需要她。她得回到他身边来，她得管着他陪着他，做他的姐姐和爱人。

他用双臂狠狠“勒”了她一下子，然后松手去握了她的双肩，俯身歪头去看她的眼睛：“春好，说说吧，你想怎么罚我？”他向着她笑，“罚吧，怎么解恨怎么来，这回是我对不起你，你怎么罚我，我都受着。”

叶春好轻轻推开了他的手：“宇霆，你坐下来，我们有话好好讲。”

然后不等雷一鸣回答，她先走到桌旁，坐在了椅子上。

雷一鸣回头看着她，见她依然是平静，心里便怀疑她是蓄谋已久，专等着这天，所以此刻不慌不忙。她是个喜欢“做事”的女人，这一回占了理，兴许也要拿出对外演讲或者谈判的劲头，要和自己谈谈条件。这倒也没什么，他想，她要什么，自己给她什么就是了。

于是拉过一把椅子坐到了她跟前，他笑道：“说吧，我听着呢。”

叶春好抬眼注视着他，说道：“我们离婚吧！”

雷一鸣登时愣住了，而叶春好随即又道：“你若觉得离婚有伤你的颜面，那么按照过去的法子，你写一纸休书，把我休了也行。”

“你胡说——”

叶春好伸手一拍他的腿，大姐姐拍小弟弟似的，很温柔，很有耐心：“你别急，听我把话说完。我们结婚已有两年了，这两年来，恩爱的时候少，怨恨的时候多，并不算是幸福的婚姻。况且在这期间，你曾经纳了一个妾，我也放走了你的眼中钉，这两桩事情，已经成了你我心中的芥蒂，将来无论什么时候提起来，都是不痛快的。我们本是自由恋爱而结的婚，婚姻的基础便是爱情，如今这基础已经没了，我们又何必勉强维系在一起呢？”

雷一鸣怔怔地看着她：“基础……还有啊！我爱你，我只是脾气坏，以后我会改……”他把话说得断断续续，有了失魂落魄的意思，“我早就想来了，我是上了战场……回来之后病了，差一点病死了……我没有不爱你，我爱你……”

叶春好正色答道：“宇霆，真爱一个人的话，是不会由着性子对她耍脾气的，更不会为了自己出气解恨，由着性子摧残折磨她。”

然后她略一停顿，垂头移开了目光：“抱歉，我已经不爱你了。你若是还念着旧情，就请和平地放了我吧。”

雷一鸣猛然站了起来：“你不要说了！我在医院里住了半个月，险些就没有性命过来见你，你不但不关心我的健康，反倒说要和我离婚！你到底——你到底还有没有心肝？”

叶春好也站了起来：“宇霆，你看，你就是这样的脾气，改不了的。我并无意要批评你，只不过你我性格不合，你这样的脾气，我忍受不了，你所需要的太太，也不是我这样的人。与其如此，不如撒手，互相只以朋友相待，客客气气的，不是更好吗？否则只是这样一味地吵闹下去，闹得双方丑态毕露，也辜负了当初你我的那一段爱情，是不是？”

雷一鸣大吼一声：“你不要说了！”

叶春好果然不说了。房中瞬间寂静下来，她不着急，让雷一鸣自己去想——不能只让她一个人想，现在也该轮到他了。

离婚是最好的结果，退一步的话，被他休了也没关系。最坏的结果，则是偷偷逃出去。不过，不到最后关头，她不会逃，因为她不是那大门不出二门不迈的旧式女子，她离了雷家之后，还想回到社会上，以她叶春好的名字再做一番事业呢！

在这个社会上，她已经是个有些名望的女子，所以，不到万不得已的时候，她不舍得隐姓埋名。离婚也许会是一场拉锯战，但她也已做好了心理准备。横竖她不像玛丽冯那样固执，只要雷一鸣肯放手，她可以做一切能做的妥协。她抬头望着雷一鸣，见他瞪着自己，便越发感觉自己的决定正确——若不是已经做了这个决定，那么现在他这怒气勃勃的目光，便足以让她惊恐起来了。

这时，雷一鸣又开了口，声音低了些许：“这种话不吉利，往后不许你再乱讲。你心里有气，打我骂我都行，你想要什么，我也都给你。”说着他又去拉叶春好的手，“咱们先回去，回去了，我向你赔罪。”

叶春好向后一躲：“宇霆，你还是正视这个现实吧。我们毕竟也做了两年的夫妻，你若连我所说的是气话还是正经话都分辨不出，那我们先前的感情，越发像是一个笑话了。”

雷一鸣深深地吸了一口气，又长长地呼了出来。他有什么分不清的？他当然分得清！他若是真分不清就好了！真分不清，那就糊涂着来，反倒不生气、不难过。

“我说不过你。”他告诉叶春好，“你一贯牙尖嘴利，专会讲这些大道理。我说不过你，我也不和你说。我是你的丈夫，偶然一时气急打了你几下子，你就这样记恨我，还要和我离婚，你就是这样讲道理的？你——妇道——”

他气得一阵阵发昏，以至于说着说着犯了结巴，并且也不清楚妇道的内容，只觉得按照妇道，只有丈夫休妻子，没有妻子休丈夫的。

哪知叶春好又抛给了他一句大道理："所谓妇道，是封建思想中的糟粕，压迫妇女的工具。你是个文明人，不应该让我去遵循那过了时的妇道。"

"你还说？！"他急了眼，声音又高了起来，"我不是女学生，用不着你给我做演讲！你是我的太太，你不听我的，你想听谁的？上个月我已经把张嘉田打死了！打死在察哈尔了！你最好给我乖乖地认清现实，别妄想着会有谁来救你了！"

吼到这里，他又想动手，把叶春好硬拽出去。可他虽然急了眼，却没有昏了头，把攥了拳头的两只手背到身后，他强行管着自己，不肯再对叶春好动武。而他越是激动，叶春好看在眼里，越是想要冷笑，因为一切都如她所料，雷一鸣还是原来的雷一鸣，她这一回，总算没有判断失误。

"我的话，已经说明白了。"她对雷一鸣说道，"无论你同意还是不同意，我的心里，都不会动摇了。"

雷一鸣听她越说越真，心中不但气，而且怕，不能打她，又说不过她，情急之下，索性转身推了门就走——今天他被她打了个措手不及，所以先行撤退，明天再来！

他走了，叶春好重新坐了下来，倒了一杯冷水喝了。雷一鸣说他把张嘉田打死了，她听在耳中，不知怎的，总感觉不大可信，以至于都没有悲伤，只觉得这是一桩悬案。

（三）

雷一鸣说走就走，白雪峰后知后觉，一路连走带跑才追上了他。他在路上一言不发，回到了楼内，才咬牙切齿地嘀咕了一句："唯女子与小人难养也！"

白雪峰一听到"女子"二字，就知道他定是和叶春好谈崩了。

翌日中午，白雪峰见到了林子枫，悄声说道："又要离婚了。"

林子枫看着白雪峰，看了有五六秒钟，才反应过来："他们见面了？"

“昨晚见的，回来之后脸上就没放过晴，我也没敢深问，只知道是太太要跟他离婚。”

林子枫“哦——”了一声，随即说道：“既然如此，我就不去见他了，横竖也没有要紧的事情。”

白雪峰也说：“对，他正在气头上呢，你要是没有要紧的事，就犯不上往他跟前凑。”

林子枫转身走了，面孔非常严肃，心情非常愉快——甚至已经不只是愉快了，简直就是兴奋，那兴奋之气四溢，甚至连后方的白雪峰都感受到了些许。但白雪峰没当回事，因为林子枫此时是有理由幸灾乐祸的。人之常情，他能理解。

如此过了一个下午，雷一鸣在卧室里，一直是一声不出。白雪峰难得的清闲下来，倒是自自在在地歇了个足。及至到了傍晚时分，雷一鸣把他叫到面前，给他分派了任务：“你去东院，把太太接过来。”

白雪峰领命而去，不出半个小时，他回了来，苦笑着告诉雷一鸣：“大帅，太太她不肯来。”

雷一鸣原本是躺在沙发上的，一听这话，皱了眉头：“不肯来？为什么不肯来？”

“那……太太没说，可能心里还是有气？”

雷一鸣说道：“你再去一趟，就说我正等着她一起吃晚饭。”

白雪峰再次领命而去，结果这次回来得更快。“大帅……”他像是有点不大敢说话，支支吾吾地报告，“太太说，还是希望您能和她尽快解决两人的关系问题，晚饭她已经吃过了，就不劳大帅再招待了。”

雷一鸣猛地坐了起来：“这是她的原话？”

白雪峰垂下了头：“是。”

雷一鸣站起身来，气得面红耳赤——这女人太可恶了！他这边都已经明明白白地认输了，要打要骂也都由她，没想到她反倒拿捏起来，没完没了了！

胡乱找来一件大衣穿上，他也不叫白雪峰跟随，一个人便冲了出去。虽然他还是大病初愈的状态，可因此刻又急又怒，所以竟然忘记寒冷，大步流星杀进了东院。这回拉开房门撞了进去，他没等叶春好出来，直接一掀帘子进了卧室：“叶春好，你到底想怎么样？”

叶春好的房内已经亮了电灯，这时她弯腰站在床前，正在铺棉被。忽见他闯进来了，她连忙站起身，又抬手把鬓边一缕碎发掖到了耳后——在这低头一掖之际，她就把她的惊惶神色遮掩过去了。

然后，她开始侃侃而谈。

“宇霆，你让白副官长接我出去，我自然知道这是你的好意。可你我之间发生了那么多次的争吵，我确实是感觉我们不适宜在一起生活了。今晚我纵是出了这个院子，来到了你面前，这个问题也终究是要解决的，总不会还像先前那样，两人糊里糊涂地就把这一页翻了过去。”

“那如果我就是不同意呢？”

“你不同意，我自然也没法子强迫你同意。可你即便用势力逼迫得我留下来了，我将来对你也只有强颜欢笑。这样的生活过起来，我自然是痛苦，你也没有意思呀！我们的缘分尽了，你可以再去找新的爱人，将来的日子长着呢，你又何必偏要和我纠缠在一起，两个人一起往泥潭里沉？况且，我也说过，你若觉得面子上过不去，那就悄悄给我一纸休书便是了，你送给我的那座金矿，我也会还给你。”

雷一鸣静静听着，就听她这一番话讲得有条有理，分明是提前演练过许多遍的，一句接一句，简直是在哄着自己、诱着自己，把自己一路引到那最终的“离婚”二字上去。他早就觉得这女人厉害，先前还为此得意，认为自己的太太不是庸脂俗粉，结果现在可好，她把她的厉害都用到自己身上来了！

她这是把他当成敌人来对付了！

他说不过她，于是上前一把攥住了她的腕子：“少废话，跟我走！”

他一动手，一股子恶气从叶春好的心底往上冲，瞬间也冲破了她那张心平气和的假面——雷一鸣想得没有错，她确实是把他当成了个敌人来对付，一言一行都有设计，所以能够心平气和，能够慈眉善目。可这敌人忽然蛮不讲理地动了手，让她瞬间回忆起了他往昔种种的蛮横与狰狞。

她也是个人，她也有脾气，她先前多爱他，如今就多恨他。她只不过是看透了他的本质，所以不再恋战，不愿再往他身上多花一丝一毫的心力。把手用力向后一抽，她的神情还没走样，然而一张脸已然气得煞白：“你不要再这样无理取闹了！”

她若是扯起喉咙叫骂一场，哪怕是骂遍了雷家的祖宗，雷一鸣兴许也能忍耐，可她偏偏说出了“无理取闹”四个字，雷一鸣听在耳中，就像那心虚的人被当众揭了短一样，立时恼羞成怒起来。她越不走，他越要让她走，转身把她拽到怀里，拦腰抱了起来。叶春好虽是个女流，但此时她下意识地挣扎起来，一挺身便从他的臂弯中翻了下去。雷一鸣以为她要往外跑，从后面抱了她的腰就往回退，退过几步之后，他的腿弯碰到床沿，向后一仰就仰面朝天躺在床上了，他怀里的叶春好向旁一滚，也滚落到了他的身边。他扭头看清了她，当即翻身把她压到了身下，气喘吁吁地质问："闹够了没有？"

叶春好瞪着他——她这人死要面子，从来不说后悔的话，可此时此刻，她真觉得自己两年前是瞎了眼睛。她也是个年轻人，真被逼急了，她的胸中也有热血。他一只手从她的手臂滑了下去，滑过她的大腿，去撩她的旗袍，她狠狠地挣了一下："别碰我！"

雷一鸣的手指勾上了她的腰带，开始撕扯："你生是我的人，死是我的鬼！我想怎么样就怎么样，轮不到你对我发号施令！"

叶春好听到这里，"啪"地抽了他一个嘴巴子！

雷一鸣被她这一巴掌抽得脸一偏，随即手上加了劲，硬把她的腰带扯开了。她活了二十多年，从来没和人张牙舞爪地打过架，可是当感觉到他的手已经触碰到了自己的肌肤时，她在极度的厌恶与愤怒中，一把抓向了雷一鸣："你给我滚开！"

她的指甲结结实实地挠过了他的脸，他紧闭眼睛躲了一下，紧接着伸手握住她的双肩，把她抓起来狠狠向下一掼。虽然床板上铺了被褥，可她的后脑勺猛地撞了下去，还是瞬间眩晕了一下。她两只手乱抓起来，两只脚也乱蹬起来，低头去咬他撕扯自己纽扣的手。一口咬住了，又被他一巴掌打得松了口，她呜呜地哭，拼了命地打，自己也知道自己现在看起来没有人样子了，但是没有关系，对待这畜生一样的丈夫，她也不做人了！

纽扣叮叮当当地落在了地上，她身上的旗袍敞了怀，雷一鸣也撕扯开了自己的衣服，把冷浸浸的身体往她怀里贴。她第一次发现他那身体凉得不像个活人，于是毛骨悚然地推他搡他，翻了身抓着床栏往床下爬。然而雷一鸣死死地抱住了她，一边抱，一边把冷而湿的嘴唇凑上了她的后脖颈。那里有温暖甜蜜的气味，他简直不知道是要先深呼吸，还是先亲吻她，或者是直接活吞了她。

午夜时分，电灯无缘无故地灭了。

房内已经寂静了一会儿，雷一鸣赤裸着坐在床边，觉得这黑暗来得很及时，可以让他免于面对周围的一切。半边脸火辣辣地疼，他摸了一下，摸过之后嗅了嗅手指，他闻到了血腥气味。低头啐出一口带血的唾沫，他的嘴唇有裂口，不知道是怎么弄出来的。

叶春好昏迷在了在一旁，两条腿晾在外头，他探身伸手在那腿上摸了一把，触感黏腻，都是血，也不知道是怎么弄出来的。

到处都是血，杀了人似的。抬头看着窗外，黑沉沉的，没有一点星光月光。不过，天迟早是要亮起来的，而他只盼着太阳晚一点出，光明晚一点来。他躲在这长夜里，便可以不必去善后，不必去收场。

他知道，自己这回浑蛋大发了。

怔怔地又坐了好一阵子，他摸索着找来衣服穿上，然后手脚着地爬到了叶春好身边。她周身都是凉的，他便拉过棉被给她盖上，又把她连人带被一起抱住。惶惶然望着前方，他不知道接下来该怎么办才好。扭过脸吻了吻她的额头，他的嘴唇感受到了她右眉上的那一道伤疤。下意识地伸出舌头在那伤疤上舔了又舔，他收紧了手臂。

她不是他的敌人，所以，他真不知道接下来该怎么办了。

（四）

天终于还是亮起来了。

叶春好睁了眼睛，鼻子下面有血迹，眼角也有一片瘀青。呆呆地看着眼前的雷一鸣，她不言不动，瞎了似的。

雷一鸣开了口："春好……"

他这轻轻的一声呼唤，让她活了过来。颤巍巍地用胳膊支撑起了上半身，她披头散发地直瞪着他，嘴唇翕动，吐出了一个字："滚。"

雷一鸣伸手要去摸她的头发："春好，我——"

在他那只手触碰到她的一瞬间，她打了个极大的冷战，随即从胸腔深处嘶吼出了凄厉的一声："滚！！"

他的手瞬间僵在了半空中。

然后他慢慢地后退下床，像被她吓着了似的，真滚了。

雷一鸣昨天连晚饭都没吃，就跑去东院儿找太太，并且是一去不复返，白雪峰这边的人就以为他们两口子是到床上算账去了，便各自早早地去安歇。白雪峰夜里回了趟家，清晨早早地赶回了大帅府，打算等着伺候大帅洗漱更衣，哪知道进门之后，他发现大帅也是刚回来。他直勾勾地看着雷一鸣，张了嘴，半晌没说出话来。

他无言，雷一鸣也无语，单是抬手一抹嘴角——嘴角的伤口裂开了，正在滴滴答答地流血。

白雪峰看了他的动作，这才清醒过来，慌忙拿了手帕上前去为他擦伤，一边擦，一边就见他短发蓬乱、衣衫不整。然而这还都是小事，可怕的是他左脸上肿起了四道抓痕，从面颊一直延伸到了脖子上，不但红肿，而且还正在渗血。

“大帅，您这是……和太太打架了？”

雷一鸣扭头又啐出了一口血沫子，然后抬袖子一蹭嘴唇，“嗯”了一声。

“那我叫医生过来给您瞧瞧吧！您这脸上，伤得不轻啊！”

他一点头，又道：“也给太太找个医生。”

上午，莫桂臣师长来见雷一鸣，被白雪峰挡了驾。莫桂臣挺惊讶：“大帅又病了？”白雪峰苦笑着点头：“是，又病了。”

下午，林子枫来见雷一鸣，也被白雪峰挡了驾。林子枫也有些惊讶：“他又病了？”

白雪峰依旧是苦笑，但这回他把林子枫扯到一旁，说了实话：“昨夜跟太太打起来了。”他抬手对着林子枫比画，“脸，脖子，全让太太挠了个稀烂，这几天都没法儿见人了。”

林子枫听到这里，非常高亢地“哟”了一声，“哟”过之后，他也意识到了自己这一声有点过于兴奋，故而清了清喉咙，把调门降低了些许：“那么，叶春好呢？”

白雪峰上午给叶春好找了一位女医生，女医生看诊过后，出来了自然也要对他做一番交代。他听了那番交代的内容，心里立刻全明白了。可是对着林子枫，他不能实话实说，因为叶春好毕竟还是这个家里的太太，他若是如实说了，倒像他拿着太太开黄腔似的，一旦传到了雷一鸣耳朵里，那他还活不活了？

于是他含糊答道：“也和大帅差不多，差不多。”

林子枫仿佛实在是憋不住了，笑微微地问白雪峰：“那这二位，还过不过了？”

他这人原本就是难得一笑，自从左脸受过伤之后，越发成了个没有表情的冷面人。如今他忽然喜笑颜开起来，几乎把白雪峰吓了一跳：“那……不知道。”

林子枫抬手拍了拍他的肩膀：“老白，我看啊，过两天你又得满城买大姑娘去了。”

白雪峰嘿嘿地笑——当年的林燕依，就是他在雷冯二人一场大战之后，跑遍北京买回来的。他并不介意顶风冒雪地出去买大姑娘，横竖这本身就是件有趣的事，还能从中落下一笔油水。不过他不便公开地附和林子枫，因为有些事情，是做得说不得，做了没关系，说了就显着缺德。

一团和气地把林子枫敷衍了走，他松了一口气，转身上楼又去看望雷一鸣。雷一鸣上午已经被他收拾干净了，身上脸上的伤，虽然瞧着血淋淋的挺可怕，其实都是指甲抓挠出来的皮肉伤，并不要紧，所以连包扎都不必，万紫千红，全晾了出来。坐在窗前的一把大摇椅上，他把白雪峰叫到了自己跟前，先是出了会儿神，然后低声问道：“她怎么样了？”

白雪峰答道：“上午让医生过去瞧了，说是没大事。上上药，养一养，也就好了。您要是惦记着，我现在再过去看看？”

雷一鸣一摇头：“不用。”

然后他又发起了呆，白雪峰以为他是没话吩咐了，轻手轻脚正要走，哪知他又开了口：“太太若是要走，我是决不允许的。”

白雪峰一躬身：“是。”

“你挑个好点儿的地方，让太太搬过去住。东院儿就那么三间屋子，住久了，憋得慌。”

“是。”

“再给太太添几样解闷的玩意儿，她爱看书，给她送些书。”

“是。”

“平时，她爱怎么样就怎么样，别管她，就是别让她出大门。”

“是。”

白雪峰答到这里，因为听他声音颤悠悠的有点不对劲，便抬眼望向了他，就见他把左胳膊肘架在椅子扶手上，左手握拳拄着下巴，眼中亮晶晶的，竟像是含了泪。察觉到了白雪峰的目光，他横了他一眼，随即要哭似的一咧嘴，闷声闷气地咕哝道："一个一个的，都他妈变心了。"

说完这话，他扭开脸，一滴泪珠子顺着他的眼角滑下来，他板着脸，吸了吸鼻子。

白雪峰保持了弯腰的姿态，低声说道："大帅别伤心，过两天，等您和太太都过了气头了，您再去见太太一面。"

雷一鸣紧紧地闭了嘴，摇了摇头。

"那就再等等，等到您和太太的伤都养好了，到时候也快过年了，您和太太一起上天津玩玩，这个……周围的环境一变，人的心情也就变了。"

"我不能再见她了。"他终于开了口，带着哭腔，"我没脸见她了。"

白雪峰听了这话，实在是想不出合适的回答，只得愁眉苦脸地叹息了一声，心里则犯着嘀咕，不知道这位大帅今年究竟是三十六，还是十六。东院儿的太太还没落泪，他倒是先哭上了。

"这事就别告诉老林了。"他又暗自盘算，"老林最近也有点不大正常，大帅这边一闹家务，瞧把他乐的，都走样了。"

雷一鸣觉得，自己确实是没法再去见叶春好了。

原来他还能理直气壮地去负荆请罪，还敢嬉皮笑脸地对她说些甜言蜜语，完全是因为他觉得自己那脾气发得情有可原，自己不是坏，只是要性子而已，要性子从来也不是大罪，他知错了，她多担待，不就结了?

他是真心实意觉着自己挺有理，所以能见她、敢见她。可是经过了昨夜那一场之后，他没理了。

纵是硬着头皮走到她面前去，他也没话讲了。

回想起自己昨夜的所作所为，他不仅后悔，而且羞耻。

雷一鸣在卧室里躺了两天，到了第三天，他左脸上结着四道血痂，依旧是不适宜见人，然而虞天佐来了，他不得不见。病恹恹地强打了精神，他因为这脸上的伤实在是没法遮掩，所以索性不管了，由着虞天佐对他看了又看。而虞天佐看够之后，开口问道："你这脸是让谁挠了？"

他不耐烦地一皱眉头，从鼻子里往外呼出了一股子冷气。

虞天佐见状，当场倒在沙发上哈哈大笑。笑过之后，他挺身坐正了，抬手一摩挲脸："得，还想找你出去玩玩呢，结果你还把彩挂到了脸上。"

"不玩了。"他说，"这一阵子我三灾六病的，哪儿还有玩的心思。"

虞天佐起身走到他身边坐下："哎，问你个事儿，有没有南边的人找过你？"

"南边的人？"他随即反应过来，"国民党？"

"对。"

雷一鸣摇了摇头，然后反问："他们找你了？"

虞天佐用胳膊肘杵了他一下子："他们今年一路往北打，眼看着就要打到咱们眼前了，你心里不能没点儿盘算吧？"然后他用了个新学来的词，"你个反动军阀？"

雷一鸣听到这里，笑了一下："反动也罢，军阀也罢，随他们骂去，我不在乎。大总统坐天下也罢，国民党坐天下也罢，只要别动我的队伍和地盘，我也无所谓。"然后他转向虞天佐，"我这个人啊，没有野心，很好说话。"

虞天佐听了这话，心中冷笑，嘴上说道："那你总得站一队啊。"

"再等等。"他拍了拍虞天佐的胳膊，"站了队又没钱拿，你着什么急？"

"咱俩是一条绳上的蚂蚱，你要是有了决定，可得告诉我一声。"

"那是自然。"他心里乱纷纷的，有口无心地应付着虞天佐，"你是我的老大哥嘛，无论到了什么时候，咱们都得站在一起。"

虞天佐又问："你真不能出门？"他伸手捂了雷一鸣的左脸，"我给你遮着点儿，咱们出去逛逛？"

雷一鸣一晃脑袋："别闹，我跟你说，我这一个多月大门不出二门不迈，全在家里养病了。"

"那你上我家玩玩去？"

雷一鸣想了想，然后站了起来："成！可是有一点，就咱们两个，别叫别人。我这模样可见不得人。"

虞天佐又嘿嘿嘿地笑了起来，一边笑，一边将雷一鸣裹挟了走。而雷一鸣一走，白雪峰略微得了一点儿空闲，便趁机跑去了内宅。雷家最不缺少的就是房屋，他在宅子后部收拾出了一座小二层楼，给叶春好居住。小枝闲了半年，如今回到叶春好身边，也算是重新有了差事。白雪峰每隔几天就要过去一趟，一是和小枝谈谈，二是瞧瞧叶春好的情况，回来好汇报给雷一鸣。起初几天，叶春好一直呆呆的不理人，他还以为她又要成为第二个玛丽冯，然而过了几天之后，她像那枯萎的草木还了阳似的，眼珠子渐渐活动起来，竟然又像个好人儿似的，能够说话了。

（五）

小枝上楼进房时，叶春好正歪在床上看一本杂志，见小枝进来，她坐起身来说道："那点心我不吃了，你把它收拾了端出去吧。"

小枝答应一声，走去床前的小桌子旁，把桌上的几碟子点心放进了一旁的大托盘里，然后回头向门外看了看，她转身走到叶春好面前，从小棉袄里头掏出了一只小瓷瓶。瓷瓶上面什么标签都没有，叶春好见了，伸手就要接，可小枝紧紧地把它攥住了，却是不肯松手。

"太太，"她低头悄声地说，"您真吃它？这可不是闹着玩的，真要是吃出个三长两短，那可了不得！"

叶春好听了这话，怔了一怔，随即叹了口气："不吃的话，我心里实在是慌得很，越想越是害怕。万一是真的，那我岂不是——"

说到这里，她那伸到半路的手缩了回去，同时又叹了一口气。小枝见了，索性把那小瓷瓶又揣回了棉袄里头："太太，您再等等看，兴许过两天就来了呢。真是不来，您再吃它也不迟。我听卖药的说了，这东西吃了是要流血伤身的。"

叶春好抬手按了按心口，没再说话，只觉得周身的皮肉一阵阵发紧，心脏时不时地就乱跳一阵，让她无缘无故地慌乱起来，慌得躺不住也坐不住。

她知道自己的身体没毛病，自己这是有了心病。她表面上还和颜悦色，其实一点点风吹草动都能让她心惊肉跳，月事迟了五天没来，也能让她恐慌——她怕那一夜雷一鸣的暴行，会在自己体内种下一个小生命。

当然，按理来说，绝无这种可能，他们又不是第一次同床，两人结婚两年了，她的腹中一直没有动静。可道理是这个道理，她不由自主地偏要往坏里想，越是想，越是慌，慌到最后，她和小枝商量出了一条计策，让小枝出门去那药铺里，买了一剂打胎的药。药有两种，一种是熬出汤汁来喝的，另一种就是这装在瓷瓶里的小药丸子。小枝瞧着虽是个小姑娘，可在需要她勇敢的时候，她可以像个饱经风雨的老妇人一样，对一切都满不在乎。对着药铺里的伙计，她老着脸皮挑来选去，不懂就问。末了，她买回来了这么一小瓶药，带进了叶春好的房间里。

叶春好的心事，她都知道了。叶春好告诉她“我不能要这个孩子”，她听了，也觉得有理。那一日她被白雪峰带回到叶春好面前时，她几乎都认不出来她——叶春好蓬头白脸地躺在床上，脸上挂着五颜六色的彩，一侧面颊肿得变了形状。她试探着喊“太太”，她呆呆地望着前方，一点儿反应都没有。

小枝没想到她会变成这样一副凄惨的样子，及至旁人都走了，她见叶春好身上不干不净的，又有血渍又有药味，便端来热水，想要给她擦擦身体。结果脱了衣服裤子一瞧，她又是一惊。

叶春好的双腿都不能动了，腿根全是红红紫紫的抓伤，下身更是裂了口子。不知道那人和她是有多大的仇，要把她活活地撕扯开来。

小枝咬了牙，从此加了万分的小心来照顾她，照顾了没有几天，她渐渐地知道看人了，又过了几天，她开始说话了，说的都是不要紧的闲话，那天夜里的事情，她一个字都不提。直到这该来的月事没有如期而至，她才像慌了神似的，含含糊糊地向小枝讨起了主意。

小枝没别的主意，就只会去买药。这种药不是她第一次碰，她自小失了父母，被她的叔婶带回家去抚养，十二岁那年，就被她叔叔祸害了。十四岁，她怀了身孕，差点儿被她婶婶活活打死。挨过毒打之后，她叔她婶联手给她灌了一肚子的堕胎药汤，当着她的面，两人讨价还价地商量，商量的结果是等她把孩子打下去了，若是她还活着，那就把她卖到窑子里去；若是死了，那则是简便，直接拿席子一卷，扔到城外野地里去就是了。

她身体结实，胎打下去了，她没有死，但也没有等着叔叔婶婶把她卖去窑子。打下胎的第三天，她逃了，一路逃去了女子留养院门前，因为听闻这地方专收可怜的孤女，而她无父无母，正是一个孤女。在女子留养院里悄悄地活了三年多，她因为才干出众，被叶春好选中了带走，从此改头换面，又进入了一个新世界。

叶春好不知道她的历史，她却是能够理解叶春好的选择。她唯一所顾虑的，便是怕叶春好判断不准，胡乱吃了这药，反倒要受伤害。

小枝昼夜揣着那药，生怕叶春好一时冲动，拿了它吃。如此又过了几日，叶春好养足了一个月，终于能够自如地下床活动了，便把小枝叫了过来，开始秘密地商议大事。

叶春好的“大事”，便是逃。

她不是莽撞行事的人，做任何决定之前，总要前思后想无数遍，将种种的可能性都考虑个遍。然而如今她顾不得周全了，她的名望、地位，也都可以暂时舍弃了。她是受过穷的，最知道钱的好处，可到了此时，她连那座金矿都可以不要了。

雷家的财政大权，现在已经尽数转移到了林子枫手中，但幸而她当初也留了一点心眼。巨款从她手中出出入入之时，她颇巧妙地扣下了一点零头，积少成多，竟也落下了天津英租界的两处房子，以及银行里的二十万元。这半年来，房契和存折一直都在小枝的手里，一点马脚都没露，如今完完整整地回到了叶春好的手中。这笔不为人知的体己成了她的底气与希望，纵是天津也容不得她安身，那她大不了带着钱往远了走，“浪迹天涯”去！

逃是不容易的，但只要她和小枝都轻手利脚，那么这大帅府又不是一座堡垒，她们总能找到脱身的机会。

希望是有的，光明也是有的，前提是她和小枝得“轻手利脚”。她们不但得像女飞贼似的逃离雷府，还要有力量奔波流浪。

所以她不能怀孕。

即便她不逃，她愿意在这雷府里坐一辈子牢，也同样不能怀孕。一想到腹中怀着雷一鸣的骨血，她就嫌恶得要作呕。他已经成了她噩梦的来源，她永远记得他的裸体——冰凉的，沉重的，像一具还了魂的尸首，执着、蛮横地贴附向她，推不开也甩不脱。

和小枝同坐在房里，她低低地说话，说她们的那件大事。说到一半，她忽然停了，沉默了片刻之后，她对小枝说：“那个……还是没来，我心里越来越慌了。”

然后她伸出了手：“你把那药给我吧。”

小枝还是有些犹豫：“您……真吃呀？”

叶春好答道："真吃。"

小枝又想了想，末了，从棉袄下头把那只小瓷瓶掏了出来。她恨她叔叔，连带着也恨天下所有的男人。如果叶春好当真是铁了心地要逃，那么她倒是很愿意以着丫头的身份跟着她，走到天涯海角去。

叶春好把那一瓶小药丸子分成三顿吃了，毫无反应。

她挺纳闷，怀疑小枝是买错了药，又因为月事还是不来，所以她着了急，催促小枝出去再买一服厉害些的药回来。小枝被她催得也没了主意，又见春节将至，街上的铺子接二连三都关了门，便慌慌地跑去药铺，又买回了一服药。这回她没要那效力温和的小药丸子，直接让伙计抓了药材包成一包，预备回来熬出了汤汁给叶春好喝。哪知她带着这一包药刚回大帅府，便迎面见了白雪峰。

白雪峰一见了她，便忍不住要上来和她搭几句话："小枝！干吗去了？"

她给了他一个微笑："也没干吗，太太这几天肠胃不舒服，像是有点儿积食似的，我就出去买了一服药回来。"

说这话时，她的态度非常自然，因为那药包上没有字迹标签，除非白雪峰把它打开了检查，否则她说什么，就是什么。

白雪峰听了这话，也笑了："好丫头，真勤快，天这么冷还往外跑。以后太太哪里不舒服了，你直接来告诉我就行，我打电话叫医生过来。"

小枝笑了笑，不再多言，低头继续向前走去。白雪峰停在原地想了想，灵机一动，转身跑回楼内，走到了雷一鸣面前。

雷一鸣在家里躲了一个来月，脸上那四道血痂已经脱落得差不多了，瞧着基本恢复了原样。白雪峰见他此刻挺清闲，便赔着笑说道："大帅。"

雷一鸣枕着双手，躺在床上，听了他的声音，便转动眼珠扫了他一眼，又"嗯"了一声。

白雪峰继续说道："我刚过去瞧了太太。"

雷一鸣这回盯住了他。

他笑道："我看太太的精气神是越来越好了，这两天她的肠胃有点不舒服，还知道自己保养身体，让丫头出去买了药吃。"

"让贝尔纳过去给她瞧瞧，别让她胡吃药。"

"贝尔纳医生上个礼拜去上海了，总得过了春节才能回来。要不然，我让郎大夫过来？”

雷一鸣点了点头：“也行。”

紧接着，他又问道：“太太胖了一点儿没有？”

白雪峰赔着笑一摇头：“没有。”

雷一鸣不说话了。白雪峰摸透了他大部分的心事，这时便悄悄退下，很积极地打电话叫来了郎大夫——他这些天“揣摩圣意”，知道自己越是关怀太太，就越是正中了大帅的心思，所以一听叶春好身体不舒服，他撒欢似的忙碌起来，不出片刻工夫，就在雷府门口迎来了郎大夫。

郎大夫也是京城有名的中医，他跟着白雪峰来到叶春好面前时，小枝正在想法子去熬那一包药。猛地见白雪峰带着个长胡子老头儿进了来，吓了一跳，慌忙把那包药藏了个严实。而白雪峰对着叶春好笑道：“听说太太这两天不舒服，大帅特地让我带郎大夫过来，给您瞧瞧。”

叶春好莫名其妙地看着他：“我没事，我很好，不劳郎大夫瞧了。”

白雪峰看出叶春好不同于玛丽冯，也许会把太太的位子稳坐下去，故而对她是特别地殷勤：“这也没什么，郎大夫来都来了，给您瞧瞧也累不着。”

叶春好看了小枝一眼，一时间没了法子，只得坐了下来，把手伸出去让郎大夫为自己号了号脉。忽然间，她有些后悔——凭她现在的状况，她方才明明可以强硬起来，装疯卖傻地把郎大夫和白雪峰全赶出去。

然而未等她这个念头消失，郎大夫号脉完毕，已经向她拱手抱拳，笑出了一脸皱纹：“太太，恭喜啊！”

第八章

DI BA ZHANG

东山再起

他不是她的爱人和丈夫了，他是个冰冷沉重的魔鬼。

（一）

白雪峰带着郎大夫，几乎是一阵风一样刮到了雷一鸣面前。雷一鸣正闷坐在小客厅里抽烟想心事，冷不防地见他拽着个老头子跑了过来，便是莫名其妙，抬眼看着他不言语。

白雪峰连冻带跑，搞得面红耳赤，然而满脸都是笑意：“大帅，我带着郎大夫，过来给您道喜来了。”

雷一鸣看着他，一边看，一边把烟卷送到口中，没滋没味地又吸了一口。白雪峰瞧出了他的惊疑，便转身对着郎大夫一点头：“老先生，请您亲自对我们大帅讲吧！”

郎大夫开了口，也是含着笑容：“大帅，尊夫人是喜脉，并非有恙。您看，这可不是一桩大喜事吗？”

雷一鸣看着郎大夫，看了好一阵，直到那烟卷一路向上烧到了他的手，他才猛一哆嗦丢了烟头，清醒过来：“太太有喜了？”

郎大夫一点头：“是的。”

“她……怀小孩子了？”

郎大夫继续点头：“是的。”

雷一鸣一跃而起，活鱼似的向上直蹿了老高。落地之后他连外衣都不穿，拔脚就要往外跑。白雪峰见势不对，慌忙抓住了他的一条手臂：“大帅且慢，穿了衣服再出门。”而雷一鸣回过头，又是不耐烦，又是笑：“那你倒是把衣服给我拿来呀！”然后他忙里偷闲地又对郎大夫拱了拱手：“老先生，多谢多谢！你不要走，回头我还有事向你讨教！”

郎大夫在雷家也出入好几年了，第一次成了雷大帅口中的“老先生”，也有一点儿受宠若惊。而雷一鸣这时披上了白雪峰送过来的大衣，已经头也不回地冲了出去。白雪峰见状，只得也追出了门。

雷一鸣一路跑去了叶春好的小楼里。

他过来时，叶春好正坐在楼上的卧室里发呆——怕什么来什么，而且还不是偷偷地来。她一时间没了主意，脑子里也空空荡荡的，就只剩了个慌。忽然听见有咚咚咚的脚步声传过来，她一抬头，就见雷一鸣进了门。

自从过了那一夜后，这是她第一次见到他。下意识地站起身来，她觉得自己毛发皆耸，脖子、脸上瞬间起了一层鸡皮疙瘩。眼看着他大步流星地逼近自己了，她开了口，发出的声音粗哑、狂暴，把她自己都吓了一跳。

她听见自己低吼道："滚！"

她的声音不由她做主了，她的手脚也不由她做主了。她回身抓起了个什么东西狠掷向了他，东西扔出去之后，她才看清那是个枕头。枕头打到了他的脸，让他的脚步停了下来，可单是停下还不够，她不能和他同处一室。他不是她的爱人和丈夫了，他是个冰冷沉重的魔鬼，她一见了他，便要发狂。回身又从床上抓起了什么东西丢向他，她忽见床旁桌上放着一盘子点心，便扑过去把盘子拿起来往桌沿上一磕，在哗啦啦的瓷器破碎声中，她捏着一枚有尖角的瓷片，气喘吁吁地对准了他："滚出去！你若还是个人，就给我滚出去！否则要么你死，要么我死！"

然后她见雷一鸣张了张嘴，仿佛是要说话，可终究还是一言未发，向后连退几步，退到了门外。

隔着一道门槛，他开了口："你别怕，我不进去就是了。我知道你不愿意见我，我一直也没有颜面过来见你。可方才我听说你有了喜，这就让我不能不来了……"他抬手扶着一侧门框，意意思思地向内探头，见叶春好依旧捏着那块瓷片子，他便回了头，对着身后的白雪峰等人说道："你们都下去，我有话要和太太说。"

白雪峰连忙拉着小枝和一个老妈子下了楼，这回二楼没了别人，雷一鸣站在门口，垂了头说道："春好，我要怎么样，你才能消气？你说吧，哪怕是要我半条命去，我也给。"

然后，他试探着迈了一步，从门外走到了门内。抬眼望向叶春好，他只看了她一眼，便像承受不住她那目光似的，又低下了头。

他是真不知道怎么办才好了。他本来对她就已经是含羞带愧地抬不起头了，如今她有了他的孩子，他越发地有求于她、怕了她。

这时，叶春好开了口："我要和你离婚！"

雷一鸣抬了头，脸上有了一点哭相："春好，我们已经有孩子了，怎么还能再提离婚的话？"

叶春好猛地提高了声音："这孩子不是好来的！我不要这样的孽种！"

她手里依然捏着那块瓷片子，手哆嗦着，方才平静了些许的声音，这时又恢复了嘶哑凄厉。雷一鸣猛地抬起了头，像是被她这一句话震住了。

默然片刻之后，他重新垂下了头，有气无力地哀求："春好，求你饶我这一次，我知道错了，往后我一定改。我这么大的年纪了，好不容易又有了个孩子，我求你好好地把他生下来，只要把孩子生下来了，你想怎么样都行。你讨厌我，也没关系，你说你想到哪里住，我就让你去哪里住，我不到你眼前去碍你的眼。"

说到这里，他的声音中也有了哭腔："我保证，我发誓，到时候我会给你绝对的自由，你只要为我保留一个雷太太的名分就好。"

然后他对着叶春好弯下了腰："春好，我求你了，我向你道歉，我给你鞠躬。"

他保持住了躬身低头的姿态，叶春好不出声，他便不直身。房内一时寂静下来，叶春好原本是呼呼喘息着的，这时那呼吸渐渐平顺下来，她那捏着瓷片子的手，也渐渐稳了住。双眼盯着雷一鸣的后脑勺，她做了一番思考，末了说道："你这人出尔反尔，我不信你。"

雷一鸣依然躬身弯腰，只抬起了头："那我怎么做，才能让你相信？我……我发毒誓？"

叶春好直接冷笑了一声。

他六神无主地改了口："那我写字据，写保证书，你让我写什么我就写什么。"

叶春好冷着脸说道："那你写吧！"

他连忙转身去找纸笔，然而弯腰太久了，他竟然不能如愿地直起身。踉跄一步扶着墙，他下意识地回头又去看叶春好，一边看，他一边点头哈腰地赔了个笑。叶春好第一次见识他这种谄媚的姿态，忽然感觉这人得意的时候能有多高傲，落魄的时候就能有多下贱。

他纵然是暴君，也不是刚强有骨气的暴君，她又一次瞎了眼！

雷一鸣写出了一份保证书，在下面签了名字，然后把它折好，轻轻地放到了叶春好身边的桌子上。叶春好把它展开来读了一遍，其实心中连上面的一笔一画都不相信，但是当下她走投无路，无可选择，能要到这样一封字据，也是好的。将来有朝一日，若是雷一鸣翻脸不认账，那么她至少可以把这纸字据送去租界报馆里——家庭闹剧的新闻永远最惹人注目，总有外国的报馆不怕他这中国的将军，会愿意把它刊登出来的。

只要她把事情闹得足够大，便不会再次无声无息地沦为囚徒。

读过之后，她把它又扔到了雷一鸣面前："画押。"

雷一鸣没说什么，弯腰从地上捡起一片碎瓷，他刺破拇指指肚，然后在那保证书上按了个血淋淋的指印。重新把它递还给了叶春好，他抬眼看她，看了她的脸，又去看她的肚子，目光闪烁，是又想看又不敢看。叶春好把保证书接过去，然后说道："你走吧！记住，我讨厌你，我不想再见到你。你若是希望我腹中这个孩子能够好好地成长，在这十个月里，就不要再出现在我的面前！"

雷一鸣收回目光，对着她一点头："好，我记住了。"

然后他退出了卧室，下了楼去。叶春好走到窗前，眼看着他确实是带着白雪峰走出去了，这才后退几步，一屁股坐到了床上。不知道自己呆坐了多久，她隐约听见楼下有了说话声和脚步声，很是杂乱，不像是来自这楼里的人，便起身出门走去了楼梯口，只见楼下新来了一小队大丫头和老妈子，小枝顺着楼梯跑了上来，告诉她道："太太，她们都是大帅派过来的，说是这楼里人手不足，要过来伺候您。"

叶春好刚要发话，外头又跑进来个人，正是白雪峰。白雪峰抬头见叶春好正站在楼梯上，就一边笑一边上了来："太太，郎大夫这几个月就住到这楼后头的那个院子里了，您一旦觉得哪儿不舒服，立刻说话就成，他马上就能过来。郎大夫那院儿西边的空屋子，也改做小厨房了，要不然现在天太冷，饭菜从大厨房送过来，半路就凉了。小厨房昼夜不断人，您要是夜里饿了，直接让人告诉厨房。如果厨子偷懒，您让小枝告诉我，我收拾他们去！"

叶春好再有脾气，也不能向着那不相干的人发。白雪峰喜气洋洋地对她说话，她便也勉强和缓了脸色，“嗯”了一声。

白雪峰又道：“郎大夫开了个保胎的方子，已经抓好了药送去小厨房熬上了，一会儿熬好了就给您送来。大帅还说——”

说到这里，他停了停，自己一笑：“得，我知道您现在是一提大帅就生气，那么这话就算是我对您说的吧，您放宽心，多吃多喝多休息。”

叶春好点了点头：“好，我现在没什么事，若是有事，就派人去告诉你。”

白雪峰答应一声，告辞离去。小枝目送着他走出去，然后说道：“这人有意思，瞧着挺精神，像个年轻有为的，其实是个丫头性子，成天婆婆妈妈的。”

叶春好没理会她这句话，自顾自地出了会儿神，末了忽然说道：“小枝，从现在起，这楼里就是个人多眼杂的地方了。你快回你房里，把要紧的东西藏好，再把那服药扔了吧。”

（二）

雷一鸣离了叶春好的小楼——虽然是落花流水地被她撵出来的，但他往回走到半路，就重又高兴起来了。

他平时也并没有觉得自己有多么想孩子，非得那孩子近在眼前了，他才会真切地感到了狂喜。大踏步走在雪地上，他的大衣没系纽扣，也不觉得冷。右手的大拇指有些疼痛，黏黏腻腻的，还有鲜血在流，他低头看了看，然后把大拇指噙在了嘴里，兴致勃勃地吮吸了半路，仿佛这也算是一桩事情，而他再不给自己找点什么事做的话，就要手足无措得昏过去了。

回到楼内之后，他连珠炮似的下达了一串命令，支使得白雪峰脚不沾地，又重重地赏了郎大夫。郎大夫万没想到自己号个喜脉，竟然号出了这么大的功劳，也有些发蒙，慌忙回家收拾行李，准备入驻大帅府。

郎大夫回家了，白雪峰也忙得不知到哪里去了，雷一鸣重新把大拇指塞回了嘴里，仿佛瞬间回到了幼年，没有香烟、雪茄供他解闷，他只能就地取材吮一吮手指。指肚的伤口已经不再流血，被他吮得丝丝缕缕地疼，他在房内来回地走，迈大步走，一股子热力在他体内充盈鼓胀着，让他恨不得欢呼着出去狂奔一场——这可不是一般的孩子，这是他和叶春好的孩子啊！

他的自我感觉向来不错，叶春好更是个完全符合他理想的好女人。他这样的一个男人，加上那样的一个女人，所得的结晶还不得是个旷世英才？闭上眼睛原地晃了晃，他这回真明白什么叫作“乐昏了头”了——他现在就有点发昏，不敢闭眼睛，一闭眼睛就要倒。一手环抱在腰间，一手的拇指伸到嘴里，他咬着手指头，站着不动，直着眼睛，笑容满面。

楼内忽然进来了个一身寒气的人，是林子枫。林子枫一手提着一个公文包，一手拿着蒙了水雾的眼镜，进门之后依稀看清了雷一鸣的模样，当即吓了一跳，以为自己的视力又退化了，已经产生了幻觉。而雷一鸣见他来了，也不说话，径直走到他面前，张开双臂狠狠抱住了他：“子枫！”

林子枫的身体登时一僵，双臂伸开来，他慢慢地低了头，去看雷一鸣。雷一鸣一手死死地搂着他，另一只手在他后背上拍了几巴掌：“子枫。”

林子枫疑惑地轻声反问：“嗯？”

雷一鸣抬起了头，笑容介于灿烂和龇牙咧嘴之间：“我又有孩子了。”

林子枫把眼镜戴了上，镜片下缘还凝结着一抹雾气，但是已经不妨碍他看清雷一鸣的表情：“谁的？”

雷一鸣松了手，忍俊不禁一般，嗤笑了一声：“笨蛋，我家里就这么一个太太，还能是谁？”

镜片上面最后一抹雾气也蒸发干净了，林子枫彻底看清楚了雷一鸣，若不是实在笑不出来，那么就冲着他此刻的高兴劲儿，林子枫都想送他个义务的笑容。雷一鸣把手插进裤兜里，原地转了个圈，转得翩然，像是要就地起舞。三百六十度的圈子转完了，他依然是面对着林子枫。垂眼看了看拇指肚上泛了白的伤口，他还是觉得胸中鼓胀得慌。无缘无故地，他在林子枫的胸膛上捶了两拳，又抬手啪啪啪连拍了他的肩膀，语无伦次地笑叹：“子枫，哈哈，哎，当年为了传宗接代，我和玛丽冯打了多少官司。现在想想，真是……”

他感慨万千，摇了摇头，“真是”二字余音袅袅，下文则跳到了叶春好身上：“春好的身体向来很好，应该会给我生个健康的孩子出来。我都奔着四十岁去了，刚有了第一个孩子……”他笑着说道，“不过，有了就行。”

林子枫听了他这一席话，恨不得现在就掐死他。

然而雷一鸣根本就没留意他的反应，还在对他连捶带拍地唠叨着，唠叨到了绝顶兴奋的时刻，雷一鸣揽住他的肩膀，扭头在他脸上“叭”地亲了一大口。

亲过之后，白雪峰回来了。白雪峰走出了满头大汗，但是很有成绩，气喘吁吁地对雷一鸣做汇报——小厨房已经布置好了，厨子们轮班值守在厨房里，哪怕是半夜，只要太太饿了，也能立刻做出一桌宴席来。汽车也派到郎宅了，天黑之前必能把郎大夫和行李一起接过去。太太房内的被褥也都换了厚的，暖气也烧足了，保证太太的卧室不会比蒸锅凉快多少。

雷一鸣听着，还想问话，然而房内的电话忽然响了起来，是虞天佐打过来的——两人说好了，雷一鸣下午到虞宅去，虞天佐等到现在，见他说来不来，就打来了电话催促。

虞宅一行是不便临时取消的，所以雷一鸣笑眯眯地匆匆出了门。白雪峰还得继续忙着家里的事情，不能随行。把雷一鸣送出楼去，他转身回来，这才发现这里还站着个林子枫。

林子枫单手拎着公文包，微微躬着腰，脸上没表情，身体也是一动不动。白雪峰一戳他的肩膀："老林？怎么啦？"

林子枫如梦初醒般望着他："什么？"

"你站这儿发什么呆呢？"

林子枫挺直了腰："没事。"

然后他也不道一声别，扭头推门就走。

雷一鸣到了虞宅，见到了虞天佐。不由分说，他把虞天佐搂到怀里揉搓了一顿，并且也给了他几拳。虞天佐被他捶得挺疼，莫名其妙地看他："疯啦？"

雷一鸣哈哈哈地笑了一通，笑得有点傻，笑过之后，他兴致勃勃地挽了袖子："你不是找我来玩的吗？玩吧！"

虞天佐豪气干云地一拍桌子："玩！"

虞天佐之所以留恋京城，不肯回家，就是因为京城繁华，十分好玩。

他这人爱好广泛，尤其热爱与女性交际，在承德家里，他身边的女性就只有几个姨太太。姨太太虽然是有新有旧，但他和她们几位抬头不见低头见，不出一个月，再新的也被他看旧了。可北京城就不一样了，他在这里来了兴致，满可以由着性子叫条子，从胡同里一汽车一汽车地往家里送姑娘，搞得家中如同花国大会一般，莺莺燕燕全簇拥着他一个。

今晚他见雷一鸣特别高兴，便又接来了三汽车的姑娘，能说会道的陪客也叫来了一小群，一屋子人吃吃喝喝，谈谈笑笑，很是热闹。等到吃喝够了，隔壁房间里的牌局也开起来了，雷一鸣完全没有赌瘾，但也上了场——今天他太高兴了，怎么撒欢都不够劲！

赌到了晚上十点多钟，这些人闹得饿了，于是虞宅又开了宴席。雷一鸣咕咚咕咚地喝白兰地，虞天佐一手端着酒杯，一手夹着香烟，也是连喝带抽，十分忙碌。及至酒过三巡，虞天佐一手搂着雷一鸣的肩膀，一手夹着香烟一指满屋子的红粉佳人："老弟，虽然哥哥我不知道你今天到底乐的是哪一出，不过只要你高兴，我就也跟着高兴。屋里这些位，我瞧着都不赖，你挑两个，你挑剩下了我再挑。"

雷一鸣喝得眼睛发直，舌头也硬了。一只胳膊肘架在桌子上，他微微皱了皱眉头，很认真地扫视了房内众女，然后向后一靠，笑着转向了虞天佐："不行。"

"怎么不行？怕你太太知道了，又挠你一顿？"

雷一鸣用力一拍胸膛："我！不是怕老婆的人！我是——"他停下来痛哼了一声，因为咬了舌头，"我是——没看上！"

他不把这满屋子的姑娘当人看待，抬手笼统地一比画："都……都不行。"

姑娘们听着，大气都不敢出。虞天佐则是笑得前仰后合，端起酒杯送到了嘴边："你这眼光也太高了！我看你就是没饿着，让你打上一个月光棍再回来，你看这儿的姑娘就都像西施了。"

雷一鸣摇了头，醉得在椅子上直晃："你这是小瞧了我。我雷某人，从出了娘胎到今天，一直是一表人才，从来就没缺过女人。无论到了什么时候，都不会饥……饥不择食。"

此言一出，虞天佐一口酒喷了出来，被他"没看上"的姑娘们低了头，也忍不住笑了，因为他这话一方面属实，另一方面又挺不要脸。雷一鸣醉得恍恍惚惚，忽见周围哄堂大笑，他便也跟着笑了起来，一边笑，一边又想到自己要有孩子了，而且是叶春好给自己生的孩子，自己这么好，春好那么好，两好相加，也许会生出个伟人来。等到孩子出生了，春好自然也就回心转意了，而且既然她能生出第一个，自然后头还会有第二个第三个……传宗接代……多子多福……

他的思想不甚连贯了，脑子里乱纷纷地塞满了片言只语，这回他也知道自己是醉了，醉得满心欢喜，以至于他抬手搂住了左右两边的人，往左亲了一口，又往右亲了一口。

左边是个姑娘，右边是虞天佐，亲完之后他才反应过来，并没有尴尬，反倒自觉着有趣，嘻嘻哈哈笑了一场。

午夜时分，雷一鸣回了家。

到家之后他便睡了，直睡到翌日下午才醒了过来。醒来之后，他把白雪峰叫到跟前，第一句话便是："太太今天还好？"

在得到了肯定的答复之后，他洗漱、更衣、吃饭，饭量几乎是平时的两倍。吃完之后，他又问白雪峰："是不是快过年了？"

白雪峰答道："可不是快了？咱们府里也该准备准备了。"

"你去准备吧，今年家里有喜事，要过得热闹一点，别对付。"

白雪峰笑着答应了——他乐意操办这些事情，一是挺有意思，二是油水丰厚。

雷一鸣又问："子枫呢？刚想起来，他昨天过来见我，好像是有事，我也没来得及问。"

白雪峰说道："他今天还没露过面，我去给他打个电话问问？"

雷一鸣点了点头，于是白雪峰去往办事处里打电话，办事处里没有林子枫，他往林宅里打电话，林子枫也不在家，林宅的仆人告诉他："先生中午说他出门散步去了。"

白雪峰很惊讶："这个天气出去散步？到哪儿散啊？"

仆人答道："说是上北海公园散去了。"

白雪峰挂断电话，把仆人这番回答重新加工润色了一下，回头告诉雷一鸣："大帅，没有找到他，他今天好像是到公园赏雪去了。"

雷一鸣正在喝一杯热牛奶，听了这话，便哼了一声："赏雪？他还挺浪漫。"

（三）

林子枫在北海公园来回溜达了许久，直到他感觉自己周身的血液都结了冰碴子，才觉得够劲了，可以打道回府了。

他需要给自己降降温度。从昨天起，就有一股子心火自丹田向上走，熊熊炙烤着他的头脑，烤得他头痛欲裂、怪梦连篇。那些梦充斥了他整夜的睡眠，醒来后一回想，还能想起那些梦的几幕场景。其中有一幕，是他衣冠楚楚地仰卧在床上，旁边躺着雷一鸣。雷一鸣浑身赤裸，湿漉漉的，只穿着一条短裤，周身散发出浓烈的酒精气味，身上遍布着溃烂的伤口，双目紧闭，不知死活。他知道他在发高烧，所以枕着双手望着天花板，心里犹犹豫豫的，不知道是等他就这么自行烧死，还是翻身过去，亲手掐断他的脖子。

这梦还不算是令人惊心动魄的噩梦，可醒来之后越是回想，越让林子枫有作呕之感。房内的空气热烘烘的，也让他联想到梦中雷一鸣高热的身体，所以他非得跑出来吹吹冷风不可，否则他简直连一口水都喝不下。

他没坐汽车来，出了公园还是自己一个人沿着大街溜达着走。走到半路，有人迎面向他打了招呼，他一抬头，发现对方竟是自己的一位中学同学。

“哟！”他大大地惊讶，“陈博志？是不是你？”

对方摘下帽子，笑道：“可不就是我。子枫，你还是那个模样，我一眼就认出你了！我呢，我变了没有？”

林子枫也笑了：“你要是变了，我也不敢贸然称呼你。我听说你大学毕业之后，就回了扬州老家。你我天南海北，我还以为此生和你未必还有再见的机会。你走那天，我请不下假来去送你，心里还难过了好一阵子。”

陈博志在高中时，是林子枫的同桌，此刻听了这一番话，也是笑着感慨：“实不相瞒，我走的那天，见你没来，心里还有些生气，心想像你这样的人进了衙门当差，竟然也长出了一双官僚眼睛，对我们这些学生朋友冷淡起来了。后来我在社会上活动到如今，才明白了你的苦衷。”然后他伸手拍了拍林子枫的胳膊，“你说巧不巧，我前天到了北京，本想着从今天起就打听打听你的住处，到你府上瞧你去。哪知道还没等我找，你自己撞到我眼前了！”

林子枫问道：“你这回来北京，是有公干在身，还是过来谋事？不打算再回老家了？”

陈博志对着他一笑：“这话回头我对你细说，现在这个时候正好，走，我请你吃小馆子去！”说到这里，他又一拍林子枫的肩膀，“别客气！我知道你现在是升官发财了，不怕请客。今晚这顿便饭，我来请，将来哪天你有了时间，再还我一顿大餐就是了。”

林子枫偶然遇到了这位活泼的旧友，心里倒是真有些愉快，也不想着去公署办事处了，随着陈博志就走。

林子枫从来就是个沉默寡言的人，如今见了老同学，也依然保持着本色——他在巡阅使面前都敢甩脸子，对待老同学，他尽管心中存着一份友爱，但也不肯改了自己的风格。而陈博志起初还同他说些客套话，可渐渐看出他"本色不改"，便像松了一口气似的，也渐渐露出了真面目。

他这张真面目，林子枫看在眼里，表面平静，心中吃惊，及至两人分了手，他回到了家里，心中的惊疑还没消散。

陈博志在大学时就加入了国民党，毕业后去了南方，连着几年再无音信，这一趟回北京，是以特务的身份回来的。林子枫在得知自己只是他的一个策反对象之后，心中略觉失望，觉得这人太不讲感情，简直是一个庸俗版的雷一鸣。可腹诽归腹诽，对着陈博志，他做了一番很有分寸的敷衍。据他所见，这社会上越是地位高的各界名流，越要脚踏几只船活着，无论哪方面势力上来了，都有他们的一条出路和一份钱粮，都能保住他们那"万世不替之基业"。

现在内战进行得如火如荼，谁知道中国最后的赢家是谁。所以他须得早做打算，万一将来雷一鸣把巡阅使当到了头——不，也不必万一了，他一定是会当到头的，他自己不到头，林子枫会帮他到头。

第二天上午，林子枫又和陈博志见了一面，两人倒也没有达成什么协议，但是建立了秘密的联系。陈博志告诉他："我明天还得走，我们再见面，就得是年后了。"

"你还回南边去？"

陈博志向他一笑："不，我是往北走。"

林子枫听他答得含糊，必是不便明说，便也不再追问。和陈博志分开之后，他回家拎起自己的公文包，又去了雷府。

这回，他如愿见到了清醒的雷一鸣。前夜那个怪梦做得太真切了，以至于他此刻一见雷一鸣，就起了一身鸡皮疙瘩，仿佛自己真和他同床共枕地躺过一夜似的。雷一鸣站在楼梯旁，一手插在裤兜里，另一侧手肘搭在楼梯扶手上，正在断断续续地哼小曲，忽然见他进来了，也没说话，只是冲着他一笑。

林子枫冷着脸，向他浅浅地一弯腰："大帅。"

雷一鸣保持着那个站姿没有动，只说："你那天来见我，是不是有事？"

林子枫答道："年底了，我想向大帅报一报今年的账。"

雷一鸣听了这话，一皱眉头，林子枫看在眼里，知道他最怕和这些数字打交道，不用看，听着都要头痛。而雷一鸣叹了口气，答道："好吧！"

在小客厅里，雷一鸣往沙发里一窝，又把两条腿伸出去架在了茶几上。往嘴里扔了一片口香糖，他一边咀嚼，一边要听戏似的闭上眼睛，向后仰靠了过去。

林子枫坐在一旁，开始报账，雷一鸣这一年向外投出去的那些资本，有些赚了，有些亏了，他故意说得非常细致，可刚说了不到二十分钟，他一扭头，就见旁边的雷一鸣呼吸深长，竟是已经睡着了。

林子枫看着他，看了片刻，然后伸出一根手指，靠着回忆确定了他左肩上的伤处，对准了轻轻一戳。

戳了一下之后，雷一鸣没醒，于是他加大了力气，又戳了第二下。

这回雷一鸣一哆嗦，醒了。睁开眼睛望向林子枫，他问道："报完了？"

林子枫答道："还早着呢。"

雷一鸣抬手揉了揉眼睛："那你继续。"然后他又拍了拍自己的胸口，"这一觉睡的，把口香糖都咽下去了。"

林子枫没理他，继续报账。说到复杂的地方，还特地做一番解释。雷一鸣听得如坐针毡，在他旁边一会儿换一个姿势，忽然他把两条腿放下来，直起腰往林子枫跟前一凑："你到底还有多少本账要念？"

林子枫猛地向后一躲，手中的账本"哗啦"一声落了地。雷一鸣见状，当即又问："你躲什么？"

林子枫看着他，不回答，也没法回答——方才雷一鸣猛地凑过来，让他心中一惊，以为他又要亲自己一口。从来没有别人亲过他，他也从来不曾亲过别人。雷一鸣算是第一个，然而他的吻未免太可怕了一点儿，他前天被他亲了一口，不就做了一夜的怪梦吗？

雷一鸣这时抬胳膊嗅了嗅自己的袖子，确定了自己身上没有异味："疯啦？还是怕我吃了你？"

林子枫终于开了口，非常严肃："我这两天有点感冒，不敢靠近大帅，怕传染了您。"

雷一鸣一听这话，当即退避三舍：“感冒？感冒还去公园赏雪？”

“就是因为赏雪才感冒的。”

雷一鸣叹了口气：“子枫，你总这么着，我看真是不行。虞天佐有个老妹妹，好像是二十五还是二十六，说是相当漂亮，我看很配得住你。你要是愿意，我去和老虞说说，要张照片给你瞧瞧。”

林子枫坐正了身体，向着他的方向微微一点头：“多谢大帅关怀，但是不必了。”

雷一鸣饶有兴味地看他：“那你总不能一辈子不娶吧？”

林子枫答道：“终生不娶，也无不可。”

“晚上回了家，不寂寞？”

“不寂寞。”

雷一鸣这几天心情好，内外都很太平，所以格外的有闲心。一欠身又凑到了林子枫跟前，他那脸上露出了坏笑：“哎，我说，你不会还是个童男吧？”

林子枫有点忍无可忍，但把牙咬了咬，他还是没有失态。抬头正视了雷一鸣的眼睛，他反问道：“是了怎样？不是又怎样？”

雷一鸣看着他微笑，逗孩子似的：“给你找个大姑娘，让你先尝尝？”

林子枫弯腰捡起账本，动作幅度很大地翻了几页：“多谢，不必。”

然而雷一鸣似乎是要闲极无聊地拿他开心，他越气急败坏，雷一鸣越是笑眯眯：“子枫，你说实话，你是不是不喜欢女人？”

林子枫把账本“啪”地一合：“大帅，请您不要再问这种无聊的问题了！喜欢什么，不喜欢什么，是我的私事，与今日的公务无关！”

“今天办的也不是公务嘛。”

林子枫偏着脸看他，目光从金丝眼镜的上边射出去。他今天的废话这么多，当然是因为他心情好，他不但心情好，他瞧着好像还胖了一点儿，林子枫从进门到现在，就没见他板过脸——他老那么美滋滋的，自己心满意足了，再没有任何烦心事了，就开始东张西望，研究起了旁人的私生活。他这么瞪着他，他却满不在乎地跷起了二郎腿，继续放送废话：“我记得我五表姐的公公，外人就都说他那人古怪，一辈子不碰女人，专捧戏子，我那个五表姐夫都不是他的种。后来那老头儿带着小金翠跑上海去了，小金翠你知不知道？还是我小时候的名旦呢，你肯定不知道。”

林子枫听到这里，忽然心平气和了，决定今天豁出去了，他爱说什么就说什么吧！

把账本合起来放在腿上，他木雕泥塑一般地坐着，听雷一鸣讲了三十分钟他五表姐的公公与男伶们的爱恨情仇。讲完之后，雷一鸣对着林子枫一抬头："别的你也不要说了，我懒得听，你就告诉我，我今年落下了多少钱？有没有亏空？"

林子枫答道："亏空倒是谈不上，但您向英国那两家银行贷的一千万元，是肯定还不上了，因为——"

雷一鸣一抬手，止住了他的话："当初我和英国人是怎么谈的？"

"您把北边那条铁路的经营权押给英国的银行团了。"

雷一鸣点了点头："那没关系，大不了就把经营权给他们。"

林子枫附和了一声，表示赞同，心里则是冷笑——雷一鸣方才这句话若是流传出去，外界骂他卖国贼都是轻的。不能说他愚蠢，可他终究是个头脑简单的武夫。

林子枫做了几天的准备，自信可以在今天应付雷一鸣的一切盘问，哪知道雷一鸣忽然变成了个俗不可耐的蠢货，让他的准备全白做了。

报账完毕，他起身走了。雷一鸣独自坐在小客厅里，也觉得自己的嘴有些失控，总是忍不住要胡说八道。可他真的是太高兴了，他想十个月也并不是很长的时间，等到孩子生下来，那么一切就都会好起来了。

他还想，自己这回真的会洗心革面，要做父亲的人了，应该有个父亲的样子。

他想了很多，想到最后，就又下意识地哼起了小曲，一边哼，一边用手指在腿上打拍子。

（四）

叶春好坐在桌前，面前打开着一本中学用的数学课本，课本旁边还摆着一摞册子，是北京城内几家大学的入学试题。她倒是没打算去考大学，但她先前被雷一鸣禁足在东院里的时候，心中压力巨大，成日胡思乱想，脑筋还算清楚。如今她别无可想，在接下来的十个月里只能是坐在这楼里养胎，精神一放松，便觉得头脑一天一天地荒废下来，人也渐渐变得迟钝了。

既是如此，她便找点能动脑子的事情来做，眼睛盯着课本上的题目，她近来是明显地变懒了，手不拿笔，只端坐着心算。忽然一抬头，通过桌前的大玻璃窗，她看到了楼下的雷一鸣。

雷一鸣不敢上楼，怕激怒了她，动了她的胎气。所以腹中这条小小的生命，一方面被她厌恶着，一方面也成了她的护身符。房外隐约传来了白雪峰和小枝的对话声——这样的对话是每天都会有的，小枝轻声告诉白雪峰："一天三顿，一顿能吃一碗干饭……昨夜睡得早……上午郎大夫过来了，给太太号了脉……"

那声音断断续续的，她听不太清楚，向前再往楼下看，她见雷一鸣将双手插进大衣口袋里，仰了头也在往这楼上看。他不知道她究竟是在哪间屋子里，应该不会发现她，但即便如此，她还是向后躲了躲，仿佛被他看上一眼，也要受害。

片刻之后，白雪峰从楼内出了来，同他一起走了。叶春好把目光重新落到课本上，正要继续解题，身后的房门却开了，小枝走了进来，身上还带着一点儿寒气："太太，我都回来好一会儿了，刚要上来见您，结果白副官长来了，我和他说了半天的话。"

叶春好回头，见小枝手里拿着几本新书，腋下又夹了一卷报纸，便微笑着伸出手："买回来就好，我这两天又有事情做了。"

新书是小枝从外面买回来的，冻得冰凉，她没直接把书给叶春好，而是转身把它放到了一旁的小桌子上，然后把报纸送到了叶春好面前："您先瞧瞧报纸吧，那书是我从书摊子上买回来的，现在这个天气，书都上了霜了。"

叶春好摊开了报纸，先看上面的时政新闻："我这儿不用人伺候着，你快去暖和暖和吧。"

小枝伸头往窗外望了望，转身走到门口，又推门往走廊里望了望。最后她把房门推开了一半，走回到叶春好身边，用极低的声音说道："太太，今天我去东安市场那儿买书，发生了一件挺怪的事儿。一个人，我肯定是不认识的，忽然从我身边挤过去，往我手里塞了一封信，说是给您的。"

叶春好听了这话，心中一阵疑惑："给我的？"

"对呀，他原话说的是'给叶春好'，那不就是您的名字吗？"

"信呢？"

小枝从衣兜里掏出一个信封，信封不知道经了多少只手，已经变得皱皱巴巴。叶春好接过信封，小声说道："你看着房门，别让外人进来。"

小枝立刻走到了门口。叶春好把信封撕开来，从里面抽出了两张信纸，信纸上面印着绿色的格子，格子里的字方方正正，越写越大，最后终于大到不可收拾。

她认出来了，这是张嘉田的字！

这封信的语句不大通顺，更证明了它真是张嘉田的亲笔。将这封信连看带猜地读过了一遍之后，她的心脏开始怦怦乱跳起来，面孔也激动得有些发热。据信上的内容来看，张嘉田如今正安全地活在察哈尔北部的某地，不但活着，并且有力量派人到北京来，帮助她离开雷府——如果她想离开的话。

"这人也真是痴。"她心里想，"都到了这个时候了，还惦记着我。若我和他真有过什么关系，倒也罢了，那算是他念旧情，可我和他之间，一点儿私情都没有，他心里也是知道的，为什么还要——"

她想不下去了，因为接下去是个死胡同，她想不通。她先前那么爱雷一鸣，爱得要死要活，可后来发现这人真是不可救药，之后，一颗心便冷下来了。她对雷一鸣是这样，那么张嘉田对待她，应该也是这样——怎么样都打动不了她，怎么样都是单相思，为什么他的心还没冷？为什么他还能隔着千百里地继续惦记着她？

她无论如何都想不通，所以只能说他是痴和傻。把这两张信纸叠好了攥在手里，她忽然又生出了一个念头：在这世上，还有一个人，在爱着她。

她并不是单枪匹马——她从来就不是单枪匹马！

这个念头简直要让她落下眼泪，她依然没有打算去依附任何人，她依然自信能够独立地走出去、活下来。她只要知道世上有那么一个好人，对自己存着那样一份好心，就够了。

知道了，就够了。

把这封信展开来又看了一遍，她从抽屉里找出火柴划了一根，把信纸和信封一起点燃了，扔进了桌旁的痰盂里。然后自己摊开纸笔，她低头边想边写，用细密小字，写了一封长长的回信。

她这里没有信封，于是她把回信折好塞进了一个小小的旧荷包里。把旧荷包给了小枝，她说道："明天这个时候，你再去一趟东安市场，还到那个书摊子旁边去。若是又遇见了那人，就把这封回信给他。”

小枝悄声问道：“太太，这信到底是哪儿来的呀？”

“你还记不记得张帮办？”

“是他？”

叶春好犹豫了一下，末了，轻声答道：“他对我很有一点儿好感，想要把我救出去。可他现在也不过是刚有了安身之处，没人留意他，他悄悄地发展壮大，也许还有东山再起的日子；他若是拼着力量把我救走，且不提这件事情能否成功，单是他自己，就要因此暴露，我腹中又有了雷一鸣的孩子，雷一鸣不为别的，为了这个孩子，也会和他拼命。所以……”

她摇了摇头：“我现在不能走，这孩子会勾着雷一鸣追我到天涯海角。我若真是投奔他去了，反倒是要给他招灾惹祸。我只能是把这孩子生下来给了雷一鸣，雷一鸣才或许会对我放松一些。”

小枝听着，不是太懂，但也点了点头。

翌日上午，小枝顶风冒雪出去了，中午之前，她带着一捆新书又回了来。楼内的老妈子见了，便道：“太太看书看得这么快？昨天买回来一捆，今天又买回来一捆。”

小枝答道：“书摊子今天再摆一天，明天就收摊回家过年去了。我多买几本，太太过年的时候也能看着解闷。”

然后她上了楼，偷偷告诉叶春好：“太太，那人今天还真来了，来了就往我身边挤。我把荷包给了他，说‘给张嘉田’，他没出声，接了荷包转身就走了。”

叶春好长嘘了一口气，放了心。她只盼着张嘉田能够听自己的话，她希望将来两人若是有缘再会，会是以胜利会师的方式，而不是劫后余生，含泪相见。

装着回信的旧荷包，经了几个脏小子的大手，过了十几天，才最终到达了张嘉田面前。

他所在的这处乡村，没有电，夜里能由着性子点上油灯，就已经算是奢侈。在训练了一整天的新兵之后，他坐在灯前打开荷包，把这一封信从头到尾读了三遍。

读过之后，他抬起头，看着那灯上如豆的火苗，回忆着信上的内容，心里想："春好怀孕了。"

怀孕了，但并不是因此就只能永远留在雷一鸣身边，她的意思是因为她怀孕了，行动不便，所以反倒是暂时留在雷家更为稳妥。这个意思表达得很明白，他看懂了，所以心中并不绝望。他只是觉得怀孕是件凶险的事情，林子枫的妹妹不就是死在生孩子这件事上了吗？

他对孩子没有任何兴趣，也完全不了解，所以只认为怀孕和生病差不多。他也并不认为怀了孕的叶春好和先前有什么不同——叶春好就是叶春好，将来她老了，老成老太太了，也还是叶春好。

叶春好还让他多留意天下大事，现在他是自立门户了，力量一定薄弱，这个时候，就格外要眼观六路、耳听八方，放出眼光来，比旁人向前多看出几步。

信的末尾，她没有叮嘱他保重身体、加衣加饭，而是写了这样一句话，这话是孙中山说过的，很是有名，连张嘉田都知道。

"天下大势，浩浩荡荡，顺之者昌，逆之者亡。"

（五）

张嘉田把叶春好的信叠好装回那个小荷包里，然后把小荷包贴身揣了，心里当它是自己的护身符。

信里没有甜蜜的词句，可他从字里行间中感受到了温柔。那温柔很真切，他闭上眼睛，几乎会有幻觉，好像是叶春好坐到了床边，认真地看着他的眼睛在说话，要把她的良言一直说进他的心里去。

她对他是有情的，情有万种，并非只有男女之情才是情。他安然地闭了眼睛，心思忽然变得很静，静得他心窍玲珑、耳聪目明。

她是他的菩萨，相隔万里，也能度他。

一夜过后，张嘉田出了门，继续去练兵。这里几乎就是戈壁荒原了，新年过后，依然酷寒如三九。他顶着寒风往军营里走，并没有感到痛苦——他现在像是变得迟钝和冷酷了，对于自己和别人，都失去了同情的能力。自己受了苦，他感觉不到；别人受了苦，他看在眼里，也毫不动心。

几个月前，他和满山红一路向北逃，逃着逃着，又遇见了洪霄九。

他没脸再去见洪霄九了，洪霄九倒是把他叫了回去——叫回去之后，洪霄九大发雷霆之怒，咆哮着痛骂了他小半夜。他站着听着，一句话都不反驳，没脸反驳。

然后他们投奔了冯子芳。

冯子芳手下有几万人马，在察北地区也已经横行了五六年，算是一股不可小觑的势力。冯子芳犹犹豫豫地收留了他们，收留到了现在，依然是犹犹豫豫的，不知道自己这个举动，是招来了一小队同盟军，还是引狼入了室。为了防止他们会在自己的地盘变狼，冯子芳把洪霄九和张嘉田分开了，找出两片隔了十万八千里的地盘，让他们各自驻扎。

张嘉田其实已经无所谓“驻扎”了，他是个赤手空拳的光杆司令，身边只跟着一个满山红，有两间小屋就够他们驻扎的。直到这一天，洪霄九派人把他叫了过去，说有要事相商。

在洪霄九那里，他见到了一位陌生人物。陌生人物来自北京，名叫陈博志，张嘉田起初听他说话，听了半天，只觉得云山雾罩，不得要领，后来又听了一个多小时，他才一点一点明白过来。

明白了之后，他来了精神，随着洪霄九，和这位陈先生一直谈到了后半夜。陈博志到达察哈尔之后，先试着去联络了冯子芳，然而碰了个软钉子，这才改变路线，回头找到了洪霄九和张嘉田。

一夜长谈过后，张嘉田赶早回了他的“驻地”。驻地是一座荒凉的村庄，驻军是洪霄九分给他的三十来名士兵以及一个满山红。面对着满山红，他说：“我找着了个好买卖，兴许能混来几个钱当军饷。”

满山红问道：“什么买卖啊？”

“革命。”

大清早的，满山红睡得蓬头垢面，打了几个哈欠之后，她懒洋洋地反问：“革命是个什么玩意儿？”

不等张嘉田回答，她摆了摆手：“你甭解释了，反正有钱拿就行。”

张嘉田听了这话，便说道：“行，那就这么定了。”

两人“就这么定了”，都像是有点儿没心没肺。自从那一天逃下石砾子山后，他们就一直这么没心没肺地活着，对于旧事旧人，他们一个字都不提，仿佛是极度的冷血无情，两只眼睛只会往前看。

非得这么着，他们才能过一天算一天地活下去。

如此又过了几日，张嘉田从陈博志那里得到了五万块钱。

本地是个穷地方，五万块钱就是一笔巨款了，足够张嘉田招兵买马。招兵也不必额外地劳神费力，本地的壮丁——因为常年饿得半死，其实是完全不壮——听闻当了兵就有饱饭吃，竟然很踊跃地来投奔。

张嘉田在年前忙活了一场，招来了四五百人，满山红分走了两百人，也没向任何人打招呼，直接自己封自己当团长。张嘉田看在眼里，感觉她未免过于自由散漫，对她说道："你这么干不行吧？"

满山红告诉他："我原来还封了自己当司令呢，可惜知道的人不多，名声没传出去。"

"得了得了。"张嘉田告诉她，"你等着，我想法给你弄张委任状。"

这话说了没过三天，还没等他真去想法子呢，陈博志来了，真带了一张师长的委任状，只不过是给张嘉田的——他不知道张嘉田这儿还有个满山红。及至见了满山红，他高兴起来，握着满山红的手连摇了几摇："张师长，你这里还有一位女同志？好极了好极了，这才显得我们是男女平等的革命队伍啊！"

满山红对着陈博志眨巴眼睛，没听明白他这一席话。张嘉田先前做太平帮办时，常听马永坤给他读报纸，倒是明白一些新词，这时就用大拇指一指满山红："你别看她是个丫头片子，她比老爷们儿还厉害。你……她手下也有几百人，你能不能给她也弄张团长的委任状？"

满山红终于开了口："越大越好，师长也行，司令最好。"

张嘉田瞪了她一眼："你当司令了，把我往哪儿摆？听话，团长就够你美的了！"

陈博志呵呵笑着，说道："这个，我现在办不了，委任状是我从北京带过来的呀。"

张嘉田一听到"北京"二字，登时想起了叶春好。

通过陈博志部下的特务，他把他的亲笔信传递给了叶春好，又通过同样的一条路线，他得到了叶春好的回应。

很久之后，他回忆起收到回信的这一夜，发现这一夜是可纪念的——从这一夜起，他“神魂归位”，从噩梦中彻底清醒了过来。

到了开春的时候，张嘉田手下有了一千多人，满山红也如愿得到了一张团长的委任状。张嘉田是见惯了委任状的，不拿它当一回事，满山红却是专门弄了几大捆黄纸，用一块黑炭当笔，在上面七扭八歪地写了名字，然后扛去野地里，烟气滚滚地烧了半天。

等她回来了，张嘉田问她：“你给谁烧纸呢？”

她答道：“没谁，就是老二他们。”

说这话时，她低头掸着身上的纸灰，一副满不在乎的劲儿：“将来进城了，我找个手艺好的裱糊匠，再糊几个纸人，要女的，糊得漂亮点儿，烧给他们当老婆。”

这话说完，她也把自己的衣服打扫干净了，忽然发现张嘉田站在旁边，一直是不动弹也不言语，她便抬起头看着他。

她看他呆呆地站着，不知何时，竟是淌了满脸眼泪。

她慌忙把头又低了下去，装着看不见，转身往那门口走。门口放着一口大水缸，她舀起半瓢凉水咕咚咕咚地喝，连凉水带泪水，一起硬咽了下去。

如此又过了一个月，张嘉田接到了陈博志的命令，开始试探着骚扰南边的陈运基部。

陈运基万没想到，张嘉田只不过是和洪霄九混了几个月而已，竟然得了对方的真传，说死不死，动辄诈尸。不过凭着他的实力，揍一个张嘉田还是不成问题的，于是把这个消息报告给了北京的雷一鸣，他一边等着上峰的指示，一边漫不经心地向张嘉田回击。

雷一鸣得到了这个消息，然而未做任何指示，因为他顾不上张嘉田那千八百人的队伍了，国民革命军一路北伐，已经攻进了山东，而山东的卢督理当初既是有胆子和他抢巡阅使，照理来说也算是一条好汉，如今在山东却是节节败退，让他不得不调兵遣将，前去支援。

这一回，他本人是不打算往前线去了，经了这几个月的调养，他胖了十三四斤，在周围的人看来，这简直是亘古未有的奇事。这十几斤分量让他显得有血有肉了许多，穿起军装来，肩膀腰身大腿也都有了内容，不再是一副单单薄薄的衣裳架子了。

身体越是健康，他越是怕这来之不易的健康溜走，所以万万不肯到战场上去冒险。而且叶春好已经显了怀，他也不敢走，怕自己前脚一走，后脚她那肚里的孩子就会有闪失——林胜男生产的时候，他想自己若是在家做主，那早产了的孩子，兴许也能活下来。

雷一鸣往山东派去了两个师的兵力，结果还真帮卢督理抵挡住了北伐军的进攻。然而山东这边的战况刚稳定下来，河南那边又失守了，北伐军的几路军队眼看着就要在郑州会师了。

雷一鸣略微有一点儿发慌，慌得不厉害，因为他手里还有兵，但他此刻是万分地不想打仗。即便要打，也不是他一家出兵就能打赢的。

他刚长上的十几斤肉，眼看着在一个礼拜之内掉了两斤。这天林子枫过来见他，刚在大门口下汽车，就见他带着几名卫士走了出来。今天他是军装马靴的打扮，上衣没系纽扣，敞开来露出了里面的白衬衫，衬衫下摆束在军裤里，腰粗了，腰间皮带扎得紧绷。扭头看见了林子枫，他一招手：“过来。”

林子枫走到了他近前，就见他新剪了头发，天生的长鬓角被剃成了一抹青，尖下巴也没了，他一富态，反倒添了几分英武的男子气。一队汽车正从府后的汽车房缓缓行驶过来，在这个空当里，他对林子枫说道：“我要去趟天津，你留在北京，等我的消息。”

林子枫问道：“大帅这期间需要我做什么吗？”

雷一鸣想了想，然后一摇头：“现在还不好说，也许没什么事，过两天我就回来了。”

这时，打头的汽车已经缓缓停到了他面前，卫兵上前一步为他打开了后排车门，他弯腰钻进汽车里，一言未发，像是忽然把林子枫忘了。

林子枫也没出声，目送着汽车队伍远去。

又过了两天，他在报纸上看到了雷一鸣的新动作——他和山东的卢文瑞督理、热河的虞天佐都统联合提议，以南北十五省的名义组织了一支护国军，推举东北的老帅做了总司令。护国军甫一成立，便对着北伐军宣了战。

这是一桩大新闻，除了这桩大新闻之外，报纸上还登载了一条小新闻——察北的冯子芳将军，于昨日在自宅被刺客暗杀了。

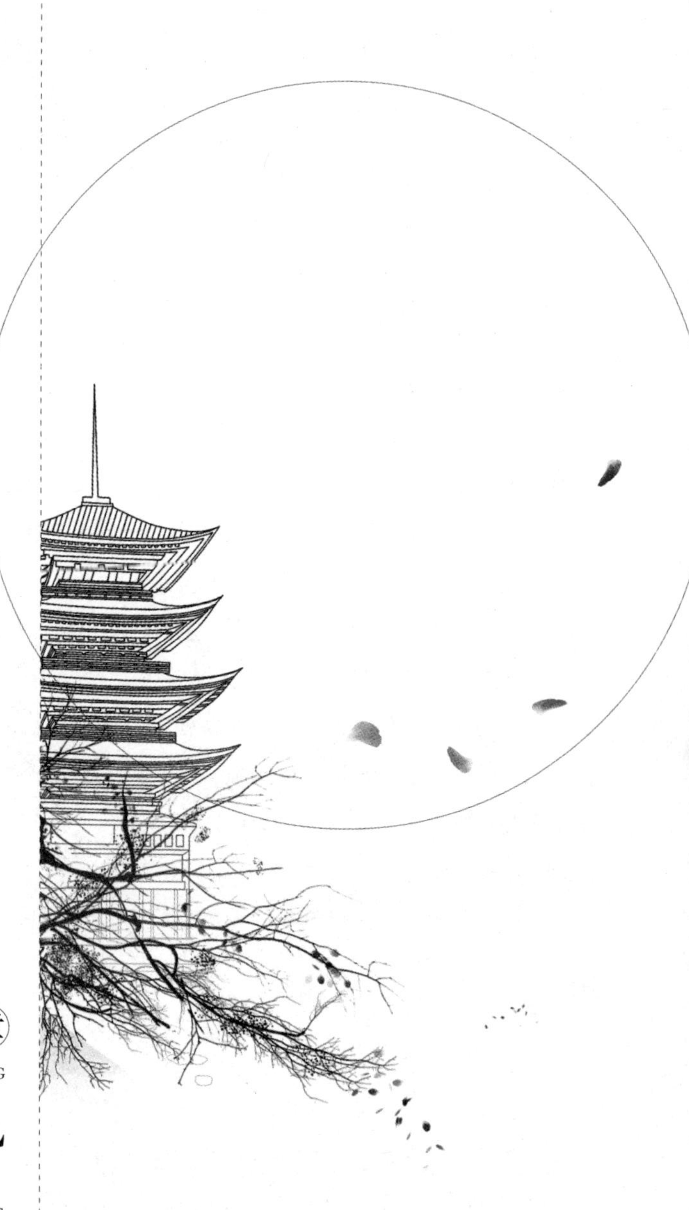

第九章

DI JIU ZHANG

姐弟相见

雷一鸣把双手摁在桌面上，回忆了一番，最后想起来：叶春好是有个同父异母的弟弟，而且还是个小弟弟。

（一）

雷一鸣听说察北一带出来了个“国民革命军第十路军”，总指挥是洪霄九，副总指挥是张嘉田，名头不小，实力不大，是张、洪二人联合了冯子芳留下的旧部，一起凑出了这么个第十路军。这第十路军倒是没有继续去找陈运基的麻烦，而是一路向西，往绥远去了。

雷一鸣现在想起张嘉田这个人，不知为何，会觉得很陌生，仿佛那个他熟悉的小忠臣兼小逆贼，已经彻底死在了他上一次的阴谋诡计中。雷一鸣已经杀过他了，心到神知，至于他死不死，那是他的事，雷一鸣就不想管，也管不着了。

有了东北的老帅做主心骨，他们这班人联合起来向着四面八方猛攻了一阵，倒也把那国民革命军的队伍打退了几步。未来形势如何，实在难以预料，雷一鸣不是很乐观，但也谈不上有多么悲观——他这人向来不讲什么主义和宗旨，也没有当皇帝总统的野心，跟着老帅干也行，跟着新政府干也行，只要能让他把他的巡阅使当下去就行。

真不让当了呢，那对他也算不得是致命的打击。割据起来当土皇帝也行，跑去租界做富贵闲人也行，横竖家有娇妻稚子，关起门来过日子，应该也不坏。

他认定了叶春好会在生下孩子后回心转意，所以把一切希望都寄托在了孩子身上——只要孩子平平安安地生下来，一切就都会好起来了。

春天过了去，叶春好的肚子越来越大了。

她的妊娠反应并不强烈，腹中的那条小生命自顾自地成长，也没有让她担惊受怕地吃过什么苦头。她孕育着这条小生命，然而完全不爱他，因为他“不是好来的”。当然，他若是执着地要活，那她也由他。

她一天两遍下楼散步，偶尔能察觉到雷一鸣正在远处窥视自己，但是只当作不知。直到这一天，雷一鸣不知怎的，忽然吃了熊心豹子胆，竟试探着走到了她近前：“春好。”

她转身就要往楼里走，哪知雷一鸣的速度更快，几步拦在了她的面前。对着她抬了抬手，他仿佛是要做个阻挡的手势，双手抬得很有分寸，并没有触碰到她。

“你等一等。”

叶春好冷着脸看他。

雷一鸣瞧了瞧她的脸，又低头瞧了瞧她的肚子，然后对着她笑了笑：“这孩子是不是让你受苦了？”

叶春好恨他，他纵是说出好话来，她也当成坏话听：“这是你从你那个姨太太身上得来的经验吗？”

然后她迈步绕过了雷一鸣：“很遗憾，这条经验并不适用于我。无论是你还是你的孩子，都折磨不到我。”

这话说完，她进了小楼。雷一鸣停在原地，回头看她。她都已经走得无影无踪了，他还回着头，心里有点生气，因为他接下来还有话说——他要带兵南下，到江苏打仗去。

可是她不听，他也不敢追进去逼着她听。这个时候他若是还要追着和她吵架的话，他想，那自己就太不是人了。

三天之后，他出发了。

白雪峰被他留在了北京看家，但是没了白雪峰在身边，他身边就像是缺少了一位很重要的知音，衣食住行也随之要出问题。他有心把林子枫带上，可是转念一想，又觉得带他也没有大用，而且林子枫是出了名的怕火怕血、厌恶战争，他跟着雷一鸣这么久了，就没人见他穿过军装摸过枪。

雷一鸣对林子枫是有感情的，所以尽量不让他为难。把他也留在了北京城里。他把警卫团特务连的连长苏秉君提拔上来，做了自己的卫队长。苏秉君也算是个出众的，有资格到他的身边来。

带着两个师的人马，他穿过山东，进入了江苏地界。山东的卢文瑞督理这一次倾巢而出，围着陇海铁路线，已经和北伐军鏖战了许久，雷一鸣再不带着援兵过来，他就非撤退不可。

雷一鸣把那两个师派去了前线，自己则是在后方的一座小城里住了下来，并不是他手握胜算，而是他只能派出这两个师的援军，无论有没有胜算，他都只能这么办。人在小城里住着，他距离前线的炮火还远，终日也没有大事可做，只得头枕着双手，在床上从早躺到晚。

如此躺了一个礼拜，他不能躺了，在他的支援下，卢督理和北伐军僵持在江苏，呈现了胶着之态。而他又接到了北京老帅的军令，带兵进了河南。

与此同时，张嘉田所在的第十路军从绥远出发穿过山西，也进入了河南境内。

雷一鸣是为了打仗而来的，张嘉田也是为了打仗而来的，双方一点儿防备都没有，就在战场上碰了面。雷一鸣依然躺在战场的最后方，并没有机会——也没有兴致——亲眼去见张嘉田。

苏秉君在名义上是他的卫队长，其实从早到晚跟着他，把白雪峰的活儿也干了不少。他虽然平时也常见雷一鸣，可这样贴身伺候他，还是第一次。他见这位大帅不论昼夜总是躺着，就有些狐疑，以为他哪里不舒服。

他这回足足又躺了一个礼拜。一个礼拜之后，他下了床，苏秉君看着他，就见他在那半面墙那么大的地图前呆呆地站着，这一站，又是半天。

半天过后，他回头吩咐苏秉君："传令给警卫团，今晚跟着我上火车，回直隶去！"

苏秉君一愣："回直隶？"

他手里一直捏着半截铅笔，这时把铅笔往旁边的桌上一扔："对，回直隶。"

苏秉君不再犹豫，转身走出去传达军令。而不出三个小时，这话也传进了张嘉田的耳朵里——交战双方，自然不会相隔十万八千里，而雷大帅带着一个团的人马上专列，这也不是一件可以悄悄完成的事情。张嘉田派出去的眼线只要跑得够快，就能把这消息及时地传递给他。

他这一回是独自带兵进河南的，洪霄九还留在绥远，为他们近来所打的几场胜仗善后。洪霄九不在身边，他便可以独断专行，想怎样便怎样。对着地图也研究了半天，末了，他对着身边的副官吩咐道："去叫满团长过来。"

张嘉田和满山红见了面，只谈了不到五分钟，便达成了共识。他们之间似乎是存在着某种默契，一件事情，张嘉田说个三言两语，她就能全明白，不但明白，而且赞同。

带着几百荷枪实弹的骑兵，满山红无声无息地上了路。张嘉田需要集合大部队，所以落后了一点儿。而经过了一场翻山越岭的急行军后，做前锋的满山红带着队伍下了马，从骑兵变成了步兵。

在苍茫的暮色中，步兵按照计划经过了一座小火车站，然后分散开来，埋伏在了铁轨两侧的山坡下。满山红跪伏下来，把耳朵贴到了地面，如此静听了片刻，她忽然一跃而起冲向铁轨——她一走，铁轨另一面的人瞧见了，登时也蹿出了三名士兵。

士兵都拎着方方正正的炸药包，在满山红的命令下，他们把它捆绑在了铁轨和枕木上，又把引线长长地扯了出去。满山红这回把耳朵贴到了铁轨上，听了一会儿后，她起身开始往后退，一边退，一边对着那三名士兵做了个手势。

士兵见状，也退了，退到了两旁山坡下的阴影中。

天越黑越快了，方才天边还有光明，现在太阳彻底落了山，四面八方便暗沉沉的有了夜色。满山红仰着脑袋往远方看，看见了一列火车正轰隆隆地开来，火车车窗向外透出稳定的灯光，车门两旁依稀竖着收起来的五色旗和铁血十九星旗，足以证明列车内的人乃是北洋陆军中的大人物。

她可以确定了，这是雷一鸣的专列，雷一鸣今日忽然要跑回直隶去，乘坐的就是这列火车。

她很想亲眼再见他一次。

她一直自负于自己的狠毒与精明，所以总觉得雷一鸣身上一定有什么自己未曾发现的疑点，让她再看他一次，她一定能发现他头上的角，或者屁股后头的尾巴，她还要剖开他的胸膛看一看，看看这样的魔鬼，心肝是不是黑的。

眼看火车头已经逼近了，她拔出手枪，将子弹上了膛，然后对身边士兵做了个后退的手势。可是未等他们真要后退，一声巨响震动了身下的土地，铁轨上的烈性炸药被引燃了，将火车头炸得四分五裂直飞上天，火光一直冲到了半空中。满山红一边躲避着那陨石一般带着火的铁皮和零件，一边率先打出了第一枪。而她这边枪声一响，铁轨两旁的伏兵们得了指令，早早架在隐蔽处的重机关枪也开了火。

子弹流在夜空中穿梭成了金色的光带，在专列的车厢上来回地扫射切割。列车内只向外跑出了几名士兵，跑了没有几步，便被子弹打成了筛子。张嘉田的大部队这时也追上来了，满山红下令停了火，让张嘉田的人马把这列火车包围了。

在方才重机枪的扫射中，火车的车身遍布弹孔，玻璃车窗也全碎了，电灯倒是还亮着几盏。满山红拎着手枪就要往火车上跳，还是张嘉田从后方一把抓住了她的衣领，把她拽到了自己身边，低头对她轻声说道："太安静了，有点不对劲。"

然后直起身，他若无其事地让部下的士兵上火车。士兵先上了，然后他和满山红再上。一节车厢一节车厢地走过去，他穿过了狼藉的餐车，踏过了长官座车里那张千疮百孔的红丝绒长沙发，一边走，一边看。

专列里只横着几具士兵的尸体，根本没有雷一鸣那个人！

他没太慌，只回头对着满山红一耸肩膀："妈的，被他金蝉脱壳了。"

（二）

张嘉田带兵往回赶，赶到半路，得知自己的大本营被雷一鸣的军队偷袭了。

他的队伍目前算是分了家，他自己带着一部分，大本营里驻扎着一部分。驻扎着的那一部分夜里受袭，被雷部士兵打了个七零八落、四散奔逃。

满山红虽然在绥远也上了几次战场，见了几次世面，可终究还是年轻，到了这个时候，气得面红耳赤，要带兵杀将回去。张嘉田照例抓住了她的后衣领——自打带着满山红去了绥远之后，每回打仗，他都得把满山红那后衣领拽上个两三次。要不然她的腿太快，他一眼照顾不到，她就指不定跑到哪里大开杀戒去了。

张嘉田绕过了大本营，直奔了距离大本营十里地远的军火库——他的粮草和武器，在大本营留了一部分，在那军火库里也留了一部分，就是为了防范大本营忽然受袭陷落。如今可好，他这一番准备算是没白费，骑兵上了马，步兵撒开了腿，他们连夜疾行，疯了似的往军火库跑。

到了军火库那一带，他们稳住了神，工兵开始挖战壕布置防线，其余众人急三火四地休息吃饭，军火库里存着的重机枪和榴弹炮也全推出来了，张嘉田正打算反攻，前方阵地上忽然跑来了一群士兵，他定睛一看，发现他们竟是自己的电报班。

电报班的士兵是不必上战场杀敌的，昨夜他们一见形势不妙，立刻就带着电台等逃了出去。如今听闻张嘉田这位副总指挥在此地重新立足布防了，他们连忙赶了过来——逃命也没耽误了他们的工作，他们半夜收到了绥远发来的电报，这时见了张嘉田，他们就先把电报递了上来：“报告副总指挥，这是总指挥发给您的急电。”

张嘉田接过了翻译好的电文，低头读了一遍。满山红凑了过来，因为大字不识几个，故而问他道：“上面都说了什么？”

张嘉田答道：“他让我们先不要和雷一鸣起正面的冲突，他那边的事情已经快忙完了，马上就会过来。”

“等他来了，咱们再揍雷一鸣？”

张嘉田摇了摇头：“那他没说。”然后他压低声音，又告诉满山红，“他在绥远没闲着，招了不少的兵，肯定也弄到了不少的好东西。等他到了，我想法跟他要点儿。”

满山红又道：“可咱们已经开了火了，他这封电报来晚了啊！”

张嘉田想了想，没再回答，而是走向了电报班的士兵，让他们赶紧把机器摆好，为自己向洪霄九发去一封回电。

当天下午，张嘉田派出了部下的一名参谋。

这位参谋骑马出发，经过了十里乡间小路，来到了雷一鸣面前。

雷一鸣占据了张嘉田的大本营，参谋在几支手枪的瞄准下，轻车熟路地走进了指挥部，然后隔着一张大桌子，他看到了雷一鸣。

雷一鸣坐在一把硬木椅子上，这是整座营房中最体面的一把椅子，先前专属张嘉田一人使用。为了表示对副总指挥的尊敬，勤务兵专门往椅子上面放了个稻草编的新垫子。张嘉田没有从早躺到晚的爱好，天天坐在这把椅子上处理军务，所以垫子看颜色虽然还挺新，然而已经被他的屁股坐出了两片凹坑。如今雷一鸣来了，也坐到了那把椅子上，抬头看着参谋，他开了口：“张嘉田找我有什么事？”

参谋答道：“我们副总指挥，是想和您讲和。”

雷一鸣坐在那稻草垫子上，两瓣屁股压进两个凹坑里，坐得严丝合缝，让他无端地感觉有点恶心，所以忍不住动了动：“把我的专列炸成了废铁，不见他来讲和；让我的队伍连夜端了老窝，就来讲和了。你们副总指挥，就是这么做人的？”

参谋沉默了一会儿，然后继续说道：“雷大帅这一趟进河南，据我们所知，只带了不到两个师，和我们当下的兵力差不多。您要是继续打下去，我们大不了就是一逃，您总不能追我们到天边去。”

雷一鸣点了点头：“对，所以呢——”

“实不相瞒，我们副总指挥也连着两个月没见着军饷了，我们的钱……都是南京那边发下来的，我们要是一上战场就逃，那、那将来更没人给我们发军饷了，可要是打呢，又有点打不起……”

参谋把话说得吞吞吐吐，然而说的确实都是实情。雷一鸣很仔细地把他审视了半天，也没有看出破绽来。

“所以，我们副总指挥的意思是，您别打了，我们也不打了，先停火吧！”

雷一鸣问道：“那要停火到哪天呢？停到你们要来了军饷，吃饱喝足了，打得死我们了，再打？”

“不是不是，那肯定不是，我们副总指挥不是那个意思，他是……”

雷一鸣欠身把屁股下的稻草垫子抽出来扔到了一旁，然后重新坐了下去：“你回去吧，让你们的副总指挥把谎圆明白了，再来对我说。”

参谋赶夜路回到了张嘉田面前，做了一番汇报。

第二天，参谋骑着马又出发了，这回站在了雷一鸣面前，他说道：“我们副总指挥说，想和您见一面。”

雷一鸣直接摇了头：“不见。”

参谋碰了个钉子，只得告退。他走了，雷一鸣坐在指挥部里，则是在等前方侦察兵的消息。张嘉田还是太年轻了，要起阴谋诡计来，像小孩子硬着头皮撒谎一样，让大人看在眼里，又气又笑。这世上的任何人——包括洪霄九——都能坐下来和他谈判，唯独张嘉田不能，因为他杀了他两次。这小子没死，是他命大，不是自己手下留情。

所以张嘉田这么假模假式地派人过来和自己“和谈”，也真是幼稚得到了家。他怀疑张嘉田又在策划着一次突袭，想要趁自己不备，打一场狠仗。但也正如他派来的那个参谋所说，双方势均力敌，真打起来，也谈不上谁怕谁。

把张嘉田从心里推了出去，雷一鸣扭头望着窗外的蓝天，压根儿就没想起满山红来。天气真不错，应该出去走走，散散步，有利于身体健康，健康一定是要重视的，他不能死，谁死了他都不能死，他怕。自从叶春好怀上了他的孩子之后，他更怕了，人间越是美好得花红柳绿，越衬得死亡无比可怕。

正在他出神的时候，苏秉君走了进来："报告。"

雷一鸣把目光转向了他。

苏秉君看起来有些迟疑："大帅啊……"

雷一鸣不说话，挺有耐心地等着他的下文。

苏秉君把话说了下去："外头来了个孩子，想要见您。"

雷一鸣一愣："孩子？谁的孩子？"

苏秉君被他这句话问了个莫名其妙："谁的孩子……那不知道。"

"那来找我干什么？"

苏秉君反应了过来，登时有点想笑："大帅，怪卑职没把话说明白。外头来了个人，看起来应该还是个孩子，他说他是太太的弟弟，听闻您在这里，就想见您。外头的卫兵听他这话不像是一般孩子能编出来的，就把他扣住了。我来请大帅的示下，要不要亲自见一见他？"

雷一鸣把双手摁在桌面上，回忆了一番，最后想起来：叶春好是有个同父异母的弟弟，而且还是个小弟弟。

于是他发了话："把那孩子带进来，我看看他。"

苏秉君领命而走，不出片刻，把个叫花子带进了指挥部。

雷一鸣正兴致勃勃地等待着，如今一见这个小叫花子，却下意识地向后一躲——这小叫花子披着一身破衣烂衫，衣袖和裤管都散碎成了布条子，露出来的手臂纯粹只是两根枯骨，骨头上面蒙了一层黑皮，连着两只爪子似的大手。手臂是枯骨，两条腿也和芦柴棒差不多粗，没有鞋，赤脚脏得分不清脚指头。雷一鸣抬头再去看他的脸——没脸，全被长头发遮住了。

这么一个活物，没人样，没表情，没眼神，就单是颤颤地站在雷一鸣面前，亏得他那两根芦柴棒似的腿还能支起他的身体和脑袋。雷一鸣从裤兜里抽出一条手帕，把鼻子也堵了住，瓮声瓮气地对苏秉君发了话："把他带出去洗一洗，弄干净了再让他来见我。"

苏秉君答应一声，把这个小叫花子领了出去。雷一鸣又等了半个多小时，苏秉君回来了，这回，他给雷一鸣带来了个光头小兵——那活物的一头长发实在是不可救药了，所以苏秉君干脆让人把头发齐根剃了。然后端出肥皂和热水，他叫来几名士兵挽了袖子，把他扔进水桶里，不由分说地就是搓。搓完一看，苏秉君发现自己的判断不错，这人的确是个孩子，不过已经处在了孩童时代的末尾，因为身体细长，已经向着小伙子的方向成长起来了。

几桶凉水泼下去，士兵们把这个孩子冲干净了，又给他穿上了一身军装和布鞋。苏秉君把他送到了雷一鸣面前，然后很识相地退到了门外。雷一鸣这回总算是看清了他的面孔——一见之下，他吃了一惊，因为这个孩子虽然瘦得尖嘴猴腮，但是单看眉眼，眉清目秀的，真是叶春好那一款的长相。

这孩子没规矩，见了他也不行礼，就只是这么垂头站着，脸上也没表情，等死似的。于是雷一鸣先开了口："你说，你是我太太的弟弟？"

那孩子深深地一点头。

雷一鸣又问："你先说说，你叫什么名字？"

那孩子发出了蚊子哼一样的声音："叶文健。"

"你姐姐叫什么名字？"

"叶春好。"

"我是谁？"

那孩子的声音越来越低了，显然也是害怕："雷大帅。"

雷督理疑惑地看着他："你姐姐的娘家，不是没人了吗？"

叶文健低头不说话了，隔了好一阵子，才喃喃说道："就剩我了。"

（三）

叶文健是个没嘴的葫芦，雷一鸣问一句，他答一句，不问他就低头站着，像那从小受气被吓傻了的孩子似的。

雷一鸣一看他那眉目，对于他的身份，就已经信了六七分，及至对他进行了一番盘问，他越发认定了这小子就是叶春好的弟弟。据这孩子所答，三年前——他那时候刚满十岁——有一天姐姐出门上学去了，他娘忽然说要带他出门玩儿去，提着包袱就领着他去了火车站。等到他觉察到事情不对劲时，火车都已经开过天津了。

姐姐再亲，比亲娘总还是差了一层，他在火车上哭了一场，被他娘打了两下、吓唬了一顿，也就不敢再闹着回家把姐姐带上。而他娘带着他一路往西走，走到太原，他们见到了他爹。

原来他的爹娘早商议好了，要一前一后在太原相会，偷偷地逃离债主子们的耳目。他爹那个时候，因为欠了巨债，心中一股急火攻上来，已经病在了小客栈里，及至见他们娘儿俩把大姑娘扔在了北京，越发着急生气，而他娘也有理由——债主子们的眼睛都盯着叶家大门呢，他们要是一家三口齐步走着往火车站去，还不得走到半路就让债主子们押去警察局？大姑娘再好，也是个姑娘，是个赔钱货，太平日子里，她这做继母的不使偏心眼儿，拿她当亲姑娘看待，可到了如今这死里逃生的时候，就怪不得她心狠了，她只能救她自己生的亲儿子。

叶老爷也承认儿子比女儿更重要，但心里始终是过不去这道坎儿，在小客栈里又躺了几天，便病情加重，一命呜呼了。

爹一死，他随着娘继续往西走——娘不是京城本地的人，姥姥家在西安，娘打算带着他回娘家去。可是到了西安的姥姥家之后，他娘染上了时疫，舅舅舅母们也不管她，她熬了没有多少天，便也随着丈夫归了西。他瞬间成了孤儿，原本他娘手里还有些体己的，娘一入土，那些钱也不知道哪里去了，糊里糊涂的，他被他的舅舅们赶了出来。

转眼间，他从个小少爷沦为了小叫花子，有心回北京找姐姐去，可是连东西南北都分不清，况且千里迢迢的路途，也不是他可以轻易走过去的。更为要紧的，是他须得自己想法子填饱肚皮——单是这一件事情，就占据了他的全部身心。他的目光终日被残羹剩饭吸引着，已经望不到那遥远的故乡了。

直到今年年初，他流浪到了河南，在半张破报纸上，他看到了他姐姐的照片。

单有照片，他也不敢相认，可照片旁边还有新闻报道，报道里赫然就有“叶春好”三个字。他在离开北京之前在读小学，也认识一些字，这时就把那报道反复读了几遍，这才知道他姐姐不但没有被债主子们逼死，而且还嫁了大官，成了个到处撒钱演讲做慈善的摩登阔太太。再看那新闻上头的日期，他发现这是一张来自天津的一年前的报纸。

于是他继续往北走，走到此地了，他听闻有个直隶来的雷大帅，正带兵驻扎在这里。他觉得雷大帅应该就是自己的姐夫，但是也不确定——他甚至都不知道在雷大帅那里，姐姐是正房太太还是姨太太。

凭他的勇气，他本不敢往这军营里来，可他不来不行了，这个礼拜他一直没有弄到什么东西吃，饿得一口气呼出去，简直没有力气再吸进来。他刚十三岁，还没有正经地活过，可是已经看到了死亡的影子。

所以他就拼着性命，走到军营的大门口来了。

雷一鸣把该问的都问遍了，对于所得的答案也挺满意，这才想起了一桩要紧的事情——他叫了苏秉君过来，吩咐道："带他出去，给他弄点儿吃的。"

苏秉君一听这话，就知道这小叫花子大概真是太太的弟弟。把叶文健领到了伙房门口，他进去给他端出了一碗稀粥："你先喝这个，喝完了，下顿再给你吃干的。要不然，你那肠胃受不了。"

叶文健一声没吭，接了碗就喝，三口两口就把那碗稀粥喝了个精光。苏秉君接过空碗，又道："那儿不是有板凳吗？你坐着晒会儿太阳吧！"

叶文健一回头，发现身后确实有个小板凳，就走过去坐下了。一名副官从这里经过，见状便问道："这谁啊？"

苏秉君笑了："舅老爷。"

副官一怔，然后笑道："秘书长今天看着挺年轻啊！"

"你也就认识个秘书长。"苏秉君向下一指叶文健，"告诉你，这可是正牌舅老爷，姓叶。"

副官当场"嚯"了一声，专门走过来，手扶着膝盖弯腰去看叶文健的脸："哎，你多大了？"

叶文健深深地低下头，不看他也不理他。

副官直起腰又问苏秉君："这舅老爷是从哪儿来的啊？"

苏秉君抬手向上一指："从天而降。"

这话刚说完，一名小勤务兵从指挥部那边跑了过来，气喘吁吁地停到了苏秉君面前："苏队长，大帅说了，今晚和弟弟——哦不，弟老爷——也不对，弟少爷——一起吃饭。"

苏秉君皱起眉头："这叫舅老爷，哪儿还来了个弟老爷？"

小勤务兵们看着苏秉君，倒觉得他比白雪峰更亲切，也敢和他说笑两句：

“大帅管他叫弟弟，我就没反应过来。”

这些人站在太阳底下，连说带笑，而叶文健天聋地哑似的坐在一旁，只是垂着头一动不动。到了傍晚时分，众人对他总算是有了个固定的称呼：文少爷。因为雷一鸣在开晚饭前，问了勤务兵一句：“小文呢？”

勤务兵立刻出去，把叶文健带了进来。此地不通电，天一黑，就只能靠着蜡烛、油灯照明，自然是不如电灯明亮。雷一鸣抬头一看，就见他和下午相见时相比，又变了一点样子——他身上那套松松垮垮的旧军装，已经换成了一套较新的灰布裤褂，鞋袜也都齐全了，瞧着又添了几分人样。

雷一鸣今天下午回忆了一番，记起叶春好确实提过这个弟弟，并且是提过好几次，每次都是越说越生气，因为她是大他十岁的大姐，像个小妈妈似的照顾他，哪知道这个弟弟小小年纪竟狼心狗肺，她白对他好了。

她生气，说明她是真在意这个弟弟，所以雷一鸣在把他审视够了之后，忽然对着他粲然一笑，一边笑，一边又招了招手：“小文，到我这儿坐。”

叶文健低头走到他身边，坐了下来。雷一鸣拿起筷子，给他夹了几筷子菜：“吃吧！到了我身边，就和回了家是一样的，想吃什么就夹什么。”

叶文健这回微微转向了他，嘴里咕哝了一句：“谢谢大帅。”

雷一鸣抬手摸了摸他的秃脑袋：“叫姐夫。”

叶文健没有即刻喊他姐夫，而是试探地抬眼望着他，仿佛是满心惊疑，不知道自己怎么就有了个姐夫。雷一鸣由着他看，并且又给了他一个可亲的笑容。

这笑容堪称完美，他的瞳孔映着灯火的光影，光影闪烁，让他目若星辰。叶文健惊魂不定似的看着他，看着看着，惊惶散了，魂魄定了，他重新垂下头去，嘴角一动，也回了他一个笑。

雷一鸣和这种半大孩子没什么可说的，于是就又拍了拍他的后背：“吃吧，吃饱了好睡觉。有姐夫在这里，你往后就什么都不用怕了。”

叶文健拿起筷子，挑起一筷子米饭送进嘴里，慢慢地咀嚼咽了。

米饭的香味让他感到了一种刺激，他极力克制着自己的食欲，用哆嗦着的手，又往嘴里送了一筷子米饭。

然后他的精神防线彻底崩溃——他不吃菜，只吃饭，来不及似的把米饭往嘴里扒，喉咙是直的，不用咀嚼，直接囫囵着往下咽。

叶文健吃了五碗大米饭，还能继续吃，但雷一鸣怕他撑死，不许他吃了。

他是吃尽了人间苦头的孩子，熬得没了胆量和骨头，旁人不许他吃，他就乖乖地不吃了。苏秉君把他带进了一间屋子里，给了他一张洁净的小床。他幕天席地地在外露宿了三年，如今重新躺回到柔软的床上，他感到了极度地眩晕，以至于一闭眼睛，就立刻睡了过去。

这样的一张床，他睡了两夜，才最终确定了自己并不是在做梦：床是真的，饭是真的，姐夫也是真的。

除了姐夫之外，他在这里认识的第一个人是苏秉君。苏秉君的名字，他听一次就记住了，因为里头有“酥饼”两个字的发音，让他一听就又馋了起来。

到了第三天上午，他已经敢于主动往指挥部走了。他想去瞧他姐夫一眼——在知道了当下的好日子并不是梦之后，他又有了新的担忧：他怕姐夫会抛弃了他，不带他回北京去。

刚走到指挥部门口，他就听见了雷一鸣的声音。姐夫既是还在，他便放了心，悄悄地又走开了。

（四）

叶文健在这军营里住到第四天，跟着他姐夫启程回直隶去了。

雷一鸣早就觉得这一仗没法打——他这一趟进河南，只不过是服从军令而已，并不是为了追杀张嘉田。况且纵是他真想去追杀张嘉田，凭着他现在所带的这两个师，也不大够用，毕竟张嘉田今非昔比，身后已经有了靠山。

他认为自己还是得尽量保存实力，好钢要用在刀刃上，所以听闻洪霄九已经带兵进入了河南境内之后，他当即下令撤退，不打了。

在回家的这一路上，他一直把叶文健带在身边，对他是相当地和蔼可亲。叶文健这孩子倒是不讨厌，没嘴葫芦似的在角落里坐下来，他一坐能坐小半天，恨不得和周遭环境融为一体，生怕碍了谁的眼睛。

雷一鸣的专列被张嘉田炸了——炸就炸了，雷一鸣他从小到大，没受过穷，所以一方面知道钱是好东西，得拼了命地往怀里搂，另一方面又“视金钱如粪土”，不把这些身外之物往心里放。他的士兵就地调来了一列火车，把里面的座位改装了一番，充当了他的临时专列，沿着京汉线北上开向直隶。而路上无事，雷一鸣坐在车厢内的沙发上，十分清闲，便对角落里的叶文健一招手：“小文，过来。”

叶文健站起来，迈着小步走到了雷一鸣面前——刚吃了三天的饱饭，他那面颊上就显得丰润了一点儿，不那么像活骷髅了。

雷一鸣从沙发旁的小桌上拿起了一只小纸盒，里面装着美国来的箭牌口香糖。剥出一片口香糖向上一递，一直把它送到了叶文健嘴边。叶文健抬手把口香糖捏住了，低头看了看，然后把它送进嘴里。

然后他往自己嘴里也送了一片口香糖，一边咀嚼，一边又换了个舒服点的坐姿。把叶文健拽到身边坐下，虽然论年纪，他很有资格去做叶文健的爹，但此时他放低了身段，以大哥的口吻和态度，对着叶文健说说笑笑。又问他：“你姐姐常带着你玩吗？”

叶文健喃喃地说话，讲述他十岁之前的好日子——他娘就只是个娘，每天忙忙碌碌地做家事，没那个时间和情趣陪伴他，陪着他的就只有姐姐。姐姐对他很好，但他要是淘气了，姐姐也打过他几次屁股，打的时候，没人护着他，都说他姐姐管他管得对。

雷一鸣听到这里，笑了笑。叶春好这人确实是总有理，纵然有时候他觉得她没理了，双方吵过三言两语后，她也能扭转局面，重新又占了理。

他揽住了叶文健的小肩膀，又问：“你这三年来，受了很多苦吧？”

叶文健低头不说话了。

雷一鸣在他后背上摩挲了几下，隔着两层单衣，他摸到了清清楚楚的两大排肋骨。他觉得自己像是摸到了一副骨头架子，有点嫌恶，但脸上依然留着一点微笑。忽然留意到叶文健正在偷偷地斜着眼睛窥视自己，他便对着他一挑眉毛：“怎么？有话要对姐夫说？”

叶文健垂下眼帘，问道：“姐夫……你对我姐，也这么好吗？”

雷一鸣做了个惊讶的表情：“你姐姐厉害得很，现在还在家里和我赌气呢，我怎么敢对她不好？”然后他把叶文健往自己怀里搂了搂，“小东西，给你个任务，到家之后见了你姐姐，为我说几句好话，记住了没有？”

叶文健点了点头，又沉默了片刻，然后慢慢地转过脸看了他：“你……你这么好，她还生你的气呀？”

雷一鸣笑着“唉”了一声：“你姐姐的脾气有多大，你不知道吗？”

叶文健这回摇了头——他真不知道自家姐姐“脾气大”。

直隶境内如今是太平的，可因省外战事频繁，铁路线动辄就被封锁，所以连累得省内交通也出了问题。雷一鸣最终在北京西车站下火车时，已经是翌日的傍晚了。

他带着叶文健，下了火车上汽车。叶文健一直紧紧地跟着他，及至下了汽车进了雷府，他并没有好奇地东张西望，而是一把抓住了雷一鸣的手：“姐夫。”

雷一鸣回了头：“嗯？”

叶文健一路上一直像座木雕泥塑，直到此刻，他才像神魂归窍似的，哭丧着一张孩子脸：“我怕我姐骂我。”

雷一鸣笑了：“不能，这事不赖你。你当时只是一个小孩子，能懂什么？放心，真要是你的不对，不用等你姐出面，我在河南就揍你个小兔崽子了。”

这话是他笑着说出来的，所以叶文健听了，不觉得他粗鲁，只觉得他可亲。可是无论怎么讲，当时他确实是和娘一起跑了，把姐姐扔在了北京。紧紧抓着雷一鸣的手，他不肯再走——三年的流浪生活把他变成了一只惊弓之鸟，他的身体和精神都是脆弱的，禁不住他姐姐的责备了。

雷一鸣见状，便把他拉扯到身边：“不怕不怕，今晚姐夫帮你想个法子，明天再送你去见你姐姐。”

叶文健瑟缩着贴在他身边，就觉得这个姐夫太好了，太好了。

白雪峰见雷一鸣回来了，松了口气，算是卸下了看家这桩重任，及至见了叶文健，还未等雷一鸣做介绍，他就瞧出了这孩子很像叶春好。及至知道了叶文健的身份，他吃了小小的一惊。

雷一鸣把白雪峰和叶文健叫到了面前，倒是无所隐瞒，把叶文健这三年来的遭遇向白雪峰讲述了一遍。白雪峰一边听一边记，等到雷一鸣讲述完毕了，他也不等大帅下命令，直接说道：“那我是现在去见太太，还是等到明天呢？”

雷一鸣想了一下：“明天吧，今天晚了，别影响她休息。”

白雪峰立刻点了点头：“是，明天我就去见太太，把这个喜讯，还有这些前因后果，都向太太说一遍。太太是个通情达理的人，听了我这番话，怕是对舅老爷心疼还心疼不过来呢，绝对不会动肝火的。”

雷一鸣“啪”地一拍白雪峰的肩膀：“对喽！”

然后他又转向了叶文健：“这回真不怕了吧？”

叶文健点了点头，不说话。雷一鸣和白雪峰又谈了谈战场与家庭两边的事情，白雪峰特地告诉雷一鸣道：“子枫上礼拜交了个女朋友，说是要结婚。”

“好啊，他早就该结婚了，什么时候办喜事？”

“不用办，礼拜一交的女朋友，礼拜六就黄了。”

“哪一方不愿意？”

“子枫不愿意。”

“为什么不愿意？女方不好？”

“挺好的啊，还是大学毕业生，反正要是给我的话，我肯定愿意。”

雷一鸣听到这里，大笑了一通。而叶文健静静地旁观着，心里觉得“酥饼”比面前这个大哥或者叔叔更可爱，为什么姐夫不跟“酥饼”说笑呢？

白雪峰把林子枫这一段短命的恋爱故事讲述了一遍，然后便告辞了，张罗起了别的事情。雷一鸣站了起来，想去泡个澡解解乏，然而走出几步之后，他回过头，发现叶文健也起了身，正跟着自己。

他不知道这孩子在搞什么鬼，于是转身继续走——他在前头走，叶文健在后头跟着，他走到哪儿，叶文健跟到哪儿，也不说话。

他觉得这孩子有点可笑，也有点烦人，故而让白雪峰收拾出了一间屋子，他打发这孩子吃饭睡觉去了。

翌日上午，白雪峰在房里活动活动下巴，将嘴唇舌头也运动了一番，然后含着笑意走到了叶春好面前，说道：“太太，我有个消息要告诉您，是好消息，但是您可得稳住了神，别一激动，再伤了身体。”

叶春好正在一楼门外的廊下逗弄笼中小鸟，听了这话，便疑惑道：“什么好消息？”

白雪峰说道：“大帅在河南，偶然遇到了太太的弟弟，也就是咱家的舅老爷。大帅把他带回来了。”

叶春好一听这话，果然愣住了。

白雪峰等了等，感觉叶春好的惊讶情绪已经消散些许了，才继续说道："大帅昨晚问了舅老爷好些话，我们在一旁听着，听得心里真是难受。"

说到这里，他叹了一声，开始讲述叶文健这三年的流浪记。讲述完毕了，他抬头去看叶春好，却见叶春好冷着一张脸，只问："他人呢？"

白雪峰回头对着远方一招手，叶文健便从一丛花木后头走了出来。低头慢慢地走到了叶春好面前，他忽然一吸鼻子，又抬袖子一抹眼睛。

叶春好咬牙看着他，看了片刻，才发出了声音："你还有脸哭？"她伸手指头一戳他的脑袋，"你倒是跟你娘走哇！横竖你们才是一家人，没有我的份！"

白雪峰连忙赔着笑说道："太太息怒，舅老爷是个孩子嘛，不能怪他啊。"

叶春好当然知道他是个孩子，这事从头到尾都怪不到他身上，可不能怪他，又怪谁去？爹已经死了，没法子再去怪；继母善待了她好几年，把她从个小丫头养成了大姑娘，况且也早已入了土，她也没法怪——这个也不怪，那个也不怪，那她怪谁去？她被她的至亲骨肉扔给了债主们，难道还是她活该不成？

前尘旧事一股脑儿地涌到眼前来，她百感交集，想要发顿脾气，可一见弟弟瘦得没了人样，她又想哭——弟弟也就剩下五官没变了，外人都说他们姐弟俩长得像，好似一个娘生的。

这时，叶文健呜呜地哭出了声，一边哭，一边要去抱他姐姐。白雪峰怕他冒冒失失，再碰了太太的肚子，便想去拦，然而叶春好已经搂住了他，也哭了起来："这几年……我也受苦，你也受苦。"

（五）

叶春好怀着五六个月的身孕，虽然并不是很显怀，但是让她去做那弯下腰的大动作，显然还是迟笨些。一手抓着叶文健的手臂借了力，她弯了腰用另一只手摸了摸他的腿，一边摸，一边抽抽搭搭地吸鼻子流眼泪，哽咽着说："高了这么一大截子。"

然后她收回了手，不敢再摸弟弟的腿——活到这么大，没摸过这么细的腿，这哪是腿，这简直就是两根骨头棒子。直起身再去看弟弟的脸，就见他那脸上没有一点儿血色，皮肤薄得像一层纸，额角太阳穴处透出了青紫的血管筋脉。

可她印象中的弟弟，还是小小的个子，粉团儿似的圆脸，胖胳膊胖腿儿的。

"不哭了。"她伸手去抹叶文健脸上的眼泪，"活着回来了就好。"她从白雪峰手里接过了手帕，还当弟弟只有十岁，用手帕给他擦眼泪揩鼻涕。小枝从楼里跑了出来，给叶春好换了一条洁净的手帕，又在一旁伸手搀扶了她。白雪峰也赔着笑说道："太太，您和舅老爷进楼里坐着说话吧，在外头站着怪累的。"

叶春好自己也擦了眼泪。失态是暂时的，她一边拭泪，一边强迫自己恢复了往昔的平静态度："他一个小毛孩子，哪里就成舅老爷了？"

白雪峰笑道："太太，人家年纪虽然小，可确实就是咱家的舅老爷嘛！"

叶春好也微微笑了："他哪担得起一声老爷？正经连个大人都不是呢。往后你叫他的名字就成，也当他是你的弟弟一样。"

白雪峰一边笑，一边满口说着"不敢不敢"，然后和小枝一起把这姐弟俩送进了楼里。叶春好这回在那小客厅里坐下了，又去仔细看叶文健的头脸，看着看着，她忽然回头急急地支使小枝："去拿些糖果点心来，再要一壶热牛奶。"

小枝立刻跑了出去，把那零食成盘子端了进来，不出片刻的工夫，厨房里的仆人把热牛奶也送了过来。叶文健坐在茶几旁，捏了一块点心往嘴里送，一口咬掉一半之后，他回头把剩下的半块往叶春好嘴里送："姐，这个真好吃。"

叶春好瞬间又掉了眼泪——弟弟还和十岁那年一个样儿，家里有了什么好吃的，他能忍着自己不吃，也不让别人动，要等姐姐放学回来了一起吃。

她在那块点心上咬了一小口，然后说道："你吃吧，还有呢！吃没了再派人去买。"

叶文健这才想起来：姐姐是阔太太了，想吃什么好东西都可以随便吃了。

叶春好让小枝把楼下那走廊尽头的一间屋子收拾出来，留给叶文健住，又请白雪峰去给叶文健买来了几套衬衫短裤和一双皮鞋、一双网球鞋。

到了下午时分，小楼里重新安静下来，叶文健进了叶春好的卧室，抱着膝盖蹲坐在大床上，和他姐姐说话："姐，你是怎么认识姐夫的呀？"

叶春好听了"姐夫"二字，感觉有些刺耳。简单地把自己这三年的经历讲述了一遍，她虽然依然认为叶文健是个小孩子，但也坦白地说了实话："我与他的关系，就是现在这个样子了。将来如何，我也不知道，只能是走一步看一步，先把这个孩子生下来。"

叶文健歪着脑袋看她，满脸的疑惑：“姐夫那么坏吗？”

叶春好叹了口气：“日久见人心，我若不是和他做了三年夫妻，也看不透他的本质。”

叶文健不问了，伸手轻轻去摸姐姐的肚皮：“姐，你肚里的孩子，是叫我舅舅吗？”

“是呀！”

“我也能当舅舅啊？”

叶春好笑了：“你是个小舅舅嘛！”

然后她又欠身摸了摸他的光脑袋：“瘦成一只小猴儿了。先养一养，养胖一点儿了，再送你上学校念书去，这么大的男孩子，荒在家里可不成。”

叶文健低头摸着身下的真丝床单，又抬头看看他姐姐白皙洁净的面庞，然后倒头躺了下去，躺到了叶春好旁边：“姐，我现在好像在做梦似的。我还以为我再也看不见你了呢。”

叶春好看着他，向他笑了笑——他是她唯一的亲人了，比她肚子里的这个孩子还亲。她对他有感情，对腹中那条小生命却是虽有怜惜，更有厌憎。

叶文健在这幢小楼里住了下来。

他一天三顿狼吞虎咽地吃，吃得胳膊腿儿有了肉，穿着短衫短裤走出去，不会再把谁吓一跳，胳膊腿儿也都是匀匀称称的修长，和他姐姐的身材是一个款式。叶春好活得百无聊赖，如今正好让小枝买了课本回来，每天上午教他两个小时。

上午他读书写字，下午她就不管他了，由着他在这府里乱跑——十三岁的男孩子，哪能总关在屋子里？叶春好把“乱跑”当成了一种体育训练，他晒黑了或者摔几跤，她也不管他。偶尔她也嘱咐他：“要玩就在这里家里玩，不许你翻墙到外面，走迷了路，我可没地方找你去！”

叶文健答道：“我没往外跑，我就在后花园里玩来着，‘酥饼’在空地上拦了一道网，下午有空儿就来陪我打网球。”

“不许给别人起外号——‘酥饼’是谁？”

“是姐夫的卫队长，他叫苏秉君。”

叶春好对这个名字没什么印象，只道：“那也不许叫人家‘酥饼’，不礼貌。”

“他没生气，他让我叫他‘酥饼’。”

叶春好这回直接瞪了他一眼，一眼就把他瞪老实了。她有心去瞧瞧那“酥饼”是何方神圣，可是这些天外面热得像下火了一样，一到下午，树叶都晒得打了卷儿，只有叶文健这样的淘气小子才能顶着热浪出去玩，所以她只想了想，也就作罢了。

如此又过了几天，倒是连着下了几场大雨，浇得那热浪暂时退了不少。这天下午，叶春好午睡醒来，见外面是个多云的天气，并不酷热，便起身叫来了小枝，说道：“我们到后花园里逛逛去，看看和小文打网球的那个‘酥饼’，是个什么样的人。”

小枝天天守在这楼里，寸步不离叶春好，也觉得怪憋闷的，所以一听这话，立刻带了手帕、阳伞，扶着她走了出去。小楼距离后花园很近，中间只隔了一道月亮门，叶春好溜达着走了过去，结果在她刚刚看到那片空地时，她猛地收住了脚。

空地上确实是东一根西一根地立着杆子，两名勤务兵正在往那杆子上挂网，而在空地一角站着几个人，为首的两人一高一矮，矮的那个穿着短衣短裤，正是叶文健；高的那个穿着一身白色运动衣，戴着一副墨镜，则是雷一鸣。叶文健回头对着身后一名拎着网球拍的青年说了句什么，然后笑眯眯地向旁挪了一步，拉住了雷一鸣的手。

这时白雪峰从那群人的身后闪了出来，指挥勤务兵抬来了一副沙滩桌椅。雷一鸣坐了下来，一拉叶文健的手，把他拽到了怀里。叶文健坐在他的大腿上，回头又去对那拿着网球拍的青年说笑起来，不必去听他们之间那说笑的内容，单看在场众人那殷勤的神情、态度，就可知叶文健在这里正享受着少爷的待遇。

叶春好看到这里，不看了，转身走回了小楼，心里先是恨弟弟心里没数，真是该骂该打，可转念一想，又觉得不能骂不能打——弟弟比自己小了十岁，本来就是个孩子啊！这么点的孩子就要让他心里“有数”，那等他到了自己这般年纪，是不是就该活成完人了？

蹙着眉头坐在房内，她一时间没了主意。既然没能想出对策来，她便按兵不动，晚上见了叶文健，她只佯装不知，也不多问。

如此又过了几日，叶春好发现，弟弟上午也坐不住了。

“姐。”他坐在书桌前，回头对她说话，“今天是礼拜天，放我一天假吧。”

叶春好道：“呸！你一天要玩大半天，还想休礼拜？你再不好好地把功课补上，明年秋天怎么去考中学？”

叶文健低下了头，握着笔继续看书，看了一会儿，他又回了头：“姐，我告诉你一件事。”

叶春好抬头看着他。

他有点怯，声音低了些许：“我下午出去玩，有时候会遇到姐夫……姐夫好像不是故意惹你生气的，他总向我问起你，还总说你的好话呢。”

叶春好笑了一下：“他那人的好话不值钱，张口就来，说过就算。只有你这样的小孩子，才把他的话当真。”然后她正了正脸色，“小文，姐姐告诉你，你姐夫待你好，是为了笼络你。他知道只要把你笼络住了，我为了你，就不能和他离婚。”

叶文健没说话，心想纵然是这样，那也还是说明姐夫喜欢你呀！

叶春好还有话要讲，但又不知道怎样措辞，才能把这话一直讲到弟弟的心里去。否则话说三遍淡如水，他到时听得满不在乎，自己反倒要变得被动了。

于是她思索着没再言语，而叶文健写完了一篇生字，放下钢笔转过身，正对着姐姐，小声说道：“姐，还有一件事……”

叶春好记得弟弟原来是个虎头虎脑的小子，这时瞧了他这副怯生生的样子，那语气不由自主地就柔和了：“还有什么事？说吧。”

“姐夫昨天说，今天下午要带我出去兜风。我答应了。”他抬起头看叶春好，“姐，我能去吗？”

说完这话，他重新低了头，噘了嘴小声咕哝：“我想去……可以坐汽车呢……”

叶家只是一户殷实的商家，能保证儿子衣食无忧，但也不可能够让儿子有汽车坐。叶春好也明白叶文健此刻的心情，故而犹豫了一下之后，说道：“那你就去吧，可是明天不许再和他见面了。想见那个人的时候，你就在心里想想，他和姐姐，哪个更重要？姐姐不许你去见他，你肯不肯听姐姐的话？”

叶文健当即点了点头，一边点头，一边抿嘴笑了，又张开双臂要去抱叶春好。叶春好让他抱了一下，随即推开了他：“这么大的个子了，还总想让大人抱你呀？”她伸手在他脸上刮了一下，“不害羞，都是小伙子了，往后不许和别人这么拉拉扯扯的，想要拉扯，等你再过个十年八年，讨了媳妇再说吧！”

叶文健怔了怔，随即不好意思了，红着脸转过身继续去看书——在过去的三年里，他活得像只野猫野狗，已经无所谓成长，灵魂就停留在了十岁那一年。

他确实还以为自己是个小孩子。

第十章

DI SHI ZHANG

有子之喜

这位姥姥是个爽快人，三言两语的，她把话说明白了，听得在场众人都是一时哑然——原来叶春好肚子里怀的是一对双胞胎。

（一）

叶文健写完了三篇生字，做了十道数学题，然后起身伸懒腰，吃水果，吃午饭。吃过午饭，他漱口擦脸，然后走到叶春好面前：“姐，我出去啦。”

叶春好答道：“去吧，早早地回来。”

他乖乖地一点头，转身出了门。出门走了一段路，他一拐弯，自己觉得已经拐出了姐姐的视野，立刻变了步态，从稳稳当当的迈步走，变成了连蹦带跳的小跑——姐姐当然是这世上对他最好的人，可是也总管他，总说他，让他不敢任性，现在终于又到了他自由的时候，他一想到姐夫在等着自己过去，就乐得心花怒放。

雷一鸣并没有食言，果然带着他坐上汽车，在城内城外兜了一大圈。这一圈兜完之后，他心满意足，打算跟着姐夫回家去，哪知道汽车沿着大街一路向前行驶，并没有把他载回雷府。他莫名其妙地回头往后望，目光透过车窗玻璃，他看到了后方那长长一溜的汽车队伍——都是跟着他姐夫的，姐夫真厉害，真气派！

然后他回过头：“姐夫，咱们不回家吗？”

雷一鸣向他笑道：“天还大亮着呢，回去没意思，姐夫带你再多玩一会儿。”

这话刚说完，汽车已经拐进一条大胡同里，缓缓停下了。外面的士兵把汽车门打开，叶文健糊里糊涂地被雷一鸣拽了出去，又糊里糊涂地跟着他进了面前这两扇大门里。

大门内是个花红柳绿的热闹世界，他下意识地又抓住了雷一鸣的手，紧紧地靠着他走，因为这是个陌生的地方，他忽然害怕姐夫会把自己丢在这里，而姐姐等不到他回家，也找不到这里来。

“这个地方，”雷一鸣忽然开了口，“是姐夫的俱乐部，往后你可以随时过来玩。”

叶文健拉着他的手，拉得满手是汗。周围都是花木，花木掩映着东一处西一处的房子、院子，景致是不错的，然而还不足以让他想要特地地过来玩。懵懵懂懂地跟着雷一鸣继续向里面走，最后他们进入了一座洋楼。楼内金碧辉煌，让他怯生生地不敢抬头。穿着网球鞋的两只脚踏上了楼内的厚地毯，他也觉得自己是走一步陷一步，越往里走，陷得越深。

他很紧张地上到三楼，跟着雷一鸣进了球房。

雷一鸣教他打台球，他趴在案子上，就觉得这个游戏有意思，而且自己纵是笨手笨脚打得不好，姐夫也不会责备自己。打得累了，他放下球杆，只要扭头对着一旁的勤务兵说一声“渴了”，小勤务兵就会跑出去，给他端回冰镇汽水来。

冰镇汽水，他一次能喝十瓶，从来就没有喝够过。可原来他的姐姐、父母都不许他往够里喝，仿佛汽水有毒，一次就只能喝一瓶。这回他喝了一瓶，又要了两瓶，“咕咚咕咚”全喝了，喝完之后，他偷着看了看姐夫——姐夫完全没有要批评他的意思。

如此过了片刻，雷一鸣累了，走到角落的桌椅处坐了下来。叶文健下意识地跟着他走了过去，结果刚走到了他身边，就被他一把拽到了大腿上。雷一鸣一手握着他的手，一手搂着他的腰，歪着脑袋对他笑眯眯：“小东西，让你在你姐姐面前给我说好话，你说了没有？”

雷一鸣这样搂着他抱着他，对他一口一个“小东西”，让他觉得自己是个很受宠的小孩子——这种感觉甜蜜、幸福，真是太久违了。

所以他坐得老老实实，简直舍不得起身：“我说了，上午还说了呢。可是我姐不爱听。”

雷一鸣叹了一声，又抬手向后面做了个手势。后面暗处站着个身材笔直的年轻副官，这时便像鬼魅一样一步迈了出来，变戏法一般，他先是将一支香烟送到雷一鸣手中，然后又捧出一朵小火苗，为他点燃了香烟。

雷一鸣吸了一口，抬头见叶文健正好奇地看着自己，便把香烟送到了他嘴边：“来一口。”

叶文健吓了一跳，还以为自己听错了，说：“小孩儿不能抽烟。”

雷一鸣“扑哧”笑出了声：“十三了还小？我像你这么大的时候，都……”

他向前探身凑到叶文健耳边，低语了一句。叶文健立刻红了脸。当雷一鸣再次把香烟送到他嘴边时，他没再拒绝，而是试探着低下头，轻轻地吸了一口。

这一口烟雾在他口中打了个转儿，然后被他呼了出去，他没感受到什么好滋味，但也绝不痛苦。雷一鸣向后靠过去，同时抬手又做了个手势。叶文健一抬头，就见自己面前多了一双手，手是后方那名副官的手，他给他也送来了一支香烟。

犹犹豫豫地，他把那支香烟接了过来，送到嘴里，而那副官动作娴熟地摸出打火机，把火苗送到了香烟头上。他模仿着姐夫的样子，浅浅地吸了一口气，把香烟吸燃了。

小鱼吐泡似的，他咕咕嘟嘟地把烟吸了再吐，嘴里有点苦，但是也有点自豪和激动——他也说不准自己现在是怎么了，一方面想继续做个小孩子，另一方面又想一步长大，成个姐夫这样的男子汉。

一支香烟吸完，他转身说道："姐夫，明天……我不能跟你出来玩了。"

雷一鸣问道："为什么？"

"我……我得补习功课，明年秋天还得考中学呢。"

雷一鸣像听了什么天大的笑话一样，哈哈大笑起来，笑过之后，他伸手一拍叶文健的后背："傻小子！你想进哪家中学，告诉我就是了，还用你这么可怜巴巴地准备一年？再说，咱家的孩子还用靠着读书混饭吃吗？你就是一个大字都不识，将来姐夫也照样能给你找个好差事，包你一辈子荣华富贵，再娶个如花似玉的好太太。"

叶文健对着雷一鸣眨巴眼睛，像是没反应过来，眨巴了几秒钟之后，他忽然说道："我认识字，读报纸，写信，我都能。"

雷一鸣连连点头："那足够了，为什么呢？"他一本正经地告诉叶文健，"真有了要笔杆子的活儿，你让秘书去办就得了。哪个衙门的老爷，是自己去拟公文的？"

说到这里，他又笑了起来，一边笑一边问叶文健："对吧？"

叶文健跟着他笑，一边笑，一边又有点昏昏沉沉。姐夫向他展示了一个全新的世界，在这个世界里，他可以光明正大地想怎么玩就怎么玩，不上学不用功也有远大前程，他也不必再那么讲文明懂礼貌，见了比自己大的勤务兵和副官，无须鞠躬叫哥哥，只当他们是猫猫狗狗一样的奴才即可。

这个世界非常神秘，带着激动人心的诱惑力。

叶文健在球房里消磨了几个小时，后来见雷一鸣站了起来，他便想："这回可真是要回家去了。"

然而雷一鸣带他下楼进了舞厅，把他送进了一个衣香鬓影的新天地。

在进入这个新天地之前，苏秉君把他带去了一间小更衣室里，让他换上了崭新的西装、皮鞋，还给他梳了梳头发。他看着镜中的自己，忽然发现自己已经长得挺高了，穿起西装来，看着也挺帅，甚至有点像个大人了。

昂首挺胸地走回到雷一鸣面前，他说道："姐夫，西装真合身。"

雷一鸣上下打量着他："专门为你预备的。"然后他对着叶文健一挤眼睛，"姐夫好不好？"

叶文健纵身一跃，撒欢似的往他身上跳："好！"

雷一鸣被他坠得一歪身，笑着骂道："你他妈的给我滚下来！我背不动你！"

他下来了，也笑嘻嘻的——在姐夫的这个世界里，无论年纪大小，互相都可以随便地拉扯打闹，不会算是不成体统。姐夫有时候说话带脏字，隔三岔五就冒出个"他妈的"，他听着，也觉得豪迈痛快。

姐夫是巡阅使，是上将军，就得这么说话才够劲儿！

随着姐夫进了舞厅，他的西装革履给他添了许多底气。不知道为什么，总有十七八岁的美人姐姐乐意教他跳舞，一边跳，一边还要往他身上贴，把胸前两团软肉往他怀里蹭。他在温暖的香气中头晕目眩，不由得想起了自己的娘——他都八岁了，还总想扑到娘的怀里吃那没了奶水的奶。当然，美人姐姐的奶和娘的奶是完全不一样的，可他低头看着，确实很想伸手摸它一下。

他想了好一阵子，想到最后，他当真伸手过去摸了一把。

美人姐姐没有揪他的耳朵骂他打他，而是含笑瞟了他一眼："小坏蛋。"

他红了脸，越想越臊得慌。舞曲一停，他转身就跑，一直穿过舞厅四周那曳地的红丝绒帷幕，跑到了帷幕后头的小房间里——他知道姐夫就在这里。

然而一头冲进去之后，他发现这里多了个陌生人。登时把脚步收住了，他低了头，想要退出去——大人会客的时候，小孩子是不兴跑进来玩闹的。但雷一鸣叫住了他："有事？"

他摇了摇头："没事。"

雷一鸣又对那陌生人说道："子枫，这就是春好的弟弟。"

陌生人——林子枫转过身，肆无忌惮地将叶文健审视了一番，然后向着他一点头："你好。"

这完全是对待成年人的态度，所以叶文健也庄重起来，向他一鞠躬："叔叔好。"

话音落下，他的头上挨了一击，是雷一鸣向他扔出了一块糖："傻孩子，差辈了。我是你姐夫，他是你叔叔？"

叶文健这才反应过来，连忙转向林子枫，又说了一声"哥哥好"。

然而哥哥没理他，已经又转向了他姐夫："那我就告辞了。"

雷一鸣看看叶文健，又看看林子枫，忽然有了个发现："说起来，你是我的大舅子，他是我的小舅子。"

林子枫站了起来："真是荣幸，没想到大帅还记得您有过胜男那么个太太。"

然后他也不道别，转身就走了。

雷一鸣不以为然地一耸肩膀，然后对着叶文健说道："来得正好，我也饿了，咱们吃晚饭去！"

叶文健中午出门，一直玩到晚上九点多钟，才回来。

他吃了满满一肚子大餐，还喝了半杯啤酒。进门之后他先溜回自己的房间，把那一身西装脱了下来，很心虚，也很兴奋。有个十五岁的小姐姐，和他一起跳过舞的，请他到她家里玩，他回头去问了姐夫，姐夫说他可以去，想去的时候去找"酥饼"，他会开汽车送他去做客。

姐夫的世界让他眼花缭乱。他躺在床上，拿起枕旁的一本外国童话书翻了翻，可是一个字也看不进去——他长大了，姐夫给了他香烟抽，小姐姐往他身上蹭，俱乐部的侍者见了他，也称呼他为"先生"。他不能再读这种童话书了。

第二天，他上午坐在叶春好身边，挺认真地学习了半天，到了中午，他告诉叶春好："我下午和'酥饼'出去玩去，好不好？"然后他看着叶春好的脸色，又补了一句，"我不见姐夫。"

叶春好这几天，肚皮的尺寸长得飞快，让她第一次尝到了辛苦的滋味。她现在动辄胸闷，饶是什么都不干，都累得发昏。听了弟弟的话，她点了点头，实在是匀不出精神管他了。

于是叶文健下午和苏秉君出了门，去赴了那小姐姐的约会。

这一天他去了，第二天他也去了，第三天，他和小姐姐在没人的地方亲了嘴。

第五天，他不去了，因为发现她还有好几个男朋友，她和别人也亲嘴。他觉得她不是好女孩子。

第六天，他见到了姐夫，对姐夫说了这件事情。姐夫笑了，告诉他："女人嘛，好玩就玩一玩，不好玩就换一个玩，这也值得你愁眉苦脸？"

他立刻抬头注视着他："那我姐不理你了，你怎么还不换一个呢？"

他姐夫迎着他的目光，睁大了眼睛说道："她和别的女人不一样，我爱她。"

他看着姐夫的眼睛，起初看得虎视眈眈，看着看着，他的目光慢慢恢复了柔和，一颗心也落回了原位。

姐夫那话吓了他一跳，他还以为姐夫对姐姐，也只是觉得"好玩"呢！要是那么着，他往后就不和姐夫亲近了。

"你快把我姐哄好吧。"他对雷一鸣说，"你是天底下最好的姐夫，我想看着你和我姐好好在一起。"

（二）

叶春好挣命一样，终于挣过了这个夏天。

她先前虽然瞧着苗条，其实身体很好，几乎有点寒暑不侵的意思，冷点热点都不怕。可今年的夏天，她受了罪。她也不知道是天气热，还是自己热，总而言之，日里夜里没有一时是清凉的，成天昏昏沉沉、胸闷气短。她明知道叶文健偷偷摸摸地总往前头跑，隔三岔五地还要跟雷一鸣出去玩，但她真是顾不上他了。她还在报纸上看到了张嘉田的名字——是在一家外国报馆的华文报纸上读到的，那报纸她是天天读，因为上面登载的新闻还算中立客观，对于国内当下的战况，也描述得详尽。但张嘉田在北伐军中实在不算什么有名的将领，所以她也难得能见到一次他的名字。

对于他的名字，她也是看过就算——她如今一天一天活得艰难，对于张嘉田，她也同样是顾不上了。

皇历上的夏季是过去了，但实际上的秋老虎还没有走。叶春好一点儿法子也没有，只得硬熬。这天下午，她蒙蒙眬眬地从午觉中醒过来，就觉得脸旁有点隐约的凉风，睁了眼睛一看，才发现是叶文健坐在床边，正一手捧着本连环画看，一手为她摇着扇子。

“今天下午没出去玩？”她问。

叶文健摇了摇头：“‘酥饼’跟着姐夫出门去了，我也不想和别人玩。”

叶春好又道：“歇会儿手吧，怪累的。”

“不累。姐，你什么时候生啊？生了就不难受了吧？”

叶春好心算了一下日期，然后答道：“快了，用不了一个月，也就该生了。”

叶文健笑了：“那我就当舅舅了。”

叶春好不假思索地说道：“我们小文才不稀罕给他当舅舅。”

此言一出，她见弟弟明显愣了愣，这才意识到自己这话说得太硬，便又补了一句：“他是雷家的孩子，你是叶家的孩子。将来你还得跟着姐姐过日子。”

“那……你把他生下来了，就不管他啦？”

叶春好确实是存了这个心思，可这话让弟弟一说，她听着就感到了刺耳：“姐姐自有姐姐的主意，你……小孩子家的，别管这些家务事。”

叶文健沉默了片刻，忽然又道：“你不喜欢姐夫，那你不搭理姐夫一个人就是了，你别不管小孩儿。小孩儿生下来就没了娘，那多可怜啊。别人要是欺负他了，你都不知道。”

叶春好怕的就是这一类话。这一类的话，旁人若是不说，她也逼迫着自己不去想，那么还可以铁石心肠地把这日子过下去；可这话一旦让人说出来了，钻进她的耳朵里去了，她的心便像被只冷手攥住了似的，一阵一阵地闷痛。抬手夺过了弟弟的扇子，她挣扎着坐了起来：“你有这个工夫，不如去温温书，别总看这小画本儿。姐姐是没机会继续上学念书了，你好好用功，将来要是学得好，姐姐送你出洋留学去。”

叶文健没说什么，站起来走出了屋。

叶文健听了姐姐的话，乖乖地读了两天的书。到了第三天，他读不下去了，心里很想念姐夫，可姐夫总是不在家。据他了解，仿佛是因为外面正在打仗，而在这场战争中，姐夫正是被讨伐的一方。叶春好读报纸，他也跟着读，磕磕绊绊的差不多都能看懂，看懂了就生气，自己拿起铅笔，遇着“国民”“革命”“北伐”之类的字样，就乱涂一阵再打个叉。对报纸上印着的敌方照片，他也把那人头都抠了下来。他想，有些编报纸的人，真是该杀，姐夫这么好，他们竟然还骂他是反动军阀，是汉奸国贼。

他真是要气死了。

而在他要气死的同时，他那位姐夫也将要气死。他生了气，还能对着报纸乱涂乱画，发泄一番，他姐夫却是有苦难言，只能大怒。

承受那怒火的人，是林子枫。

雷一鸣这个夏天，虽是人在家中坐，可部下的队伍一直没下沙场，连一直镇守在北方的陈运基都带兵南下去打洪霄九了。既是要打仗，那就少不得要耗费军火粮草，而军火粮草不能从天而降，都是要花钱去买的。别的姑且不提，单是小兵举枪一扣扳机，五毛钱就被他射出去了——五毛钱一发的子弹，还是本地兵工厂自己生产的，不是什么好货。

军饷是有限的，经了层层克扣发放下去，落到了士兵手里，就更是少得可怜。雷一鸣对于自己，是大方的，可谓挥金如土；对待部下士兵，则是另一种作风，恨不得只进不出，可到了如今，他不出不行了，便让林子枫从账房拿钱出来。林子枫拿了几次之后，再拿就拿不出来了——账房没钱了。

雷一鸣不理解账房怎么会没钱，一急之下，还拍桌踢凳地把林子枫骂了一顿。骂过之后，他面对了现实，发现账房里是没钱了——自从战事一起，他那条自南向北的烟土走私通道，便被敌军截断了。

账房没钱，别处有钱，他让林子枫马上调现款出来救急，结果林子枫出去一趟回来，带回了两尺来高的账簿。他一看对方这个架势，心就是一凉：“什么意思？别处也没钱了？”

林子枫这回十分有理：“大帅，我这一年多来只是履行了管理的职责，并没有再做新的投资。这些钱怎么用，用到了哪里，那时还都是叶春好做的主。您若是想质问，那就质问她去吧！”

雷一鸣当然不敢去质问叶春好，所以直挺挺地坐在写字台后头，他先是瞪着林子枫发呆，呆了片刻之后，他向前一伸手：“你把账本子拿过来，我自己看！”

雷一鸣平时一见数字就犯困，可如今急了眼，竟也敢于直面账本子上的满篇小字。飞快地将账簿翻看了一遍，他没找到纰漏，又转身对着阳光，将账簿的封皮内页检查了一番——依然没破绽。

于是他把手中的账簿往林子枫身上一掷，又伸出手臂在写字台上来了个横扫千军，把一桌子的账簿全扫到了地上。林子枫在这疾风骤雨之中岿然不动：“大帅，虽然太太所做的投资，几乎全部亏损，但那家游艺场，倒的确是盈利的，我想再过个一两年，就可以回本了。”

雷一鸣一听这话，猛然站了起来，指着他的鼻子吼道：“到了这个时候，你还有心思说风凉话！我要是完了，你以为新政府还会请你继续去升官发财吗？”吼完这句，他一巴掌拍到了写字台上，“没有我，你算个狗屁！”

然后他环顾四周，末了抄起了手边的玉石镇纸，恶狠狠地砸向了林子枫。白雪峰正好推门送热茶进来，见此情形，慌忙放下热茶，上前先把林子枫推搡出去，随即转身又奔雷一鸣：“大帅息怒，子枫不对，您罚他就是了，可别气坏了身体。”

雷一鸣一脚踹上了写字台，“咣”的一声：“这个王八蛋！到了这个时候，他还看我的笑话！”

白雪峰哄孩子似的哄他：“子枫那人就是那样儿，可恨起来确实可恨，大帅别往心里去，一会儿我出去说他一顿……”

絮絮叨叨的，他总算说得雷一鸣不再尥蹶子了，而门外的林子枫抬手掸了掸肩膀上的灰尘，心中则是挺平静。玉石镇纸没有砸到他，所以此刻他周身上下完好无损。房内，那个人的咆哮声渐渐低下去了，他静静地听着，其实是有点没听够。

然而就在这时，一名女仆气喘吁吁地冲上了楼。林子枫抬头望了过去，就见这女仆一点儿规矩都不讲，绕过自己一头撞进房内，大声地喘出了话来：“大……大帅！太太好像是要发……发动了！”

短暂的沉默过后，雷一鸣一马当先地跑出门来，抬手推开挡了路的林子枫，一溜烟儿地跑下楼去。

叶春好是在两个小时之前，开始感到肚子痛的。

那时她正对着皇历计算预产期，一算，她发现自己先前把日子算错了，正打算一五一十地重新数数日子，哪知未等她开始动脑筋，肚子里先有了动静。她起初还不理会，没想到那动静来得异乎寻常，不出片刻工夫，她就疼得有些不能忍耐了。

她不敢再拖延，连忙让小枝去给白雪峰打内线电话，让白雪峰去找接生婆过来。然而白雪峰正在雷一鸣身边劝架，小枝连打了几个电话，都无人接听。她不敢离开叶春好，只好派了女仆出去送信。结果这女仆送信立马送出了结果，先是大帅一路狂奔过来，随后白雪峰带着接生婆也狂奔过来——这回他有了经验，没敢再请东洋的接生婆，而是换了一位城中最为有名的接生姥姥。他早就和这位姥姥打过招呼了，如今一得了消息，他当即派出汽车去接姥姥——汽车也是昼夜都准备着的，汽车夫说走就能立刻走。

于是，他并没有比雷一鸣落后多少，便背着个挺胖的老太太追上来了——不背不行，这个姥姥得有六十来岁，让她自己从大门走到内宅，够她走上半个小时的。

接生姥姥进了卧室，先把雷一鸣撵了出去，然后任由叶春好的呻吟一声比一声高，自顾自地指挥老妈子们布置床铺，一样一样预备接生物品。叶春好这时已经见了红，姥姥让她躺上床去，她便躺了，一边躺，一边流眼泪，因为心里怕极了。可是身边不但没个可依靠的人，甚至连只可以握一握的手都没有。

她想起了自己的妈，可又已经完全记不清妈的模样，双手向下紧紧抓了床单，她觉出那姥姥是在脱自己的裤子呢，心中便是一阵羞。腹中忽然爆发出一阵剧痛，她狠狠一闭眼睛，一直提着的一口气忽然泄了，她呜呜地哭了起来。

（三）

雷一鸣听到叶春好的哭声，立刻就慌了神，抓住了白雪峰问："怎么哭了？用不用把她送到医院里去？"

白雪峰被他揪住了衣领，勒得简直喘不过气："大帅，生孩子是这样的……

上回小太太她……”

他这话刚说到一半，就被雷一鸣向后搡了个跟头：“谁让你拿太太和她比的？”

白雪峰这才反应过来，自己方才拿叶春好和那难产死了的林胜男作比较，犯了大帅的忌讳。爬起来抬手抽了自己一记小小的耳光，他赔笑道：“太太平时身体好，这回肯定没事的。大帅别慌，这……都是要哭要喊的……”

这一类的话，本应由个老妈妈来讲，白雪峰再怎么见多识广，也还是个没结婚的青年，尤其那哭喊着的还是大帅的太太，他就更没法把生孩子这桩事情分析得太细致。他频频地向雷一鸣赔着笑脸，有点手足无措，并没有留意到楼梯口站着的林子枫。

雷一鸣的反应，林子枫看在眼里了，雷一鸣的话，他也听进耳朵里了。他很平静地站着，没有走，这个时候，他觉得他不只是他自己了，他的眼睛后面还藏着妹妹的灵魂，他们兄妹二人一起漠然地看着眼前这场热闹。这场热闹，他们是一起经历过的了，所以此刻可以冷眼旁观。

雷一鸣总觉得那个胖姥姥不可信，一直预备着要把叶春好送到医院里去，白雪峰跟在他身边，忽然一拍巴掌，吓得他一哆嗦。他回头正要骂人，哪知道白雪峰像想起了什么大事似的，一溜烟儿跑到楼下，打起了电话。雷一鸣这回瞧见了林子枫，便向他一招手，让他过去。

林子枫走过去了，刚走到了他身边，就被他一把抓住了手。雷一鸣的手今天居然有了热度，甚至还出了汗，死死地攥着他，肌肉紧绷得几乎打了颤。另一只手抬起来抓住了胸前衣襟，他盯着卧室那紧闭的房门，轻声说道：“子枫，我心跳得厉害。”

林子枫伸手摸了摸他的胸膛，发现他那心脏确实是跳得激烈。隔着一层马甲和一层衬衫，他都能觉出他那身体的汗气来。而叶春好起初只是断断续续地哭，这时忽然爆发出了惨叫声，雷一鸣向后一晃，险些栽了过去。林子枫扶住了他，依然感觉眼前这一切都很遥远，他和妹妹是在天上，俯视他们生老病死。

然后，房内响起了一声很细微的“哇——”。

卧室内静了下来，走廊里也静了下来，雷一鸣不发话，旁人也不敢言语。如此又过了片刻，房门开了，汗涔涔的接生姥姥向外走，一露头吓了一跳：“哟！哪来这么多老爷们儿？都跟这儿挤着干吗？”然后她对着雷一鸣笑道，“恭喜大帅，您啊，得了个千金！”

雷一鸣看着姥姥，问道：“活的？”

“那可不是活的，活蹦乱跳！”

这话说完，另有一名老妈子抱着个小小的襁褓走到了姥姥身后，姥姥一侧身，让那老妈子把襁褓抱了出去：“大帅瞧瞧吧，还是个双眼皮呢！”

雷一鸣当即就对那襁褓伸出手，同时又问：“太太呢？”

姥姥答道：“太太也没事，这算是生得顺当的了！”

话音落下，门内传来了妇女惊惶的叫声：“姥姥，快来，有事！好像还有一个！”

姥姥一听这话，当即往后一缩，“咣”的一声关了房门。而雷一鸣已经从老妈子手里抱过了那个小襁褓，惊魂不定地抬头看了看那房门，他低下头，又望向了襁褓里。襁褓里露着一张红彤彤的小脸，眉目口鼻俱全，头发湿漉漉地贴在头皮上，竟然还挺黑挺密。眼皮动了动，她睁开眼睛看了看，又闭了上，薄薄的鼻翼翕动着，一呼一吸，确实是活着的。

雷一鸣看得呆了，旁边的老妈子怕他不会抱，伤了孩子，便犹犹豫豫地想要伸手接回去，然而雷一鸣完全没有放手的意思，只抬头问她道：“太太怎么了？不是生完了吗？”

老妈子也忙得昏头昏脑，这时便回答不出。而隔着一扇房门，叶春好忽然又哀号起来，林子枫看着雷一鸣，就见他死死抱着襁褓，像是抱住了一颗定心丸似的。和先前相比，倒是镇定了些许。而白雪峰这时跑了回来，气喘吁吁地说道：“打完电话了，奶妈子过会儿就到。”

雷一鸣回头望向着他：“生了。”

白雪峰这才瞧见了他怀里的襁褓，下意识地凑上去要瞧，哪知道雷一鸣抱着孩子转身一躲：“你喘完了再瞧！刚生下来的孩子，禁得住你这么呼哧呼哧地吹吗？”

白雪峰当即抬手捂了口鼻，心想这是生了个雪人，大气一吹就能化？

这时，房门又开了，姥姥重新露了头，这回脸上没了笑容。雷一鸣看在眼中，登时一惊：“太太不好了？”

姥姥当即一摇脑袋：“太太没事。”

这位姥姥是个爽快人，三言两语的她就把话说明白了，听得在场众人都是一时哑然——原来叶春好肚子里怀的是一对双胞胎。

在这之前，谁也没看出这一点来。她那肚子是近两个月才火速长了尺寸的，先前这楼里的老妈子们还觉得她肚子小，不显怀。姥姥也没想到她生了一个，还有一个。

后头出生的这个婴儿，也是个女孩，比前头那个小了一半，往多里说也就两三斤，根本就没长完全，出了娘胎就是死的。这种事情姥姥看得多了，并不同情，只是稍稍觉得有些惋惜。而雷一鸣听了这话，刹那间出了满头冷汗，把怀里这个襁褓抱得更紧了一点。

姥姥继续主持善后大事。大事的第一件，便是把二楼这些老小爷们儿——包括偷着跑了上来的叶文健——一起撵了下去。

雷一鸣先前一直盼着叶春好能给自己生个儿子，毕竟儿子才能够担负起传宗接代的重任，然而到了如今，他捧着怀里这个小女儿，早把儿子忘到了九霄云外。低头看着这个小婴儿，他轻轻地向她吹了一声口哨，她又睁了眼睛——确实是有两道很清楚的双眼皮。

孩子活着，太太没死，这让他的一颗心终于落回了原位。虽然还有一个孩子落了草就夭折了，但他并不感到伤心——这些年对子嗣一直是求而不得，他早已不敢贪心，能得着一个活的，就谢天谢地了。

白雪峰已经得知了这婴儿的性别，这时就凑了过来，屏着呼吸说道："大小姐真是个漂亮孩子。"

雷一鸣没看他，单是声音不小地答道："那是！"

白雪峰又道："奶妈子来了，您把大小姐交给奶妈子抱着吧。"

雷一鸣当即回头往门口看，发现那里果然多了个白白胖胖的少妇。少妇平头正脸的，倒是个顺眼的模样，但雷一鸣狐疑地看着她，问白雪峰："把孩子交给她，能行吗？"

白雪峰笑了："那怎么不行呢？"

雷一鸣走到了她面前，她向他请安，他也不理，单是平伸双臂，把那个襁褓缓缓放到那奶妈子的臂弯中，仿佛襁褓里裹着的是一尊传国玉玺。奶妈子弯了胳膊把襁褓抱到怀里，同时就听他喃喃地嘱咐："慢点儿，慢点儿，别碰着她。"

奶妈子含笑应答着，心想，这个丫头片子会投胎，有了这么个爹，生下来就是招人爱的千金大小姐。

而雷一鸣又道："你跟我上楼，让太太也看看她。"

叶春好生了三四个小时，这时间不算很长，但也耗尽了她所有的精气神。蒙蒙眬眬中，她觉得床边来了几个人，那几个人还嗡嗡地和她说了话。她一句也没听清楚，单是凭着本能扭过头去，看到了一张红扑扑的婴儿脸。

看过之后，她心中一点儿情绪也没有，闭上眼睛，彻底睡了过去。

傍晚时分，姥姥带着几乎是一小箱子现大洋，心满意足地坐着汽车回家去了。

白雪峰随便找了个地方瘫坐下来，累得心神涣散。他想，这大帅府里的女眷，若是再添几回孩子的话，那将来自己都可以男扮女装，跑出去冒充接生婆子了，或者也可以充当半个妇科医生。

现在，接生的姥姥走了，喂奶的奶妈子来了，其余众人也散了，叶春好那边有老妈妈伺候着，大概也能平安地坐完月子。白雪峰打了个大哈欠，伸长了两条腿。

苏秉君从外面走了进来，见他坐着，便过来问道："白大哥，大帅呢？"

白雪峰反问道："有事？"

"前头来了电话，老帅那边打过来的，让咱们大帅过去开会。"

白雪峰答道："大帅在后头呢，你有话，过去告诉他就是了。"

苏秉君看白雪峰在沙发上瘫成一堆，并且气色不好，便没敢多说，自己出门去了——这府里有相当一部分人，是畏惧白雪峰的，苏秉君也可以算是那部分人之一。白雪峰这人有一点儿变色龙的特性，在雷一鸣身边时，他是相当和蔼可亲，谁都不必怕他；一离开雷一鸣，他就变了脸，对谁都有点不耐烦，让人对他望而生畏。

苏秉君找到了雷一鸣，向他做了一番传达，然而雷一鸣站在摇车旁边，一边弯腰看着那里头的婴儿，一边告诉他："今天我哪儿也不去。"

"老帅那边还在等着您——"

"打电话回去，就说我家里今天添丁进口，走不开，有话明天再说。"

说完这话，他向外挥了挥手，分明是一句话也不想再说了。等苏秉君退出去之后，他在摇车旁的椅子上坐下了，心里欢喜到了恍惚的程度。他想别人生的孩子，一定都是三分像人七分像鬼的红皮猴子，唯有自己的女儿才会一生下来就有双眼皮——刚生下来就这么漂亮，将来长大了，那还了得？

婴儿没有睡，眼睛偶尔睁开，偶尔闭上，偶尔向着他的方向看上一眼。他把胳膊横放在摇车边沿上，探身低头含笑看她。看着看着，他也累了，就把下巴抵住手臂，歪着脑袋柔声说道："我的小妞儿啊，你怎么才来呀？爸爸都要老了。"

（四）

老帅向雷一鸣下了军令，让他即刻带兵南下去打北伐军，雷一鸣满口答应了，然而就是不动身。老帅不明就里，不明白他为什么忽然不听话起来，对着旁人一问，旁人告诉他："宇霆他前天得了个孩子。"

老帅家里有若干儿女，虽然也知道得了孩子是好事，可还是不能理解雷一鸣为何会因此公然违抗军令，于是又问："他得了个什么孩子？他老婆给他下了个龙蛋？"

"不是。"旁人回答，"就是个丫头片子。"

老帅一听，险些把鼻子气歪，因为觉得丫头片子一分钱不值，简直可以不算人。雷一鸣为了个丫头片子，连正事都不干了，也真是荒唐到了家。

雷一鸣人在家中坐，也隐约感觉到了老帅的怒火，但是硬着头皮把这股子怒火顶住了，他是坚决要拖到后天再动身，因为明天就是女儿"洗三"的日子。他认为这算是女儿的人生大事，自己身为父亲，是务必要在场的。

白雪峰为了筹备"洗三"典礼，终日忙忙碌碌，恨不得把夜里的睡眠都取消。到了"洗三"这天，雷府从大门口到后花园，一路全用各色鲜花装饰了，叶春好所住的这幢小楼门前，还专用松柏、花朵扎了两只开着屏的大孔雀。叶春好躺在楼上的卧室里，也听见了外面热闹非凡，但是强迫自己定下心来，不闻不问。

到了中午，接生有功的胖姥姥来了。

胖姥姥穿着一身绸缎衣裳，耳朵后掖着一朵小红花，体重和气派都很不小。白雪峰把她请进了楼内，楼内设了香案，供着十多位神仙，香烟缭绕。雷一鸣站在一旁，鼻子受了刺激，不住地打喷嚏。见了白雪峰，他招招手，等白雪峰跑到他面前了，雷一鸣皱着眉头问道："什么时候开始？"

白雪峰答道："马上，屋子和水都预备好了，外头的宾客也都等着呢。"

雷一鸣压低了声音又问："太太呢？"

白雪峰凑到他耳边低语："太太不肯露面，文少爷去劝过她了，没有用。"

雷一鸣点了点头，声音变得轻了一点儿，像是气息不足："那算了。"

如此又过了片刻，在楼下一间向阳的大房间里，有功的姥姥盘腿往床上一坐，面前放着一只金灿灿的大铜盆，铜盆里装着槐枝、艾叶熬的热水。奶妈子穿着簇新的衣裳站在一旁，怀里抱着个描金绣凤的杏色襁褓，襁褓里睡着那位小脸红扑扑的大小姐。房内站满了女客，都是达官贵人家的女眷。白雪峰的二姐把毕生所置的首饰都披挂上了，打扮得珠光宝气的，也混在了其中。女眷们说说笑笑，一边讲着吉利话，一边把手里的金币放入铜盆水中——金币还是光绪年间铸造的大清金币，是白雪峰提前发给女宾们的。照理来讲，往盆里扔些个铜板，图个吉利也就可以了，但雷一鸣认为铜板万万配不上自家女儿的"千金"身份，非得扔金币才够劲儿。

金币是必扔的，除此之外，女宾们各自也都带了礼。莫桂臣的老娘满面笑容，往盆里放了自家带来的几只金锞子，警察厅苏厅长的太太也扔了一条金项链进去，连白二姐都往水中放了个小金戒指。按照规矩，这些东西最后都要归那姥姥，所以姥姥乐得满脸放光。从奶妈子手里接过了光着腚的小人儿，她正式开洗，一边洗一边高声念祝词，念得整本全套，而且另外附加了几段独家创造的吉祥话，小千金大概被她摆弄得很不舒服，咧开大嘴号了起来。然而按照老礼，这一号也是大吉之兆，所以雷一鸣一边为了这吉兆微笑不止，一边又有点心疼——他听不得孩子的哭声。

身边有人挤了雷一鸣一下，他扭头一看，是白雪峰。白雪峰点头哈腰地穿过人群，将一根笔直的大葱送到了姥姥手边，于是姥姥捡起大葱，在那小人儿身上打了三下，嘴里念道："一打聪明，二打伶俐。"

然后，她把大葱递给了雷一鸣，让这当爹的出门把大葱扔到房顶上去，好取个“聪明绝顶”的意思。雷一鸣当即拿着大葱出了门。站在秋日那爽朗明亮的蓝天下，他仰起头，傻了眼——这是一座二层小洋楼，而他没有胜把握，能把大葱扔到二楼顶上去。

白雪峰追出来，也发现了问题：“大帅，您往前头去，随便找间最近的房子，扔上去就得了。”

雷一鸣立刻摇了头：“那不行！”

“都是这府里的房子，扔哪儿都一样的。”

然而雷一鸣已经有了主意：“去，拿梯子！”

雷一鸣爬上梯子，爬到了一楼多高，挺顺利地将大葱扔到了楼顶上去。

然后从梯子上下了来，他心里挺得意——孩子是在这楼里生的，洗三也是在这楼里洗的，大葱自然也该扔到这幢小楼的楼顶上去。哪能为了图方便，随便找座矮房子一扔？那不是糊弄人吗？

扔完了大葱，“洗三”典礼也就临近了尾声，本来，还应该让姥姥给这小女婴扎上两个耳朵眼儿。但雷一鸣提前发了话，不许她扎——缝衣针往耳垂里扎，那不疼吗？谁爱扎谁扎去，他的女儿不扎。

前边的大厅里开了席，招待家中的宾客，又是一番热闹。而仆人们轻手快脚地撤了这边楼内的神案等物，让此地迅速恢复了安静的原样。婴儿洗了个盛大的澡，又吃了几口奶，这时重新安静下来。雷一鸣把她抱进怀里，上楼进了叶春好的卧室。

叶春好的头上包着一条大手帕，盖着棉被静静躺着，本是睁着眼睛的，见他进来了，立刻翻身背对了他。他走到床边坐了下来，她闭上眼睛，嗅到了他身上的古龙水香味，还有婴儿襁褓散发出来的奶味。

“春好。”他轻声开了口，带着一点儿笑意，“你看看，妞儿洗得多干净。”

婴儿至今还没有乳名，因为叶春好这当娘的不管任何事，雷一鸣这当爹的这些天神思激荡，感觉这孩子叫什么都不够劲。越想越乱，越没主意——取个太平常的乳名，配不上她；取个雷霆万钧、气壮山河的乳名，又怕名字太“大”，孩子承受不住。所以思来想去的，他只得暂且称呼她为“妞儿”。

叶春好听了他的话，不言不动。于是雷一鸣又道：“妞儿洗干净了，更漂亮了。”

叶春好依旧没反应。

雷一鸣看着她的后脑勺："春好，你说妞儿长得像谁？"

叶春好死活不回头——她知道自己一旦回了头，把那孩子看清楚了，心就要软了。

雷一鸣沉默片刻，从襁褓中扒拉出一只粉红的小手，送到口中轻轻咬了一下，然后抬眼看妞儿，妞儿没醒，他稍微加了一点儿力气，又是一咬。

妞儿这回醒了，因为不是好醒，故而眼睛都没睁，直接张大嘴巴哭了起来。雷一鸣慌忙把她抱紧了一点，又扭头去看叶春好。

这回，叶春好终于有了反应。挣扎着翻过身来，怒视着他，有气无力地说："你干什么？你摆弄我还摆弄得不够，又来揉搓孩子？你把她给奶妈子去！"

话音落下，她不由自主地往妞儿那边扫了一眼。雷一鸣捕捉到了这一眼，连忙向她凑了凑，又把妞儿送到了她身前："春好，你看看她。"

叶春好想："我就看一眼。"

然后她望向了妞儿，妞儿刚刚哭过了劲儿，哼哼唧唧地收了声，眼角还挂着一滴眼泪。叶春好伸手想把那滴泪拭掉，然而妞儿忽然一扬小手，正好把手搭上了她的手指。她的动作一停，妞儿也不动了。叶春好看着那半透明似的小嫩手，心中骤然一热又一酸，想这孩子若是没了娘，从小到大，得受多少欺负，遭多少罪啊！

猛地把手收了回去，她翻身又背对着他们："你走！我不想看见你，也不想看见这孩子！"

身后响起了一声叹息。她闭着眼睛冷着脸，等到雷一鸣确实是抱着孩子出门了，她才扯起枕巾蒙了脸，小声哭了起来。她想，自己要是一条糊涂虫就好了，糊里糊涂地把日子过下去，也不必这样伤心。可她已经看透了雷一鸣的本质，让她和这样一个人过一辈子，那么余下那大半生的日日夜夜，可怎么熬啊？

她左右为难，走投无路，一颗心像被油煎一样，只能蒙着枕巾这样偷偷大哭。

一夜过后，叶春好提防着雷一鸣会抱着孩子再过来。然而雷一鸣没再露面。

北伐军已经攻入了直隶，因为雷一鸣死活非要留在家里给妞儿"洗三"，延误了战机，所以等他带兵出发迎敌之时，北伐军已经打到了石家庄。

雷一鸣也急了，就地发动了反攻。如此打了一个多月，他拼了老命，下了血本，硬把北伐军打出了直隶，可北伐军尽管是后退了，但他耗尽了力量，再也无法追半步了。

北方的秋天向来短暂。他离家时，还是秋高气爽的好时节，等他从前线回来，天气寒冷，已经有了冬意。

进了家门之后，他先去看妞儿。妞儿已经不是先前那个红扑扑的小人儿了，一个月不见，她竟然变得小脸雪白，成了个粉妆玉砌的小娃娃，两道眉毛也显出了形状，黑眼珠子亮晶晶的。仰面朝天躺在摇车里，她望着上方的父亲，忽然咧嘴一笑，笑得双目弯弯。

雷一鸣也笑了，手扶着摇车的边沿，他深深弯下腰去，在妞儿的脸上亲了一口。亲过之后，他怕自己把妞儿亲脏了，又特地用手在妞儿的脸上擦了擦。

（五）

雷一鸣看过了妞儿，打算再去瞧瞧叶春好，哪知道未等他上楼，叶春好自己从门外走进来了。

叶春好安安生生地坐了个月子，前些天才肯下地出门。她很小心地保养着身体，孵蛋似的在被窝里藏了一个月。所以如今雷一鸣看着她，就见她胖了，本来就是高挑的身材，这么一胖，显得整个人都大了一号。脸蛋白里透红，眼珠子黑白分明，虽是未施粉黛，嘴唇却是红润润的。

雷一鸣从来没在她脸上见过这样好的气色，便怔怔地看着她，竟是看呆了。叶春好站在门口，并未出门，神情和语气都是淡淡的："你回来得正好，我打算到天津去住些天，请你给我放行。"

雷一鸣清醒过来："到天津去？去干什么？"

叶春好答道："你忘了我们先前的约定了吗？"

雷一鸣看着叶春好，看了片刻，才回答道："春好，我要怎样赔罪，你才能回心转意？我们现在有了妞儿，也是为人父为人母的人了，何必还要揪着过去的那些事不放？妞儿才这么一点儿大，你舍得离开她吗？"

叶春好答道："我带妞儿一起走。"

雷一鸣当即变了脸："那不可能！"

叶春好垂下眼帘："那我自己走。"

"你舍得妞儿？"

"舍得。"

雷一鸣看着叶春好，想从她脸上找到逞强嘴硬的痕迹，可她显然是有备而来，脸上始终没有表情，只有满面鲜艳的好气色。

于是他低了头，对着摇车里的妞儿说道："那你走吧！"

叶春好这些天咬牙切齿，下了天大的狠心，决定无论如何，都要先离开北京雷府。天津那边的公馆虽然也是雷家的一部分，但不像这边深宅大院，自己到了那边，无论想做什么，都更容易找到机会。

然而她刚开始命令小枝收拾行李。叶文健闻声赶来，气冲冲地质问她："姐，你怎么是这样的人啊？"

叶春好反问道："我怎么了？"

"你自己生的孩子，你就这么不要了？"他面红耳赤地说着，眼睛里亮晶晶的，因为他也曾经是个没人要的孩子。他没人要，那是他的爹娘都死了，没有办法；可姐姐现在活得好好的，为什么不要妞儿？姐夫那么大个官儿，也算是当世的英雄豪杰了，现在可怜巴巴地抱着妞儿在楼下站着，姐姐不可怜姐夫，还不可怜妞儿吗？她怎么就那么大的脾气，姐夫那么哄都哄不好她？

他急了。叶春好也瞪着他："我为什么不要她，你还不知道吗？"

"我不管！没有因为两口子打架，娘就不要孩子的！"

"这本来也轮不到你管！你快去收拾行李，我们下午就走！"

叶文健虽然有点怕他姐姐，但是到了这时，一股义愤填满胸中。他把头一扭："我不走！"

叶春好虽然舍不得妞儿，那是出于一种母亲的天性，但在理智上，她不那么想和她亲近。叶文健是她从小带到大的，从婴儿带到了十岁，他长大，她也长大，所以对待这个弟弟，她另有一番更深厚的感情，仿佛他一半是她的弟弟，另一半是她的儿子。此刻她见叶文健鬼迷心窍，完全被雷一鸣笼络了过去，便气得走上前去，朝着他的后背打了一巴掌，又放重语气叫道："小文！你不听姐姐的话啦？"

叶文健挨了那一巴掌，没有动，但是垂了头，声音变得低了些许："姐，你变了。"

他的个子已经和叶春好齐平了，眉目也跟叶春好一样，他像是一个稚气的、男式的她。委屈地说完了这一句话，他转身慢慢地走了出去，留了个背影给他姐姐看。而叶春好停在原地，不知道自己怎么就成了这家里的恶人。

可她转念一想，自己若是为了自保，女儿也不要了，弟弟也不要了，那可不就真成个恶人了吗？

颓然地坐在了椅子上，她这才发现自己是落进了雷一鸣的局里——他这回不直接摆布她了，改为对着她所爱的亲人下手，更直接、更狠毒。而她除非听从他的摆布，否则无论怎么做，都是狠心，都是坏。

她落进了泥淖里，要么真去做个恶人，要么就眼睁睁地看着自己往下陷。忽然间，她想起了张嘉田——似乎只有张嘉田所属的那一股势力，能够动摇雷一鸣的根基，否则他一天大权在握，她就一天不得自由。她再会筹划，再能奔走，也终究只是一介女流，哪里斗得过一位三省巡阅使？

回忆起自己当年成为"督理太太"时的得意与喜悦，她忍不住对着自己冷笑了一声。

然后她喊了一声小枝，让小枝继续收拾行装，把叶文健的那一份行李也收拾出来。

两个小时之后，叶春好穿戴整齐了，一手拽着不情不愿的叶文健，往雷府大门外走。哪知道出了大门刚要上汽车，她忽然发现汽车里已经坐了雷一鸣。雷一鸣穿着一件灰色披风，披风前襟鼓鼓囊囊的，竟然是他把妞儿藏进了怀里。

叶春好莫名其妙："你干什么？"

雷一鸣答道："我送你到天津去。等你在那边安顿好了，我再回来。"

"你抱着妞儿干吗？"

"我到时候还会把妞儿抱回来，碍不着你的事。"

叶春好急了："大冷的天，你让她跟着你跑一趟还不够，还要往回跑第二趟？谁许你总摆弄她的？你就不能让她安安生生地跟着陈妈吗？陈妈呢？"

白雪峰这时从大门内赶了出来，正好听到了这句问话，便答道："奶妈子在后头汽车里呢！"

叶春好来不及搭理白雪峰，因为又发现了更严重的问题。“你给她包的是什么？就是摇车里那条小薄被吗？”她急得一拍汽车顶，“你要冻死她呀？”

雷一鸣一听这话，也慌了神：“那用什么包？”

“出门有出门的襁褓，你既是不懂，就让陈妈去包，谁许你这么把她抱出来的？”

雷一鸣当即把手缩进披风里，解开了上衣纽扣，把妞儿贴身搂进了怀里。妞儿受了惊动，打了个喷嚏，然后闭着眼睛一咧嘴，哇哇地哭了起来。

平时妞儿不冷不饿躺在摇车里睡大觉，叶春好并没觉得自己有多爱她，如今她奶声奶气地号啕起来，叶春好这才感到了揪心。眼看着雷一鸣还把妞儿往怀里塞，呢子披风硬邦邦地往妞儿脸上蹭，军装上衣的铜扣子也硌着妞儿的脑袋，她急得抬手解了身上的灰鼠皮斗篷，坐上汽车一把将妞儿裹住夺了过来：“雷一鸣！你害人害够了没有？”

然后她抱着斗篷里的妞儿下了汽车，迈步往回就走。小枝和叶文健愣在原地，而雷一鸣坐在汽车里，想了想，随即跳下汽车，对着小枝说道：“回去吧，太太不走了。”

叶文健当即乐得跳起来欢呼了一声。

叶春好这一次没走成。

妞儿冻着了，当天晚上就发了烧，热度不算高，但足以让她睡不安稳，睡着睡着便是一抽搐，脸色也是白里透青。叶春好恨透了雷一鸣，彻底不再理睬他。而雷一鸣则吓得失魂落魄，先是叫来了几名儿科名医给妞儿诊治，然后让白雪峰在摇车旁边搭了一张床铺，他要亲自给妞儿陪夜，挤得奶妈子都没了立足之地。

叶春好不管他，见妞儿终于睡沉了，便也上楼去休息。到了半夜，她自动醒过来，心里惦记着妞儿，便悄悄披了衣服下楼去，想要偷偷瞧妞儿一眼。

楼下暗沉沉的，只在走廊里亮着一盏小壁灯。她轻手轻脚地走到妞儿那屋子门口，扶着门框向内一看，就见那黑屋子里依稀跪着个人影，定睛再看，她认出了那是雷一鸣。

雷一鸣对着窗户跪了，弯腰低头，双手合十，做了个祈祷的姿势，同时口中念念有词，声音轻不可闻。叶春好不知道他这又是在发什么疯。而他祈祷完毕，手扶着地面站起来一转身，和她打了照面，当即猛地向后退了一步。

叶春好看不清他的表情，可是看出了他手足无措。他像是很不好意思，竟站在摇车旁进退两难。

叶春好怕他弄出声音，惊醒了妞儿，故而一言不发，转身上楼去了。

天亮之后，叶春好洗漱完毕，下了楼。

妞儿已经退烧了，也肯吃奶了。她过来时，妞儿在雷一鸣的怀抱里，刚好响亮地笑出了一声“嘎”。叶文健和奶妈子都在，听了这一声，便也跟着笑了起来。雷一鸣见她来了，笑道：“孩子好了。”

她看着雷一鸣，见他脸色苍白，眼睛眍䁖着，下巴也长出了一片青色的胡茬，瞧着苍老憔悴，是受了一夜煎熬的模样。

收回目光转向妞儿，她走过去摸了摸妞儿的脑袋，又对着奶妈子说道：“这个冬天，不许任何人再抱妞儿出门了。”

奶妈子——陈妈含笑答应了，有点为难，抬眼去看雷一鸣。而叶春好见了，便道：“你不要看他，这幢楼里还是我说了算。他若是要强行抱妞儿出去，你就来告诉我。”

叶文健当即问道：“姐，你真不走啦？”

叶春好瞪了他一眼：“哪儿有热闹哪儿就有你！”然后她又吩咐陈妈道，“白天让妞儿多睡睡觉，别总抱着她。她又不是一件玩具，喜欢了就可以抱着不撒手。”

陈妈知道她这话不是说给自己听的，所以继续赔笑答应。

叶春好早上心软了，决定留下过了这个冬天再说。然而吃过一顿午饭之后，她的理智重新占领了高地，又觉得自己不能就这么糊里糊涂地过下去——做人得有记性，不能好了伤疤忘了疼，不能等将来哪天又被雷一鸣暴打一顿之后，才哭哭啼啼地又有了志气。

但这回她做了个折中：她带着妞儿和弟弟一起走，雷一鸣愿意去，也可以去。

此言一出，众人都没了意见。于是这回他们做了周全的准备，又用厚棉被把妞儿包成了个棉花包子，这才稳稳当当地上路往天津去了。

第十一章

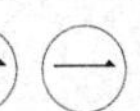

DI SHI YI ZHANG

千刀万剐

单是踩还不够，还得一桩桩一件件地和他算笔总账。这笔账算起来，双方也许都要鼻涕一把泪一把。他这卷土重来占了上风的，怕是也端庄不到哪里去。

他现在顶讨厌动感情，心里空荡荡的，似乎也没有感情可动。这样很好，没心没肺式的自由与快活，是情种们想象不出的。

（一）

雷一鸣人在天津，日子过得挺太平。

北伐军的攻势暂时缓了，将来会有如何变数，现在是无法预料的，所以他索性也就不去多想。虞天佐从承德来了天津，他也不再没日没夜地陪这位老朋友玩乐，因为总觉得家里更好。

他一心满意足，周围众人立刻都有了感觉，连白雪峰都放心大胆地松懈了些许。而叶春好料想他暂时不会再兴风作浪，便把新添置的好衣服穿将起来，头发也剪了烫了，留下一撮卷曲的刘海儿挡住了右眉上的疤痕。

她打扮得如花似玉，摩登小姐似的成天出门溜达。雷一鸣知道她这个人是“常有理”，这一趟来了天津，本打算接受她几顿痛斥，领教她几套道理，哪知道她忽然改了战术，变成一只花蝴蝶子飞了出去。生育本是一件伤元气的事情，可她生完了妞儿之后，反倒变得更美了，以至于虞天佐前些天登门拜访时和她打了个照面，回去之后就唉声叹气，感觉家里的太太们都太丑，自己真是白当了一回老爷们儿。如果叶春好的男人不是雷一鸣，那他抢也要把叶春好抢回家去。

雷一鸣没有理由干涉叶春好出门，故而随她去。自从有了妞儿之后，他感觉自己心胸宽广了不少，他甚至想，如果把现在的这个自己放到两年前去，张嘉田大概也能多得几天好日子过。

现在他想起张嘉田这个人，感觉很遥远，远到他完全不怕他。

张嘉田是在过完了农历新年之后，才开始缓缓逼近他的。

春节是在天津过的，那几天堪称是热烈美满。妞儿已经过了百天，变得更好看了，因为奶妈子对她照顾得精心，所以她平时不哭不闹，见了人就笑。年后开了春，雷一鸣独自回了一趟北京，林子枫见了他，和他说了一会儿话，就觉得他这人变得通情达理之余，又有点婆婆妈妈，仿佛那孩子是他亲自生的。和他说完了话，林子枫私底下去问白雪峰："他怎么像是变了？"

白雪峰笑道："是变了，从去天津到现在，一直和和气气，脾气好多了。"

"叶春好回心转意了？"

"没有，太太这回像是铁了心了，一直没给过他好脸。这主要是大小姐的功劳，你看，谁能想到他是个爱孩子的呢？他一瞧见大小姐就笑，大小姐尿他一身，他也不恼，所以我就想啊——"白雪峰一耸肩膀，"大小姐要是早来个三五年就好了，我也能少挨几顿臭骂。"

林子枫含笑看着他："他对你，已经算是不错了。"

白雪峰立刻点了点头："那是，相当不错。"

林子枫又问："他什么时候回天津？"

"不一定。"白雪峰思索着答道，"你有没有南边战场上的消息？说是北伐军又要打过来了？"

林子枫"嗯"了一声。

白雪峰听了，感觉有点不可思议："那……还真能改朝换代不成？"

林子枫答道："不知道。"

白雪峰又道："咱们大帅……应该有办法吧？"

"不知道。"

雷一鸣的地位，直接关系着白雪峰的饭碗，所以听了林子枫这左一声右一声的"不知道"，白雪峰忽然感觉这人冷得讨厌，简直没了人味。笑模笑样地看着林子枫，他打算回头到雷一鸣面前做点手脚——是，自己只是个副官长，没本事，就会干点端茶递水的丫头活儿，不入你秘书长的眼，我收拾不了你，可有能收拾得了你的。

白雪峰打定了主意，可是没能将它付诸行动，因为战场上的形势陡变，雷一鸣连天津都顾不得回，直接就带兵又上了战场。

白雪峰匆匆地跟着雷一鸣起程，起初他以为这一仗大概和年前那一仗一样，自己这一方猛攻一阵，把敌人打退了也就是了。然而他们刚上路不久，各地的急报便从四面八方飞了过来，雪片似的，雷一鸣简直要看不完。北伐军兵分三路，顺着直隶向外边的三条铁路干线打了过来，雷一鸣一边调兵抵抗，一边又接到了山东卢督理发来的急电。看过急电之后，他这几个月养出来的那点温润之气顿时消散得无影无踪，把电文拍到桌上大骂："卢文瑞这个废物！我哪还有力量去支援他？让他死在山东得了！"

他说到做到，果然没有搭理求援的卢督理。于是，卢督理在苦撑了一个礼拜之后，带着几万人马退出山东，向北一路逃进了直隶地界。雷一鸣听闻卢督理竟然不肯乖乖死在山东，越发恼怒。然而他也没法子再把卢督理强行撵回山东受死，因为这一次的战争不同以往，国民党将军麾下的几大军事集团联合了起来，在这北伐的路上，几乎是战无不胜、攻无不克。他抵挡不住攻势，节节败退，导致北京城里的老帅暴怒，已经放出了话，要追查他的责任。

老帅如今就等于是这中国北方的皇帝了，雷一鸣不能不怕，所以在这花红柳绿的五月时节里，他焦头烂额地奔波在战场上，先前胖出来的十几斤肉，在短短一个月内便全部消耗掉了。

老帅可怕，国民党可怕，最可怕的是张嘉田——张嘉田真的距离他越来越近了。

最近的时候，他们之间只隔了一座市镇。雷一鸣设想过了种种战败的场景，最好的结果，是逃进天津租界里去，关起门来做富家翁；最坏的结果，则是在战场上变成张嘉田的俘虏。张嘉田或许连个上法庭受审判的机会都不会给他，就地便把他千刀万剐了。

他怕死，他永远记得那一年自己掉进冰河里，在濒临死亡的时候，来迎接他的人是雷一飞。

这回他若是被张嘉田绑上了剐桩，他相信雷一飞还会乘虚而入，来找自己的灵魂报仇。雷一飞身后也许还跟着严清章，还跟着许多许多被他漫不经心要了命的人。他若是死了，便要落进了那些人的手里，他们饶不了他，他知道。

所以他必须得活着，永远活着。只要是活着，那帮死鬼便奈何不了他。

况且他家里还有个妞儿，妞儿不能没有爸爸。他也得看着妞儿长大，否则他死了都闭不上眼睛。

雷一鸣抵挡着张嘉田的进攻，同时发出紧急军令，让陈运基火速带兵过来支援。他其余的队伍都陷在了各处战场中，并且已经有师长级别的军官自作主张地投了降，唯有陈运基一师力量雄厚，还能支撑。

陈运基是忠于他的，接到军令之后，便立刻带兵向他那里进发。而在陈运基到达之前，他又向老帅发去了电报求援。结果在这一天，陈运基没到，援兵也没到，林子枫却来了。

林子枫带了一个随从，在一小队士兵的保护下，来到了雷一鸣的指挥部里。进门之后见到了雷一鸣，他怔了怔，雷一鸣抬头看着他，也是一愣："你怎么来了？"

林子枫罕见地穿了军装，而且穿得很齐全，武装带扎得十分板正，像是要以军官的身份出席什么盛会。抬手摘了军帽，他见雷一鸣烟熏火燎、胡子拉碴，瘦了一圈，便答道："我在北京，听说大帅陷入了困境，心里有些惦念。"

雷一鸣看着他："你就是为了这个来的？"

林子枫点点头："是的。"

雷一鸣叹了口气："你不用来。"

林子枫低头看了看自己，然后抬头答道："这身军装，还是当年我刚到您身边时，您让人给我定做的。九年了，这回是我第一次穿着它上战场。"

雷一鸣将他上下打量了一番，然后笑了一下："不爱穿就不穿，我不管你。"

林子枫一摇头："不，我跟了大帅一场，到了这个时候，我应该把它穿起来。"

不等雷一鸣回答，他又问道："大帅是打算在这里守到底吗？"

雷一鸣苦笑一声："我倒是想回家去，可有路给我走吗？这一仗我只能赢，不能输。赢了，还有我的活路；输了，老帅得对我用军法。"

林子枫又道："对面的敌人，是张嘉田。"

雷一鸣听了这话，又叹了一声："他妈的，怕什么来什么！"

这时，门外连滚带爬地冲进来一个人，乃是白雪峰。白雪峰喘着粗气，结结巴巴地说道："大帅，陈……陈师长半路受了伏击，现在生死不明！"

雷一鸣瞪了瞪眼睛："陈运基？"

白雪峰喘得发不出声音来，扶着桌子向他用力点头。而他一屁股坐在椅子上，看着白雪峰，半晌没说话。

远方隐隐传来了隆隆的炮声，像是滚地而来的旱天雷。他忽然一哆嗦，猛地又站了起来。快步走到墙上的大地图前，他抬手一路摸着寻找路线，林子枫看得清楚：他那手是哆嗦的。

指甲磕磕绊绊地划过地图，最后停在直隶边界的一点，狠狠抠了一下。指甲痕印在了一座小城镇上，城镇是个抽象的小圆点，旁边标着名字，叫作安泰。

然后转身抬手一指白雪峰，他说道："你走。"

白雪峰吃了一惊："啊？"

他继续说道："我给你派一队人，你什么都不要管，想法子回天津去，保护太太和妞儿。子枫跟着我，我带兵往安泰撤退。实在不行的话，我就往热河去，虞天佐总不至于对我见死不救。你等我的消息，随时准备着带她们和我会合。明白了没有？"

白雪峰当即答道："明白了！"

"让苏秉君过来！"

白雪峰顾不得礼节，扭头就往外跑。不出片刻工夫，苏秉君来了，雷一鸣说道："你从卫队里挑三十个好的，让白雪峰带走！"

苏秉君答应了一声，慌忙转身也跑了出去。林子枫留在房内，就听那炮声越来越清晰，便问道："大帅，这是哪里在开炮？"

话音刚落，近处忽然爆发出了一声巨响，震得山摇地动，墙皮簌簌掉了一地，正是一枚炮弹落在了指挥部外。雷一鸣吓得抱着脑袋往地上一趴，趴过之后又一跃而起，抓起桌上的手枪就往外跑，跑到门口时抓住了林子枫的胳膊："愣着等死吗？跟我走哇！"

林子枫跟着他出了门："走？走到哪里去？"

雷一鸣没理他。这指挥部位于一座村庄中，村中的村民都不知道逃到哪里去了，驻扎着的全是雷部士兵。林子枫糊里糊涂地被雷一鸣拽着，在那村道上向前跑。他的随从小刘见状，慌忙提着皮箱也追了上来。如此乱跑了一气过后，他停下来，又问雷一鸣："大帅，我们这是要撤退吗？"

雷一鸣从旁边一名副官手中接过了马鞭子，单手握着缰绳飞身上马："对，这里守不住了！我们去安泰！"

（二）

安泰位于直隶和热河交界处，是一座小小的古城。古虽古，可因乏善可陈，所以并无名气可言。唯一可称道的是四面老城墙，还是明末清初时建造的，历经两百余年不倒，算是一景。

雷一鸣是在凌晨时分仓皇撤退进来的，看中的就是这座小城的四面城墙。有了这一圈老城墙做掩体，就够他的兵抵挡一阵子的。如果实在是抵挡不住了，那么从城北门往外撤，又可以直接撤进热河地界。他已经向虞天佐发去了电报，虞天佐愿意接纳他和他部下那三四千人的军队。

除此之外，他无路可走，甚至想回天津北京都不能够。四面八方都是北伐军，陈运基如今生死不明，所留下的防线全部崩溃，北伐军几乎是在一瞬间便长驱直入，进了直隶。

家不能回，他的队伍分散成了几大块，被北伐军打得七零八落，这时也无法集合反攻。策马狂奔了半日一夜，他在进城之后，几乎是从马上滚下来的。一屁股坐在地上，他不要体统了，周身筋骨酸痛得让他爬不起来，眼角余光瞥到了苏秉君等人。他看他们也和自己一样是长途奔波过来的，可是说下马就下马了，下了马行动自如，说站就站，说走就走。

他看在眼里，知道自己终究是见老了，而苏秉君今年才二十出头。苏秉君走过来把他搀扶起来。他有些诧异，觉得这活儿不该由苏秉君来干。随即，他想起来：白雪峰走了。

借着苏秉君的力气，他摇晃着站了起来，生平第一次感觉到了白雪峰的重要。靠着苏秉君定了定神，他打起精神，大声吼道："关城门！参谋长呢？"

魏成高参谋长跑了过来："在，大帅！"

雷一鸣向他做了个手势："去！收集全城的粮食！凡是能吃的东西，全要！还有水，把城里的水井都守住！"

魏成高答应一声，正要走，然而雷一鸣又发了话："能点火的东西，煤油，火油，都要！"

魏成高明白他的用意，故而带上一队人马就往城内走去。这时县知事听闻巡阅使败退而来，真是吓得魂飞魄散——那打胜了的军队，固然是咋抢咋有理，那败军们穷途末路，烧杀起来更是狠毒。慌里慌张地带领本城几名士绅赶了过来，他们打算识相一点儿，不必人家动武，直接奉上吃喝、银圆，把这帮丘八大爷恭送走了便是。

他们来得倒是正好，雷一鸣直接住进了县知事家里，手下几名将领也在各位士绅家中落了脚。这个时候，天还没大亮，县知事家中的女眷们慌里慌张穿了衣服，东逃西窜地，不知道往哪里躲；而雷一鸣进了屋子便往里间走，瞧见那最里间的屋子里砌着半截炕，炕上的被褥都干干净净的，便一头躺了下去，两条腿抬不动了，长长地拖在地上。苏秉君见了，过来要把他那两条腿抬上去，然而他摆了摆手，说了两个字："饿了。"

苏秉君当即出门，告诉县知事道："大帅饿了，快去弄饭！"

县知事当即派了自家老娘和媳妇去厨房做饭。而雷一鸣在屋子里坐着吃，魏成高在街上站着抢。放在平时，魏成高是个最和气的人，可到了此时，他也露出了凶恶本相。一手抓着一个刚出锅的大馒头，他一边大口大口地咬，一边指挥士兵踹开房门，在各家各户掘地三尺抢粮、抢油，也抢金银。一个没有他腿高的小崽子不知为了什么，扑上来抱着他的腿又哭又咬，他烦得要死，拔出手枪抵上小崽子的脑袋，一勾指头扣了扳机。小崽子的脑浆子一直蹿到了他手里的半个大馒头上，于是他一脚蹬开小崽子的尸首，扔了馒头大喊："快点儿快点儿，干完了好吃饭去！我他妈的快要饿死了！"

如此到了正午时分，安泰从一座平常的小城，变成了一座寂静的堡垒。

城楼里伸出了炮筒，城墙上架起了重机枪。城内一切可以称得上是物资的东西，全被雷部士兵掠夺到了县衙门的后院里。雷一鸣吃了一顿饱饭，睡了两个小时，这时背着手在后院里溜达了一圈，然后对魏成高说道："找点什么东西，把粮食盖上，防着下雨。"

魏成高答应了一声。

雷一鸣回头又去看身后的人——身后有苏秉君，也有林子枫。抬手掸去了林子枫身上的一丝尘土，他说道："可惜了，好容易穿了一次军装，也没让大家瞧瞧，光忙着跟我逃命了。"

林子枫答道："大帅不是瞧着了吗。"

雷一鸣看了他一眼，然后转向了前方："你就不该来，好好在北京待着不好吗？"

林子枫很轻地笑了一声："这个时候，我应该来。"

雷一鸣摇摇头，不再回答，扭头去问魏成高："你说，这些粮食够咱们吃多少天？"

魏成高思索了一下，然后答道："省着点儿吃，能撑一个礼拜。"

雷一鸣停了步子，望着这满地乱七八糟的物资出了神。周围三人都沉默着等待着，良久之后，他发了话："把城里的兵，分一半驻扎到城外。全关在城里，真饿急眼了，非闹内讧不可。"

魏成高一低头："是。"

雷一鸣挥挥手："去吧，现在就办。"

魏成高领命而去，而雷一鸣转身把林子枫拉到了自己面前，抬头又把他从上到下看了一遍，最后用力一拍他的肩膀，移开目光，轻声说道："子枫，你就不该来。"

林子枫的目光追着他走："这个时候，我应该来。"

雷一鸣摇摇头："不应该。"

"你认为不应该，可我认为应该。"

雷一鸣又摇了摇头，是百分之百不赞成的模样。然后他说道："回去歇着吧！这儿没你能干的事情。"

林子枫这回答应了，目送他走出了后院。他瘦了，身上的军装又是脏兮兮的，背影就显得有些萧瑟。林子枫盯着他，也觉得他现在脏，衣服脏，衣服里的肉体大概也是脏的，就像那次发高烧时赤条条的他，也像自己那一场怪梦里的他——肮脏，潮湿，散发着浓烈的酒精气和血腥气，身体的一部分正在腐烂，要死而又不死。

林子枫觉得他这个脏兮兮的模样相当招人看，所以站在原地欣赏不止，直到雷一鸣彻底走出了他的视野。

于是他回到分给他的那间屋子里去，小刘正在等他，等他下一步的吩咐。

雷一鸣刚把一半队伍分出城去，张嘉田的队伍就追上来了。

城外的队伍已经把防线布好了一半，这时就要准备迎敌，哪知道敌人绕过了他们这道防线，竟是将整座安泰小城团团围了住——围住了一层还不算，当天晚上他们又来了一支队伍，又围了一层。

先把安泰城围住了，然后他们才开了火。城外的士兵很快落了下风，想要往城里冲，然而城门紧闭，根本打不开。他们见势不妙，这才明白自己已经成了雷一鸣的弃子。

那还打个什么劲？

长官们先跑了，士兵们见状，拖着枪也四散奔逃了。城外防线瞬间崩溃，而城楼上的守兵见敌军推来了榴弹炮，准备轰击城墙，当即先发制人开了火，一鼓作气把炮兵和炮一起打了回去。雷一鸣爹着胆子登上城楼，举起望远镜往远方看，结果就见在极远处，敌军的炮兵推来了一排加农炮。

雷一鸣当即放下望远镜："开炮！继续开炮！不要给他们开火的机会！"

守兵们得了命令，立刻开炮，与此同时，敌方也开了火。加农炮的长炮管里激射出的炮弹，笔直地撞上城墙，炸得城墙成片地摇晃坍塌。雷一鸣没想到敌人火力这么猛，当即从城楼上跑了下去，抓住了城下的魏成高："这里守不住了，调集军队从北门突围，我们往热河撤！"

魏成高答道："北门也被他们围住了！"

雷一鸣狠命地推了他一把："少废话，快去！"

魏成高险些被他推了个跟头。连滚带爬地领命而去，他召集齐了余下的千八百人，跟着雷一鸣奔向城北门。

这个时候，已经是傍晚时分了，雷一鸣让自己的警卫团打头阵，自己也上了马。从苏秉君手里接过一支步枪，他提着抢，心里忽然又想起了妞儿。

妞儿生下来是要做千金大小姐的啊！

可她若是没了他这个当巡阅使的爹，谁还能认她做千金大小姐？妞儿的身体里还流着他的血，因此，他更不能确定春好是否会一直善待她。叶春好还年轻着，将来若是改嫁了，会不会看妞儿是个累赘？

谁家的孩子都是草芥，只有他的妞儿是千金；他不能留她一个人在这世上受人欺负，他就是死，也得回去带着她一起死。

想到这里，他给步枪上了刺刀，然后下了命令："出城！"

警卫团拼了命地向前冲杀，真将包围圈冲出了一个缺口。然而周围的援军随即涌上，把这个缺口重新堵了上。

雷一鸣反复发动了几次冲锋，都被对方的强大火力压了回去。他被后退的士兵席卷回了城内，正不知道该怎么办才好，城外忽然响起了杂乱的吼声："缴枪不杀，出城回家！缴枪不杀！出城回家！"

雷一鸣循声望向城墙，忽然间，他明白了张嘉田的用意。心脏沉下深处，血液没了热度，他不再说那突围的话了。

城外炮声弱了，吼声强了，此起彼伏，连绵不断，震得城内士兵呆立在了原地。

雷一鸣知道，不会再有人随着自己突围了。除非自己自裁，否则最迟明天，张嘉田就可以在夹道欢迎声中体面地走进城来，把自己千刀万剐了。

（三）

雷一鸣扔下步枪，回到县知事家。

那里就算是他的临时休息处了，他既然回来了，他的卫队便也照规矩重新在门外站了岗。雷一鸣进门之后，对身边的苏秉君说道："让人烧些热水，我想洗个澡。"

苏秉君以为自己听错了，特地仔细看了看雷一鸣的脸色，在确定了自己没听错之后，他出门传令。而雷一鸣又叫来了一名副官，问道："我还有没有干净一点的衣服了？"

副官想了想，跑到撤退时带来的几车箱子前，费了不少的事，才把衣服箱子搬了出来——原本这些事情都是由副官长来负责的，副官长对于大帅的衣食住行等事，素来是有问必答、无所不知。衣服箱子里装着雷一鸣的换洗衣服以及一些零碎玩意儿，里面确实还有一套崭新的哔叽军装，正适合春夏之际的天气。

副官把衣服箱子整个儿拎到了雷一鸣面前，然后退了出去。苏秉君这时押着两名勤务兵，把热水也挑过来了。雷一鸣不用他们伺候，自己关了房门，脱了衣服，蹲在盆旁，用毛巾撩了热水擦洗身体。

他洗得很细致，洗了很久。午夜时分，他的房门终于开了，向外散发腾腾的水汽。林子枫走到门口向里望去，就见他已经穿好了长裤马靴，上身却是赤裸着。弯腰对着桌上的一面菱花小镜，他涂了半脸的香皂泡沫，手里捏着一柄剃刀，正在全神贯注地刮脸。

房内烛光昏黄，把他照成了一具赤金色的像。垂下两排沉重的睫毛，他对着那面不知是哪个女孩留下的小镜子，用刀锋刮去脸上的泡沫。湿漉漉的短发向后捋过去，显出他额头饱满、鼻梁笔直，他不苍老了，他又风华正茂了。

他一点一点地刮出了一张光洁的面孔。放下剃刀走到水盆前，蹲下来撩水洗了几把脸，然后捞出毛巾拧干了，他站起身一边擦脸，一边对着林子枫的方向说道："你过两个小时再来。"

林子枫依言走了，回房坐了两个小时整，然后又回了来。

这时，房内的水盆水桶已经被勤务兵搬运走了，雷一鸣也已经穿戴整齐了。林子枫在进门的那一瞬间，甚至嗅到了一股子很熟悉的古龙水味，他仿佛此时不在这边城绝地，而是回到了天津、北京的摩登世界。

雷一鸣坐在桌前，左侧小臂横放在桌子上，右手握着钢笔，正在纸上写字。桌角一旁已经放了一只封好的信封，林子枫走了过去，见那信封上写了两个小字：遗嘱。

这两个字稍微刺激了他一下。雷一鸣抬头看了他一眼，随即低下了头去："到那边坐着，等我写完。"

林子枫后退几步，在炕边坐下了，抬头望着雷一鸣的背影。雷一鸣左手支着头，右手奋笔疾书，写完一页，再写一页。他到雷一鸣身边九年了，从来没见他写过这么多的字。

林子枫等了很久，等到雷一鸣足足写满了五大页信纸。放下钢笔，他低头把信纸仔细折好了，塞进另一只信封里。

用糨糊把这只信封也封好了，他想了想，又拿起钢笔，在这只信封上面加了两个字。

然后他回过头来，唤道："子枫。"

林子枫起身走了过去，眼看着他将两只信封递向了自己："你给我拿着，我要是出不去了，你就把这两封信送到我家里去。"

林子枫接过了信封，上面那只信封上写着"遗嘱"，下面的信封上却是写了"给念"两个字。雷一鸣见他看着信封不说话，便又说道："你去告诉春好，妞儿的大名就叫念。这封信是我写给妞儿的，别人不许动，等妞儿长大认字了，让她自己打开来看。"

林子枫移动目光，望向了他："大帅有话留给我吗？"

雷一鸣答道："有。明天见了张嘉田，你老实一点儿，乖乖投降。他和你没仇，不会把你怎么样。将来要是老帅也抵挡不住了，势必就要成立新的政府。你若想回家过安生日子呢，就搬到租界里去，免得新政府找你算账；要是想继续谋个一官半职，就巴结巴结张嘉田那帮人。我看还是关门做寓公好，毕竟宦海险恶，朝中无人莫做官啊！”

林子枫看着他，等了片刻，然后问道：“就这些？”

雷一鸣对着他一点头：“就这些。”

林子枫解开几粒纽扣，把那两只信封收进了内侧暗袋里，然后重新把纽扣系到了下巴。

雷一鸣这时说道：“你出去吧，我一个人坐会儿。”

林子枫转身迈出了一步，可随即又转回来面对着他。忽然俯下身去，他张开双臂搂住雷一鸣，狠狠地一勒，又侧过脸，把嘴唇贴上了他的面颊。

只是一贴而已，相触之后，即刻分开。而雷一鸣很平静，单是扭过头来，望向了他：“子枫，你是不是……”

他抬手拍了拍林子枫的肩膀：“你不用说，我明白了。”

他早就觉得林子枫有点古怪，三十多岁不近女色，中了邪似的成天琢磨自己，现在他明白了。抬头对着林子枫又笑了笑，他说道：“去吧，让我安静安静。”

林子枫放开手直起腰，向后退了一步，又退一步，垂下双手浅浅一鞠躬，然后转身走了出去。

雷一鸣是刚刚才明白的，他也一样。也正因为是明白了，所以才要郑重其事地鞠躬告别。告别的不是雷一鸣这个人，是他那未曾萌生便已死去的感情。

天要亮了。

雷一鸣出了门，抬头看天空的微光。

魏成高这时从外面走了进来，一见他，便苦着脸说道：“大帅，现在队伍里的情况不大好，怕是有人不想打，要闹事啊。”

雷一鸣答道：“不想打就不打了，反正也打不出胜仗来。”

“咱们能不能发封电报给虞都统，让虞都统派兵过来帮帮忙呢？”

雷一鸣摇了摇头：“来不及了。”

然后他迈步向院门口走去：“传我的命令，开城门投降。到时候你学子枫的样，别和张嘉田硬碰硬，好好活着。”

魏成高慌忙上前追了一步：“大帅，您——”

雷一鸣头也不回地答道：“不用管我，我和张嘉田之间的恩怨，别人管不了。”

城门开了。

城里的百姓往外逃，城外的士兵往里进，投降的雷部士兵多达两三千人，乱哄哄地站了满街。充当指挥部的县衙门倒还保持着一点清静，然而卫队也失了控制，苏秉君也不知道跑到了哪里去。

在那隐约的喧闹声中，雷一鸣独自坐在指挥部里。

指挥部房间阔大，一侧摆了一副桌椅，桌椅后方的墙壁上左右张贴着两面五色旗。雷一鸣盯着桌面，想自己杀了张嘉田两次，两次都下了死手，张嘉田没死，不是自己手软，是他命大。

他又想，这回张嘉田杀回来了，会如何处置自己？是刀斩是枪毙？还是用更残酷的法子，比如千刀万剐？

抑或还有其他能令他求生不得、求死不能的招数？

抬手摸了摸一丝不苟的短发，又摸了摸光滑洁净的面孔，他最后正了正领章，把前襟的纽扣也挨个摸索了一遍。周身上下是无懈可击的，这样的一副遗容，应该不算狼狈。

然后他从腰间皮套中拔出了一把勃朗宁手枪。子弹上膛，打开保险，他低头张嘴，慢慢地把枪管伸入了口中。食指搭上扳机，他闭了眼睛，把周身的力量都运到了那根食指上。

他想把扳机扣下去，非常想，又非常不想。枪口顶到了他的喉咙，让他干呕了一声。带着哭腔深吸了一口气，他紧闭眼睛低下头，扣着扳机的食指蓄势待发。有人在他耳边轻声笑，他一哆嗦，听出那是雷一飞的笑声。雷一飞生前就是高而瘦的个子，他死后，雷一鸣让人用一领黑斗篷盖住了他。现在他裹着黑斗篷来了，盘旋在他的头顶，等着他死后落入他的魔掌。猛地睁开眼睛，抽出枪管，他惊慌失措地把手枪扔到了桌子上。

那笑声又来了，但不在他耳畔，也不是雷一飞的声音。他循声抬头望着门口，看到了张嘉田。

张嘉田穿着一身不干不净的军裤、衬衫，两只袖子挽到了胳膊肘，头上歪戴着一顶军帽，身后斜背着一支伯格曼冲锋枪。迎着雷一鸣的目光，他歪着脑袋，又是一笑。

雷一鸣看着他，觉得他应该是张嘉田，又觉得他不像张嘉田。他的模样、身材的确像张嘉田似的，然而除此之外的一切，都很陌生。

所以他怀疑是自己看错了。目光移向窗口，他发现窗外已经有了北伐军的士兵。

看过了窗口，再去看门口，他还是觉得那人不是张嘉田。然而那人已经大踏步地走进来了。隔着一张桌子，那人向他“咔嚓”一声打了个立正，昂首挺胸地抬手行了个军礼：“大帅好！”

然后他放下手，把桌面上的那把勃朗宁手枪轻轻推向了雷一鸣：“雷大帅，您请继续，别为我耽误了您的正事。”

雷一鸣惊恐地瞪着他，在那把手枪逼近自己之时，他下意识地向后躲了一下。

张嘉田侧身坐上了桌边，一手按在桌面上，然后向雷一鸣的方向探过身去：“怕啦？要帮忙吗？”

雷一鸣向后躲到了极致，简直快要在椅子上打挺。圆睁二目看着张嘉田，他一摇头，很艰难地从口中挤出了一个字：“不……”

（四）

雷一鸣的那个“不”字，似乎让张嘉田觉得很滑稽：“不什么？不怕死？不想死？还是不用我帮忙？”

雷一鸣紧瞪着张嘉田，已经恐惧到了极点。张嘉田的面貌越是没改变，那面貌之下的目光和神情越让他胆寒——在张嘉田的眼中，他没有找到任何人的成分。

要么就是张嘉田自己没了人性，要么就是张嘉田没把他当人看。

张嘉田没有等到雷一鸣的回答，便低头抄起那把勃朗宁手枪看了看，手枪的枪柄镀了金，光灿灿得醒目。他握住手枪对准了雷一鸣，口中说道：“手感不错，给我吧！”

雷一鸣依然说不出话来。

昨夜他那视死如归的勇气，此刻已然消散了，枪口对准他的眉心，像是死神空洞的独眼，让他毛骨悚然地瘫软在了椅子上。而张嘉田似乎是看出了他的情绪，故意追问：“行不行呀？大帅？”

雷一鸣终于一点头：“行。”

张嘉田笑了，低头把腰间的手枪皮套打开来，他抽出了里面的左轮手枪，给新来的这支勃朗宁让了位。然后又掂了掂手里的这支左轮手枪，他对雷一鸣说道："咱们分开了一年多，今天刚一见面，你就送我这么一份厚礼，我没什么可回报的，你既是想死，那我就送你一程，如何？"

说完这话，他甩出手枪转轮，将子弹尽数倒了出来，只将一枚子弹重新填了进去。

把其余子弹揣进裤兜里，他一拨转轮，未等转轮停转，他已经"咔嚓"一声将转轮复了位。随即站起来转过身，对着雷一鸣举起手枪，问道："还记不记得这个游戏？"

雷一鸣僵硬地一点头——他当然记得。

"记得就好，你喜欢玩，我就再陪你玩一次，玩着玩着就死了，多好啊！是不是？"然后他绕过桌子走到了雷一鸣身旁，把枪口抵上了对方的脑袋，"一，二……"

雷一鸣又闭了眼睛——他看出来了，张嘉田是笑里藏刀，这把刀早就为他预备好了，他逃不脱。

与其如此，索性求个痛快的死法。他双手紧紧地攥了拳头，低下头，听见张嘉田慢悠悠地喊出了那个"三"。

然后，头上响起了"咔嗒"一声。

这一枪是空枪，没有打碎雷一鸣的脑袋，然而打断了雷一鸣的神经。他猛地哆嗦了一下，仿佛是死了一回。

死了一回的人，就万万不想再死了。眼看张嘉田又把枪口对准了自己，他颤巍巍地站了起来，向后退了一步："嘉田……"

他的声音也是颤的，带着哭腔："我知道……我对不起你……"

一边说，他一边后退，躲避那毒蛇一样如影随形的枪口。后背忽然靠到了墙壁，他退无可退，眼看枪口又逼近了自己的眉心，他只得贴着墙壁横挪，把自己挪到了最后的角落里。

张嘉田含笑看着他，等他陷进角落无处可躲了，才调转枪口瞄准了他的右眼，一扣扳机。

"咔嗒"一声，又是空枪。

张嘉田无可奈何似的，向他一耸肩膀："别急，还有四枪，总有一枪不会让你失望。”

然后他向前一步，把枪口顶上了雷一鸣的额头：“一、二……”

这时，雷一鸣抬手去推他手中的手枪，一边推，一边向他摇头：“不、不、不要杀我……求你……饶我一命……”

他的气息是断断续续的，话也说不成整句。张嘉田一转手腕，轻而易举地把枪口重新对准了他：“三！”

然而这一次他没能即刻扣动扳机，因为雷一鸣双膝一软，跪了下去。

一只手撑在地上，雷一鸣用另一只手抓住了他的裤管。他抬起头仰望着张嘉田，哆嗦成了一团，声音都噎在了喉咙里，一时间竟是成了哑巴。眼看着张嘉田又把枪口移向自己了，他在极度的惊惧与绝望中，对着枪口不住地摇头，仿佛那枪有灵，看得懂他的拒绝。

一边摇头，他一边拼了命地挤出声音：“我不想死，我刚有了女儿。她还小，她不能没有爹……”他将另一只手也抬起来，几乎是抱住了张嘉田的一条腿，“我给你钱，你要多少我给多少。我再也不和你抢了，什么都不和你抢了。只要你让我活着回家……”

张嘉田俯下身去，用枪管敲了敲他的手：“大帅，有话说话，干吗这么拉拉扯扯的？”然后他伸手捏住了雷一鸣的下巴，压低了声音又问，“怎么？不想玩啦？”

他的手粗糙、肮脏、坚硬，力大无穷，几乎要捏碎了雷一鸣的骨头。雷一鸣疼得一皱眉毛，眼中几乎有了泪光：“不、不玩了。”

张嘉田一歪脑袋，饶有兴味地审视着他：“你这人可真是有点儿不知好歹。没人管你呢，你自己把手枪往嘴里捅，我想好心帮你一把吧，你又这么连跪带哭的，旁人看见了，还以为我把你怎么着了呢！”

雷一鸣慢慢地垂了眼，禁不住张嘉田那锐利野蛮的目光。

很恐慌，很屈辱，但无论如何，他都要苟且偷生，都要活着回天津去。求生的欲望压过了一切，还是活着好，活着就有希望，就能看见妞儿。死了则是只有下地狱，地狱十八层里，有好些妖魔鬼怪在等着他。

“我错了。”他喃喃地开了口，“我对不起你。嘉田，你大人有大量，饶我一次吧。”

他放开了张嘉田的裤管，双手汗津津地落了下去。张嘉田不松手，他就只能一直仰着头。太阳穴猛地一痛，是张嘉田重新把枪口顶了上去。

他身体一震，抬眼望着张嘉田。

“让我饶你？”张嘉田说道，“行，可我也想请你饶我一次，饶了我那些死在青余县的兄弟，让他们重新活过来，行不行？”

他放开了雷一鸣的下巴，顺手拍了拍他的脸。“你怕死啊？”随即他笑了起来，“真巧，我也怕，我那些死了的兄弟也怕。不过他们没有你命好，连个下跪求饶的机会都没有。”他手上加劲，顶得雷一鸣歪了脑袋，同时压低声音说道：“你要珍惜这个机会啊！”

雷一鸣轻声答道：“是，我珍惜。”

张嘉田用手枪敲了敲他的脑袋：“除了下跪，你还有没有别的本事了？给我瞧瞧，珍惜机会嘛，是不是？”

雷一鸣怔怔地看着他，不知道他这是什么意思，直到张嘉田向他一笑：“要不，再磕一个？”

这回，雷一鸣听懂了。

他双手向前按在了地上，迟疑了一下，随即慢慢地俯下了身去。脊梁骨的关节似乎生了锈，一节一节弯得艰难，可死亡压迫着他，让他一个头磕在了张嘉田的脚旁。

然后直起腰，他垂着头，静等着对方下一步发落。可就在这时，门外跑进来了一名军官，冒冒失失地开了口：“军座！太好了，我可找着您了！陈处长也到了，正到处找您呢，让您先别杀雷一鸣。”

张嘉田当即一摊双手：“我没杀他，我一指头都没碰过他。”

军官看清了跪在地上的雷一鸣，登时笑了一下：“好嘞！那我这就告诉陈处长一声去。”

说完这话，军官跑了。而张嘉田用手枪拍了拍雷一鸣的脸，说道：“雷大帅，今天咱们先玩到这儿，我太忙了，等忙完了，咱们再接着玩。”

然后他把左轮手枪往腰间皮带上一插，抓起雷一鸣的衣领向上一提，连拖带拽地把他带出了指挥部。指挥部外乱哄哄地走动着许多北伐军的士兵，雷一鸣踉跄着跟上了张嘉田，忽然看到身旁一群士兵正围着林子枫。林子枫单枪匹马，士兵荷枪实弹，他便下意识地停了脚步，轻声唤道：“子枫？”

随即他转向了张嘉田：“子枫和这些事都没关系，他是前几天刚到的，求你把他放了吧。他——"

他这番话没能说完，因为张嘉田放开了他的衣领，已经大踏步走向了林子枫，一边走，一边又伸出双手笑道："老林！你跑哪儿去了？我进城半天了，也没瞧见你的人！"

挡路的士兵立刻散开，林子枫和张嘉田握了握手："好久不见。方才你的兵往里进，这里的兵又投降，乱得很，我怕受误伤，所以在房内多坐了一会儿，现在才出来。"

张嘉田又道："老陈也到了，他怕我偷着把雷一鸣宰了，正满城找我呢，也不知道他找到哪儿去了。你再等等，老陈是坐着汽车来的，咱们一会儿坐汽车回去。城南边有条路，修得挺平整，跑汽车正合适。"

林子枫似笑非笑地一点头，然后扭头去看雷一鸣，就见雷一鸣睁大了眼睛，直勾勾地看着自己，显然是非常困惑，非常震惊。

"子枫。"雷一鸣开了口，"你……你是怎么回事？"

林子枫望着他，不说话。还是张嘉田回头答道："多亏了子枫给我们通风报信，要不然我们就得追你追到热河去了。妈的，我在地图上找了半天，才找到了这么个地方，安泰，原来听都没听说过！"

雷一鸣听了这话，不再多问，只是看着林子枫不言语。张嘉田向前推搡着他，他踉跄着走了一步，依然怔怔地看着林子枫。

林子枫看着他的眼睛，终于说了话："大帅请放心，我会把您的信送到天津的，顺便……"他把声音放得温柔了一点，"也看看您家的二小姐。"

二小姐的前头，还有一位大少爷。大少爷死在了医院里，体内有他林家的血。

他这句话让雷一鸣有了反应："你有什么都冲我来，别找我的孩子！"

林子枫摇了摇头："我对你，已经没什么了。"

前方响起了汽车喇叭声，一辆汽车慢慢地驶了过来。前后排的汽车门一开，陈博志先跳了出来，见了林子枫，他满面春风地笑道："老林！功臣！"

林子枫对着他一点头："来得正好，我正等着你的汽车回去。"

陈博志扯了扯军装下摆，看了雷一鸣一眼，然后答道："后头还有一辆，我们坐那辆，这辆留给张军长。"

张嘉田也说道："对，我和雷大帅坐一辆，我俩是老相识，路上正好聊聊。"

陈博志见张嘉田像是这就要上汽车去，便问道：“张军长，你不能就这么带着他上车吧？是不是不够保险？”

张嘉田答道：“是不保险，兔子急了还咬人呢，谁知道他会不会半路跳车跑了？”

“那找根绳子，把他绑起来？”

张嘉田笑了：“哪用那么麻烦？”

然后他转身面对着雷一鸣，一脚踹上了他的肚子。

雷一鸣几乎是被他踹得向后飞了起来。而在雷一鸣落地的同时，张嘉田转身从士兵手中夺过一杆步枪，迈步走上前去，一脚踩上了雷一鸣的大腿，他双手握着步枪高高举起，用枪托狠狠向下一砸。

在场众人都听见了“咔嚓”一声响。

雷一鸣惨叫了一声，左小腿被枪托砸得变了形状。张嘉田退后一步，把步枪扔给了士兵，把背上的冲锋枪解下来，也扔给了士兵。一身轻松地扭了扭脖子，他对着陈博志说道：“好了，现在你求他跑，他都跑不成了。”

雷一鸣用双手掐住左大腿，半哭半喘地蜷缩着身体。而林子枫在他那一声惨叫中闭着眼睛扭开了脸。陈博志见状说道：“你若是看不得这个，咱们就先走吧。”

林子枫从嘴里吐出了两个字：“残暴。”

然后他和陈博志走向了前方。

（五）

张嘉田弯下腰，抓着雷一鸣的衣领，把他从地上拎了起来。雷一鸣倒是把这断骨的剧痛忍住了，没有继续惨叫，只是急促地喘息，喘得呼吸中都带了哭腔。张嘉田把他胡乱塞进汽车里，然后自己也钻了进去。外面的士兵为他将汽车门关了上，而前方副驾驶座上的一名副官这时便回了头：“军座，咱们现在就走吗？”

汽车是美国产的大汽车，张嘉田在后排座位上坐得挺舒服，对着前方一扬头，他用下巴做了指挥：“走！”

汽车发动起来，缓缓地向外倒车。张嘉田弯着腰，凑到车窗上向外望，看到了一个黄土蔽日的荒凉世界，还看到了自己的兵乱哄哄地跑过来又跑过去。这样的风景，他这一年来看过了太多，所以踏踏实实地向后一靠，他面对着前方，对着副官说话："总指挥那边有消息吗？"

副官回了头，目光扫过雷一鸣，扫得隐秘而克制，要显出他对这俘虏是视而不见："还没有收到新电报，想必总指挥是不打算往这边走了。"

张嘉田听了这话，不置可否地一撇嘴，像是有了城府和心术的大号坏小子，有主意，有想法，但是掖着不说。

汽车行驶在城内最平坦的道路上，依旧是要蹦跳着颠簸前进。张嘉田挺喜欢这个颠法，觉得怪有意思，摇摇晃晃地换了个姿势，他忽然听见身旁的雷一鸣呻吟了一声。

雷一鸣是被他扔进汽车里的，身体歪斜着靠着另一侧汽车门，他一直是垂着头不言不动。此时他的身体失了控，缓缓地滑下了座位，而左腿弯屈在了身下，断骨受了这样的颠簸压迫，便让他忍无可忍地痛叫出了声音。

张嘉田歪着脑袋看他，看新鲜把戏似的，看了好一会儿，然后把他重新拎了上去。他背靠车门瘫在了座位上，脸色苍白，短发发根被冷汗濡湿了，汗珠子顺着他的额角往下淌。眼皮颤动着抬起来，他望向张嘉田，面无表情，目光呆滞，是随时都要昏厥过去的模样。忽见张嘉田向自己一扑，他登时仰头向后一靠，同时惊得哼出了一声。

然而张嘉田只是作势要扑，人在原位，并没有真动。见了雷一鸣的反应，他"哈哈哈"笑了起来，笑声爽朗，是好小伙子的笑法。一边笑，他一边又从腰间拔出了那支左轮手枪。食指搭上扳机，他握着手枪笑道："大帅，旅途寂寞，咱俩再玩几局？"

雷一鸣轻声说道："你不能杀我，我还有用。"

张嘉田点了点头："没错，他们都说你有用，可惜你再有用，也没我有用。我真把你玩死了，想必也不会有人舍得让我给你偿命。"然后他凑到了雷一鸣面前，"是吧？"

雷一鸣呆呆地看着他，看着看着，垂眼低了头。张嘉田用大拇指一抹他的眼睛，指肚蹭过了湿漉漉的睫毛。收回手看了看手指，他大声笑道："别哭别哭，我逗你玩的！你不是爱玩吗？我这是哄你呢！"然后他抓住雷一鸣的短发，迫使对方抬起了头，“大帅，我这么卖力哄你高兴，你是不是也该给我个笑模样呢？总这么给脸不要脸可不成啊！”

雷一鸣几乎是泪眼婆娑的，可是嘴角慢慢上翘，他果然露出了个带泪的笑。笑容不定，一闪即逝。张嘉田兴高采烈地一拍大腿，用手枪枪管蹭了蹭他的脸：“这就对了嘛！知道你是个什么东西吗？你是反动军阀。我毙了你，算是——”他顿了一下，想了想，扭头去问副驾驶座上的副官，“那个词怎么说的来着？”

副官侧过脸来，答道：“为国除奸。”

张嘉田恍然大悟：“对对对，为国除奸。”然后他转向前方的副官，“这些革命词儿，我是永远记不住。”

副官赔笑道：“军座将革命理论身体力行，比记几个词要伟大得多了。”

张嘉田把手枪重新插回了腰间，向后坐回了原位：“你这马屁我没听明白，你重新拍！”

副官笑了：“军座是真正做出了事业的大人物，比我们这些只会耍嘴皮子的强多了。”

张嘉田向前挥挥手：“懂了，坐回去吧！”

然后，他像是把雷一鸣这个人忘记了似的，兴致勃勃地往窗外望，一望便是一路。

汽车开了许久，到了下午时分，终于在一个村庄停了下来了。

张嘉田和陈博志的汽车，走到半路就分开了，两人各有各的目的地。如今张嘉田跳下汽车活动了一番，又走去一旁撒了泡尿，然后才把雷一鸣从汽车里拽了出来。

雷一鸣的左腿拖在地上，右腿也是软的，车内的颠簸已经让他吃尽了苦头，这时被张嘉田这样没轻没重地一拽，他越发疼得发昏。晕头转向地被张嘉田扔进了一间空屋子里，他眼前一阵一阵地发黑，然而头脑还是清醒的，蜷缩着趴伏在了角落里，他闭着眼睛喘息，觉得自己还能忍耐——为了活着。

依稀察觉到张嘉田没有走，他抬起头，发现这人正居高临下地审视着自己。他怕了，不知道对方还有什么新花样来折腾自己，于是慌忙把头又低了下去。

外面有人扯着嗓子喊“军座”，于是张嘉田一声不吭地转身走了。那一嗓子来得正好，救了雷一鸣，也救了张嘉田——张嘉田方才看他简直是看得入了迷，一边看，一边就把当年那些陈芝麻烂谷子全想起来了，想得他险些失了控，险些抬起穿着沉重马靴的大脚丫子，把地上这位大帅踩得骨断筋折稀巴烂！

单是踩还不够，还得一桩桩一件件地和他算笔总账，这笔账算起来，双方也许都要鼻涕一把泪一把。他这卷土重来占了上风的，怕是也端庄不到哪里去。

他现在顶讨厌动感情，心里空荡荡的，似乎也没有感情可动。这样很好，没心没肺式的自由与快活，是情种们想象不出的。大踏步地走出了房门，他一边和人说话，一边继续前行。走到半路，一个苗条的小子蹦了出来，穿着军装，没戴帽子，露出一脑袋乌黑凌乱的短发，正是满山红。他瞧见了满山红，登时站了住："你什么时候到的？"

满山红答道："我刚到！你到安泰去，怎么不告诉我一声？我也想去！"

"甭去了。"张嘉田用大拇指向后一指，"我把他带回来了，想看你就过去看看，看的时候文明点儿，别把人给我弄死了！"

满山红漫不经心地一笑："那有什么好看的？我骑马赶了五十里路才到这儿，我得先喝口水吃口饭！"然后她把声音压低了一点，"总指挥过来吗？"

张嘉田向她使了个眼色："这儿押着个巡阅使呢，他能不过来吗？"

满山红一伸舌头，小声说道："人家那条腿挺会瘸，要上战场就犯毛病，等到打完仗要分战利品，他那毛病就好了，跑起来兔子都是他孙子！"

张嘉田立刻向她一挤眼睛。满山红点了点头："好，好，我吃饭去，不说了。"

话音落下，她转身要走，临走之前却又问道："雷一鸣在哪儿呢？"

张嘉田回头往远方指："路口的院子里有座柴房，就在那柴房里头。"

满山红顺着他手指的方向看了一眼，潦草地"噢"了一声，随即转身走开，找饭吃去了。

满山红吃饭喝水，然后骂骂咧咧地让炊事班开伙，给她带来的队伍弄饭弄水。她忙着，张嘉田也忙着，他麾下的几路队伍此刻齐聚在了这一带，队伍良莠不齐，有相当一部分人马都是他从绥远和河南收编过来的败军，这帮家伙一天不闹事，就浑身不舒坦。张嘉田当他们是一颗定时炸弹，总得留神看着他们，要不然他们不分敌我，随时可能爆炸。

如此忙到半夜，他对付着睡了一大觉。睡到了翌日上午，他醒了，洪霄九也到了。洪霄九一度见了他就没好气，骂孙子似的骂他，及至后来他连着打了几场大胜仗，和陈博志一流的国民党代表也相处得挺融洽，洪霄九才渐渐地又给了他好脸色。此时见了张嘉田，洪霄九笑着拍了他一巴掌："行啊！真把人给我逮住了！"

张嘉田抬手摸了摸脑袋，也是笑，心想，我他妈的是给你逮的?

洪霄九又在他的脑袋上胡噜了一把："等着吧，这两天咱们就开拔，往北京去。"

他这一把胡噜得很亲热、很自然，张嘉田也笑得好像他的亲兄弟。洪霄九又道："你一定得把雷一鸣给我看好了，他下面的那些队伍，现在还有守着山头顽抗的，咱们犯不上再往他们身上费力气，到时候直接让雷一鸣出面发话，让他们投降。"

张嘉田连连点头："是，我知道。"

洪霄九又道："我瞧瞧他去。"

张嘉田侧过身，向前一伸手，做了个"请"的姿势。

洪霄九溜了他一眼，然后拎着手杖向前走去，一边走一边笑道："这小子不学好，这回见了面，我得替他死了的爹教训教训他。"

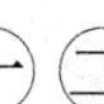
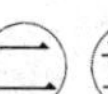

第十二章

DI SHI ER ZHANG

分道扬镳

仿佛在冥冥之中，他和他天生地有羁绊。

张嘉田忽然生出一种预感：自己和这个人，除非死了一个，否则就没完！

（一）

张嘉田陪着洪霄九进了柴房。

自昨天他从这里走出去，到现在他随着洪霄九回了来，已经过去了一夜半天。他一直忙忙碌碌地不肯去想这个人，如今推门进来了，才意识到这人是个活物，需要吃喝拉撒，而自从他昨日清晨落到自己手里之后，就没再享受过活物的待遇。

柴房不算大，可因为里面没柴火，所以空空荡荡的挺宽敞。角落里灰扑扑地趴着个人，正是雷一鸣。

张嘉田停下脚步，让洪霄九自己走上前去。而洪霄九停在了雷一鸣面前，先是俯身细看了看，见他紧闭了眼睛，似乎是人事不省，便用手杖捅了捅他的腰肋软处。这几下子捅得挺够劲儿，因为雷一鸣当即向旁一缩，随后睁开眼睛抬了头，他怔怔地仰视着上方的洪霄九，又转动眼珠，看到了后方的张嘉田。

然后他重新低头趴了下去。

洪霄九用手杖一点他的后背："大帅？"

雷一鸣的肩膀和脊梁明显紧张了一下，仿佛是想要躲避。洪霄九又笑道："我说，咱们都好几年没见面了，如今好容易又碰了头，你怎么还不搭理我了？要不我换个叫法，咱们不喊大帅了，显着生分，我叫你一声大少爷？"

雷一鸣把两只手往身下缩了缩，依旧是不出声。

洪霄九这时回头问张嘉田道："你给他使了什么法子，怎么让他趴得这么老实？"

张嘉田一耸肩膀："我砸折了他一条腿，他能不老实吗？"

洪霄九点了点头："这倒是个好主意，路上能省不少事。"然后他转向了雷一鸣，手杖点着地面，他俯下身说道：“大少爷，乖乖的啊，别怕，只要你听话，我就送你回家去。你毕竟是雷家的种，我不看二爷的面子，也得看你爹的面子，是不是？”

说到这里，他嘿嘿笑了两声，拄着手杖直起身，他转过身来对张嘉田说：“知道吗，他家原来还有个二爷，身量体格和你挺像，是个好人，可惜，让他给弄死了。他家老爷子伤心窝火的，没过一年也完了。我琢磨着，雷家可能是祖坟的风水变了，要不怎么传到这一辈，出来了这么个邪种？”

然后他抬手扶着张嘉田的肩膀，作势要往门外走，临走之前回了头，又对雷一鸣说道：“听话，要不然我把你摁河里淹死。”

话音落下，他忍俊不禁，扑哧一笑，边笑边向外走了出去。张嘉田送他出了门，问道：“大哥，我让人送你到指挥部歇会儿去？”

洪霄九没答这话，而是对着房内一指，低声说道：“千万得把他看住了。让他发句话，那不算什么，等回了北京，咱们得跟他弄俩钱花。”

张嘉田深深地一点头：“明白。”

洪霄九摇摇晃晃地走了，张嘉田在门口站了一会儿，然后回头向房内望去，却见雷一鸣不知何时又抬起了头，正望着自己。

张嘉田和他对视了片刻，然后就见他用胳膊肘支起了身体，一路匍匐着向自己爬过来。他爬得艰难，因为那条断了骨头的伤腿略动一动便是剧痛，可他既然要爬，就不能纹丝不动。张嘉田向他走了几步，停到他的面前：“你——”

雷一鸣喘着粗气，抬手抓住了他的裤管。拼命向上仰着头，他嘶哑着喉咙说道：“我的腿……”

张嘉田答道：“腿怎么了？疼？疼就对了，不疼你不就跑了？”

雷一鸣盯着张嘉田的眼睛，一直看进他的瞳孔里去。这里没有人可以做他的救命稻草，包括张嘉田，不过张嘉田终究还是和别人不同的，所以他还是得把他抓住。

尊严是可以不要的，人格也是可以不要的，他只要命。另一只手也抬起来，他向前蹭了蹭，抱住了张嘉田的小腿：“嘉田，原来你对我好过，我也对你好过，现在你就权当是可怜我，再没人管我的腿，我这条腿就残废了……”

说到这里，他垂下了头。张嘉田低头俯视着他，就见他脏兮兮地趴在自己脚下，瘦削肩膀将军装撑出了清晰棱角，平时那个乌黑锃亮、一丝不乱的脑袋，现在也乱糟糟地粘了草屑。隔着马靴和军裤，他的腿渐渐感受到了他的热度，他先是想他在发烧，然后又想：他哭了。

脑海中掠过了往昔岁月的片段，他回忆起了自己第一次见到他的那夜：他傻头傻脑地伸了脖子往汽车里瞧，结果瞧见了正在下车的雷一鸣。雷一鸣盯着他看，他都缩回脑袋想要躲了，雷一鸣的目光依然追逐着他。

仿佛在冥冥之中，他和他天生地有羁绊。

张嘉田忽然生出一种预感：自己和这个人，除非死了一个，否则就没完！

张嘉田叫来了一名郎中，给雷一鸣接骨。

郎中是本地有名的江湖郎中，忙时种地，闲事行医，还会打铁。听闻军长传唤自己过去给人接骨，郎中深感荣幸，为了显得自己手段利落，他伸出两只铁硬的大手，想要先脱雷一鸣的马靴，然而这一脱，马靴未动，雷一鸣却惨叫了一声。

张嘉田手里拿着一只本地山上出产的大梨，一边旁观，一边咔嚓咔嚓地吃。雷一鸣的左小腿已经肿胀到了惊人的地步，所以郎中须得拿刀子把他的靴筒割开，才能进一步为他接骨。

费了不少的力气，郎中把他的马靴除掉了，裤管也撕得只剩了半截。张嘉田吃完了一个梨，又从副官手中接过了一个，看得有趣，吃得有味。郎中出手接骨的那几分钟，简直是惊心动魄，三名勤务兵一起出手，才摁住了地上的雷一鸣，而雷一鸣一边挣扎一边哀号，号到最后，他大声哭道："嘉田！"

张嘉田听到他这一声呼唤，忽然感到了愤怒——他算个什么东西，敢对自己一口一个"嘉田"？他以为自己还是他的跟班随从吗？有了屁大点事也要叫嘉田？出门随手找来了一截马鞭子，他对着雷一鸣劈头就是一鞭："嘉你妈的田！叫张军长！"

他一鞭子就把雷一鸣抽哑巴了，而郎中这时长嘘了一口气，说道："好了！"

郎中为雷一鸣接好了骨头，又用夹板和布条把他的左小腿捆绑了上。张嘉田让人把他从柴房中搬运出去，送进了指挥部内的一间空房里。所谓指挥部，也不过是这村庄中一位地主的宅院。雷一鸣昏昏沉沉地躺在炕上——未经那郎中诊治时，他头脑还算清楚；如今遭遇了那郎中的毒手，他只剩下一丝凉气。

仿佛有人给他喂了水，他喝了一口，觉得脸上火辣辣地疼，想睡又不敢睡，怕会在梦里吃枪子儿。蒙胧中，他看到了一双黑白分明的眼睛，那双眼睛十分年轻，他认出她来，但是已经记不起了她的名字，只在心中想："那个野丫头。"

然后他又想起了自己也杀过那个野丫头，便叹了口气，心想："都来了。"

叹了一口气，他沉进了黑暗中。

半夜，雷一鸣被士兵用担架抬进了汽车里。

汽车行驶到天明，他换了一辆马车。在马车里躺到了下午，他上了火车。他非常乖，不但一句多余的话都没说，甚至连眼睛都没有睁。

第三天中午，他到了北京。

他在北京又昏睡了一天，真正退烧清醒的时候，已经是第四天下午。

这些天他几乎是水米未进，瘦得脱了相，青白面皮绷在颧骨上，他仰卧在床上，头脸像一只玲珑的骷髅。医生给他打了葡萄糖水和营养针。然后张嘉田来了，把他从床上拎起来，让他以冀鲁豫巡阅使的名义发表通电，号召他先前的部下们放弃抵抗，尽快投降。

他乖乖地发了通电，然后问张嘉田："老帅走了？"

"走了？"张嘉田对着他一瞪眼睛，"死了！"

"死了？"

"他坐火车往关外跑，日本人在铁轨上装了炸药，把他炸死了。"

雷一鸣眨了眨眼睛，镇定了片刻，然后换了话题："我什么时候可以回家？"

张嘉田反问道："我说让你回家了吗？"

雷一鸣愣了愣，忽然说道："你我一起回去……你可以见见春好，还有，春好找到她弟弟了，你们——你们很久没见，一定有话要说。我们一起谈谈。"

张嘉田冷笑了一声："别拿春好当幌子了，放不放你，我说了不算，得听洪霄九的。洪霄九说了，让你拿钱买命。"

"他要多少？"

"一千万。"

雷一鸣望着张嘉田，眼神几乎是骇然的："我哪有那么多钱？"

张嘉田作势要走："那我告诉他一声去。"

雷一鸣的手抬了一下，然而又放了下去。他看出来了，洪霄九——肯定还得加上一个张嘉田——想要对自己趁火打劫。打劫的金额是没有准数的，横竖都是白来的钱，多要一个是一个，所以他们敢狮子大开口，张嘴就要一千万。这两个该死的混账，对了，还得加上一个林子枫。

然后他又想起了叶春好。

他还不能贸然把叶春好也归入混账一类，不过也要视她接下来的行为而定。他先前虽然有对不住她的地方，可自从她有了身孕到现在，他对她一直是像对待祖宗奶奶那么恭敬，而且他再不好，终究是妞儿的亲爹，她若这个时候真去投奔了张嘉田，那么……

想到这里，他摇了头——不能，叶春好和自己再怎么闹意见，她终究不是个坏人。她不能那么对自己落井下石。

最后，他想起了妞儿。

妞儿——

单是喃喃自语着发出这个名字的音来，都让他感到了温暖和明亮。他的钱是要留给妞儿花上一辈子的，绝对不能便宜了那些混账。

然后他的思绪又落回到了叶春好身上。他想自己须得立刻联系到她，除了她，这世上也许再没有别人能制得住张嘉田了。自己手里有妞儿，还有叶文健，不信控制不住她。

（二）

雷一鸣不知道自己身在何处，几乎是与世隔绝，所以他把希望全寄托在了讨价还价这一桩事情上。他绝不肯给洪霄九一千万，钱全给了他了，自己后半生的日子怎么过？

然而他等了一天，并没有等到谁再来向他传话。如此到了晚上，他躺在床上，正蒙眬着要睡，忽然有两名士兵闯了进来，扶起他就往床下拽。他站立不稳，糊里糊涂地被这两个人拖了出去。穿过一座院子，他出了大门，被他们扔进了一辆汽车里。

汽车里已经坐着洪霄九，他几乎是一头撞进了洪霄九的怀里。他怕洪霄九，所以慌忙向后坐正了身体，然后后面又坐上来一个人，正是张嘉田。

张嘉田个子大，洪霄九更是个大块头，两人把雷一鸣夹了住。他们倒没有对他怎么样，然而雷一鸣坐正了身体，只是惊惧欲死，因为这两个人都能理直气壮地宰了他，他怕他们。

汽车发动起来，缓缓驶出了一重大门。汽车门外的踏板上站着武装卫兵，所以雷一鸣也看不清车外风景。犹犹豫豫的，他转向了张嘉田——虽然洪、张二人都是他眼中的活阎王，但张氏阎王似乎还要比洪氏阎王亲切一些，他有了话，还是得先去问他。

"你要送我去哪里？"他问。

张嘉田坐在了黑暗中，面目不清："好地方，到了你就知道了。"

雷一鸣不再问了，隐约觉得汽车是往城外开。

一个小时之后，汽车当真停在了城外。

张嘉田先下了汽车，随后两名士兵上前，又把雷一鸣拖了出来。夏季的午夜，本不该冷的，可或许是因为此地荒凉空旷的缘故，雷一鸣穿着一层单薄的睡衣，就觉着凉气袭人。赤脚踏在地上，他看到前方错落站着一小队士兵，正在挖坑，坑已经挖了半人多深，坑中的士兵弯着腰，还在继续深挖。而周围就只有他们这一群人，再往远看，便是林木和野原。

张嘉田站到坑边，向里看了看："行了，够了。"

坑内的士兵听了这话，带着铁锹爬了上来。洪霄九这时从后方走了过来，说道："这地方不错，动手吧！大半夜的不睡觉干这个，真够人受的。"

说完这话，他打了个大哈欠。张嘉田点点头，抬手在半空中做了个手势，而那搀着雷一鸣的两名士兵便一起迈步，把他拖向了坑边。

雷一鸣瞬间明白了，人在坑边猛地伸出了手，他一把抓住了张嘉田的胳膊："嘉田！"

随即他改了口："张军长，别杀我！"

张嘉田用力扯开了他的手："给你机会你不要，白放了你又便宜了你，我也不能干养着你不是？"

然后他对那两名士兵使了个眼色，两名士兵当即把雷一鸣推进了坑里。雷一鸣在坑中摔得惨叫了一声，挣扎着翻身坐起来，他被一锹泥土撒了满头满脸。

他没再说话，任由泥土一锹一锹填下来，洪霄九和张嘉田站在坑边向下望着，就见他的腿没了，搭在腿上的两只手也没了，随即腰也没了，泥土向上一直埋到了他的胸口。

这个时候，他终于开了口："停！"

他抬起头，对着坑边那两个人说道："我给钱！"

洪霄九和张嘉田对视了一眼，然后一起笑了起来。洪霄九一边笑，一边又道："贱种，非等土埋了脖子才老实。"

凌晨时分，雷一鸣被汽车送了回来。

他洗了个澡，洗去了满头满身的土，然后对张嘉田说道："我不管钱，家里的钱都由春好管。想让我拿钱，你得先把春好叫来。"

随即他又补了一句："还有林子枫，这两年，他也为我管一部分账。没有他和春好，我一分钱都拿不出来。"

张嘉田把他这话听进去了，出去和洪霄九商量了一番。天亮之后，他们让雷一鸣往天津雷公馆打去了长途电话。雷一鸣手里握着话筒，在电话接通之后，他先听到了白雪峰的声音。

这声音几乎让他落下泪来："雪峰，是我。"

白雪峰显然是大吃了一惊："大帅，您还好吗？您在哪里？我们在报纸上……"

雷一鸣不等他说完："太太呢？让太太来听电话，我有急事找她。"

然后他听见白雪峰一迭声地喊太太，片刻之后，他听见了叶春好的一声"喂"。

她这一声"喂"，让他仿佛躺进了一池温水中，血液开始流动，知觉开始复苏，断骨之处的疼痛感发散开来，让他那握着话筒的手都要打战："春好。"

叶春好的声音在他耳边响了起来："你在哪里？"

"我在北京，我……我差点儿死了。你呢？你和妞儿还好吗？"

叶春好的声音不带感情，但也有问有答："我们都好。"

雷一鸣一听这话，把心放下了一多半："林子枫有没有去找你们的麻烦？那小子在战场上里通外敌把我卖了，他——"说到这里，他忽然想到"敌"正站在电话机旁，便又换了话题，"你把妞儿抱来，让我听听她的声音。"

话筒中传来了叶春好喊陈妈的声音，忽然一个大嗓门响了起来："姐夫！姐夫是你吗？你在哪儿呢？你怎么还不回家啊？"

这是叶文健的声音，但未等雷一鸣回答，那个声音已经被奶声奶气的一声“嘎”取代，“嘎”过之后，是一串“咘咘”的喷口水声，雷一鸣忍不住笑了一下。笑过之后，他又听见了叶春好的声音：“妞儿要吃奶去了，你还有什么事情？”

笑容立刻僵在了他的脸上，他握着话筒沉默片刻，然后才轻声问：“你就一点儿也不关心我吗？”

没有回答。

雷一鸣继续说道：“我败在了张嘉田的手里，现在也依然是在他手里。现在我要用钱买命，家里的账我向来不管，现在让我找钱我都没地方找去，所以想请你过来帮帮忙。你放心，这条命我买得起就买，买不起就算，我不动你的体己。你带着妞儿和小文，今天下午就坐火车回北京吧，我若不是真到了走投无路的地步，也不会这样求你。”

那边的叶春好答了一声：“好。”

雷一鸣又道：“到了这边家里，你要处处小心，尤其是要提防着林子枫。晚上我往家里打电话。对了，让雪峰也跟着你们回来，小文太小不顶事，雪峰还能给你帮帮忙。”

叶春好很清楚地、很没感情地又答了一个字：“好。”

雷一鸣放下了电话，忽然觉得万念俱灰。张嘉田还站在他面前，可他连看他一眼的力气都没有了。战败被俘之后，他一直想着要回家，仿佛回了家便万事大吉，可是叶春好的冷淡态度提醒了他：那个家里，似乎已经快要没他的位置了。

于是在接下来的一整天里，他都躺在床上不大吃喝，连张嘉田都看出他像是受了什么刺激。但张嘉田无心管他了，趁着叶春好还没到，他抽空出去洗澡、理发，换了身西装，又让副官火速跑去鞋庄，给自己买了一双新皮鞋回来——他平时不大注重形象，到了这要面子的时候，才发现自己周身上下，一件好衣服都没有。脚上这双皮鞋先前大概也是乌黑锃亮的，上了他的脚没几天，就被他穿成了翻毛皮鞋。

如此忙碌到了晚上，如他所料，叶春好来了。

叶春好没到的时候，张嘉田也没觉得怎么样，毕竟他如今也是见过好些大世面的人了。他暗暗地给自己打气：“怕她干什么，我什么大人物没见过？”

然而在雷一鸣往家中打去电话、联系上了叶春好之后，他的心开始怦怦跳。洪霄九没露面，房内摆着一张床和几样家具，他坐在桌旁，服色鲜明、人高马大。而床上委顿着一个褪了色的雷一鸣，张嘉田扫了他一眼——直到这时，他才真正瞧出了这人的狼狈和虚弱。

天色暗了，电灯亮了，房门被人敲响，外面有人报告："雷太太到了。"

张嘉田面无表情，身体从椅子上弹了起来，几大步就走到了门口。伸手拉开房门，他向外望去——紧接着，他忍不住笑了："你也会胖啊？"

他的声音挺轻，是在大庭广众之下偷着问的。世上没有这样的开场白，但叶春好也笑了——向来知道张嘉田这人没水平，一不小心就要胡说八道，所以她不挑他的理，忍得住就腹诽一通，忍不住了就把他批评一顿，反正即便是说得狠了，他也不会记她的仇。将他也上下打量了一番，她忽然感觉此刻不是笑的时候，便抿着嘴一低头："二哥还是老样子。"

张嘉田堵着门，忘了让路："我一直就是这个糙样儿，再变也变不到哪里去了。"

叶春好抬眼看着他那新剃的短发新刮的脸，目光向下又落到了那雪白浆硬的衬衫领子上，她没说话，只是抿嘴又一笑："二哥这回进了北京，还走吗？"

"那得听上头的安排了，反正，走也走不远，横竖不能把我们调到广东去。"

然后他才反应过来，连忙侧身让了路。"你进来。"又抬手往床上一指，"那是他。"

雷一鸣抬头看着叶春好，有那么一瞬间，他自惭形秽，几乎想躲。这房内灯光明亮，叶春好穿着一身很素净的白底蓝花薄旗袍。旗袍越素净，越衬得她面目鲜艳，一双手臂露在外面，也是圆滚滚的，雪白丰润，像是从广告画上走下来的女郎。张嘉田关了房门走到她身旁，新西装被他的宽肩阔背撑得饱满。叶春好高，他更高，叶春好粉妆玉砌，他也是器宇轩昂。

雷一鸣早就觉得他俩站在一起很般配，很像是天生的一对——若非如此，他也不会那么恨张嘉田。眼看叶春好走了到自己面前，他开了口："春好，很感谢你能来。"

叶春好站到床边，对于他的情况，是一句不问，开口直接说道："我这一趟来，并不是看在往昔情分上，我们的往昔情分，已经被你消耗尽了。只不过我们还同处在一个家庭中，如今你又急于用钱，我想我有责任，过来向你做一番交接。”

说完这话，她转身见桌旁有三把椅子，便走过去搬——刚搬到椅子，张嘉田便接了过去，为她放到了床边。

叶春好坐了下来，对雷一鸣继续说道：“前年夏天从北戴河回来之后，你便把这个家的账目全交给了林子枫管理，留给我的，只有你在婚前赠与我的一座金矿。金矿的收益目前看来，还是可观的，你若需要的话，我可以把它还给你。除此之外，就是这几个月你不在家，我管理着家中的生活费用，到今天为止，还剩了两万两千元。”说到这里，她胸中忽然涌上一股恶气，这股子恶气顶得她抬起了头，强压怒气看着雷一鸣，“你若对这几个月的家庭开销有疑问，可以让林子枫再过来，查一查我的账。”

然后她紧紧地闭了嘴，怕自己一时憋不住，说出了成车的难听话，倒好像自己是个小人，偏赶在他落难的时候幸灾乐祸。

可是雷一鸣怔怔地看着她，像是没有听懂她的讽刺：“春好，我不知道林子枫是怎么回事，他背叛了我。这些年我没亏待过他，可他背叛了我。”

叶春好终于还是没忍住：“是的，你向来不亏待人，都是旁人没良心。”

她说她的，雷一鸣说雷一鸣的：“可我的钱还在他手里呢。”

他的语气很茫然，叶春好显然也不同情他，可他只能向叶春好求援。在此之前，他不是死去活来，就是半死不活，简直没有余力去想林子枫那个人，他是从昨晚开始，才意识到了这个大问题：林子枫把他的钱卷跑了！

卷跑了多少，那他没法计算。眼望着叶春好，他又说道：“他们向我要一千万，否则就要我的命。”

叶春好点点头：“嗯。”

“你听清楚了吗？他们想要我的命！”

叶春好饶有耐性地又一点头：“我知道了。”

“你就忍心看着我往死路上走？我是你的丈夫，我是妞儿的爸爸啊！”

“死生有命，我也没有办法。你是妞儿的爸，我也是妞儿的妈，我自然会好好地把她养大成人，你尽管放心好了。”

雷一鸣万没想到叶春好会忽然变得这样恶毒，随手抄起枕头扔向叶春好，大声吼道：“我要死了——”

张嘉田上前两步，劈头盖脸地给了他一记耳光，直接把他抽得趴在了床上。

叶春好被那响亮的耳光震了一下，怀里抱着那只枕头，她清醒了一点儿，满腔恶气也跟着消散了些许。

“二哥，你别打他。”她放下枕头，开口说道，“他就是个爱动手的，你别学他这个毛病。”

然后，她站了起来，又对雷一鸣说道：“你和林子枫的恩怨情仇，我不管，雷家的钱有多少，都摆在明面上，你也可以自己看。你若是想要筹钱，卖房卖地，也随你的便，不要找我。”

说完这话，她转身要走，哪知刚迈出一步，电灯忽然灭了，房内一片漆黑。张嘉田当即大声问道：“怎么回事？”

窗外有人答道：“军座，没事，电线的问题，马上就能修好。”

叶春好站在床边，就觉着眼前黑得伸手不见五指。旁边有窸窸窣窣的声音，是雷一鸣挣扎着坐了起来，近在咫尺，她几乎嗅到了他的气味——不是古龙水生发油的气味——他身体的气味。

鬼使神差，她悄悄地抬手攥了拳头，估摸准了大概的位置，然后用尽全力，一拳砸了下去！

她的手瘦削、修长，攥出了个有棱有角的小拳头。这个拳头带着不小的力量，正砸到了雷一鸣的左肩膀的骨缝里，疼得他“嗷”了一声。

就在此时，电灯骤然亮了，叶春好若无其事地对张嘉田说道：“二哥，我走了，他的事情，归我做的，我就做；不归我做的，那只好请他另寻高明了。”

然后，她做贼心虚，也不看雷一鸣，快步走向了门口。这些年了，都是她看着他发威，都是她承受他的拳脚。她不是他的对手，只好忍耐，如今总算忍到了头，所以她也要无缘无故地打他一下子！

打人是不对的，她平时又讲理智又讲道德，天下的理全让她一个人占了，所以她临时决定：趁黑偷着打。

打一下子就够了，她没打人的瘾，就是想尝尝这打他的滋味，尝过就行。而张嘉田看她忽然要走，以为她是和雷一鸣谈崩了，气得要走，便追了上去：“等会儿，我送你回家！”

（三）

张嘉田跟着叶春好，回了雷府。

两人在汽车里，还没觉得怎的，下了汽车一进雷府大门，两人并肩走着，心中忽然都生出了一点异样的情绪，仿佛时光倒流，他们一起又回到了四年多前。

外面发生着风起云涌的大变化，可雷府的大门内还是旧模样。夜风送了一点花香过来，远近偶尔响起一两声虫鸣。门外门内都悬着电灯，照亮了下方的道路和院落。守门的听差见了叶春好，当即含笑打了招呼，随即看清了叶春好身后的张嘉田。他们愣了愣，脸上很不自然地带着笑，客客气气地一躬身。

房屋是旧模样，人也是旧模样。如果大门外这时响起汽车的开门、关门声，那么他们要下意识地回过头去，准会以为是雷一鸣从外面回家了。叶春好分明是在这个家里做惯了女主人的，可在这时忽然心虚起来，觉得这个家不是自己的，自己只是初来乍到混饭吃的一位家庭教师，张嘉田也是自己私自带进来的，两人瞒着这府里的主人，偷偷前来私会。

“你看，这么一段路，汽车夫一踩油门就走完了，哪里用你来送？”她扭头对张嘉田说道，有点没话找话的意思。

张嘉田方才也有点出神，这时听了这话，便道：“送一趟也不碍事。”

叶春好没听懂这“不碍事”三个字的意思——究竟是不碍自己的事，还是不碍他的事？这种问题是没法子问的，没有意义，而且听着也不和气。抬头看看天上的星月，她又说道：“没想到，我还有机会能和二哥在这府里走一走。”说到这里，她对着张嘉田笑了笑，“我说句实话吧，我原来总觉得，你只要能在外头平平安安地活下去，就是成功。从来没敢奢望着你还能当上军长，这样威风地一路打着胜仗回来。”

张嘉田也笑了：“其实我也没想到，这算不算时势造英雄呢？”

随即，他又问叶春好：“你这一年多过得怎么样？和你通过一封信之后，我就再没能联系上你。”

叶春好这一年的生活，是三言两语便可说尽的，而张嘉田听了她的三言两语之后，思忖了片刻，忽然问道：“那……你现在对他，打算怎么办呢？”

叶春好听了这话，叹了一口气，半晌没言语。

两人信步往前走，不知不觉一起绕进了后花园，叶春好在一块假山石上坐下了，低头说道："你这话是问住了我。原本依我的意思，我就是要和他离婚，只要是能够公开地和他脱离关系，我什么都可以不要，包括孩子。"

张嘉田在她身边也坐下了："明天我就让他和你离婚，他现在不敢不听我的话！"

叶春好摇了摇头："没那么简单，要是我孤单一个人，他或许会同意；可我这里还有个妞儿呢，你不知道他那个人有多爱孩子，为了妞儿，他也不会和我善罢甘休。"

张嘉田不假思索地答道："那就把那个妞儿给他。"

叶春好把头垂了下去："现在……我也舍不得妞儿了。"

张嘉田几乎要着急了："你还年轻，喜欢孩子的话，将来再生呗！想生几个就生几个，哪就差那么一个丫头片子？！"

叶春好当即扭头白了他一眼。

张嘉田受了她这一眼，知道自己这话可能是说得不大好听，可他真急得坐不住了，不好听他也得说："那孩子是雷家的，又不是你叶家的，你说你有什么舍不得呢？你听我的话，把心一狠，离开雷家，他是有万贯家财还是欠了一屁股债，都和你没有半点关系！你跟我——不是不是，我不是说你离了雷一鸣就必须跟我，我是说你一个人，利利索索地过自己的日子，多好啊！"

叶春好听了张嘉田这一席高论，只是摇头，倒是没有生气的意思，因为知道张嘉田之所以能说出这么一篇没心没肺的话，是他年纪还轻，确实不懂这母女之间的感情。张嘉田瞧着她一味摇头，摇得额前一绺偏分梳开的刘海儿都挡了眼睛，便伸手给她撩一撩头发。叶春好立刻向后一躲，抬手把那绺刘海儿拨回了原位，又笑道："二哥你别乱动，这绺头发是用来遮丑的。"

张嘉田没听明白这话："遮丑？你不丑啊！"

叶春好抬手摸了摸右眉上方的皮肤："这里有一道疤，我擦了粉，又有刘海儿挡着，是不是看不出来？"

张嘉田歪着脑袋凑过去仔细看了看，看过之后，他低了头，闷声闷气地说道："我逮着他之后，砸折了他一条腿。一是怕他半路逃跑，二是为了出气。现在我想起了前年他在北戴河干的那些事儿，感觉砸折他一条腿还不够，明天非再揍他一顿不可。”

叶春好连忙抬手一拍他的胳膊：“你看他那个样子，现在还禁得住你打吗？”

张嘉田挨了她的轻轻一拍，挨得挺美，果然就不说话了。叶春好望着前方，这才知道雷一鸣之所以见面时会装模作样地坐在床上，原来是因为他被张嘉田打断了腿。今夜的气氛太容易让她回忆起旧日时光——她曾经为是否接受雷一鸣的爱情而彻夜难眠，不为别的，就因为雷一鸣位高权重，是一省的督理大人。那个时候她是怎么想的？她想，他要不是督理就好了，他是个游手好闲的平凡少爷就好了，她爱他，她是宁愿养着他的！

没想到，她的理想，会在这个时候实现了。

她还管不管他了？还救不救他了？他下了台了，不是巡阅使了，会不会把他的坏脾气收敛一些？有没有可能看在妞儿的面子上，洗心革面，重新做人？

无数个念头在她心中冒泡，咕咕嘟嘟的，像一锅水要开未开，憋着满腔的热气要发散。从要不要管雷一鸣，她一直想到了离婚后要不要改嫁给张嘉田——想到这里，她扭头看了张嘉田一眼，看过之后，她觉得不能嫁。因为向来没把张嘉田当成结婚的对象来看待过，因此也没有专门观察和研究过他的性情，如果张嘉田也是个打老婆的，那么以他这个身量和力气，一拳就能捶死她。还是自己一个人过日子好，清静安全，弟弟也快长大了，家里也算是有了个小男人。弟弟完全被他姐夫笼络了过去，要是知道自己不管他了，弟弟还不得和自己闹翻了天？还有妞儿——妞儿是他雷家的人，自己可以不管，不能为了妞儿搭上下半辈子。难得能找到像陈妈那么细心可靠的奶妈子，可不能放她走，过了年可以给她涨点工钱……

叶春好脑筋飞快地转，转得发疯。张嘉田看出她心事重重，以为她在专门考虑离婚这个问题，便清了清嗓子，开始痛陈雷一鸣的罪恶，无须编造，他实话实说。正说到要紧的关头，忽有一个声音在他们前方爆炸开来：“姐！你干什么呢？”

胡思乱想的叶春好，和侃侃而谈的张嘉田，一起被这一嗓子吓了一跳。叶春好抬头一瞧，发现叶文健站在假山石头后面，正对着自己怒目而视。张嘉田站了起来：“春好，他是你弟弟？”

叶春好也起了身，对着叶文健说道：“你夜里不好好在房里待着，乱跑过来做什么？”

叶文健昂头看着她：“姐，你不是说你看姐夫了去吗？”

叶春好往假山石头下面走："我看过他了。"

落地之时，她踉跄了一下，张嘉田当即伸手扶住了她。叶文健看得清清楚楚，气得眼睛都红了："那姐夫什么时候回来？"

"他……"

叶文健不等叶春好支吾完毕，抬手指向了张嘉田："姐夫正在外面受难呢，你还有闲心和这个男的在一起聊天？你不管姐夫啦？"

叶春好一把拍下了他的手："不许乱指人，没礼貌！大人的事情也轮不到你小孩子管！"

"这不是大人的事，这是咱们家里的事！我的命是姐夫救的，现在姐夫落难了，我也得去救我姐夫！姐，你成天要我当好孩子，可我若是连救命恩人的死活都不管了，那我还是个好孩子吗？姐夫救了你弟弟，你就一点儿都不感激他吗？"

叶春好一听这话，就知道自己说什么都没有用了，自己若是真敢不管雷一鸣，亲弟弟就能为了他和自己反目成仇。

张嘉田走到了叶文健面前："哎，你不认识我啦？"

叶文健转向了张嘉田："你是谁？我不认识！"

"我原来和你家住一条胡同，胡同口卖粮食的张家，想起来没有？"

叶文健看着张嘉田，看了半天，恍然大悟："你是那个总跟着我姐上下学的小流氓吧？"

此言一出，张嘉田立刻有些灰头土脸，叶春好也窘迫起来："你还乱讲！你再不听话，我真不管你姐夫了！"

"那我听话，你就得管！"

叶春好气得一跺脚："我管！你这个不知好歹的东西！"

（四）

叶春好决定再去"管"雷一鸣一次。

当着叶文健的面，张嘉田什么都不说，等到叶文健被叶春好哄走了，他才开了口，难以置信似的问："你还真管他？"

叶春好叹了口气："小文不是小孩子了，我怎样做，他都看在眼里。"

"那你管完了这一次……"

叶春好摇摇头，打断了他的话："也就是这一次了。"

"我看你是好了伤疤忘了疼。"

叶春好愣了愣，然后答道："我不是那种没记性的人。只是前年从北戴河回来时，我在火车里向他保证过，将来有一天你回来了，若是要杀他，我一定不会让，一定保证他的安全。"

张嘉田冷笑了一声："是的，后来我和他在察哈尔又见了面，我没把他怎么样，他倒是设了毒计，想要把我一网打尽。和我一起逃到察哈尔的兄弟们，全他妈死了！谁不是人生父母养的？谁的命不是命？再说你为什么向他做那个保证？是想求他放了我？可他真把我放了吗？放我的是他还是你？到底是他宽宏大量把我放了，还是我命大自己逃了？"

叶春好低头站着，不吭声。

她不说话了，张嘉田也沉默了，两人就这么相对站着，站了许久。最后叶春好喃喃地开了口："我有我的主意，你放心，我不是傻瓜，无论到了什么时候，我都有我的主意。明天我再去见他一次，我和他，总是要有个了断的。"

张嘉田听到这里，就知道下面的话，自己没法说了。叶春好说她有主意，他就信她一次。可他还有个问题，这个问题放在先前，他是不肯问的，不好意思，也不敢；可现在今非昔比了，他有了一点无所顾忌的胆量，可以把这话向她说出来。

"春好，你说，咱们两个，到底有没有戏？"

问完之后，他抬手一摸嘴，感觉自己这话说得太糙，可随即又镇定下来，因为觉得叶春好不至于为了这么一句话而恼了自己。

叶春好听了这话，没有恼没有笑，而是凝神想了一想，然后抬眼望着他："二哥，你别等我了。咱们如今一年也难得见上一面，我这人又是见谁都和和气气的，你自然觉得我好，可两人当真在一起过日子，情况就不同了。我这个人，好管人好管事，谁不顺着我的意思来，我就觉得谁是错的。人也虚荣爱面子，成天不着家，总想着在外面出风头。论起吵架来，又是总有理，连雷一鸣都吵不过我，你和我在一起，怕是更要有苦说不出。我自己的短处，我自己知道，所以依我的意思，我只想独自把日子过下去，再将小文养育成人，也就是了。"

话说到这里，她停了停，又道："二哥，你不要疑心我是拿话敷衍你，我这都是真心话。这世上也没有几个人是真心待我好的了，我若是还拿漂亮话来糊弄你，那我也变成一个坏人了。要说嫁给你，那对我来讲，实在可以算得上是一件好事。本来这个社会上，对于平常离婚的女子，都是当成弃妇一样看待，我离开了雷一鸣，脸上也不会有光彩。可若是能嫁给你这样一位新政府任命的军长，就能把这面子全部扳回来，那种出入都有护兵跟随的风光生活，也能继续下去了。莫说我自己的荣华富贵，就连小文的前程，我也一并都可以寄托在你身上。可是……"

她苦笑了一下："可是，我想，你是因为爱我，才想娶我的，我总也应该是因为爱你，才能嫁给你。要不然，我对不住你啊！"

张嘉田连忙摇头摆手："没有没有没有，你不知道有那么句老话吗？叫作'嫁汉嫁汉、穿衣吃饭'，女的为了好吃好穿嫁汉子，那不算错。你……你别成天总想那些没用的。我也没爱上你，我就是看你漂亮，你也不用爱上我，你就图我是个军长，有兵有钱就行了！郎才女貌，我看挺好。"

叶春好"唉"了一声，被他说得哭笑不得："今年漂亮，过几年就不漂亮了，到时候你还能因为这个休了我不成？天晚了，你先走，明天——明天我们再见面。"

叶春好几乎是把张嘉田撵走的。

等张嘉田走了，她回到房里，坐着出神。白雪峰轻手轻脚地走了进来，向她问道："太太，您晚上出去，瞧见大帅了？"

叶春好被他吓了一跳："瞧见了。"

白雪峰微微弯着腰，试探着说："那……"

叶春好说道："大帅落进了洪霄九手里，洪霄九要让他拿钱买命。"说到这里，她忽然问道，"你能不能找到林子枫？大帅说，林子枫在战场上出卖了他，而且还卷走了他的钱。"

白雪峰抬起了头，显出一脸茫然的模样："太太这么一说，我才想起来，我这一阵子一直没有老林的消息，他怎么会……"

叶春好说道："那我派给你一桩任务，就是想法子去找林子枫。你放心，我总是要设法把他救出来的，我和他之间的离婚官司，也要等他出来了再打。"

白雪峰依然茫然地说："啊……是，老林背叛了大帅，这……他怎么会这么干？"

叶春好摇了摇头，然后说道："你让小文过来，我有话对他讲。"

片刻之后，白雪峰把小文领到了叶春好面前。

叶春好让叶文健在自己面前坐着，然后说道："明天我就去救你姐夫，可是在救之前，你要答应我一件事。"

叶文健登时两眼放光："姐，你说！"

"等到你姐夫恢复了自由，我就要和他彻底分开。到时候，你得乖乖地跟着我走，不许再闹。"

叶文健皱起了眉头："那咱们都走了，把姐夫一个人扔家里，他不伤心吗？"

叶春好板着脸："你满口都是你姐夫，就不怕姐姐伤心吗？"

叶文健低着头，一噘嘴，又问："那妞儿呢？"

"妞儿我能带走就带走，带不走的话，就把她留在雷家。"

"那我要是想妞儿了呢？我是妞儿的舅舅，我能不能隔三岔五地来瞧瞧她？"

叶春好一拍桌子："别以为我不知道你的小心眼儿！看不看的，那是后话！我只问你，我方才提出的那个条件，你能不能做到？"

"能！"

叶春好得到了这一句答复，屏住的一口气便悄悄地出来了。把噘着嘴的弟弟打发了出去，她仿佛听到楼上妞儿叫了一声，但是硬了心肠坐着不动。

翌日上午，叶春好又去见了雷一鸣。

这一回，窗外阳光强烈，她才真正看清楚了雷一鸣的模样——认识他这么些年了，没见他这么瘦过。而雷一鸣显然是事先得到了消息，这时见了她，便问道："你还是要和我离婚吗？"

叶春好在床前的椅子上坐了下来："这算是我的一个条件，你肯不肯接受呢？"

雷一鸣拥着毯子在床上半躺半坐，满头短发蓬乱不堪，两鬓显出了花白颜色。脑袋向后靠在枕头上，他的身体不动，只将两只黑眼珠转向了她："我敢不接受吗？"

他慢慢解开了睡衣领口的纽扣，然后将衣领向下一扯，露出了脖子上几道紫红色的指痕，轻声又反问了一遍："你有张嘉田做靠山，我敢不接受吗？"

"你这是自作自受。难道当初你没有杀过他吗？"

雷一鸣闭上眼睛，不说话了。

叶春好又道："我让白雪峰去找林子枫了，但是他这一阵子失踪了，我也不知道白雪峰能否找得到他。家里的现款，确实只剩了两万两千元，这和你所要的数目相比，少得不值一提。除此之外，我能够做到的，就是卖房卖地，还有那座金矿。另外，游艺场的股份是值钱的，而且全在你的名下，可我不知道能否即刻将它转手出去。至于其余的投资和收入，一直都由林子枫管着，账目、合同我一概看不到，我就没有办法处置了。"

"这值不了一千万吧？"

"值不了。"

雷一鸣沉默了片刻，然后说道："你想法子，让张嘉田为我说几句好话。我的钱都被林子枫管没了，哪里还能找得出一千万来？"

"我既然管这件事了，自然是要把它管到底，管个结果出来。"

"谢谢你。"

叶春好看了他一眼，感觉这三个字像是讽刺。不过讽刺就讽刺吧，她不和他一般见识了。

在接下来的几天里，叶春好和白雪峰分头奔走，一个找钱，一个找人。叶春好总觉得像雷一鸣这样的身份地位，总不至于刚一下台，就会被洪霄九公然绑了票，或许新政府里也有个说理的地方，可以发出命令让洪霄九免费放了雷一鸣。

然而她找了一阵子，并没有找到这个说理的地方。而且依照新政府的意见，似乎是更愿意把雷一鸣这种旧军阀扔进大牢里。叶春好见此情形，只得作罢。她带着一皮箱房契地契，亲自去见了洪霄九两次——洪霄九原本只想要钱，然而和叶春好谈过两次之后，他发现雷家确实是没了钱，只好退而求其次，没有钱，那么有值钱的东西也成。毕竟他是个讲求实际的人，也知道现在这天下形势瞬息万变，如今自己可以由着性子把雷一鸣绑票，可兴许过一阵子，自己就没这个自由了。

翻着词典那么厚的一沓子地契，洪霄九直撇嘴，很不情愿："这也太——"

叶春好暂且不提自己名下的那座金矿，说道："洪总指挥，这可是两千顷的土地啊！”

洪霄九对着她苦笑：“地不值钱嘛！两千顷也未必能值一百万。还有这些房子，也是——”

张嘉田站在一旁，这时就说道：“大哥，差不多就得了吧，她一个妇道人家，手里没现款，也就是能往外拿出这些房契地契了，总不能让她把金银首饰也往外搭吧，人家回头离了雷家，还得自己过日子呢！”

洪霄九知道他一直对叶春好有情，这时便微笑着转移了话题：“哎，你说林子枫，这回得弄去多少钱？”

“那可就没个准数了。”

洪霄九点点头，很感慨：“人家这才叫奸呢，不发一兵一卒，赚了个盆满钵满。雷一鸣要是和他打官司的话，是不是也未必准赢？”

张嘉田也笑了：“那我不知道。”然后他把洪霄九拽到了门外，悄声说道，“你就别难为她了，她把这事做完了，好和雷一鸣彻底脱离关系。雷一鸣的钱我不要，都是你的。”

洪霄九一瞪眼睛：“那不成，咱们得有福同享。”

“大哥，你当初和我有难同当，这份恩情我就忘不了啦，现在好容易咱们打下江山了，这点福你就自己留着吧，不用给我分。”

洪霄九又道：“其实，我是想要他那座宅子。”

张嘉田当即答道：“你等着，我这就去和她说。”

张嘉田两头跑，又费了两天的工夫，终于让洪霄九心满意足，并且还保住了雷家的那座宅子。

雷一鸣死活不肯放弃那座宅子，依他的话，是：“总得给我留个家啊！”

洪霄九得到了两千顷田地，另有天津、北京的房屋若干处，以及现款五十万。这距离一千万的目标还有些遥远。不过他本来也是漫天要价，要来多少是多少。至于雷一鸣对他那一杀之仇，他倒是不急着报，因为自从雷一飞死后，他义愤填膺，这么些年一直也没轻饶雷一鸣。雷一鸣恨他恨到要杀他，也是人之常情。

又过了三天，雷一鸣履行完了手续，将土地房屋都转到了洪霄九的名下。洪霄九忙于托人把这些土地房屋变卖，而在张嘉田把雷一鸣送回家中的当天，各大报纸上也刊登了雷一鸣、叶春好的离婚启事。

雷一鸣到家时，叶春好一手领着叶文健，正指挥听差收拾自己的行李。叶文健猛地看见了雷一鸣，立刻瞪圆了眼睛："姐夫？"

白雪峰挽着袖子从房里走出来，迎面看到雷一鸣，也愣住了。

雷一鸣是被一名士兵用轮椅推进来的。一身睡衣外面套了一件不伦不类的褂子，他的左腿只剩了半截裤管，小腿裸露在外面，还绑着夹板。乱发搭在前额上，他抬眼环视了房内的这些人，没有说话。

（五）

雷一鸣这些年一贯的形象，因为是白雪峰一手伺候出来的，所以他最有印象。雷一鸣两个多月前出发时是什么模样，白雪峰也记得很清楚，所以看着如今面前这个雷一鸣，他愣在了原地，半晌没说出话来。还是叶文健先挣开了姐姐的手，跑过去又喊了一声："姐夫？"

雷一鸣没有专门看他，只把搭在轮椅扶手上的手抬起来，抓住他的手握了一下。白雪峰这时反应了过来，也向他一躬身："大帅。"

雷一鸣扫了他一眼。

白雪峰随后看到了轮椅旁边的张嘉田。当着雷一鸣的面，他对张嘉田招呼不是，不招呼也不是，一时间进退两难，便搭讪着将手边一只皮箱提到了角落里，给轮椅让出路。张嘉田倒是满不在乎，先是高声大气地喊了一声"老白"，然后向叶春好问道："行李都收拾好了？"

叶春好对雷一鸣是不见则已，一见便觉触目惊心——和白雪峰一样，雷一鸣在她心中，也已经有了个固定的形象，和那个衣冠楚楚的固定形象对比着，眼前这个人就显得异常憔悴凄惨。看过了雷一鸣一眼之后，她对张嘉田笑了笑："收拾好了。"

张嘉田抬手拍了拍轮椅："收拾好了，我送你去火车站。"

当着这些人的面，叶春好下意识地正要推辞，然而转念一想，忽然意识到了自己如今已是自由身，自己今天纵是光明正大地和张嘉田并肩走出去了，雷一鸣也再没有资格与力量跳起来将自己打骂一顿。于是方才猛然激烈起来的心跳重新缓和了下去，她不动声色地长出了一口气，迈步上楼，去见了婴儿房里的陈妈。

妞儿是要留下来的。妞儿留下来了，雷一鸣便一切都肯同意；妞儿不留下来，张嘉田纵是真把雷一鸣摁在床上掐死了，雷一鸣也始终不肯妥协。叶春好这几个月暗暗地考察着陈妈这个人，倒是信得过她。这时上楼进了房，她对陈妈嘱咐再嘱咐，又小声说道："他若是对妞儿不好了，你打长途电话也好，发电报也好，一定要告诉我。我到时候过来接你和妞儿到我那里去。"

陈妈连连点头。而叶春好走到那摇车前，见妞儿正趴在里面睡觉，睡得头发凌乱，小脸红扑扑的，心中便是一酸，酸得眼泪都流了出来。慌忙抬手在眼角一抹，她硬了心肠往外走，心想："妞儿现在还不懂事，过几天不见我，兴许就把我忘了。"

叶春好快步下了楼，就见叶文健蹲在轮椅前，正在看雷一鸣那绑着夹板的左小腿。而张嘉田一手拍着雷一鸣的肩膀，也正俯身凑到他耳边低声说着什么。忽见她下来了，这两个人一起直起了身。叶春好只当没看见，自己拎起了一个小皮箱，说道："小文，你提那个网兜。"

张嘉田和他带来的勤务兵各拎起了两个大皮箱，雷一鸣一直一言不发。叶春好见状略一迟疑，也不理他，只对着白雪峰一点头："这个家里的事情，现在就要让你多费心了。"

白雪峰答道："太太放心，我能……"

没等他把话说完，叶春好开了口："我不是这个家里的太太了，往后见了面，你还是叫我叶小姐吧。"

然后她谁也不看，迈步走出了门。

叶春好带着弟弟走了，张嘉田也跟着她走了，房内一时空寂下来。白雪峰走到轮椅跟前，轻声说道："大帅把心放宽些吧，这回您也算是九死一生才回来的，今朝大难不死，将来必有后福。"

雷一鸣抬眼看着他。

白雪峰又道："大帅这腿，用不用再找个好大夫过来瞧瞧？"

雷一鸣依旧看着他。

白雪峰迎着他的目光，笑了一笑："找不找大夫的，且不着急，我先把您送上楼去歇歇，要是大小姐没睡觉的话，再让陈妈把大小姐抱过来，和您玩一会儿，如何？大小姐这几个月真没少长，已经知道和大人闹着玩了。”

雷一鸣终于开了口：“没想到，在我身边守得最长远的，竟然是你。”

白雪峰听了这话，又是一笑，低头把这轮椅研究了一番。他发现轮椅太重，自己是绝没有办法连人带轮椅一起搬上楼的，便对着雷一鸣俯下身去：“我先把您抱上去吧！”

雷一鸣搂着白雪峰的脖子，白雪峰没费多少力气，就将一把骨头似的雷一鸣抱到楼上卧室里去了。

这卧室里处处都残留着叶春好的痕迹和气味。白雪峰走到浴室放热水，而雷一鸣坐在床上环顾四周，心中就翻涌起了惊涛骇浪，胸腔闷痛难当，回想往日的种种情形，只觉得像是做了个大梦。白雪峰擦着湿手走了出来，为他宽衣解带。他又恍惚了片刻，以为自己尚且年轻，正在和玛丽冯闹离婚，还没认识叶春好。

也还是意气风发的督理大人。

茫茫然受着白雪峰的摆布，他最后躺进了一缸热水里，左腿搭在缸沿上。忽然，他开了口：“我这样子，若是收拾干净了，应该不会吓到妞儿吧？”

白雪峰答道：“您不收拾干净了，也吓不着大小姐。”

雷一鸣又道：“一会儿还是找个大夫过来吧，找个好的，瞧瞧我的腿。别糊里糊涂地成了瘸子。”

“是。”

雷一鸣扭头望着他：“我现在是一败涂地了，官是当到了头，往后怕是只能坐在家里养老了。你要是一时找不到新差事，那我很乐意让你继续跟着我，钱，我还是按月给你。你要是找到了新差事，我也不拦着，你想走就走。”

白雪峰立刻答道：“您不撵我，我就不走。”

他确实是不能走，因为仅从常识推理，他就知道外头绝不可能还有哪位大爷肯一个月给他五百大洋，而只为了让他端茶递水伺候洗澡。五百大洋是小数目吗？衙门里头真有实权的官老爷，一个月才拿多少钱？大学里头留过洋的教授，一个月才拿多少钱？他在这里游手好闲地混上一个月，所得的月钱就够他全家老小宽宽绰绰过上一年的了。况且除了每月五百大洋之外，到了年节还另外有赏呢！赏的往往比赚的更多。

所以无论是看钱的面子，还是看人的面子，他都不能走。将衬衫袖子向上又挽了挽，他舍出力气显出本领，以着相当利落的手法，把雷一鸣洗刷出了本来面貌。

在大夫到来之前，雷一鸣看到了妞儿。

他也知道妞儿当然还是个不懂事的奶娃，自己纵是鸠形鹄面地出现在她面前了，也绝对不会被她嫌弃。可妞儿不嫌弃他，他自己还要嫌弃自己，所以非得穿戴整齐了，他才肯从陈妈手里把妞儿接过去。

妞儿白白胖胖的，眨巴着两只大眼睛看他，表情有些惊恐，像是见了鬼。看了好一阵子之后，她将长睫毛忽闪了几下，试着伸出一只小手去，摸了摸他的脸。陈妈在一旁见了，便赔着笑说道："这可真是父女连心啊，妞儿怕生，从来不让旁人随便抱，照理说您离家这么久，她也已经不认识您了，可您抱她，她就不哭。"

雷一鸣把妞儿搂进了怀里，妞儿还是没哭。他闭了眼睛低了头，在妞儿的脸蛋上亲了一口，又嗅了嗅她的头发。妞儿这回不干了，哭了起来。

陈妈笑着把妞儿抱了回去，一边轻轻地晃动着她的小身体，一边说着童言童语哄她。雷一鸣盯着妞儿看，在心里说："妞儿，放心，爸爸还没完。"

陈妈抱着妞儿回房去了。白雪峰找的接骨大夫到了，看了看雷一鸣的左小腿，倒是认为这骨头接得挺好，接下来仔细养着就是了。

雷一鸣放了心，然后对白雪峰说道："我打算换个地方住。"

白雪峰一愣："您要去哪里？"

"当然还是在这个家里，只不过是换间屋子。"

白雪峰明白了他的意思，便问道："那您打算搬到哪儿去住呢？前头书房？"

雷一鸣沉默片刻，然后说道："玛丽冯住过的那儿间屋子，你让人去打扫一下，我想搬到那里去住。"

白雪峰简直以为自己听错了："那房子都空了多少年了，您怎么想起来到那儿去住？我还是把书房给您收拾一下——"

雷一鸣抬起了一只手："不要管我，我想过去。"

白雪峰不再多说了，认为雷一鸣定是所受的打击太大，所以要找个僻静古怪的地方躲起来。这似乎也是人之常情，不算发疯。不过他也不是很肯定，因为他活到这么大，除了一直想娶阔小姐未遂之外，基本没有受过什么打击，所以不是很明白那失意之人的心思。玛丽冯当年在家里和雷一鸣闹分居，确实是在这宅子角落的一个小院子里住过一阵子。白雪峰把雷一鸣送到床上躺下休息了，自己走到那个小院子里看了看——院内统共五间房，抽水马桶和自来水倒是都有的，房内的家具也齐备，只是上头落了厚厚的一层灰，书架子上还摆满了英文杂志，都是玛丽冯先前爱看的。

这样的房屋，除了灰尘再没别的，倒是容易打扫。白雪峰叫来了几名仆人，花了不过两个小时，便把这几间屋子收拾出来了。将被褥往床上一铺，靠枕垫子往椅子上一放，又沏好一壶热茶往桌上一放，白雪峰环顾四周，觉得很满意。

在这一天晚上，雷一鸣搬了过来。

白雪峰住到了最靠外的一间屋子里，预备着他随时召唤。而其余四间房屋内部都有房门相通着，门槛也低得很，足以让他自己转着轮椅四处活动。他自己早早地上了床，也打发白雪峰去休息。

如此到了午夜时分，他无声无息地坐了起来。右腿伸下去踩在地上，他颤巍巍地站了起来，坐到了床边的轮椅上。

转动轮椅穿过一道房门，他进了卧室隔壁的小房间。房里有一套桌椅，有靠着两面墙的大书架，是玛丽冯读书写字的地方。手指摸到书架边沿，他回头向窗外望了望——窗外黑沉沉的，白雪峰早睡了。

轻轻地，他将中间那一层架子上的旧杂志往外抽。杂志后头，又是一排厚厚的旧小说。把旧小说也依次取出来放在地上，他收回手，从怀里摸出一把小钥匙。

旧小说后头，不是墙壁，是一扇小小的铁门。把钥匙插进门上锁孔里，他先向左转，再向右转，再向左转。门锁发出“咯噔”一声响，小铁门随即就弹了开来。

小铁门是保险柜的一部分，保险柜则是嵌在了水泥墙内。铁门不大，柜子却是不小，分了上下两格，上面一格放着个檀木盒子，下面一格放了只小黑皮箱。盒子放得端端正正，皮箱则像是随手扔进去的。

这个保险柜，是很多年前，他和玛丽冯共同的小秘密。

他摸索着把上面的檀木盒子拿了出来，打开盒盖向里面看。盒子里是一沓用缎带捆扎了的旧信，每一封都是他写给玛丽冯的情书。玛丽冯把它存在了盒子里，结婚时一并带了过来，说它是她的宝贝，要永远保留下去，等到老了，再拿出来读给孩子们听，让他害羞。

于是他专门安装了这么个保险柜。起初只是为了存放玛丽冯的宝贝，后来，等玛丽冯已经淡忘了这一处秘密之后，他独占了钥匙，把自己的宝贝也存放了进去。伸手将下面一格的皮箱拎出来放在大腿上，他借着窗外的月光，低头拨动了箱子上的密码锁。

箱子打开来，里面乱七八糟地放了好些东西。有一只黑丝绒口袋，里面装着几颗堪称国宝的钻石，有一沓用信笺包着的存折，存折来自英、美的外国银行，上面的金额加起来，在三十万英镑之上。除此之外，还有他的胎发，掉落的第一颗乳牙，他娘戴过的几枚宝石戒指，每一只都沉甸甸的，可以充当暗器打人。从一箱子乱七八糟的小玩意儿里，他单把那沓存折拿出来，送到嘴边，亲了一下。

这是他在许多年前给自己存下的老本儿，他当然不会把钱都送给洪霄九。

接下来，他要去找林子枫，不能就这么吃了他的哑巴亏，至少得把钱要回来。

翌日上午，还没等他着手去找林子枫，林子枫自己露了面。

林子枫接受了几家报馆的采访，投出了一个重磅新闻：雷一鸣为了从英国银行团取得贷款充当军费，竟把直隶北部一条铁路的经营权给了英国人。这种行为，不是卖国，又是什么？

如今北伐成功，先前的旧军阀全有了个新名字，叫作反动派。反动派们偃旗息鼓，一个个恨不得藏进地里，哪里还禁得住上报纸？而雷一鸣这勾结列强的卖国行径有了铁证，便激得学生们上了大街，一路摇旗呐喊着杀向了雷府。

第十三章

DI SHI SAN ZHANG

齐聚一堂

张嘉田忽然觉得他见老了，而他这种人因为先前活得太得意、太漂亮，所以一旦落魄衰老，就显着分外可悲可怜。

（一）

雷一鸣原本没把学生游行当一回事。十年前也曾有学生们结了大队堵他的大门，他叫来一队巡警，举枪向天啪啪放了几排枪，登时就把学生们吓退了。学生纵是不退，他也不怕，让士兵换上便装充当打手，冲出去乱打一阵，打也能把他们打散了。

这一回，他不肯，也不敢再闹出大动静来，所以决定关了大门做缩头乌龟。外面爱怎么闹就怎么闹，横竖他一不露面，二不出声，料想等到学生闹得饿了，自然也就各回各校去了。

他没想到此一时彼一时，此时学生们受了这北伐成功的鼓舞，既不怕头上盆子大的骄阳，少吃一两顿饭，也撑得住。雷府的大门既是紧闭，那么他们顺着围墙找小门，开始砸门。雷府人丁稀少，原来雷一鸣做巡阅使，府中军官士兵出出入入，倒还显得热闹，如今他关门过日子，府中立时变成了个空旷世界。白雪峰这位副官长如今没了穿军装的部下，只得带着几名男仆东奔西跑。通往汽车房的一扇院门已经被学生冲击得摇摇欲坠，白雪峰慌忙用几根木杆子将大门支住，给他帮忙的男仆头发花白，是个五六十岁的老仆人，这时就吓得要哆嗦：“都是念书的人，怎么脾气这么暴？这要真是冲进来了，还不得打人？”

白雪峰怒道：“要不是怕他们冲进来打人，我这忙活什么呢？那年平正大学闹学潮，校长不是都被他们打死了吗？”

说完这话，他脸色一变：“花园里的角门，锁了吗？”

老仆人也傻了眼：“没有。”

白雪峰大幅度地挥舞手臂：“快去快去，把没锁的大门都锁上！”

说完这话，他迈开大步一路狂奔，跑到了雷一鸣面前：“大帅，不得了了，这回学生们闹得凶，要往咱们府里冲，都开始撞门了！”

雷一鸣当即答道：“给区里打电话，让他们派巡警过来！”

白雪峰立刻出去打了电话，片刻之后他回来了：“大帅，电话打过去了，他们这就派人来。那个……”他迟疑了一下，“用不用再找些打手过来，他们为钱办事，比巡警更可靠些。”

雷一鸣看着他：“你能马上找来吗？”

白雪峰一点头：“能。”

“那去找。”

“找五十个？”

雷一鸣急了，一拍轮椅扶手：“你自己看着办！那帮混账王八蛋要是冲进来了，我跟你一个都逃不了！”

白雪峰赶紧又跑去了外间电话机旁，抓起话筒往外打电话。一只耳朵听着电话里的声音，另一只耳朵听着院墙外的声音——外头的声音已经压过了听筒里的声音，一浪接一浪，指名道姓地要打倒卖国贼雷一鸣。

一边分心留意着两边的声音，他一边在心里骂林子枫。因为确实不知道林子枫到底是存了什么心——若说为了荣华富贵，那他把雷一鸣卖给张嘉田，也就可以了，何至于到了如今，还要痛打落水狗，把他往绝路里逼？若说是为了私仇，那更是奇怪，雷一鸣这些年是怎么对待林子枫的，他全都看在了眼里，雷一鸣再不是东西，也不至于和林子枫结下这么大的仇啊！

心乱如麻地打完了电话，他回到了雷一鸣面前：“大帅，人找好了，找了五十个，每人一天一块钱。”

雷一鸣问道：“他们自己有家伙吗？咱们家里还有些枪吧？”

白雪峰连忙摆手：“别，大帅，这不是在战场上，您不能动枪啊。他们都能自己带家伙，没带的话从厨房拿些个擀面杖给他们就是了，反正也未必是真打，能让他们把学生吓唬走就成。”

雷一鸣不说话了，垂头坐着。白雪峰瞄了他几眼，看他瘦骨伶仃地坐在轮椅上，很有几分可怜相，便又试着说道：“大帅，您……”

他摇了摇头：“别叫我大帅了，我那大帅已经当到头了。”

白雪峰低头想了想，然后抬头微笑唤道：“那，大爷？”

雷一鸣也一笑，笑过之后一点头：“嗯。”

白雪峰轻轻地走出去，倒了一杯茶送到了雷一鸣手边："大爷，您再忍忍，外头那帮学生闹到了饭点儿，没吃没喝的，自然就走了。"

雷一鸣端起茶杯，喝了一口："林子枫是不是疯了？"

"要不，您把林子枫找过来，问问他，他到底是想怎么着？您到底是哪儿对不住他了，让他恨您恨成这样？要不然，您不知道他下一步打算怎么走，想防备都防备不住。"

雷一鸣答道："抱委屈的话，张嘉田有资格说，他没资格。我没有对不起他的地方！"

然后他把茶杯放了下去，手哆嗦着，茶水在杯中泼泼洒洒："他跟了我十年，现在这样对我。"

白雪峰叹息了一声："大爷，您现在是人在屋檐下，不得不低头啊。"

雷一鸣扭头看着窗外，只说："我不知道他为什么恨我，这个我想不通。"

这时，仆人走到门口，轻声叫走了白雪峰。原来白雪峰雇来的打手身手不凡，已经翻墙进来了。进来之后抽出怀中藏着的短棒，他们按照白雪峰的指示，将各处院门开了一道缝，侧身挤了出去，开始和学生们对峙。

如此到了晚饭时分，出乎白雪峰的意料，学生竟然没有散，反倒是卖烧饼、包子、热馄饨的小摊贩闻风而来。大夏天的，学生们只要有钱，满可以一直在此地驻扎到入秋。到了夜里，他们点起了火把，又唱歌又演说，时不时地还要呼一阵口号，一个个精神百倍。打手们都熬不住了，守门的巡警也换了两拨。而在另一方面，府内的厨子没法子出去买菜，天气热，厨房里也没什么存货，大师傅找了白雪峰，告诉他道："明早可就没新鲜菜了。"

白雪峰一瞪眼睛："大爷什么时候早上要吃新鲜菜了？有火腿鸡蛋不就成了吗？"

"早上不吃，中午也得吃呀！"

"到了中午再说！"

然后他又瞪一眼，把大师傅瞪出了视野之外。瞪走了大师傅之后，他抬手抹了一把热汗，就觉得自己心力交瘁，真是快要支撑不住——他哪里是个当大管家的人才呢？他竭尽全力，也就只能管好雷一鸣的衣食住行。

"总这么着可不行。"他在心里暗想，"虽说一月五百真不少，可让我改行给他当管家，那可是要了我的命。”

第二天，学生们没有走，打手们全晒黑了一层。

雷一鸣不便打学生，怕打出乱子来，可总这么坐在家里听学生们的臭骂，他也无法忍受。大学生们的期末考似乎在这几天就要陆续结束了，援兵越来越多，又几次三番地试图冲入府中，真冲进来了，那么把他打成半死都是轻的。

他不能坐以待毙，而且自从学生们来了之后，妞儿就夜哭不止，据陈妈讲，这一定是白天受了惊吓的缘故。把白雪峰叫到了面前，他说道：“我打算到天津住几天，把这里扔给那帮混账学生，让他们自己闹去吧！”

白雪峰看着他：“啊……是。”

“去收拾行李吧！”

白雪峰没有动，犹犹豫豫地说道：“大爷，那个……您到了天津，住哪儿呢？”

雷一鸣一愣：“天津的房子也没了？”

白雪峰放轻了声音：“没了。”

“别的房子呢？难道我在天津就只有那么一个住处？”

“天津的房产，全给了洪霄九了。”

雷一鸣看着白雪峰，看了片刻，然后说道：“那就再买，也不必大，够家里这几个人住就行了。”

白雪峰答了一声“是”，又问：“可是大爷，这笔钱……从哪里来呢？”

雷一鸣答道：“我还有点钱存在银行里，明天我亲自去取。”

翌日上午，雷一鸣坐上汽车，想要硬冲出去，然而汽车刚出大门，就被学生用石块砸破了挡风玻璃。白雪峰坐在副驾驶座上，落了满头满身的玻璃碴子。学生们呐喊起来，要把汽车推翻，汽车夫使出了毕生本领，才把汽车倒回了大门里。白雪峰的手和脸都被玻璃碴子划破了，下了汽车再一看，汽车的车顶和引擎盖也都被木棒、石头砸出了大坑。

雷一鸣推开车门，不等白雪峰搀扶，他自己拄着手杖，一点一点地从汽车里挪了出来。有那么一瞬间，他忽然想到：“春好正在干什么呢？”

他也不知道自己为何会在此时想起叶春好。她一个女人，纵是此时在家，纵是和他同心同德，也不可能成为他的救星。

白雪峰显然是彻底傻了眼，对着雷一鸣张了张嘴，他想要说话，可一名男仆气喘吁吁地跑了过来：“有电话……找大爷……”

自从雷一鸣战败下台之后，没有接到过任何慰问的电话，这时听了仆人的报告，他反倒是吓了一跳：“谁打来的？”

仆人喘得厉害：“是……是林秘书长！”

雷府里有内线电话，雷一鸣就近走到了书房里，抄起话筒“喂”了一声。

然后，他听到了林子枫的声音：“大帅，好久不见，您还好吗？”

雷一鸣骤然怒吼起来：“我好你妈的×！”

林子枫的声音倒是平静：“大帅这一句骂得中气十足，看来情况应该是好的。既然如此，我就不必亲自过去看望您了。大帅，再会——”

“你等等！”

听筒中一片安静，林子枫并没有挂断电话，但是也没有再说话。

雷一鸣捂住话筒，扭头做了个深呼吸，极力想要镇定下来，然后放下手，他对着话筒说道：“你过来，现在就过来。”

他以为林子枫必定要拿捏一番，将自己刁难一场，哪知道听筒里只传来了简简单单的一个“好”。

然后，听筒里的声音又道：“大帅在书房楼下的小客厅里等我吧，我一小时内会到。”

雷一鸣挂断了电话，就觉着一颗心在胸腔里跳得厉害，头也眩晕。扶着仆人走了出去，他想自己这么着可不行，自己这个样子，等会儿见了林子枫，也占不了上风。让仆人推过了轮椅来，他回了妞儿所在的那幢小楼里，也没上楼，直接在楼下的大沙发上躺了下去。

白雪峰听闻林子枫要来，倒是有点高兴。费了不少力气，他摘净了身上的玻璃碴子，正想再劝雷一鸣几句，让他等会儿见了林子枫，千万不要发作雷霆之怒，哪知道还没等他找了机会开口，前头守门的仆人打过电话来，说是林子枫已经到了。

雷一鸣听了这个消息，说道：“带他过来。”

白雪峰把这话告诉了仆人，然而仆人随即回答道：“林秘书长不肯，一定要在书房里等大帅过去。"

雷一鸣听了这话，莫名其妙，可正如白雪峰所说的，人在屋檐下，不得不低头。他打起精神，拄着手杖，扶着白雪峰，一路挣扎着又走回了书房——不想坐轮椅，仿佛他成了残废似的。

在书房楼下的客厅里，雷一鸣果然见到了林子枫。

林子枫站在角落处的博古架前，正在审视架子上那些被他审视了将近十年的小件古董。外面是骄阳似火，衬得厅内一片阴凉。他穿着一身白色西装，白得发蓝。闻声扭过头来，他扶了扶金丝眼镜，没说话，单是从雷一鸣的头一直看到了雷一鸣的脚。

雷一鸣把白雪峰推了开，自己走到沙发前，一屁股坐了下去："我来了！"

白雪峰后退几步，站到了客厅外面去。而林子枫慢慢地踱过来，在他斜前方的沙发椅上也坐了下来："很久没有到这里来了，真是怀念。"

雷一鸣也将他打量了一番，然后问道："你一个人来的？"

林子枫答道："是的。"

雷一鸣拄着手杖，摇摇晃晃地站了起来。然后松手放开手杖，他向前一扑，一把掐住了林子枫的脖子。

（二）

林子枫坐在一把沙发椅上，猛地受了雷一鸣这一扑，他向后一仰，随即便被椅背拦住。双手搭在椅子扶手上，他看着雷一鸣，一动未动。雷一鸣的双手已经掐住了他的脖子，并且越收越紧，手冰凉的，瘦得有了硬度。

气息登时断了，血液被那双手挤压得兵分两路，向上向下。向上的，涌进了他的脑子里，让他面红耳赤，他感觉到了咽喉的疼痛与胸膛的窒闷，但依然不动。眼角余光扫到了客厅门口的白雪峰——白雪峰向内跑了一步，随即又停在了原地，显出了手足无措的模样。

收回了目光，他又去看这近在咫尺的雷一鸣。雷一鸣把整个身体都压了上来。整个身体都压上来，也没有多少分量。钳着脖子的双手有些颤抖，是他已经使出了吃奶的劲儿，他简直是在死乞白赖、死去活来地杀他。

这时，林子枫感到自己头上的血管在鼓胀律动，脑子里渐渐地有些迷糊了，可又在一瞬间想起了无数的事，每一桩都是有头无尾。搭在椅子扶手上的双臂有些麻痹，而他出于求生的本能，开始运动腹部肌肉，试图吸气。

他看见雷一鸣的身体正随着自己艰难的呼吸而起伏，这种景象让他感到了滑稽，于是他从喉咙里挤出了一声笑——旁人听着都像是呻吟或者哀鸣，只有他自己知道，是在笑。

笑过之后，雷一鸣猛地松开了双手，站起身踉跄着后退一步，坐回了沙发上去。大量的空气涌进胸腔，他大口大口地呼吸。呼吸时有巨大的快感，让他的身体几乎抽搐。

然后他直起腰来，正视了雷一鸣："怎么停了？"

雷一鸣从牙关中挤出了两个字："疯子！"

他微微地还是有些喘，又问："怎么停了？"

雷一鸣向后挪了挪，脸上有嫌恶神情："我犯不上给个疯子偿命！"

林子枫的气息彻底平顺了，又笑了一声——有笑声，没笑容。

雷一鸣说道："你来得正好，我正想问问你，这十年来我哪里亏待了你？你为什么非要置我于死地？"

林子枫答道："你对我倒是还好。"

雷一鸣气得一拍茶几："那你为什么要害我？"

"因为你对胜男不好。"

"我——"雷一鸣一时哑然，睁大了眼睛看着林子枫，他是万万理解不了这句话，"我对胜男不好？这话是打哪儿说出来的？"

他太惊讶了，太委屈了，声音都走了腔调："我是打她骂她了？还是对她始乱终弃了？她自从进了我家，吃穿用度都和太太是一样的——我对她不好？你还想让我怎么对她好？把叶春好撵出去，把她请回这个家里来，才算够意思？"

林子枫叹了口气："你不懂。"

"那你来说！你讲讲这到底是怎么回事？我到底哪里对不住你们兄妹了？"他抄起手杖扔向了林子枫，"你在战场上出卖我，毁了我的事业前途，又在报纸上毁我的名誉，让那帮学生堵了我的大门闹事！我他妈的是掘了你姓林的祖坟？你非要逼死我才甘心？"

林子枫抬手接住了那根手杖，把它横搁在了大腿上："气大伤身，请息怒。"

林子枫的话，雷一鸣是一句都听不进去了。环顾一圈没有找到新的兵器，他抬手又一拍茶几："我的钱呢？"

林子枫向他微微一弯腰："大帅别急，我一定会给大帅一个交代。"

雷一鸣听他言之无物，一味地只是打太极，面对自己，竟然连一点点心虚的表现都没有，便气得肝胆俱裂。可如今他既不是巡阅使，也不再是他部下的秘书长，他真把这家伙一枪毙了，当今的新政府极有可能判他个杀人罪。

长长地嘘出了一口气，他虚脱似的向后靠了过去："你今天到我这里来，想干什么？看我现在有多么落魄狼狈？还是想给外头那帮学生们开门，放他们进来再把我痛打一顿？"

林子枫做了个恍然大悟的姿态，抬手从怀中取出了两只信封："大帅那夜在安泰，托我给叶春好带两封信。这两封信，我一直没有机会送到，所以如今将它完璧归赵，还给大帅。信中的错字错句，我已经为大帅修改过了，以备大帅将来再用。其中，大帅写给二小姐的那封信，真是情真意切，读之令人动容。我跟随大帅十年，刚知道大帅文采非凡。"

这几句话被他说得轻飘飘，可雷一鸣听在耳中，真如同在千万人前光了屁股一般，羞怒得一时无言，单是直直地瞪着他。林子枫欠身将那两封信放到了他面前。雷一鸣收回目光望向了那两封信，忽然伸手把它抓起来撕了个粉碎。

他撕信的时候，林子枫一言不发，就那么盯着他看。白雪峰都瞧出林子枫是专程过来气雷一鸣的，心中便有些不平之意。走上来把雷一鸣满手满腿的碎纸收拾到烟灰缸里，他端着烟灰缸退了出去。而雷一鸣抬头看着林子枫，问道："够了吗？气我气够了吗？"

林子枫答道："我这一趟来，完全是出于对您的关心，并不是为了惹您生气而来的。"

雷一鸣就觉着太阳穴上的血管在一跳一跳地痛，是急怒攻心，让他几乎要身心失控。他不再回应了，心里几乎是乞求着林子枫快滚。可林子枫这时又说道："学生闹得动静如此之大，是我也没有预料到的。我想大帅这些天，一定因此深感苦恼，所以大帅若是愿意的话，我可以帮助大帅离开北京，到天津暂住几天。"

雷一鸣冷笑一声："这么好心？帮我到天津去？为什么？"

"我将来会长住在天津，闲来无事时，或许我可以去找您谈谈。"

雷一鸣当即从鼻子里哼出了一声嗤笑："谈什么？谈恋爱？"

他没有等到林子枫的回答。抬头望过去，就见林子枫正襟危坐，低头盯着地面。如此沉默了片刻之后，林子枫才抬起头，神情冷淡："请大帅不要说这种轻浮的话。"

然后他站了起来："大帅若是需要我帮忙，便请吩咐；若不需要，我就告辞了。"

依着雷一鸣的心意，那真是想架起一门大炮，一炮把林子枫轰成骨灰，然而斜眼瞧见了客厅外的白雪峰，他忽然又想起了白雪峰这几天常说的那句"人在屋檐下，不得不低头"。林子枫堪称是罪大恶极，将来，到了那"有朝一日"的时候，他必将这个人挫骨扬灰。但目前一时半刻既然挫不成，那他也可以憋住一口恶气，用他一次算一次。眼看林子枫转身要走，他说了一句："我现在一无所有，到了天津没地方住。"

林子枫停了下来，问道："大帅需要我来安排吗？"

雷一鸣终于是没能憋住那口恶气，吼了起来："我看你他妈的是吃人不吐骨头！这些年你给我管账，管没了我一大半的身家！现在我连个落脚的地方都没有了，你还有脸问我需不需要？你说我需不需要？"他东倒西歪地站了起来，抬手指着林子枫的鼻子质问，"你说我需不需要？！"

林子枫一点头，倒是很平静："那好，我来负责为大帅找一处房子。"

然后他又问："大帅还有其他吩咐吗？"

雷一鸣一甩胳膊："我他妈的在这里昼夜挨骂，你说我还能有什么吩咐？我要走！立刻走！"

林子枫对着白雪峰说道："大帅的脾气还是老样子啊。"

白雪峰看了他一眼，又看了雷一鸣一眼，没敢出声。

林子枫答应设法将雷一鸣一家人送出学生们的包围圈。在翌日上午，他说到做到，也不知道是使用了什么手段，果然让大队的学生散了去。

汽车夫拎着行李，白雪峰扶着雷一鸣，陈妈抱着妞儿，几人挤进一辆汽车，做贼似的趁机溜出大门，也没敢上火车，直接一路开向了天津。汽车里闷热，可若开了车窗，又有疾风呼呼吹进来。妞儿到半路哭了起来，哭得上气不接下气，陈妈怎么哄都哄不住。雷一鸣急了，但是没敢骂陈妈，亲自把妞儿接到了怀里，哪知道妞儿竟是当真止住了大哭，挂着一脸的涕泪，哼哼唧唧地吃起了手指头。

她的眉目越来越像雷一鸣，仿佛他最鲜明的一部分已经印刻在了她的脸上。雷一鸣闭了眼睛向后靠去，心里盘算着将来的日子。

天黑之时，汽车终于开进了天津地界。

雷一鸣临时改了主意，并没有让汽车夫把汽车开到林子枫提前预备的房子里去，而是到利顺德饭店里开了几间房间。到了翌日上午，他让白雪峰守住陈妈和妞儿，自己则是坐着汽车上了大街，直到中午时分才回了来。

回来之后，他变戏法似的，变出了一张五万元的支票。把支票给了白雪峰，他说道："你今天就去给我找房子，价钱不必太计较，要快。"

平常的房子，即便是小洋楼，也决要不了五万块钱。白雪峰一看支票上的数目，就知道雷一鸣是要住进那寸土寸金的租界里去。

"您不去林子枫预备的房子里住了？"他问。

雷一鸣哼了一声："我不敢，我怕我会有进无出。"

白雪峰点头笑了："可也是，我光想着那房子可以白住了。"

雷一鸣说道："小家子气。放心，凡是跟着我的人，我都会负责到底。"

白雪峰笑眯眯地揣着支票走了——他一摸着钱就快乐，甚至有了闲心，想着等回来的时候，到洋行里给妞儿买个洋娃娃，妞儿高兴了，雷一鸣自然也就高兴了。

他没想到，自己刚出了饭店不久，就在大马路上被一辆汽车拦了住。车门一开，林子枫伸出了脑袋："老白。"

白雪峰现在见了他，心里也有点打怵，抬手拍着心口说道："好家伙，你吓我一跳。"

"你这是要干吗去？"

"我——我出去给大爷跑个腿儿。"

林子枫在强烈阳光下眯起了眼睛："大爷？"

"大帅现在不让我叫他大帅了，我就改了口，叫他大爷。"他一团和气地对着林子枫说话，"你忙你的，我今天得在外头奔走一阵子呢。等将来有时间了，咱俩再聚一聚。"

林子枫问道："你现在很忙吗？"

"我？我倒是不忙，我是……"

没等他把话说完，林子枫已经伸出一条长腿，探身下了汽车。抬手向着路旁一指，说道："老白，我们进去坐坐。"

白雪峰回头一看，只见路旁正有一间小小的西洋式店铺，门上悬着牌匾，用正楷写着"爱丽丝西餐咖啡馆"几个大字，下面点缀着长长一串花体英文。

白雪峰早饭吃得晚，现在还饱着，完全无意去和林子枫共进午餐，然而对待林子枫这样另攀了高枝、前途无量的人物，他总不敢太拂逆，于是糊里糊涂地，他就被林子枫带进餐馆里去了。

（三）

爱丽丝西餐咖啡馆的门面看着不大，里头却是洁净宽敞，客人也并不多。林子枫带着白雪峰在雅间里坐下了，先从侍者手里接了菜单看了看，然后把菜单递给了白雪峰："老白，你点你的。"

白雪峰总觉得这是男女学生谈情说爱吊膀子的地方，雅间也是小而局促，自己和林子枫这么面对面坐着，实在是很不自在。对着林子枫笑了笑，他一摆手："我不看了，刚吃完没一会儿，我现在喝杯咖啡就得了。"

林子枫收回菜单，自己点了一份大菜，又给白雪峰要了一杯咖啡。等到侍者收了菜单退出去了，他抬眼望向白雪峰："老白，请原谅我这些日子一直没有联系你。"

白雪峰如坐针毡，笑容也有点要维持不住。"那没什么，我是一直活得风平浪静，总是一个样儿，也不用朋友们惦记着。"然后他思索着换了话题，"老林，你现在是在什么地方高就？"

林子枫答道："我原本想进财政厅，可在那里只能得个副职，这就没什么意思。所以我打算去禁烟委员会。"

白雪峰点了点头："这两处都是好地方，进哪儿都不错。你要是进了禁烟委员会，那能捞个什么官儿当？"

这时门帘一动，是侍者将大菜和咖啡端了进来。林子枫且不回答，等侍者退出去了，他才拿起刀叉，淡淡地答道："进去的话，自然是做委员长。"

白雪峰正捏了小夹子，往咖啡里放方糖，一听这话，他停了动作："嗬！行啊！"

他是真心实意地觉着"行"，又因为对林子枫向来不存什么嫉妒心，所以听了这话，他还挺来精神："这活儿原来你不就干过一阵子吗？"

林子枫切了一块鱼肉送进嘴里："我没干过。"

"你不是管过这个账吗？"

林子枫看了他一眼："糊涂，管账是管账，办事是办事。"然后不等他回答，林子枫又问道，"我是有着落的，你呢？"

白雪峰端起咖啡杯，吹着热气喝了一口："我？我就还和原来一样。"

"他在台上的时候，你还挂着个副官长的职务，可他现在下来了，你这副官长也当到了头，难道就这么一直在雷家耗着？恕我直言，你现在这个样子，和仆人有什么区别？"

白雪峰咂摸着咖啡的苦味，往杯子里又投了一块方糖："老林，我这人胸无大志，能有个地方让我安安稳稳地卖力气，按月能有个几百块钱到手，我就挺知足了。"说到这里，他又是一笑，"我倒是也想升官发财再娶个阔小姐，可我也得有那个本事啊！我想开了，我是穷家出身，打小是吃棒子面窝头长大的，长到如今，能过上这个日子，也就算是老天爷照顾，不敢再奢望别的啦！"

"他是坐吃山空，管不了你一辈子。"

"这我也知道。我想着，要不然我将来回家了，开个小买卖，可我又不知道我能买卖什么，实在不行的话，我和我二姐夫合伙——"

林子枫向他一摆餐刀："委员。"

白雪峰立刻不说他二姐夫了，看着林子枫，他"啊？"了一声。

林子枫放下餐刀，拿起餐巾擦了擦嘴，然后坐正身体，端起手边的果汁喝了一口："等我的消息，我当上委员长了，给你个委员，一个月八百。"

白雪峰听了这话，先是"哟"了一声，随即又犹犹豫豫地一笑："八百？那真不少。"

林子枫答道："多少不论，我知道你不是个缺钱使的，但这总算是个体面差事，将来干好了，也能有个前程，比在宅门里当仆人强。"

然后他站了起来："我还有事，你等我的消息吧，我的职务，大概在这两天就能公布。"

白雪峰糊里糊涂地也起了身，因为实在是觉着莫名其妙，所以也忘了向林子枫道谢。随着林子枫走出咖啡馆，他目送着林子枫坐上汽车绝尘而去，自己站在太阳下定了定神，然后继续往英租界走，找房子去了。

林子枫这话，听着动听，可他总觉得虚无缥缈。他是个对一切都不抱幻想的人，所以只当那话是一阵好风。

白雪峰奔波了一天，晚上带着个纸盒子装的洋娃娃回了利顺德。雷一鸣坐在床边，正在和妞儿游戏。妞儿“噢”地叫一声，他也跟着“噢”一声，父女二人一唱一和，十分热闹。妞儿见了洋娃娃，双眼一亮，立刻不要爸爸了，雷一鸣也抬头问白雪峰道：“怎么样？”

白雪峰没提林子枫，只说房子的事：“看了几处，有一处挺不错，就是汽车房小了点儿，而且房子虽然挺好，但是家具不行，原先里头住的是一家英国人，后来……”

雷一鸣摆摆手：“差不多就可以，旧家具不行，就换新的。这小屋子憋闷得很，我多住一天都是受罪。”

白雪峰笑了：“好。那大爷要不要亲自过去瞧瞧呢？”

雷一鸣瞪了他一眼：“你跟了我这么多年，房子的好赖还看不出来吗？还用我亲自去瞧？”

白雪峰赔着笑点头：“大爷既然信得过我这眼光，那我明天早早地就过去找房东。”

白雪峰顶着大太阳，忙了四五天，然后跑遍了全天津卫的家具行——定做是来不及了，他须得立刻买来现成的桌椅床榻，把那座位于英租界的二层小洋楼填满。

他现在手下没有跟班随从了，凡事都要亲力亲为，凭着他一人之力要布置出一个体体面面的新家来，自然是有些力不从心。然而雷一鸣并不体谅他的辛苦，一味催命似的催他，他连着奔波了十天，活活地累瘦了一圈。

及至雷一鸣如愿搬了家，他又发现了一个新问题：自己如今竟是想做仆人都不可得，须得担负起管家的重任了！

他的智慧和精力，只容许他伺候雷一鸣一个人，让他管理一个家庭，那可是有些强人所难。大清早的，他正要去给雷一鸣放洗澡水，陈妈就来了，向他要代乳粉——妞儿现在除了吃她的奶之外，还要喝代乳粉。

白雪峰几乎不知道代乳粉是什么，更没法子给她凭空变出一罐子来。而妞儿号啕起来，妞儿一号啕，雷一鸣就急眼——陈妈有奶，身份重要，雷一鸣不敢骂陈妈，于是就只能对着白雪峰开火。

好容易挨过了这一顿骂，到了早饭时候，新来的厨子不惜火力，将个荷包蛋煎得又干又硬，雷一鸣吃了一口，随即就把叉子往餐桌上一拍，又把白雪峰吓了一跳。

早饭结束，还另有无数杂务等着他做，费力还在其次，主要是劳心劳得厉害。于是这天他在街上迎面遇到林子枫时，两只眼睛不由自主地就放了光："老林，你的事情怎么样了？"

林子枫将他上下打量了一番："你怎么变成了这个样子？"

"唉，累的。"

林子枫这才回答了他的问题："我的事情已经成了，你呢？你是怎么打算的？"

白雪峰看着林子枫，又"唉"了一声。

然后他上了林子枫的汽车，和林子枫交谈了二十多分钟。

交谈过后，又过了两天，这晚白雪峰走到了雷一鸣面前，吞吞吐吐地开了口："大爷，有件事情，我想对您说……"

雷一鸣正坐在客厅内的沙发上发呆，听了这话，便抬头去看白雪峰："什么事？"

白雪峰答道："我昨天接到了家里的信，我娘她年纪大了，自从今年开了春，身体就一直不好，所以想让我回家去。"

雷一鸣问道："回多少天？"

白雪峰垂头答道："这……我自十八岁从了军，一直就没在家里长住过，对于爹娘，更是从来没尽过孝心。我娘到了如今，就盼着我能回家去，也娶妻生子，再给她添一辈人。所以我这一去，也许是几个月，也许就是几年，也可能就——"

他把话说得磕磕绊绊，每一句都像是难以启齿，于是雷一鸣替他补全："也可能就不回来了，是不是？”

白雪峰面红耳赤：“您现在正是需要人手的时候，我却要走，我对不住您，您这些年白栽培我了。”

说完这话，他“扑通”一声跪下来，给雷一鸣磕了个响头——走是真想走，惭愧也是真惭愧，所以这个头，他磕得心甘情愿。而雷一鸣呆呆地看着他，半晌没说话，后来才轻声开了口：“也别说什么栽培不栽培的话了，这些年你鞍前马后地给我出力，我理应对你好一点儿。”

然后他叹了口气：“你要回家尽孝，我不拦你，拦也没用。”

白雪峰慢慢地站了起来。

雷一鸣扭开了脸，不看他，只问：“你什么时候走？”

白雪峰嗫嚅着回答：“我娘挺着急的……要是可以的话，我想明天就走。”

雷一鸣听了这话，牙疼似的，皱着眉头又叹了一口气，随即向白雪峰伸出了一只手：“拉我一把，我上楼去！”

雷一鸣上楼进了卧室，开了张五千块钱的支票，给了白雪峰：“现在不是我的好时候了，多了也没有，就给你这些吧！”

白雪峰见了支票，难得的没有心花怒放，垂下双手不肯接：“大爷，我这么干，简直就是临阵脱逃，您不怪我，我就很知足了，哪还有脸要您的钱？”

雷一鸣把支票往他胸前的小口袋里一掖：“你能跟我到今天，已经算是有良心的了。你看看张嘉田，你再看看林子枫，哪个不是我一手提拔上去的？他们现在又是怎么对我的？”

白雪峰听到了“林子枫”三个字，有些心虚，又怕脸上露了行迹，所以干脆向雷一鸣又深深地鞠了一躬，只说：“谢谢大爷。”

雷一鸣早就知道白雪峰不能永远跟随着自己，如今听说他要走了，也并没有如何伤感。直到第二天上午，白雪峰带着几件换洗衣服，当真走到他面前要告别了，他才后知后觉地傻了眼。

他在心里说：“你真走啊？”

白雪峰没有读心术，唠唠叨叨地又嘱咐了雷一鸣几句闲话，便又悲伤又轻松地提着行李，出门上了汽车往火车站去了。

（四）

白雪峰一走，雷一鸣立刻就觉得这日子过不下去了。

他的左小腿已经去了夹板，然而依旧不敢完全用力，又不爱坐轮椅，全靠着右腿和手杖活动。先前胳膊腿儿都完好的时候，他成天躺着，似乎可以从早躺到晚，然而如今到了该躺的时候，他反倒躺不住了。有心打长途电话回北京家里去，叫几个仆人过来，可他受惯了白雪峰的伺候，家里那些仆人也都不很合他的心意，所以思来想去的，他嫌麻烦，就没有打这个电话。

仆人没有找来，他先把厨子开掉了，因为这厨子屡教不改，总要把荷包蛋摊成又油又韧的胶皮饼子，厨艺简直还不如陈妈。陈妈倒也愿意到厨房里帮帮忙，可妞儿近来变得缠人了，她须得从早到晚，寸步不离地哄着妞儿。

在这个关头，雷公馆又来了一位不速之客。该客人蓬头垢面，骨瘦如柴，年纪轻轻的，却像个大烟鬼，张开嘴不说话，先打哈欠，露出口中上下两排长牙，全都结着黑黄的烟垢。

此人虽然有这么一副不堪入目的尊容，论起身份来，竟然会是陈妈的男人。而陈妈也正是因为摊上了这么个烟鬼汉子，才不得不把自己的儿子交给婆婆，出来给别人的闺女做奶妈。

这人这一趟来，是要带陈妈回家去。雷一鸣听了，大吃一惊，也不多说，直接告诉那人道："你让她留下来，把我家的妞儿带到两岁，我把她的月钱翻倍，年节另外有赏。"

那大烟鬼听了这话，毫不动心，一味地还是要让陈妈跟他走，否则就要休了陈妈。陈妈虽然思念自己的儿子，可也舍不得这里的妞儿，又留恋着这里清静富贵的好生活，便心中焦苦，涕泪涟涟。雷一鸣见状，气得说道："你还真走不成？他休了你正好，你要那么个男人有什么用？"

陈妈含着两包眼泪，一味地只是摇头——那个男人当然是毫无任何用处，她如今在雷宅所得的月钱，都要按月交到婆婆那里，而其中的一部分，便要换成烟土供丈夫过瘾。可她一想到自己要被休了，便觉得天塌地陷，再没了活路。

所以她对着丈夫求了一场，见丈夫是铁了心地要带自己回去，只好擦了眼泪，上楼看了妞儿一眼。见妞儿正在睡觉，便又下了楼来，哽咽着对雷一鸣说道：“大爷，您是好人，全怪我没心肝，就这么着把大小姐扔给了您。这家里就您一个爷们儿，您带着大小姐可怎么过啊？要不然，您再去找找太太吧。”

雷一鸣目瞪口呆地看着她，半晌说不出话。而陈妈挎着个大包袱，竟就真和烟鬼丈夫一同走了。

雷公馆里，忽然间，就只剩下了雷一鸣和妞儿两个人。

他坐在楼下客厅里，还是有点回不过神，直到楼上响起了妞儿的哭声。妞儿的哭声是锥子，能够直扎进他的心里去，于是他慌忙站了起来，抬腿就要往楼上跑。可是只向外迈了一步，左小腿的剧痛就让他停了下来。环顾四周找到手杖，他东倒西歪地又往楼上去，上楼上到一半，他听妞儿忽然号得撕心裂肺，便索性握着手杖俯下身去，手脚着地爬上了楼。爬着似乎比走着更快一点，所以他上楼之后继续爬，一鼓作气爬进了妞儿的卧室。妞儿坐在一张婴儿床里，本是在张大嘴巴号啕，忽然看他来了，便把哭相一收，挂着满脸眼泪又笑了起来，还对着他一扬头，“噢——”打了个招呼。

雷一鸣一歪身，坐在了地上，也一晃脑袋：“噢。”

妞儿扶着床栏杆站了起来，对着他又大叫了一声：“嗷！”

他也“嗷”了一声，随即挪了过去，从床栏杆的下方向上伸出手去，摸了摸妞儿的尿布。摸过之后，他抓住床栏杆，借力站了起来。

他给妞儿换了尿布，换得笨手笨脚，但终究还是换好了。忽然间，他感觉这里只剩了他和妞儿两个人，其实也不错。养孩子当然不是爷们儿该干的活儿，可这不是普通的孩子，这是妞儿。他二十几岁新婚的时候，还给玛丽冯洗过脚呢。能给玛丽冯洗脚，自然也就能给妞儿擦屁股换尿布，难不成在他这里，妞儿还不如玛丽冯吗？

他也不是吃不得苦的人，照顾一个妞儿，总不会比打仗更难，雷公馆里纵是少了仆人和厨子，也总比战场舒服得多。

“爸爸带着你过日子。”他单手把妞儿抱出了婴儿床，放在了地上，和自己相对而坐，“爸爸啊——什么都会。”

妞儿坐得腰板笔直，仰着圆脑袋盯着他的嘴，他说话，她的小红嘴唇——带着点口水——也跟着动。等他说完了，她扭了头左顾右盼，想找陈妈。房内没有陈妈的影子，她喊了一声，还是不见陈妈来，便随手拍出了一巴掌，正拍上了她爸爸的左小腿。

雷一鸣疼得大吼一声，震得妞儿一哆嗦，随即就咧着嘴哭起来了。

雷一鸣在家里摸爬滚打，和妞儿混了三天。

三天过后，他和妞儿都变了模样，统一的特点是脏。他尽管父爱如山，但也颇有走投无路之感。无可奈何之下，他抱着妞儿在客厅地毯上坐了下来，搬下了桌上的电话机，想要往北京打长途电话，叫几个男仆女仆过来。歪着脖子夹了话筒，他用眼睛盯着妞儿，正等着电话那一边的接线生说话，然而就在这时，一只手轻轻落到了他的肩膀上。

他吓得一颤，慌忙回过了头去，就见自己身后不知何时站了个唇红齿白的洋装少年。这少年穿着马裤、衬衫，头上歪戴着一顶白色凉帽，鹅蛋脸儿白里透红。迎着他的目光，少年一咧嘴，做了个鬼脸："这小丫头长得不错嘛！"

雷一鸣当即搂着妞儿向后挪了挪，因为来者他认识，是满山红。

满山红看了他的反应，笑出了一口小白牙："别怕，我没死，不是鬼。"

雷一鸣知道她没死，不是鬼——她要真是鬼倒好了，正因为她不是鬼，有手有脚有力气，所以他才格外地恐惧。

满山红又问："你的腿怎么样了？"

他当即把左腿也往回收了收。

满山红伸手摸了摸妞儿的脸蛋，又摸了摸他的脑袋："早就想来见你了，可我是个土包子，一进城就乐得忘了东西南北，光顾着玩了。等我玩够了，想去找你了，又听说你来了天津。你别说，天津比北平更好玩，我就喜欢这种热热闹闹的地方。"

"你来找我干什么？报仇？"

满山红摇了头，把帽子摇得更歪了："报仇？怎么会！我好不容易才找到了你，要是把你宰了，我不白找了吗？"

雷一鸣听了她这一番振振有词的回答，没听明白，皱着眉毛看她。而满山红兴高采烈地又道："我有汽车了，咱们兜风去呀？"她一指妞儿，"把这个小娃儿也带上！"

"什么？"

满山红手扶膝盖弯下腰，继续说话："今晚你就搬到我那儿去住吧！"

雷一鸣惊愕地看着她："你到底要干什么？"

"你不是喜欢我吗？我也挺喜欢你的。咱俩这回找个地方，喜欢个够。"

雷一鸣只觉不可思议，盯着满山红看了片刻，他开口说道："我不喜欢你。"

满山红一歪身也坐下来了，一团和气地问他："那你干吗和我睡觉啊？"

雷一鸣沉默下来，不敢说实话，怕满山红一时急了眼，会宰了自己或者妞儿。垂眼思索了片刻，他答道："因为我是个男人，你是个女人，当时又是同床共枕，自然难免。"

满山红恍然大悟似的点了点头，然后往他身边凑了凑："既然我是个女人，你是个男人，那我嫁给你吧！"

说完这话，她头上的帽子彻底滑到了肩膀上。妞儿伸手抓过帽子，送到嘴里啃了起来。而雷一鸣向后又退了退："别胡闹，我这个年纪，给你当爹都够了。"

满山红再次恍然大悟，而且这回还加了个灵机一动："那，我给你当干闺女？"

雷一鸣靠在了沙发腿上，退无可退，索性用手臂护住了怀里的妞儿，正色问道："你到底想干什么？"

满山红一噘嘴："其实就是来找你玩的。"

然后她问雷一鸣："你干吗一直瞪着我？我又没砸折你的腿。"

雷一鸣依然皱着眉毛："你如今在干什么？跟着张嘉田？"

满山红抿嘴一笑，笑得狡猾："你管呢？"

雷一鸣不问了，继续盯着她看。而未等他从她身上看出个眉目来，门外又进来了一个人——林子枫！

满山红似乎是认识林子枫，一见他就站了起来，而林子枫见了她，倒是挺平静："你好。"

满山红一耸肩膀："你也好。"

林子枫又问："张军长也到天津了吗？"

满山红立刻答道："早到了。"

"那请你帮我向他带句话，就说我过几天去他府上拜访他。"

满山红像个淘气孩子被大人逮住了似的，不大自在地"嗯"了一声，然后不向任何人道别，低着头迈步就走，一鼓作气走了个无影无踪。

她一走，林子枫低头望向了地上的雷一鸣和妞儿。妞儿还在研究满山红留下的白帽子，抬头望向了林子枫，她忽然撒欢似的一拍大腿："噢！"

林子枫对着她一点头："噢。"

妞儿向他一笑，然后低了头继续去咬帽子。雷一鸣瘫坐在地上，则是对他视而不见。

林子枫拉过一把椅子，在他面前坐了下来："我看外面大门是开着的，就直接走了进来。"

雷一鸣没理他。

他继续说道："这还是我第一次看见二小姐，二小姐玉雪可爱，真有您的风采。"

雷一鸣听了这话，也不知道他这是在赞美自己，还是在讽刺自己，总而言之，他觉得这句话挺恶心。

林子枫又道："我原来说过，等到大帅来了天津居住，我会常来和您谈谈。"

雷一鸣刚被满山红吓得魂飞魄散，如今见她走了，便是暗暗地长舒了一口气。他料想林子枫不至于对自己下杀手，又无法把林子枫赶出家门，只好装聋作哑。

林子枫继续说道："大帅还记得胜男的模样吗？"

雷一鸣缓缓地倒了下去，最后倒成了侧卧的姿态。坐得太久了，他累得腰酸背痛。用一只手支了头，他凝神看着妞儿玩帽子。

这时，林子枫俯身伸手，把妞儿抱到了自己的大腿上。雷一鸣立时欠了身："干吗？"

林子枫再次弯腰，把地上的白帽子捡起来给了妞儿，然后接着方才的话题说了下去："胜男对您非常敬爱，在你们新婚之时，她曾经对我说过，能够和您在一起生活，是她生命中的惊喜。"

雷一鸣挣扎着坐了起来，这回不敢不听了。

林子枫心平气和地说话，有点娓娓道来的意思："现在在我家里，还有您当年戴过的一顶军帽。记得那还是在张嘉田军长刚升任帮办的时候，在家中摆酒唱戏，庆祝乔迁之喜。胜男和您同座看了一晚的戏，您临走时，把军帽落在了她的手里。"

雷一鸣心想这都是哪辈子的事情了，他跟我说这些废话有什么意思？

然而林子枫自得其乐，慢悠悠地长篇大论。说着说着，那话里就带了几分森森鬼气，仿佛林胜男要从他的语言中复活过来。雷一鸣听到最后，竟然生出了一点惧意。幸而林子枫说到最后，忽然摸出怀表看了看时间，然后起身把已经睡了的妞儿放到了沙发一角，又把雷一鸣也搀扶到了沙发上坐下。

“我还有事，今天就谈到这里。”他收回手，对着雷一鸣说道，“请您保重身体，我改天再来。”

雷一鸣垂头坐着，感觉这人疯得不轻。

林子枫说走就真走了。而与此同时，满山红身在张宅，站在张嘉田面前，正在接受盘问——她向他转达了林子枫的话，然而说走了嘴，让张嘉田听出了问题来。

“你找到他家里去了？”张嘉田问他，“那你怎么没一枪毙了他？”

“我和他的事儿，你不是知道吗？”满山红满不在乎，“我还没玩够呢！”

张嘉田抬手指她：“要点脸吧，你是个姑娘。”

“我不是姑娘。”她公然宣称，“我是小子！”

“小子更丢人。他给你当爹都够了，还杀过你一次，你是上辈子没见过男人还是怎么的？你忘了你那帮兄弟了？”

满山红翻着眼睛往天花板上看，神情有点困惑，也有点浑不论的小痞子相：“总觉得要是就这么把他毙了，太没意思。”

这时，张嘉田身后的房门开了，走出了个粉妆玉砌的苗条美人，正是叶春好。叶春好正在张家做客，满山红来时，她坐在里间屋子里没出声，直听到了这里，她才终于忍不住了，对着满山红问道：“妹妹，你在他那里，瞧见了个小女孩没有？小得很，还吃奶呢。”

“瞧见了，她还抢走了我的新帽子。”

叶春好立时向前迈了一步：“她——她看着怎么样？”

满山红一咧嘴，又做了个鬼脸：“脏！比她爹还脏！”

叶春好一听这话，立刻变了脸色：“没有人管她吗？”

满山红摇了摇头：“不知道，反正我去的时候，那楼里就只有她和她爹。他们爷儿俩都在地上坐着呢。”

叶春好本是在气定神闲地做客闲谈，如今听了这话，她登时乱了套：“他住在哪里？我看看去！”

张嘉田一抬手，拦住了她的路：“你还看他干什么？”

“我哪是看他？我是去看妞儿！好好的大人都禁不住他祸害，妞儿才这么一点大，哪受得了他这么胡闹？他要是不肯把妞儿往好里养，那我就把妞儿接回来！”

张嘉田回头看了她一眼：“你待着你的，我过去看一眼。”

“可是我——”

张嘉田答道：“你去了也没什么用，要说收拾他，还得我出马。你就在这儿等着我吧！”

（五）

张嘉田走进雷公馆，进门后先看到了楼梯上的雷一鸣。

雷一鸣刚费了天大的力气，把熟睡着的妞儿送到了楼上卧室里。妞儿也有二十来斤了，他一手抱着她，一手拄着手杖支撑身体，一步一步走得乱晃。所以等到离开卧室要下楼时，他便实在累得站立不得，下楼下到一半，就在楼梯上坐了下来。张嘉田站在楼下，见他右腿屈着，左腿伸着，右胳膊横撂在右膝上，深深地低着头，把脸埋进了臂弯里。身上的白衬衫不知洒了什么，染得深一块浅一块，衬衫下摆拖在外面，裤子上也蹭着许多灰尘，皮鞋没系鞋带，露出的袜子一只蓝一只黑，绝对不是一双。

张嘉田知道他现在的日子定是不得意，可没想到他竟狼狈成了这个样子。而雷一鸣慢慢抬起了头，在看清是张嘉田后，他忽然觉得眼下的情形很滑稽——他这个家仿佛是没有门，谁都可以进来参观参观。

张嘉田把他看够了，开口问道：“妞儿呢？”

他一听这话，骤然紧张起来：“你问妞儿干什么？”

张嘉田对他没好气，一瞪眼睛答道：“我自然是不能把她吃了！她在哪儿呢？我看她一眼！”

“叶春好让你来的？”

张嘉田不回答，迈开大步就往楼上跑。雷一鸣刚要拦他，他已经一阵风似的上了二楼。雷一鸣慌忙回了头，又抓着楼梯扶手想要起身，可楼上走廊里传来了一声门响，张嘉田已经“咚咚咚”又走了回来，一条胳膊拦腰勒着迷迷糊糊的妞儿。他对着雷一鸣一眼不看，直接就要下楼。雷一鸣站立不及，索性坐下去抬手挡了他的路：“这也是叶春好让你干的？我们当初是怎么说的？”

张嘉田一脚把他踹得向旁一歪，然后想要继续往下走，雷一鸣这回真急了，纵身一扑抱住了他的腿：“张嘉田！”

他这一嗓子吼出来，妞儿的眼睛还没睁，就直接吓得哭起来了。张嘉田那胳膊像铁铸的一般，勒得她两条小腿乱蹬，尿布也掉了下去。雷一鸣抬起头来，喘着粗气问张嘉田：“我就只有妞儿这么一点骨血，你还要把她抢走吗？你给我留一条活路好不好？”

张嘉田勒着妞儿的腰，他勒着张嘉田的腿，双方都不放手。张嘉田说道：“这孩子留给你也是受罪，你自己能活着就不错了！”

话音落下，他强行抬腿迈步，竟然带着雷一鸣下了几级台阶。雷一鸣死活不放手。张嘉田也觉得意犹未尽，低头大声说道：“你就是个害人精！和你在一起的人，有几个得着好下场的？这孩子有了你这么个爹，也算是倒了八辈子霉！”

雷一鸣被他生生拖下了楼，眼看张嘉田真要把妞儿抱走了，他急得红了眼睛：“你到底想让我怎么样？让我再给你跪一次？再给你磕一个？你说！你说什么我做什么！有什么都冲我来，你他妈的——”

这个时候，门外又进来了个人，竟是林子枫。

林子枫折返回来，带着一脸有话要说的神情，甚至在进门的那一瞬间，他已经张了嘴，可随即看到了楼下这纠缠成一团的三位，他把嘴又合了上。张嘉田对着他潦草地一点头，顺手把妞儿往上托了托：“来了？”

林子枫看了看他，又看了看他怀里吱哇乱哭的妞儿，惊讶之余，似乎是又有点尴尬：“你……这是……”

他正斟酌着措辞，可张嘉田根本无心和他寒暄，低头重新瞪了雷一鸣，张嘉田说道：“冲你来？你当我不想冲你来？你当我舍不得你这条命？要是依着我的意思，我早把你这个坏种剁碎喂狗了！”然后他扭头对怀里的妞儿大吼一声，“别哭了！”

妞儿吓得一抽搐，立刻收住了哭声。

张嘉田又问雷一鸣：“你放不放手？”

雷一鸣当然不放。

张嘉田喊了一声“老林”，然后不等林子枫回答，他便又喊了一声：“接着！”随即就把妞儿向他扔了过去。妞儿直撞上他的胸膛，他一抬手，正好把妞儿接住。抬头再看张嘉田，他见张嘉田像疯了似的，抓了雷一鸣的短发往外推搡，又抬了另一条腿踢他踹他。然而雷一鸣死死抱住了他的腿，无论如何就是不放，甚至也不出声。两人拖拖拽拽地进了客厅，林子枫跟到了门口，正好看到雷一鸣的额角撞上了茶几的尖角，撞出了一声骇人的闷响。鲜血立刻就顺着他的额角流下来了，他终于松了手，可随即又爬向了客厅门口：“子枫，求你把孩子给我。”

林子枫犹豫了一下，弯腰把妞儿送到了他手中。他一把搂住了妞儿，而妞儿“哇”的一嗓子又哭出了声，两只小手也搂住了他的脖子。林子枫低头看着这一对父女，正想说句话，可后方伸来一双手，不由分说地把他向旁边一拨，他一皱眉头，因为嗅到了一股子熟悉的香气。

是叶春好来了。

一个小时前，张嘉田在问清了雷公馆的地址之后，便先走了一步。他走了，叶春好越想越觉得不妥，所以也追了过来。结果刚一进门，她就见识了这一场全武行的大戏。像对待一扇门板似的，她把挡路的林子枫硬拨了开，然后强行挤进了客厅里去。雷一鸣这时已经抱着妞儿退到了角落里。叶春好一扭头看见了他们，就见他淌了半脸血，血珠子都滴到妞儿的头发上去了。而妞儿号得小脸通红，一声赶不及一声。屁股也光着，正在边哭边尿，尿了雷一鸣一裤子。她凑过去蹲下来，要把妞儿抱过来哄哄，然而婴儿的记忆力有限，妞儿已经不认识了她。雷一鸣也猛向后一缩，轻声说道：“叶春好，求你了。”

叶春好这回看清了妞儿那粘结成片的头发，还看见了她渍满了斑斑点点的衣裤，当即问道：“陈妈呢？”

“她走了。”

“走了？好好的怎么会走了？是不是你又给她气受把她吓跑了？”

雷一鸣到了如今，连头上的疼痛都感觉不出了，只是觉得疲惫绝望，走投无路。

“我没有。”他告诉叶春好，“她丈夫找了过来，把她领走了。”

“那别人呢？为什么不再找个奶妈子？”

雷一鸣摇了摇头，也回答不出自己为什么不再找个奶妈子。或许是因为白雪峰走了，而凭着他自己的力气，从楼上走到楼下都很艰难，更不知道奶妈子们都藏在世界何处。

“我关门过日子，没有碍着你的眼，你何必又要让张嘉田过来抢妞儿？”他有气无力地问她，“我有千错万错，离了婚也就完了。你过你的，我过我的，你让我们清静清静好不好？”

叶春好有口难辩，索性不辩。眼看妞儿的哭声渐歇，她站起来，对着张嘉田说道：“不让你来，你偏要来。你就知道动粗，看一眼就成的事情，你非要弄得这么血淋淋的。”

张嘉田舔了舔嘴唇，有话要说，但是吸了一口气，又觉得没什么可说的。

叶春好谁也不理了，起身走到门口，她把门板一样的林子枫又推了开。出了客厅四处走了一圈，她最后带着一条洗净拧干了的大毛巾回来了，重新蹲到了雷一鸣面前，她用毛巾给妞儿擦了擦脸，然后抬头看着雷一鸣，说道：“没那个本事，就不要大包大揽，妞儿的头发都酸了。有热水吗？孩子身上这么脏兮兮的，都是细菌，不怕生病吗？”

说完这话，她料想雷一鸣也变不出热水来，索性自己又出去了。在楼上的浴室里，她发现了热水管子，拧开水龙头一放，竟还真放出了热水。连忙快步跑下楼来，她对雷一鸣说：“我给妞儿洗一洗。”

然而雷一鸣并不肯把妞儿给她。

她叹了口气：“你不给她洗，又不让我洗，那就让妞儿这么臭着？”

张嘉田这时走了过来，伸腿踢了雷一鸣一脚：“你能不能听话？”

雷一鸣被他踢得一晃，抬头望向叶春好。他的脸上没有表情，只是苦笑了一声——也可能是冷笑了一声。

然后他让妞儿趴在肩膀上，单手扶着墙壁站了起来。

雷一鸣挪到了楼上去，和叶春好一起进了浴室。

浴室的房门大敞着，叶春好调试好水温，接了一盆热水放在浴缸里，自己弯了腰给妞儿脱衣服洗澡。雷一鸣坐在浴缸边沿，扭头看着她的动作。张嘉田站在门口，进门时在桌上找到了半盒香烟，他抽出一根点燃了，慢慢地吸。忽然一抬头，他看见林子枫正坐在门旁的椅子上，便问道：“你找他有事？”

林子枫答道："不是要紧的事。"

张嘉田觉得林子枫这样赖着不走，有些奇怪，可自己又不是这一家的主人，也不好下逐客令——但他确实觉得林子枫有些碍眼。雷一鸣固然罪该万死，但张嘉田看他看惯了，倒不觉得他很多余。

叶春好花了好些工夫，才把妞儿洗干净了。直起腰擦了擦湿手，她告诉雷一鸣："我给她找衣服去，你别让她爬出来。"

然后她出了浴室，抬头瞧见林子枫，也是一愣。愣过之后，她去开那立柜——柜子里也是一团乱，她翻了半天，才找出了妞儿的小衣裳。

把妞儿从水里捞出来擦干净了，她把妞儿抱到外面床上，给她穿衣穿裤。刚把妞儿收拾利落，雷一鸣就伸了手又要抱她。叶春好当即侧身在两人中间一挡："你也洗洗吧！别把妞儿抱脏了。"

说完这话，她见雷一鸣不动，便扭头急道："你放心，我不会偷着把妞儿抱走。我保证！"

雷一鸣看着她，依然不动。于是张嘉田从天而降，一弯腰把他扛进了浴室，然后退出来"咣"的一声关了门："你给我快点儿！"

叶春好看了张嘉田这个做派，觉得简直是粗鲁得没法说，但他又是一片赤心地护着自己，自己也绝不能挑理。浴室内有了哗哗的放水声。叶春好在房内床上坐了，低了头去看妞儿——妞儿今天号啕了许久，此刻就很萎靡地坐在床上，也不看人。看过了妞儿，她又瞟了林子枫一眼，发现这人还是没有要走的意思，单是那么看戏似的看着全屋的人。

浴室内的水声响了好一阵子，末了传出了"咕咚"一响和"哎哟"一声，显然是里头的人摔了一跤。叶春好站了起来，随即又坐了下去，对张嘉田说道："二哥，你进去看一眼。"

张嘉田没说什么，开门进去了，进去之后随即又关了门——门关了没有三秒钟，他又出了来，也走到那立柜前，把大小柜门都打开乱翻了一气。最后将一身衣裤卷成一团，他又回了浴室。

等到浴室的房门再打开，他搀出了个热气腾腾的雷一鸣。雷一鸣湿着头发赤着脚，踉跄几步也跌坐到了床上。妞儿转向他，赖唧唧地叫了几声，他便对叶春好说道："妞儿饿了。"

叶春好不看他，只问："妞儿现在都吃些什么？"

“就是牛奶泡饼干。”

叶春好听了这话，又深深地叹了一口气，站起身说道：“我给妞儿弄点东西吃去。”

说完这话，她踩着高跟鞋，咯噔咯噔地快走出去了。留下房内三个大人和一个孩子，默然无语。

（六）

叶春好走进厨房，一无所获，甚至连点油烟都没蹭上。所以她在飞快地计算了路程和时间之后，一溜小跑着出了门，坐上汽车回了赵家。

她从家里带回了白米、菜、肉和一个老妈子。老妈子小心翼翼地提着个小筐，里头装着蜂窝煤。重新钻回厨房里，老妈子负责点炉子烧火，她负责淘米切菜。老妈子是她的得力干将，两人都是动作飞快，然而她心急火燎，只觉得处处都慢。仿佛是过了大半天的光阴，她才盛出了一碗热粥来。

粥煮得稀烂，米粒都已经不分明，混在其中的肉丁、菜叶也全没了本来面目，瞧着是不大好看的一碗。把这一碗放在了托盘上，她正打算端了托盘上楼去，可目光往锅里一扫，她停了动作想了想，放下托盘找出一只大碗，把锅中余下的热粥也倒了进去。

额外带着两只煮鸡蛋，她端着托盘上了楼，急三火四地推了房门向内一闯，她有些惊讶，因为发现妞儿挺着腰板坐在床上，手里拿着一顶白色的软帽子，并没有饿得死去活来。而张嘉田靠墙站着，还在摆弄那半盒烟卷。林子枫靠门坐着，跷着二郎腿，也还是一副看戏的姿态。至于雷一鸣——他躺在妞儿的身后，身体显得异常薄和软，眼睛斜望着窗外的天，没有表情，也没有活气，像是正在展示遗容。

三大一小四个人，各干各的，她这么一进来，反倒像是打破了其中的平衡。张嘉田抽抽鼻子，看着她那托盘中一大一小的两只碗：“什么玩意儿？挺香啊！”

“粥。”她匆匆把托盘放到了床头的桌子上——桌子上面摆满东西，像要排兵布阵一样，她的托盘须得挤着放置。叶春好低头飞快地剥开了一个鸡蛋，她自言自语地说："妞儿这么大的孩子，能吃好些东西了。"

然后她把鸡蛋黄放进了小碗里，又端了碗用勺子不断地搅动，转身坐到了妞儿的跟前。她用自己的手帕围了妞儿的脖子，舀起了一点带着鸡蛋黄的稠粥，喂到了妞儿的嘴边，然后对着雷一鸣，说："剩下那碗你吃吧。"

妞儿吃了第一勺，又吃了第二勺，等叶春好喂出第三勺时，她张大嘴巴，连粥带勺子一起吞进了嘴里。张嘉田见状，笑了一声，觉得挺好玩。而叶春好见妞儿露出了馋相，登时一阵心酸。眼角余光向旁一扫，她发现雷一鸣坐了起来，靠着床头坐的，单只是坐着，全然没有去动那一大碗热粥的意思。

这粥煮得过了火，看着确实不大好看，可叶春好自信它的滋味不坏，绝对委屈不了雷一鸣的嘴。这回她可不怕他闹脾气了，他爱吃不吃，不吃拉倒。

慢慢地喂妞儿吃了一碗粥，她捏着嗓子对妞儿说话："妞儿渴不渴？妈给你点儿水喝呀？"

雷一鸣忽然说了话："等会儿再给，现在她不喝。"

叶春好故意不理他，解下了妞儿脖子上的手帕，顺手给妞儿擦了擦嘴。然后把小碗小勺放回托盘里，端起托盘说道："不吃就收走了。"

雷一鸣还是没反应。

叶春好看着他，就见他现在瘦骨伶仃的，脸上没个正经颜色，额角还带着皮肉伤，哪还是四年前那个风华正茂的美男子？她想这人实在是个不懂好歹的，先前自己真心实意地爱他，他不当一回事，对自己说打就打说骂就骂，终于把自己打了个心灰意冷；如今自己看他可怜，把这么一大碗好粥都摆到他眼皮底下了，他又"不合时宜"地有了志气。古有伯夷叔齐不食周粟，今有他雷一鸣不食叶米，真是好硬的骨头！

这么一大碗粥，还冒着热气呢，旁边还留着一个挺大的煮鸡蛋。叶春好把煮鸡蛋单拿出来，决定留着给妞儿。回头望向张嘉田，她问道："那你吃不吃？我一点都不饿，这么一大碗，扔了怪可惜的。"

张嘉田早就想吃了，这时立刻答道："好，给我吧！"

叶春好又望向林子枫："林先生要不要也尝一点？"

她说这话，无非就是客气客气，哪知道林子枫竟然一点头："那就多谢了。"

叶春好将大碗里的粥倒出了一小碗，给了张嘉田，余下的半碗，给了林子枫。

两人几口把粥喝了，林子枫掏出手帕擦了擦嘴：“叶小姐的厨艺，倒是很好。”

叶春好微微一笑：“谬赞了。”

然后她又问：“林先生常来这里坐着吗？”

“今天是第一次。”然后他清了清喉咙，问道，“有茶吗？”

叶春好再次微微一笑：“不清楚，我也是今天第一次到这里来。”

张嘉田喝了这样又热又香的一碗粥，也觉得有些干渴，于是转身走回浴室，拧开水龙头灌了一气自来水。抹着嘴走出来，他问叶春好：“你看见妞儿了，妞儿也吃饱喝足了，接下来怎么办？咱们是把妞儿带走，还是放这儿让他继续养着？”

叶春好见妞儿吃饱了就又躺到雷一鸣身边去了，心里有点嫉妒，又有些安然，同时也疑惑——他能对女儿这么好，照理来讲，就不该是个真坏人啊！

“留下吧。”她低声答道，“当初……都是说好了的。”

“那咱们走吧！”

叶春好又一点头，见雷一鸣始终是无动于衷地低头坐着，自己有话也说不出，只得随着张嘉田，走出去了。

两人带着叶家的老妈子，一路走出了公馆大门。叶春好都坐上汽车了，才忽然想起了一个问题：林子枫是不是还留在他家里呢？

林子枫其实也离开了雷公馆。他步行走过了一条小街，进了一家面包房，买了甜面包和三明治，以及玻璃瓶装的牛奶。

他把这几样东西用大纸袋装好了，将它们带回到了雷一鸣面前。居高临下地站在床边，他把纸袋送到雷一鸣面前，让他看了看：“我觉得，您好像是很久都没有吃过东西了。”

雷一鸣确实不记得自己上一次吃饭是在何时，更不记得自己吃了什么。林子枫转身把纸袋放到桌上，慢条斯理地撬开了牛奶瓶的瓶盖，又将包着三明治的薄纸剥开。最后将一根麦管插进玻璃瓶里，他转身搬来一把椅子，放到了桌前。

“大帅，”他扭头望向雷一鸣，“请。”

雷一鸣终于开了口：“我饿死了，不是正合你的意吗？”

“不。”

“那你想怎么样？更喜欢看我走投无路，抱着张嘉田的大腿下跪磕头？”

林子枫不再回答，只拍了拍椅背。

雷一鸣犹豫了一下，把妞儿抱到了床里，然后自己向前爬到床边，单腿落地挪到了椅子上坐下。低头叼住牛奶瓶口伸出的麦管，他一口气吸了小半瓶牛奶，腮帮子都鼓了起来。咕咚一声咽了牛奶，他将一只小甜面包整个儿塞进了嘴里。而未等小甜面包落肚，他已经将一只三明治的尖角深深送进口中。拼命似的一口咬下半个三明治，他噎着了，扭头又叼了麦管吸牛奶。一大口牛奶猛吞下去，他透过了一口气，把剩下的半个三明治也填进了嘴里，然后又噎住了——没吃的时候，还没觉出饿来，他是越吃越饿。

一鼓作气将纸袋中的食物吃了个精光，他最后把叶春好留给妞儿的煮鸡蛋也吃了。最后把空了的牛奶瓶拿到手中看了看，他咬着麦管又吸了几下，吸出了一串呼噜噜的空响，只得放下瓶子作罢。

林子枫一直在门旁坐着，这时忽然说道："您这是何苦。"

雷一鸣转身面对了他，吃饱喝足之后，他的眼睛有了一点光彩："子枫，妞儿的奶妈，是不是你使坏弄走的？"

林子枫答道："是。"

"雪峰呢？"

"我给他另找了一份好差事，您放心，他离了您也吃不着苦。"

"我管他吃不吃苦，离了我的人都他妈滚到地狱里才好，包括你。"

"我最近成了无神论者。"

雷一鸣垂下眼帘，身体向右靠着椅背，有点漫不经心的态度："你要是真想解恨，那要么杀了我，要么像张嘉田似的，隔三岔五地过来打我一顿。我怕疼，你打我一顿，够我怕你好些天。别的，没用。"

"我就只是想和您谈谈。"

"谈你妹妹？还是没用！我可以拍着良心说，我对得起她！我将来就是死了，在阴间见了她了，这话我也说得出口！"

林子枫看着他，看了好一阵子，最后点点头，轻声答道："我知道。"

"那你还有什么可说的？"

林子枫又想了想，然后答道："没什么可说的，还是讲讲胜男吧。"

雷一鸣无声地骂了一句。

林子枫讲了半个小时的林胜男，外面原本是晴朗的天气，生生被他讲成了大雨倾盆。最后他冒雨告辞了，留下雷一鸣坐在房内，就觉得鬼气从床底下弥漫开来，瘆得慌。

第二天，林子枫没来，叶春好来了。他不理叶春好，叶春好也不理他，只是给妞儿带来了两身小衣裳，还有一打擦口水的围巾。

第三天，叶春好没来，林子枫来了，给他带了一瓶白兰地和一包德国香肠，坐下来讲了四十分钟林胜男，讲完就走了。雷一鸣吃了香肠，把白兰地扔进了垃圾桶——跟着妞儿在一起，他不敢喝酒。

第四天，叶春好还是没来，林子枫又来了。雷一鸣渐渐感受到了林子枫的威力。先前他想起林胜男，脑海中只有一个小女孩的印象；可如今林子枫用语言另塑造出了个新的林胜男。新的林胜男凄怨、疼痛，活在无尽的思念与绝望里，最后惨死于无休无止的剧痛中，流尽了全身的血。他不想听，不听不行，林子枫的个子摆在那里，两只大手伸出来，可以轻而易举地把他摁在椅子上。他瞪着对方那张冷森森的白脸，因为确定对方那张冷漠面孔下，藏着无数匪夷所思的阴谋诡计，所以不敢造次，只能咬紧牙关硬听。

第五天，他起了个早，觉着左腿像是又恢复了一些，便洗漱穿戴整齐，扛粮食似的扛着妞儿，锁好大门出去了。而叶春好这两天忙着给叶文健办理入中学的手续，办得很不顺利，今天上午才有工夫跑过来看妞儿，结果还吃了一记闭门羹。

她怏怏地走了。林子枫下午来，也扑了个空。

第六天，还是没人看见雷一鸣和妞儿。叶春好有点慌，怕雷一鸣带着妞儿偷偷跑到了天涯海角。叶文健这几个月也不知道都学了些什么，去考了几家中学，成绩都是一塌糊涂。她心乱如麻，有心让张嘉田帮忙去找雷一鸣，可又怕张嘉田的暴脾气，找到了雷一鸣，又是一顿拳脚。

第七天，她打算把这一天分成两半，上午带着叶文健去见中学校长，设法让叶文健入学；下午自己去雷公馆，如果还是没人，那么自己晚上就再去一趟。

然而她打算归打算，等她清晨梳妆完毕，老妈子过来告诉他，说少爷跑出门玩去了。叶春好这才想起来，这小子近来考试考得一塌糊涂，性子却是越来越野了，分明在天津也没什么朋友，然而天天往外跑，也不知道是能跑到哪里去。

一拍梳妆台站起来，她怒道："这个东西，真是无法无天了。今天把他找回来，我非狠狠教训他一顿不可！”然后她吩咐老妈子，“把我那柄量衣服的木尺找出来预备上！”

老妈子含笑劝道：“少爷都是小伙子了，您还能真打啊？”

叶春好气得一晃脑袋，满脑袋卷发一颤：“不打不行了！”

与此同时，叶文健正坐在公园里的长椅上，怀里抱着妞儿，身边是雷一鸣。

他是前天在街上闲逛的时候，隔着一面玻璃橱窗，看见了咖啡馆里的雷一鸣。雷一鸣为了逃避林子枫，宁愿天天抱着妞儿在外面混着，在咖啡馆里也能一坐一上午。叶文健忽然见了他，兴奋得大叫一声，差点儿撞破玻璃冲了进去。

叶春好总觉得叶文健是十岁上下的小男孩，却不去想那个小男孩在外面流浪了三年，怎么可能会没有变化？叶文健被她管得很不耐烦，看那个胡同口卖粮食的小流氓张二天天过来和他姐姐黏糊，也恨不得把他撵出去。种种的“不耐烦”和“恨不得”加在了一起，让他更爱这个落魄的姐夫了。

姐夫被张二砸折了一条腿，不过没关系，骨头断了，还能长好。姐夫支使他往承德发了两封电报，他第一次到邮局发电报，也觉得很好玩，并且向姐夫发了誓，一定把这事保密到底，对他姐姐也不会说。

此刻坐在长椅上，他对雷一鸣说道：“姐夫，我不想读书了。”

雷一鸣答道：“不想读就不读。”

他又道：“你将来要是还带兵当官的话，我跟着你当兵得了。”

雷一鸣扭过脸来看了他：“你姐姐不会允许。”

“我总不能一辈子都听我姐姐的。”

“不听你姐姐的，听我的？”

“你要是说得对，我就听你的。”

“那我让你跟我走，你跟不跟？”

叶文健盯着雷一鸣，嘴唇动了动，含着一个“跟”字，没敢往外说。

第十四章

DI SHI SI ZHANG

天各一方

雷一鸣这个人是有“影响”的，好端端的人到了他身边，常会无端生出变化来，仿佛他是个旋涡，能把他身边的一切都吸引得颠倒混乱。

（一）

雷一鸣在长椅上坐了许久，末了觉得有些冷了，便决定带着女儿和小舅子另换个温暖的地方。他拄着手杖慢慢地走，叶文健抱着妞儿在一旁跟着，一直跟着他进了一间番菜馆子。

叶文健正在急速地成长，总是饿、馋，在家里虽然是足吃足喝，可总觉得馆子里的饭菜更有滋味。偏他又是个孩子，没有自己攥着钱一天三顿下馆子的资格。幸好还有姐夫——在姐夫面前，他既是孩子，又是大人。他可以看着菜单，自自在在地点这点那，甚至敢让侍者给自己上一盒大炮台烟。抽出一支香烟先给了姐夫，他划燃火柴给姐夫点了火，然后自己也叼上一支，细长的手指夹着香烟，他深吸一口，再满不在乎地呼出来，自觉着很潇洒，是个男人了。

抽烟的时候，是个男人，冰镇汽水送上来，他敞开了喝，一口气喝了两瓶，又变回了孩子。妞儿在一旁被烟雾熏着，不哭不闹，捏着一片苹果看他喝汽水，看得垂涎三尺，于是他把汽水倒进小勺子里，也喂妞儿喝了几口。雷一鸣坐在对面，吃了几口就不吃了，拿了一份报纸翻着看。

如此坐到了下午，雷一鸣抬头说道："还不回家？不怕你姐姐找你？"

叶文健答道："我姐找我也没什么要紧的事，无非就是骂我不努力，成绩坏罢了。"

雷一鸣向他笑了笑："那也回去吧。要是让她知道了你白天是和我在一起，我怕你要挨顿好打。"

叶文健听了这话，有些窘，因为正处在一个不服管的年纪，自认为是条顶天立地的好汉，可哪有好汉动辄就被姐姐打一顿的？但姐夫所说的又真是实情，据他观察，他也觉着姐姐对自己有些忍无可忍了。

闭着嘴打了个小饱嗝，他的声音降了个调门：“那你呢？”

雷一鸣答道：“我再坐会儿，天黑了再走。”

“那我明天还到公园那儿等你。”

然后他起身把妞儿抱到了雷一鸣身边，心里非常想把姐夫领回家去，重新和姐姐一起过日子。他喜欢姐夫，对于张嘉田则是深恶痛绝，背后提起这个人来，也只肯叫他一声张二。

叶文健往家走，刚走出没多远，就被满山红逮住了。

满山红闲着没事，又被张嘉田管束着不许惹事，所以今天自找了一份差事，奉了张嘉田的旨意满街寻觅叶文健。叶文健不许她抓贼似的把自己往汽车里推，当街和她撕扯起来，结果没撕扯过她，到底被她捉回了家。

叶文健到家之后，如何受他姐姐的处治，姑且不提，只说雷一鸣在番菜馆子里坐到了九点多钟，妞儿在他怀里都睡着了，他才把孩子往肩上一扛，慢慢地溜达回了家。

家里黑漆漆的，没有人气，不像个家。他没敢开电灯，怕灯光会惊醒了妞儿，一路摸黑上楼，把妞儿放到了床上。然后悄悄地退了出去，他站在走廊，背靠着墙壁喘了会儿气——他这原本从早躺到晚的懒人，如今天天抱着个孩子在外面一坐坐一天，夜里回了来，常有要累断气之感。若不是他还有其他打算，那么就非得设法回北京——现在改名叫北平了——不可。

当然，回了北平，他的日子也好不到哪里去。他家的大门，现在是谁也挡不住了。

扶着墙壁往楼下走，这么着他睡不着，他须得一直走到餐厅里去喝几口酒。妞儿现在睡了，他喝得微醺也不碍事，正好可以迷迷糊糊地睡觉。

餐厅里悬挂着大吊灯，灯光极其明亮。他拿了半瓶酒坐在餐桌旁，桌面上覆了一层灰尘，他对着瓶口仰头灌了一口酒，然后用手指在那灰尘上写了个“妞”字。

除了妞儿，他现在是谁也不爱、谁也不信了。

接连着又喝了几大口，他觉着身体稍微温暖了一点。门外有人大踏步地走了进来，他扭头望过去，认出那是张嘉田。

张嘉田是奔着灯光找过来的，目的是要向雷一鸣兴师问罪。叶春好今天找弟弟，都要找疯了，还是满山红颇有一些手段，傍晚发现了他的行踪，并且查到了他先前一直是和雷一鸣在一起。

叶文健骂骂咧咧，对她出言不逊，所以她毫无保留，把他这一天的所作所为全告诉了叶春好，以及陪在叶春好身边的张嘉田。张嘉田一听这话，登时就杀了过来。寒气凛凛地站到雷一鸣面前，他开口质问道：“雷一鸣！你总勾搭春好他弟弟干什么？你又想捣什么鬼？”

在酒精的刺激下，雷一鸣有点眩晕，反倒是放松了些许。仰起头看着张嘉田，他答道：“不是我找他，是他找我。”

然后他又喝了一口酒：“他和我相识的时间还短，不知道我是个十恶不赦的坏人，所以对我还有好感。”他用酒瓶瓶口一指张嘉田，“你当年不也是这样吗？”

话音落下，他继续喝，大口地喝，然而喝到一半就被张嘉田夺去了酒瓶。张嘉田把酒瓶掼向地面摔了个粉碎：“别提我，我那是瞎了眼。”

雷一鸣抬袖子擦去了下巴上的酒，低头看看地上的碎玻璃片，他歪着脑袋垂下眼帘，挺起胸膛笑了一声：“好，打吧。”

“我打什么？”

“你不是为了打我而来的吗？”

“我没那个打人的瘾！打你是因为你该打！”

雷一鸣点了点头：“好，好，我该打。”

张嘉田低头瞪着他——他对这个人没有好眼神，只有一双怒目，除了瞪就是瞪。瞪了片刻之后，他问道：“还有，我听说你现在天天带着孩子在外面混，不到天黑不回家，春好想看孩子一眼都看不着，你这又是在搞什么鬼？”

“躲人。”

“谁？我？”

雷一鸣答道：“林子枫。”

张嘉田一拍桌子：“嗨！你他妈不躲我躲林子枫？你怕他不怕我？”

说完这话，他见雷一鸣抬头看着自己，眼睛睁得很大，眼神也茫然，这才察觉到自己那话说得不大对劲——这又不是什么荣誉，自己怎么还和林子枫竞争上了？

这时，雷一鸣重新低了头：“怕，都怕。”

然后他扶着桌子站了起来：“我坐不动了，我要去躺一会儿。”

不等张嘉田回答，他抓起手杖支撑了身体，弯着腰慢慢走了出去。他没敢上楼，因为他怕张嘉田也跟着自己上去，而楼上正有个怕惊怕吓的妞儿。一路走进了客厅里，他也顾不得去开灯，直接一屁股坐到了沙发上，然后抬腿躺了下去，在筋骨伸展开来的一瞬间，他很舒服地"唉"了一声。

张嘉田跟了过来，没找到电灯开关，幸而窗外还有星月的光，足以让他看清房内情形。在一旁的小沙发上坐了下来，他将右腿架在左腿上，心里回忆起了几年前的时光——他这些年活得轰轰烈烈大起大伏，几年也已经像是半生。

那个时候，他确实很像现在的叶文健，见雷一鸣像见了神，而且对雷一鸣比对神更亲。现在那个神正蜷缩着侧卧在沙发上，发出轻轻的呼吸声，没有睡，似乎有点冷。从他这个角度望过去，正好能望到雷一鸣的额头和鼻梁，额角结着一片血痂，出自他的手。

张嘉田忽然觉得他见老了，而他这种人因为先前活得太得意、太漂亮，所以一旦落魄衰老，就显着分外可悲可怜。张嘉田还想不出名将折戟、美人白头之类的词儿，他只是打算拿出一个对待"人"的态度来，暂时收起恶声恶气。

雷一鸣咳嗽起来，捂着嘴咳嗽。先还压抑着声音，但很快就咳得有出气没进气，只剩了身体在一抖一抖。张嘉田冷眼旁观，心想若是倒退一年，以他巡阅使的身份，别说这么死去活来地咳嗽，恐怕他只是清清喉咙，旁边也会有人立刻送来茶水和痰盂。若是倒退个两年三年，那更是不用旁人关怀，只要他在场，他就会亲自出手去照顾他了。

雷一鸣咳嗽得过了劲儿，枕着手臂闭了眼睛，只是喘息。张嘉田对于这个人，原本是彻底寒心了的，可今天像是重新把这人又看清了一次似的，他忽然又觉得没意思——恨这么个人，打这么个人，没意思。

雷一鸣又咳嗽起来，照例还是捂着嘴不肯出声，又因为蜷缩着气息不通畅，所以他挣扎着想要坐起来。可是未等他成功起身，他的眼前暗了一下，是张嘉田先起来了。

张嘉田走到他身边，拍了拍他的后背——抬手要拍的时候，他看见雷一鸣猛地一哆嗦，是个吓了一跳的模样，便说道："别怕，我说了，我没有打人的瘾。"

雷一鸣的呼吸渐渐平顺下来，然后推开了张嘉田的手。张嘉田要是真打他一顿，倒也罢了，横竖他早有心理准备，也能扛得住肉体上的疼痛。可张嘉田忽然变了态度，这反倒让他感到了不适。张嘉田那几拍也让他想起了旧日时光，有旧日时光对比着，他就觉得眼前的这个张嘉田不是张嘉田，是个陌生的敌人，而又动手动脚地关心起了他，他岂止是不适，简直是嫌恶。

“你还是回北平吧。”张嘉田说，“找那个德国大夫给你瞧瞧，有病治病，别总弄得像个痨病鬼似的。”

雷一鸣立刻抬了头：“你才得了痨病！”

张嘉田想起了他的忌讳，便不和他一般计较，只问：“你还能不能听懂好赖话了？”

雷一鸣背靠着沙发背，慢慢滑着躺了下去：“你不要管我。”

“我管你？”张嘉田笑了一声，“你哪只眼睛瞧出我要管你了？”

雷一鸣听了这话，却是又坐了起来，抬头去看张嘉田。张嘉田一屁股坐到了他身边：“怎么着？还真想瞧一瞧？”

话音落下，他发现雷一鸣凑到了自己跟前，竟当真是在一眼不眨地看自己。两道目光从他的头发往下扫，扫过他的眉眼、鼻梁、嘴唇，在下巴盘桓一周，又重新向上原路返回。

如此审视了片刻之后，雷一鸣轻声开了口：“张军长。”

张嘉田问道：“挺自觉啊！不叫我嘉田了？”

雷一鸣答道：“嘉田已经被我杀了。”

“你为什么杀他？”

“他不忠于我，我就杀了他。”

“杀死了吗？”

“死了。”

“后悔吗？”

雷一鸣扭开脸，望着地面上那一格一格的光影，沉默了良久，最后才答出了两个字：“后悔。”

他的声音有点沙哑：“若是嘉田还在，我必不会被人欺侮到这种境地。”

张嘉田想要冷笑，可又笑不出来：“你这话是专门说给我听的？”

雷一鸣摇了头：“不是，我和你没什么可说的。”

他想再躺下去，可随即就被张嘉田抓着胳膊拽了起来。“雷一鸣，你装什么可怜？你身边那些真心实意对你好的人，都是被你逼得变了心。春好为你流了多少眼泪，挨了多少拳脚，你全忘了？林子枫为什么出卖你？老白为什么说走就走了？还有我——”他抓着雷一鸣晃了晃，“我当初是怎么对你的？我对你好，是只为了你有权有势吗？你倒好，天天防贼似的防着我，就怕我造了你的反。我要是不真反你一次，都浪费了你操的那些闲心！你说嘉田死啦？”他冷笑了一声，“当然死了，让你杀了两次，还有个不死？所以你也该死，只不过你会下跪，会磕头，会求饶，你要命不要脸，所以我让你活到了现在。”

他的声音不高，可字字句句都有力，既是控诉，也是痛斥。雷一鸣歪在他和沙发靠背之间，这回终于是彻底地无路可逃。而张嘉田说完了话，收回手一拍他的腿：“往后你给我好好在家待着吧，不许再见春好他弟弟。我知道你一肚子花花肠子，别逼我把你这条腿也砸折。”

“错了，这条腿已经砸过了。”

“你哪那么多废话！”

雷一鸣不说话了，依然歪在张嘉田和沙发靠背之间。张嘉田看他哑巴了，自己再骂下去也没什么意思，便起身想走。然而，他刚刚一欠身，雷一鸣却又出了声：“我始终不知道林子枫到底弄走了我多少钱。”

张嘉田看着他，眼睛习惯了黑暗，看他看得很清楚。

雷一鸣继续说道：“我太信任他了，一切都交给他管，自己什么都不知道。”

“你跟我说这个干什么？让我替你找林子枫要钱去？我是给你看家护院要账的？”

雷一鸣躺了下去，嘴里嘀咕：“我真是，有苦说不出。”

“甭跟我诉苦，反正我是没拿你的钱。”

“从来没吃过这么大的闷亏。”

“我管不着！”

“老了老了，钱没了。”

张嘉田扭头瞪他：“想让我给你养老啊？”

“早知道有今天，当初不如收了你当干儿子。那现在我就是你爹……”

张嘉田一把捏住了他的脖子：“我掐死你！”

然后他觉得雷一鸣好像是微微地笑了一下，可定睛一看，又看不出他的脸上有笑容。松开手站起来，他觉得自己不能再和这个人胡扯下去了。他俩一个坐着，一个躺着，太容易让他想起两人过去的那段好日子。

这人杀过他两次，他也明明白白地知道这是个坏人，所以对待这个人，他不能心软。大踏步地走了出去，他决定再也不和雷一鸣深谈。然而一路走出了公馆大门之后，他站在汽车前，又觉得自己还没有把话说明白——自己这一趟是为了警告雷一鸣而来的，可是从头到尾，似乎都没说出几句真有威慑力的话来。

于是一扭头，他又回去了。这回一头冲进客厅，他就见雷一鸣仰面朝天地躺在沙发上，一条腿伸直了，一条腿抬起来搭在沙发靠背上。枕着一只圆滚滚的靠垫，他用双手笼着打火机上一朵小小的火苗，正在给自己点烟。

张嘉田没想到这么一转眼的工夫，他忽然换了一副慵懒、得意的姿态。而他见张嘉田回来了，显然也是一惊，"啪"的一声合上了打火机。

张嘉田不知道他美的是哪一出，只说道："我再讲一遍，再让我知道你和叶文健见面，我就把你那条腿也砸折。不信你就试试。"

（二）

雷一鸣在沙发上睡到了半夜，冻醒了，万分不情愿地起身挪上楼去，一头滚到了妞儿的身边。如此到了凌晨，他正睡得香甜，妞儿却醒了，醒了就要吃的，一边"呀呀"大叫，一边坐着尿了一摊。

雷一鸣闭着眼睛爬了起来，用泡软了的饼干堵住了妞儿的嘴，把湿淋淋的尿布扯下来随手一扔，然后躺回床上又睡起来。如此不知睡了多久，他朦朦胧胧地睁了眼睛，就见妞儿横躺在自己身边，正用胖脚丫一下一下蹬自己的脸。抬手抓住一只胖脚丫，他下意识地亲了亲，随即发现妞儿换了衣服，手和脸都干净了，头发也短了一寸，湿淋淋地披散着。咯噔咯噔的高跟鞋声从门外响到了床边，他闭了眼睛躺着不动，同时嗅到了一股子很熟悉的香气。

眼前随即暗了一下，一双手臂从他头上伸过去，把妞儿抱了起来，又有很轻的声音哄道："乖妞儿，不蹬他，让他睡，妈带你吃水果去。"

妞儿"嘎"地笑了一声，似乎是很同意，然而等到叶春好把她抱到门口时，她见爸爸并没有起身跟过来，便害怕了，在叶春好怀里扭成一条活鱼，并且说哭就哭，嗓门有消防警铃那么嘹亮。雷一鸣没法子再装睡了，坐起来对着叶春好，他说道："妞儿离不开我。"

叶春好恨他笼络叶文健，不拿好眼神看他："妞儿让你弄成小叫花子了。"

雷一鸣说道："我懒怠动弹，你要喂她，就在这屋子里喂吧。"

"你这屋子里还有下脚的地方了吗？自己什么都不会，偏又不肯雇仆人帮忙，真不知道你安的是什么心。"

雷一鸣扭头往地上看了看，发现地上确实是乱，扔着东一堆西一堆的脏衣服，还有一摊水渍。是叶春好方才端了一盆温水过来，给妞儿洗了个澡。

这时，叶春好又道："你让我把妞儿带回家去吧！你要是想妞儿了，就随时过去瞧她，她舒服，你也省事。"

雷一鸣摇了摇头："我不怕累。身边一个人都没有了，就剩了个妞儿，我不能再把她往外送。"

"你自找的，好好的日子，你偏不肯往好里过。"

说完这话，她等着他的回答。他不讲理的时候自然是非常不讲理，可一旦发完了脾气，也很会服低做小，并不把男子汉的威风一要到底。这回自己单独在这屋子里了，她总觉得他会有一番辩白，然而等了片刻之后，她一扭头，见他下床趿拉着拖鞋，竟是默然地走进浴室里去了。

雷一鸣始终是不大理睬叶春好。

叶春好切了两片大白梨给妞儿吃，又把自己带来的小红皮鞋给妞儿穿了上。雷一鸣洗漱完毕出来，换了一身干净衣服。坐在床边低头揉了揉眼睛，他轻轻地咳嗽了两声。

叶春好给妞儿擦了擦手，看不出他的路数，便说道："我走了，前几天给妞儿做了厚衣裳，明天带过来。"

然后她从小皮包里拿出了半打手帕："这个又软又吸水，你拿着给妞儿擦嘴。"

把手帕往桌上一放，她起身就走。因为雷一鸣始终是一声不吭，所以她反倒是把他放进了心里，反复地思量："他这是恨透我了？可离婚这事总怨不得我，我也并没有把妞儿扔给他，是他不许我带妞儿走呀！"

随即她转念又想："二哥为我打抱不平，他是不是以为是我挑唆二哥来欺负他出气的？这可真是冤枉，我从来都是拦着二哥的呀！"

上了汽车之后，她还在左思右想，还是一记刹车把她惊醒了。汽车夫还是当年跟随过她的小韩，她抬头批评小韩："慢一点，碰了人可不是玩的。"

小韩正想伸了脑袋出去骂那挡了路的人，一听主人发了话，就忍住没骂，乖乖地调转方向，开上路去了。而那挡路之人原本是在这条街上来回地晃，如今目送着雷公馆门前的汽车远去了，他停止了乱晃，一闪身溜进了公馆大门里。

几分钟后，他见到了雷一鸣，双手送上了一封信，然后后退一步打了个千，以前清风格的语言说道："大人，这是我们老爷给您的亲笔信。"

雷一鸣接过了一个信封，信封上扣着火漆印章，章上是个规整的"虞"字。撕开封口，抽出信笺，他这么一看，先从笔迹上，就确定了这真是虞天佐的亲笔信。

虞天佐的文采远不如雷一鸣，说话说得挺明白，写信就写得东一句西一句，上下不能连贯。但雷一鸣反复读了几遍之后，还是明白了虞天佐的意思——虞天佐让他到承德去。

老帅死了，现在是老帅的儿子少帅当家。虞天佐虽然不是老帅的嫡系，可现在他也依附在了少帅的麾下。北伐军还没有打进热河，虞天佐放眼前途，一片茫然，如今只能是继续观望。但他终究还是一方的土皇帝，手里有兵有权。雷一鸣是他的好兄弟，好兄弟如今落了难，他自然是要伸出援手，况且两人见了面，兴许还能联手干出个新局面呢！

雷一鸣把这封信点燃扔进烟灰缸里，然后问道："你们都统，说没说如何行动？"

前清风格的信使答道："回大人的话，我们老爷说了，这方面的事情，他会派人安排，不用您费半点心，到时您跟着走就是了。"

雷一鸣又问："你们和我怎么联系呢？"

"回大人的话，小的今天把信送到了大人手里，这事就算是走完了第一步。接下来小的就回去着手行动，三天后的凌晨三点，小的会让一辆汽车在公馆后门等着，您什么时候来，汽车什么时候走。当然，是越早越好，免得让人瞧见。"

雷一鸣点了点头，从裤兜里摸出两张钞票赏了信使。等信使走后，他站在原地，出了半天的神，直到妞儿在楼上哭闹起来，他才如梦初醒，慌忙上楼去了。

这一天，雷一鸣没出门。

他抱着妞儿在院内溜达了一圈，又把大门关严，将门上挂着的锁头锁了上——锁好之后，他徒手一拽，那锁头便自动地弹开了，是里面的机栝坏了。

他不知道这锁头是怎么坏的，似乎是自从满山红不请自来了一次之后，自家的大门就再拦不住任何不速之客了。入秋之后，风有了凉意，他打了个冷战，把嘴唇凑到妞儿的耳边低语："妞儿，等着看吧，爸爸还没完呢。"

妞儿扭过脸来看他，小脸雪白的，一双大眼睛被长睫毛勾勒出了漆黑轮廓，两道眉毛长长地伸展开来，薄薄的鼻翼在冷风中翕动，她抿着棱角分明的小红嘴唇，很认真地凝视着他。

雷一鸣和她对视了片刻，最后妞儿忽然一笑，扬起两只小手啪啪打他的肩膀，是在对着他撒欢。于是他也笑了，一边笑，一边又想自己半生情路坎坷，幸好最后还有一个妞儿。他爱妞儿总是不会爱错的，妞儿有他的眉毛，有他的眼睛，有他的骨与血。

"爸爸爱你。"他对着她耳语，"将来你长大了，爸爸也不会把你嫁到别人家里去。爸爸让你自己挑，挑个喜欢的小女婿。如果他对你不好，爸爸就一枪毙了他，咱们继续挑，挑个更好的。"

妞儿咬着一根食指，笑着看他。

在接下来的两天里，雷一鸣一直提防着林子枫会来，然而林子枫为了公务到北平去了，再未露面。

张嘉田也没来，只有叶春好来了一趟，给妞儿送了一大包袱的秋装冬装。

于是到了第三天凌晨，三点多钟的时候，他悄悄地穿戴整齐了，又用一领小棉斗篷把妞儿裹住。妞儿昏昏欲睡地坐在他的右臂弯里，他右手拎着一个皮箱，左手拄着手杖，顶着寒冷的夜风下楼出了门。

他打算绕过公馆小楼，从后门出去上汽车，可就在他出了楼门的那一瞬间，一个人推开大门跑了进来。他定睛一看，发现那人竟是叶文健。

叶文健见了他，也是一愣。

雷一鸣开了口，问他："你来干什么？"

叶文健气喘吁吁地反问："姐夫，你这是……要出门？"

他抬手抹了一把额上的热汗，又道："姐夫，我想在你这儿住几天。我姐和张二一起骂我，说我不上进。可我再不上进也没到街上当小流氓啊！我姐骂我就算了，张二凭什么也跟着凑热闹？我姐还把我锁在屋子里，不让我出门。我趁着夜里他们睡觉，跳窗户逃出来了。"

说完这话，他热切地望着雷一鸣，认定了姐夫一定会收留自己。

他没看到雷一鸣那握着手杖的左手暗暗抬到了腰侧，差一点儿就要掀开外套，抽出腰间手枪。

隔着手套和一层外衣，手指蹭过手枪枪柄，随即又若无其事地离开了。雷一鸣说道："好，既然来了，就跟我一起走吧。"

"走？到哪儿去呀？"

雷一鸣很温和地向他笑了笑："不跟我走，你就回家去吧。"

叶文健看他笑得和气，怀里又抱着妞儿，一定走不到什么坏地方去，便身不由己地迈了步，跟着他一路往公馆后门去了。

（三）

叶文健跟着雷一鸣绕过公馆小楼，糊里糊涂地从后门走了出去。后门临着一条窄窄的小街，街边果然停着一辆汽车，三面车窗都垂了黑布帘子，让外面的路人看不见车内情形。雷一鸣刚一露面，便有人推开车门从副驾驶座上跳了下来。这人穿着黑色大衣，礼帽的帽檐压低了，让人看不清他的眉眼。向前迎上了几步，他低声问出了三个字："雷将军？"

雷一鸣一点头："是我。"

这人扫了叶文健一眼，然后后退几步侧过身，伸手打开了后排车门："您请。"

雷一鸣走到车旁，转身把手杖交给了叶文健，然后自己抱着妞儿先弯腰钻进汽车里。叶文健拿着手杖，迟疑着站在外头，一颗心悬在半空中，也有一点朦朦胧胧的预感，觉着自己不该就这么草率地跟着姐夫走，甚至有那么一瞬间，他想要回家，想要继续守着姐姐复习功课去。

然而，就在这时，汽车内传出了雷一鸣的声音："小文，上车。"

那声音不高，是很轻的呼唤，但足以催动他的双脚，让他在举棋不定的犹疑中钻进汽车。外头那人关了车门，然后自己也回到了副驾驶座上。汽车夫将汽车发动起来。那人回过头来，对着雷一鸣说道："雷将军，我们大帅让在下护送您进热河。您路上若有任何要求，都请随时吩咐。"

雷一鸣点头答了一声"好"，然后向后靠了过去，把妞儿搂到了自己的腿上。叶文健斜签着坐了，先是呆呆地看着他，后来说了话，说得胆战心惊："姐夫，你要去热河？"

雷一鸣坐着没动，只斜过眼睛望向他："对，去热河。"

"我……也跟你一起去热河？"

"不好吗？"

"我姐不知道，会急死的！"

"她要是知道了，就不让你去了。"

叶文健六神无主地又沉默了片刻，然后抬手抓着雷一鸣的衣袖："姐夫，我想回家。我不能一声不吭地就跟你出远门，要走也得先给我姐留张纸条，要不然她干着急，还不急出病来？"

雷一鸣答道："就是怕你告诉你姐姐，我才要带你一起走。"

"我姐不是都和你离婚了吗？你怕她干吗？"

雷一鸣笑了笑："我怕的不是她，是张嘉田。"

然后他脱下了右手的手套，摸索着握住了叶文健的手："等我到了热河，先给你姐姐发一封电报报平安，你到时若是想回家，我再派人送你回去。"

叶文健握着他的手，因为没了主意，所以忽然变成了个很小的孩子，几乎要哭："我为你保密，我不说你的事，我就说我夜里只在大街上逛了逛。"

雷一鸣把目光转向了前方："你还小，我不放心你。"

"我不小，我什么都懂。"

雷一鸣半闭了眼睛，依然握着他的手："那你懂不懂什么叫作'杀人灭口'？"

叶文健登时一怔。

雷一鸣松了手，转身让出地方放下了妞儿，让妞儿躺着睡觉，自己则是挤到了叶文健身边。抬手把这小子揽进了怀里，他扭头看了看对方那张惶惶然的面孔，感觉自己仿佛是搂住了一个男性的叶春好。可惜他不喜欢少年，只爱女人，并且要是纯洁年轻的处女，不许有比他更热烈的欲望，不许拿他和别的男子比较。

几个小时之后，天亮了。

叶文健枕着雷一鸣的肩膀，已经愁眉苦脸地入了睡。而与此同时，叶春好也发现了叶文健的失踪。

她总觉得弟弟日益顽劣，定然是受了雷一鸣的挑唆——或者自己是冤枉了雷一鸣，雷一鸣并没有主动地挑唆过什么，但弟弟至少也是受了雷一鸣的影响。

雷一鸣这个人是有“影响”的，好端端的人到了他身边，常会无端生出变化来，仿佛他是个旋涡，能把他身边的一切都吸引得颠倒混乱。这一点她最是知道，所以匆匆吃过早饭之后，她先去了雷公馆，临走时还想着带了一包自家制作的玫瑰蛋糕，要给妞儿吃。

提着蛋糕到了雷公馆。她见大门开着，门上挂着那把徒有其表的坏锁头，便有些摸不着头脑。走进楼内找了一圈，她没找到雷一鸣和弟弟，便又出门走过三条街，到那街心的小公园里徘徊了将近一个小时。

然后她挨家找遍了路边的小西餐馆，还是不见弟弟的影子。回家闷闷地坐到了中午时分，她开始有些心惊肉跳，正好张嘉田来了，她便说道：“二哥，我还得请你帮我个忙，小文这个东西，又不知道跑到哪里去了。”

张嘉田现在对待叶春好，也不再谈情说爱了。单是一天几趟的往叶公馆跑，吃也在这里，玩也在这里，叶春好做事情，他跟着打下手；叶春好批评弟弟，他跟着帮腔。叶春好知道他的心思，起初还觉得挺为难，怕自己无论如何都不能对他动情，会辜负他这一片苦心和好意。可到了后来，她渐渐习惯了家中常有个人高马大的张嘉田，张嘉田从来不拿话暗示她，她便也渐渐放松下来。再说，她已经和雷一鸣离婚了，现在是自由身，落了风言风语也不在乎。

张嘉田听了她的话，当即答道：“我派几个人出去找找他，不是我说，你就爱对他唠唠叨叨，那有什么用？不如让我揍他一顿，我不真揍，就是吓唬吓唬他，包他老实。”

“他要不是在外面受过三年的罪，差点儿没活活饿死，那我早对他急眼了。我一想到他那三年的日子，就舍不得太逼他。”说到这里，她嘱咐张嘉田道，“你让满山红去找，她聪明，兴许一找就找着了。”

张嘉田嗤之以鼻：“满山红比你弟弟野一万倍，我都抓不到她的影儿。你等着，我这就去找她，如果找到了，再让她去找小文。”

叶春好“唉”了一声，心里盼着满山红能出马——她总觉得满山红不是凡人，身上有股子异乎寻常的机灵劲儿。至于这位小姐不男不女地满世界乱跑，瞧上哪个小伙子就把人家抓回家里睡上几宿的行为，她虽然觉得荒唐透顶，但也不便批评，毕竟事后没听说哪个黄花小伙子跳井抹脖子。

张嘉田使出了一点手段，真把满山红找了出来。满山红闲得无聊，一听去找叶文健，立刻兴致勃勃地领命出发了——叶文健上回和她对骂对打，虽然她是胜利的一方，但总觉得意犹未尽，一直还想找机会揍他一顿痛快的。

然而她从下午开始找，一直找到了半夜，竟然一无所获。张嘉田亲自又去了一趟雷公馆，进门之后打开电灯，他楼上楼下地走了一圈，末了停在餐厅里，他看着那满地的酒瓶碎片，隐隐感到了不对劲。

雷一鸣夜里向来是在家的，因为他身边有个要睡觉的妞儿。餐椅的椅背上搭着一件脏兮兮的西装上衣，他拎起上衣看了看，几乎感觉那衣领上面还残留着雷一鸣的气味。忽然间，他生出了一种不祥的预感，不是怕这个人跑了，是怕这个人回不来了。

那天夜里，他们在黑暗中一个躺一个坐，进行了一番没好气的长谈。从那之后，他就变得不那么想杀他了——雷一鸣就是那样的一个人，朽木不可雕，他纵是真把他杀了，他也依然还是那样，依然还是朽木。比他年轻十二岁的张嘉田，都看出了他是不可救药。

这样的货色，坏里带着疯，满腔的爱恨倒都是真的，觉得他是个忠臣了，就从早到晚找嘉田，走到哪儿都带着嘉田。嘉田才二十出头，他就敢捧嘉田做一省的军务帮办，他当老大，嘉田做老二。

及至瞧他不忠了，又能说翻脸便翻脸，连着杀他两次，用的都是斩草除根的杀法。忠与不忠，是爱是杀，全在他的一念之间，各方人等，不准争辩。

把上衣重新搭回到椅背上，张嘉田忽然有些后悔，心中暗想："当初把他两条腿都砸折就好了。现在他和妞儿没影了，小文也丢了，我一个都没找到，怎么向春好交代？"

可是，不能交代也得交代。他硬着头皮回了叶家，向叶春好讲了实情。叶春好一听这话，登时瘫坐在了椅子上，脸色都变了。

如此又过了两天，叶春好接到了一封来自承德的电报。读过电报之后，她将电文往桌上狠狠一拍："这个孩子，气死我了！"

电报是叶文健发过来的，目的是要向她报平安。而据他眼下的情形来看，他也确实是挺平安。论摩登繁华，承德自然是远不能和天津相比。可在天津，他只是个成天备考的小学生，因为考不进像样的中学，所以成天还要挨姐姐的骂。

哪像如今，他可以理直气壮地躺在床上睡懒觉，睡到半醒不醒的时候，还有个十五六岁的小姐姐过来叫他起床吃早饭。小姐姐虽然只是个使唤丫头，可长得是真好看，不但给他打洗脸水，还肯掀了他的棉被，给他的光脚丫套袜子——这可真是让他怪害臊的。

穿戴洗漱完毕，他吃过早饭，就去找姐夫。目前他是跟着姐夫住在热河都统虞天佐的宅子里，这宅子大极了，简直像座迷宫。他穿过层层的墙与门，最后进了一间小跨院。跨院门口站着卫兵，卫兵已经认识了他，所以不但不阻拦，还要向他行军礼。

跨院里的房屋半开着门，弥漫出鸦片烟的气味。他没敢进屋子，只贴着玻璃窗向内瞧，房内也是烟雾缭绕的，一张暖炕上，歪着两个人，一个人是虞天佐，另一个是他姐夫雷一鸣。

只要是看见了姐夫，他便安了心。转身轻轻地走了开，他又想："那我什么时候回家去呢？"

他料定自己回了家，必会被姐姐扒去一层皮，所以决定先等姐姐的回信，见机行事。要是能多陪着姐夫住些天，那就更好了。

——第三卷完

图书在版编目（CIP）数据

双骄. 3 / 尼罗著. — 北京：中国华侨出版社，2017.7

ISBN 978-7-5113-6264-3

Ⅰ. ①双… Ⅱ. ①尼… Ⅲ. ①长篇小说－中国－当代 Ⅳ. ①I247.5

中国版本图书馆CIP数据核字（2017）第139701号

双骄. 3

著　　者：尼　罗
出 版 人：方　鸣
责任编辑：紫　夜
封面设计：violet
排版制作：刘珍珍
经　　销：新华书店
开　　本：700mm × 980mm　1/16　印张：20　字数：360千字
印　　刷：北京慧美印刷有限公司
版　　次：2017年8月第1版　2017年8月第1次印刷
书　　号：ISBN 978-7-5113-6264-3
定　　价：36.00元

中国华侨出版社 北京市朝阳区静安里 26 号通成达大厦 3 层　邮编：100028
法律顾问：陈鹰律师事务所
发 行 部：（010）82068999 传真：（010）82069000
网　　址：www.oveaschin.com
E-mail：oveaschin@sina.com

如发现图书质量问题，可联系调换。质量投诉电话：010-82069336